吾思聚集

U
nbounded
Aggregation

冯大庆

著

四川文艺出版社

图书在版编目（CIP）数据

无界聚集 / 冯大庆著. -- 成都：四川文艺出版社，
2019.1

ISBN 978-7-5411-5168-2

Ⅰ.①无⋯　Ⅱ.①冯⋯　Ⅲ.①剧本—作品综合集—中

国—当代　Ⅳ.①I230

中国版本图书馆CIP数据核字（2015）第217191号

WUJIEJUJI

无　界　聚　集

冯大庆　著

责任编辑　朱　兰　蔡　曦
封面设计　闰江文化
封面题字　余秋雨
内文设计　史小燕
责任校对　段　敏
责任印制　喻　辉

出版发行　四川文艺出版社（成都市槐树街2号）
网　　址　www.scwys.com
电　　话　028-86259287（发行部）028-86259303（编辑部）
传　　真　028-86259306

邮购地址　成都市槐树街2号四川文艺出版社邮购部610031
排　　版　四川胜翔数码印务设计有限公司
印　　刷　三河市华东印刷有限公司
成品尺寸　145mm×210mm 1/32
印　　张　13.75　　　　　　字　　数　340千
版　　次　2019年1月第一版　印　　次　2019年1月第一次印刷
书　　号　ISBN 978-7-5411-5168-2
定　　价　68.00元

我就像把自己交给了风，
任凭它带着我们在爱的天堂和人间穿梭。

——肖邦

目录

序 / 荣广润 ...001

惊蛰〔无场次话剧〕 ...001

赵一曼〔无场次话剧〕 ...077

肖邦〔无场次话剧〕 ...135

失明的城市〔无场次话剧〕 ...205

盲流感（《失明的城市》香港演出版）

白围墙 ...289

太阳升起的时候〔六场话剧〕 ...347

我心中的赵一曼 ...400

接受命运

——我写《惊蛰》 ...403

走近肖邦 ...407

我所希望的表达

——从《失明症漫记》到《失明的城市》《盲流感》 ...411

从《太阳升起的时候》和《白围墙》想到的 ...415

后记 在时间的激流外 / 刘晓村 ...420

序

荣广润

凡当过教师者，在执教生涯中定会有几个得意弟子。我在上海戏剧学院任教逾四十年，自然也有一些优秀的学生给我留下深刻的印象，冯大庆就是其中的一个。

冯大庆是我 1982 从成都招进戏剧学院戏剧文学系的。那年我担任戏文 82 级的班主任，招生时是成都考区的主考。成都的考生很多，不乏学编剧的好苗子，经过反复筛选，最后录取了六名，这在当年五个考区里是最多的，几乎占了全班学生数的三分之一。而这六位同学个个成才，现今，他们中有的成了全国著名的电视剧导演，有的是成都军区剧团的首席剧作家，有的是中央戏剧学院的教授，有的是中央电视台的主要制片人，有的是深圳戏剧家协会的主席，冯大庆则是原中国青年艺术剧院现国家话剧院的业务主任，编剧。1982 年考试时，他们有的聪明伶俐，有的才思敏捷，有的知识面广，有的应答灵活，各有特点。六人中，给我印象最深的却是冯大庆。也许是她出身于一个素养很高的知识分子家庭的缘故，也可能是她已有过当乡村教师、助产士、教育部门公务员的阅历的缘故，她在考场里除了表现出令人满意的对戏剧文学的理解把握和热爱外，始终流露出一种从容娴静的神态，一种温婉大方的气质，这意味着她对艺术和生活会敞开纯真的怀抱。于是她的名字自然列进了录取的名单。果然，我对她的判断在她四年的学习里，乃至她以后三十年的工作与创作生涯里都得到了印证。在校时，她是班里的团支部书记，后又成了校学生会的负责人。她是非分明，生性善良，又善解人意，待人宽厚，对生活和艺术的真善美抱有执着的追求，在同学中有很好的口碑。毕业后她在剧院里一边从事艺术行政工作，一边勤奋创作，还是一如既往地秉持着阳光正直的态度，因而很得剧院的器重。而这几十年一贯的精神气质也自然地沉淀为她的剧作特色。

近期，四川文艺出版社要出版冯大庆的剧本选集，冯大庆自选的六个剧本很有意思——她不揣青涩地选入了学生时期的两个作品。改编自俄罗斯小说的《太阳升起的时候》，以及毕业作品《白围墙》，将它们与她获得文化部编剧奖和话剧金狮奖的成熟作品放在一起。我想她的用意是要让读者读到一个真实的自己，一个完整的自己。我则从这部选集又一次看到了她几十年创作的轨迹，又一次感受到了她特有的创作个性。

从来文如其人。冯大庆的剧作就像生活中的她一样，始终呼唤人类的良善、良知、良心，弘扬人性的真诚、真挚、真爱，担忧人性的异化、物化、恶化。在她的三部以真实历史和现实人物为主角的剧本《肖邦》《赵一曼》《惊蛰》中，她用细腻深入的笔墨展示了主人公人性的光辉。尤其是《惊蛰》中的朱清扬，几十年含辛茹苦地照顾植物人母亲，奉养失去劳力的父亲，得知自己本是养子的身世后依然无怨无悔。冯大庆被这个人物朴素而崇高的人格深深打动，由此生发出了一系列真实动人的戏剧场面：朱清扬用仅存的干粮饲喂倒在雪地的小鹿的形象；因为独力奉养父母无可避免的贫穷困窘使他难以成家的尴尬境遇；以及暂时失却真心相爱的恋人茫然无措的奔走；都具有拨人心弦、沁人心脾的效果。难得的是，冯大庆在刻画这样的人物时，不事夸张，不加矫饰，写来自然实在。她写赵一曼，从四川女娃子天真烂漫，不愿缠足的童年落笔，将这位抗日女英雄的家庭、爱情、婚姻、革命、就义娓娓道来。她写肖邦的爱国，从这位天才钢琴家无奈离家去国远赴巴黎起始，也写他对乔治·桑的依恋和挣脱，及至写他为国筹款不顾病体奔波演出而英年早逝。这样真实而亲切的艺术形象，无论是英雄还是普通人，其人格魅力是巨大的。

冯大庆并非只写人格高尚者，她也用剧本对人性作深入的探究。改编自诺贝尔文学奖得主葡萄牙作家萨拉马戈的小说《失明的城市》（由香港话剧团演出时名为《盲流感》），在冯大庆的作品里显得比较特别。剧本以一个假设的人类流行失明症的怪诞情境，探讨人性如何会丧失的哲理命题。剧本展示的是人性失控和丧失的可怖与缘由，以及坚守人性准则的不易，传达的则是作者对人类精神家园的关切。从这个剧本，我们可以透过另一个角度看到冯大庆追求人性崇高和美的执着与热望。

常言道言为心声，冯大庆的剧本都是她人生体悟的真情流露，所以她写的都是自己真有深切感受和体验的人和事，有的题材甚至在她心里孕育二三十年。像《肖邦》一剧，早在她读大学时就有了要写这位伟大钢琴家的强烈创作冲动，当时虽未能如愿，但这一形象一直活在她的脑海里，直至二十余年后，机缘巧合，长期萦绕心头的构思终于破壳而出。这样的蓄积，催生的作品自然就比较厚实成熟。写《惊蛰》，原本她只是准备帮别人出些创作的主意，待到与朱清扬本人近距离接触，深入了解了这个普通人朴素而伟大的精神世界，她的心灵被深深打动，有了强烈的切身感受，她才提起了笔。而且，她还将自己几十年前的生活积累和感受融入到这个题材之中，使得笔下的人物既是真实的朱清扬，又不止于朱清扬。剧中，朱清扬几次在实际生活中，也在心灵意念中，与一头小鹿相遇，这些场景是剧本极具感染力的地方。而当读者阅读她学生时期的剧作《太阳升起的时候》时，就可以发现，小鹿的形象已然是两位热爱生活的俄罗斯年轻人心目中纯净理想的化身。这小鹿是象征，是见证。它表明，三十多年，冯大庆执着的、向往的，永远是人性的善与美，这感受贯穿于她创作的始终，是她创作的原动力。

时光似流水，不觉间，数十年过去了。然而，她的温婉大方仍然未变，她的精神追求仍然未变，她的创作活力仍然未变，相信她还会写出更多的作品，写出更好的作品。这就算是我作为师友在她剧本集出版时的寄语吧。

〔无场次话剧〕

惊蛰

时　　间　当代。20世纪70年代中至今。

地　　点　大青山麓、白鹿沟矿区、朱清扬家、韩燕家。

人　　物　朱清扬　二十几岁至六十岁，矿工。

韩梅　十九岁至四十多岁，高中毕业生，朱清扬的妻子。

朱母　五十几岁至八十几岁，家庭妇女。

朱父　五十几岁至六十几岁。疾病缠身的老矿工。

韩燕　二十几岁至五十几岁。煤矿子弟小学老师，韩梅的姐姐。

孙国强　三十几岁至七十几岁，采煤队长，朱家的邻居，韩燕的丈夫。

小米、小赵　介绍给朱清扬的对象，均为二十多岁。

如刚、如玉　二十岁左右，朱清扬的儿女。

刘医生　三十多岁至六十多岁，矿工医院医生。

买票的学生家长　三十多岁。

矿工若干。医护人员若干。舞者若干。他们可相互替代。

（为了场景转换更有自然，也为了剧情延展的需要，最好能运用转台，所有的时空距离由转台、灯光、音响衔接）

[《工人阶级硬骨头》歌声起，渐渐激越、高亢——

[幕启。

[突击队长面向观众有力地挥动着手臂，给引吭高歌的矿工们打着节拍，直至歌声结束。（台上只需队长现身。）

队　长　（激昂地）同志们，这1975年的第一场雪来得早啊，大家冷不冷？

众人画外音　不冷！

队　长　（笑）不冷是假，滴水成冰能不冷吗？关键是我们工人阶级不怕冷！天寒地冻算得了什么？革命的热情可以融化冰雪，战胜严寒。老天爷也太小瞧我们了，我们矿工的意志是铁打的。同志们，青年突击队要发扬一不怕苦、二不怕死的战斗精神，拿出干劲来，超额完成任务，用行动证明我们不是孬种，我们无往而不胜。我们要把被一产区夺走的优胜红旗夺回来，它本来就是我们的，它只能属于我们！

（豪迈地）大家有没有信心？

众　声　（画外音）有！

队　长　怎么像没吃饱似的？（提高声音）大点声！

众　声　（铿锵的画外音）有信心！

队　长　（吹响挂在脖子上的口哨）集合——

男　声　（画外音）报告队长，青年突击队集合完毕，应到20人，实到19人，报告完毕。

队　长　谁没到？

男　声　（画外音）朱清扬！

队　长　（以为自己听错了）谁？朱清扬，那个临时工可是从不迟到的！

男　声　（画外音）天太冷，可能还在被窝里吧！

[笑声一片。

[转场。

[舞台渐亮。

[漫天飞舞着鹅毛大雪。

[风雪深处，朱清扬提着马灯走来。"清扬——"远处有人在呼唤。

[朱清扬停住了脚步，他转过身，朝着声音的方向将马灯高高举起。

[一束电筒光穿过黑夜和风雪，朱母追上了儿子。

朱清扬　妈，这么大的雪，你咋……

朱　母　你还知道雪大？我真想揍你！

朱清扬　（乐）妈，我要迟到了。

朱　母　（假装厉害）伸出手来。

朱清扬　（故作惊讶，撒娇的）要掌手？冤枉啊……

朱　母　（从怀里掏出棉手套）掌手是轻的！还冤枉？看看这是什么？

朱清扬　嗨，我说手那么僵呢，忘了戴手套。

[朱清扬孩子似的把手伸给妈妈，朱母为儿子搓手。

朱　母　（疼爱地）都该娶媳妇了，还不长记性。雪这么大，瞧你这两块冰疙瘩，冻僵了咋挖煤呀。

[朱母给儿子套上手套。

朱清扬　一下子就暖和了。

朱　母　以后出门再敢忘事，看我不……（将胳膊高高举起，轻轻放下做打状）。

朱清扬　嘿嘿嘿……没事儿的，妈。我火力壮。

朱　母　火力再壮也扛不过大风雪。

　　　　[朱母将两个土豆放在朱清扬手里。

朱清扬　（惊喜）烤土豆？哪来的？

朱　母　（幽默地）烤的。

朱清扬　我知道是烤的，可咱家啥时还有土豆？

朱　母　傻儿子，挖煤是体力活，妈怎么也得给你攒下几个土豆，肚子饿了，这个好歹能垫吧垫吧。

朱清扬　妈，你和爸也做点土豆吃，尽喝菜汤身体顶不住的……

朱　母　你就甭管那么多了。

朱清扬　（闻闻土豆）好香，真想现在就吃了它们。

朱　母　别，后半夜再吃。你爸挖了半辈子煤我知道，天亮前是最难熬的，又困又饿。

　　　　[朱清扬乐呵呵地将土豆揣进怀里。

朱清扬　（开心地）吃了土豆力大无比，我挖的煤，也有妈一份功劳。

朱　母　我不稀罕啥功劳，我稀罕我儿子。（感叹）这么大的雪，矿里也是，增产增产，突击突击，要增多少才算够。这两天我心里七上八下的，总不踏实。

朱清扬　（望着夜空）妈，别胡思乱想，瑞雪兆丰年呢。

朱　母　（为儿子扣紧领口）兆丰年兆丰年，年年都说大丰收，丰收咋吃不饱肚子。挖那么多煤，可家家户户缺烧的。

朱清扬　妈，这些话你可不敢随便说啊。

朱　母　知道，不就跟你唠叨几句吗。下井千万留神，你爸爸就是被矿井给废了，落下病根，几年出不了医院。妈就你一个儿子，你要有什么闪失，我也不活了……

朱清扬 （玩笑地）妈，你儿子命大福大造化大，大鬼小鬼都近不了身！

朱　母 （笑）瞧你那楞样，妈就是说说。

朱清扬 雪下大了，妈快回吧。

朱　母 干活一定要当心。

朱清扬 知道了。

[母子挥手道别，朱母消失在风雪中。

[转场。

[朱清扬在风雪中行进。

[一只羸弱的梅花鹿挡在朱清扬前方不远处，眼神充满无助和期待。朱清扬朝它挥手作驱赶状，梅花鹿一动不动；朱清扬索性大声吆喝"喔嚯嚯嚯嚯嚯……"梅花鹿只是眨眨眼，依然不动，好似一尊雕塑。朱清扬走近它时，她摇晃着倒在雪地里。

[朱清扬一惊，他放下手里的东西，跪在雪地里，迅速摘去手套，用手试梅花鹿的鼻息，摸其颈动脉。

朱清扬 （欣慰的）还活着，（查看梅花鹿的身体）没有伤啊？小鹿你咋啦？是冻的还是饿的？

[音乐起。梅花鹿试图想站起来，却无能为力。

[朱清扬扶着、托着，梅花鹿终于站住了，朱清扬轻轻拍了拍它。拎起地上的马灯准备赶路，梅花鹿尾随朱清扬走了几步又倒下了。

朱清扬 （对小鹿）你可不能倒下，会冻死的。

[朱清扬再次放下马灯，费力地将梅花鹿抱到背风处放下。用雪搓它的脸，搓它的耳朵和腹部。

朱清扬　（自言自语）肚子都瘪了，小鹿啊，一定是早到的大雪断了你的食儿，饿成了这样。

[朱清扬四下看看，白茫茫一片。他犹豫了一下，从怀里摸出那两个土豆，一齐喂给了梅花鹿。

[在朱清扬的帮助下，梅花鹿再次挣扎着站了起来。

朱清扬　（看着梅花鹿）可怜的小鹿，我得下井挖煤，要迟到了。你去找你的家人吧，千万挺住别倒下，一定不能倒下，明白吗?

[朱清扬从雪地里抓起手套，拂去小鹿身上的雪花，拎着马灯三步一回头地离去。

[旷野，大雪飞舞，梅花鹿朝着朱清扬离去的方向久久凝望。

[暗转。

[追光照着突击队长。

队　长　我们不能再等朱清扬了，这小子，必须好好写检查！小伙子们，下井——

众　声　（画外音）下井！

[送突击队下井的升降机开始运行，发出"嘎嘎嘎"的声响。

[舞台渐亮。

[矿工更衣室空无一人，灯光通明，长长的一排衣帽柜延伸到侧幕后面。两把长条木椅背上随意搭放着矿工的衣物。一片寂静。

[朱清扬疾步跑上。

朱清扬　（高声地）朱清扬到！（四下环顾）队长——

[值班员闻声上。手拿朱清扬的矿灯。

值班员　清扬，今天怎么回事儿，你是从不迟到的呀？全队等你，队长都发火了，要你写检查呢。

[朱清扬快速从柜子里取出自己下井的行头，匆匆更换，不一会儿，变成了全副武装的标准矿工形象。

值班员　（递上矿灯）领灯，签名。

[朱清扬三两下签了字。

朱清扬　（自言自语）写就写呗，这么冷的天，我不救它，她必死无疑。比起救命，写检查算啥呀。

[值班员欲下又止。

值班员　（笑）为转正挣表现吧？你也是，做好人好事也不瞅个好时机，下这么大的雪，谁看得到，做也白做。好好给队长解释清楚，你转正，可是要队长写鉴定的。

朱清扬　知道啦！多谢提醒！

值班员　升降机快上来了，走吧。

[朱清扬把矿灯戴在头上，调整着角度，和值班员匆匆下。

[突然，舞台变得漆黑一片。瞬即，大地深处传出一阵令人崩溃的闷响。

[低沉的男声和声曲起——

[一声声撕心裂肺的"冒顶啦！"回响在天地间。多个追光灯乱晃。

[夜空里警笛长鸣。

[黑暗中，朱清扬头上的矿灯亮了。

朱清扬　（惊恐地仰天长啸）冒顶啦——

[暗转。

[舞台渐亮。

[朱清扬家。昏暗的灯光下，朱母坐在炕头织毛线活，看上去是条杂色的围脖。

[韩燕拎着一小袋玉米面叫着"大婶"上。朱母忙把韩燕迎进屋里。

朱　母　韩老师，快进来暖和暖和。

[韩燕在门口跺掉脚上的雪。

朱　母　（为韩燕掸雪）这雪好像越下越大。

韩　燕　是啊。嚯，大婶手真巧，这是在织围脖吧？

朱　母　我把捡来的毛线截子洗了晾干，凑着劳保手套线给清扬织个围脖，我织得慢，天都冷了还没织完。

韩　燕　古人说慈母手中线，游子身上衣。清扬真幸福，有爸爸疼妈妈爱，哪像我们，父母远在老家，见一面都难。

朱　母　若不是1961年我们娘俩在老家过不下去了，也不会千里万里从山东跑到口外，找他挖煤的爸爸。唉，一家人好歹算撑过来了。

韩　燕　我听说，那时这边也很苦。

朱　母　苦也比我们那边好，我们那边树皮草根都扒光吃了，饿啊。好多人挖白橡泥填肚子，肚子胀得像牛皮鼓，屎都拉不出来。

韩　燕　我听说有些人就这样被胀死了。

朱　母　不是"有些人被胀死了"，光我们村儿，胀死的、饿死的、病死的、冻死的多了去了。好在清扬他爸爸是矿工，重活累活加班干，一家人总算能糊口了，（摇头）苦啊！

韩　燕　我知道，我们河南也一样。上周我们学校请老贫农来忆
　　　　苦思甜，也许是他太老了，忆的全是六一、二年的苦，
　　　　思的却是过去的甜。还哭诉说对不起东家……把大家都
　　　　吓坏了，那是路线问题呀。

朱　母　（微微一笑）这老贫农，真是不想活了，好在他是老贫农。

韩　燕　大婶一针见血。

朱　母　（摇头）要是清扬在家，又该怨我乱说了。

韩　燕　大婶，我妈妈托老乡带了玉米楂子来，我给您和大叔送点。

朱　母　（捧过袋子）好东西呀。（想想又把袋子交回韩燕手
　　　　里）你妈妈天远地远给你们带来，还是你们留着吃吧，
　　　　这份情我领了。

韩　燕　（坚持将袋子给了朱母）大婶，见外了不是？我儿子打
　　　　小在您家蹭吃蹭喝，我啥时候跟你客气过？就像样板戏
　　　　《红灯记》里铁梅说的，咱们"隔着墙是两家，拆了墙
　　　　就是一家人"。

朱　母　（将布袋抱在怀里）不拆墙咱们也是一家人。

韩　燕　（惊讶）大婶，《红灯记》的戏词你能背下。

朱　母　（笑着摇头）我书都没念过，哪会戏词啊。

韩　燕　你刚才那句话，就是《红灯记》里的戏词。这些日子，
　　　　我在给学生排练《红灯记》片段呢。

朱　母　呵呵，那是豁牙咬虱子——碰巧了。

韩　燕　是碰巧，也正说明了革命文艺来源于生活。

朱　母　咋，现在小学生也要唱戏？

韩　燕　是学唱。广播里放的样板戏，孩子们都能唱。别看他们
　　　　人小，一招一式很像回事呢。

朱　母　韩老师，大婶托你帮清扬找对象的事，你可要放在心

上。他不小了，人长得俊，忠厚，工作也踏实，若不是他爸爸受伤住院一拖几年，清扬早该有媳妇了。

韩　燕　（开玩笑）儿子在妈眼里啥都好。

朱　母　不是我夸清扬，你也看见的，哪个姑娘能嫁给我儿子，是她的福气。

韩　燕　（逗）大婶，你太偏心眼了吧。

[朱母自嘲地笑起来。

朱　母　不管咋说，清扬的事你一定得上心。

韩　燕　前几天给他介绍过一个。

朱　母　（吃惊）啥？这么大的事，我都不知道。

韩　燕　（逗趣）是啊，这么大的事他都没向您汇报，这难道不是朱清扬的缺点？

朱　母　（乐）好，太好了。你知道，我们清扬啊，没把握的事他是不会嚷嚷的。

　　　　（掩饰不住激动）韩老师啊，快说说，你介绍的姑娘咋样？

韩　燕　还行吧，但好像两人没对上眼。见了一面就算了。

朱　母　（一忙）那你再帮他瞧着，给他找个有缘分的。

韩　燕　（逗趣地）大婶您这是逼着我当媒婆啊！

朱　母　（乐呵呵地）媒婆？别说那么难听。是当红娘，红娘。

韩　燕　（笑着点头）放心吧，我一定能给清扬物色个好媳妇。

[转场。

[煤矿事故现场：烟雾弥漫，人声嘈杂，拉着警戒线。影影绰绰可见忙碌救援的人们。舞台一隅停着一辆救护车。

[两个工人费劲地抬着担架从烟雾中穿出，在穿白大褂的医护人员指挥下，欲将担架床送上救护车。

[担架上的朱清扬挣扎着要下地，被几个人拉住，硬往担架上摁。

朱清扬　让我下去，放开我。

医　生　（急切地）师傅，你这样会出问题的，躺着，配合一下。

[朱清扬在担架上继续挣扎，三个人都有点摁不住了。

医　生　（怒喝）不要动！（对着救护车上）小高，给他注射镇静剂。（问朱清扬）你叫什么名字？

[朱清扬几下挣开了摁着他的人，拔腿就跑。

医　生　站住！（对工人）抓住他，快抓住他！他这是典型的受到强刺激后身体的应急反应。小高，追上去强行注射，必须让他镇静下来。

[两个工人在舞台上围追堵截朱清扬，终于在他被障碍物绊倒时抓住了他。小高举着注射器跑过去，还没等她靠近。朱清扬又已经甩开抓他的人，消失在雪夜中。

医　生　（对着旷野）站住！你会出问题的——

工人甲　（活动胳膊）这小子蛮劲太大了，估计没受伤。

医　生　在哪儿找到他的？

工人乙　就在井口。我们去救援，烟雾太大，他倒在地上，差点把我绊倒。

医　生　（点头）可能是被烟雾呛晕了。这家伙，跑什么呀跑，也不报上名字。

[暗转。

[风雪漫天。

[隐约传来事故的警报声。

[夜深了，朱清扬家还亮着灯，灯光在暗夜里显得那么明亮。仍在织着围脖的朱母放下手里的活，在屋子里踱步，不时侧耳听听外面的动静。

朱　母　出事了？这警报声真闹心啊！

[孙国强和韩燕一前一后摸黑上，急促的拍门声令朱母心悸。

韩　燕　大婶，睡了吗？开门，快开门！

[朱母开门迎进了孙国强夫妇。

朱　母　（惊讶）孙队长，小韩老师。

韩　燕　（忍着悲伤）大婶，您也没休息？

朱　母　习惯了，就当陪清扬上会儿夜班。这么晚了，你们……（紧张地）是不是出事了？警报声一直在响。

韩　燕　大婶，您听到了警报？

朱　母　听到了。（意识到什么）是不是清扬出事了？！

孙国强　（难过地）冒顶、冒顶了！！

朱　母　（五雷轰顶）冒顶？！清扬在哪儿？

[朱母打开门往外冲，被韩燕拉住。

韩　燕　大婶！

朱　母　（撕心裂肺）放开我，我要去找清扬！清扬——

孙国强　（悲伤地摇头）大婶，别去了，突击队二十个壮小伙子，二十个啊……眨眼工夫全没了。

朱　母　突击队？！

[朱母呆了，紧接着发出一声歇斯底里的号叫。

朱　母　清扬——

[朱母摇晃着倒在地上。

韩　燕　大婶——

[韩燕和孙国强大惊失色。

孙国强　大婶，大婶！

韩　燕　（愤怒地对孙国强）孙国强，你混蛋！！

孙国强　（惊诧）韩燕？

韩　燕　你就不能像人一样说话？直愣愣的，哪个当妈的受得了！

[韩燕给地上的朱母盖上被子。

韩　燕　大婶，大婶——

孙国强　我该咋说？人已经死了，还能咋说？我总不能骗大妈吧，蒙得了今天，骗不过明天。

韩　燕　（喝斥）闭嘴！粗人！没文化！！善意的谎话都不会说，还算人吗？！快找人送大婶去医院。

孙国强　（紧张）大妈她……

韩　燕　（没好气地）没看见她晕过去了，快找人去！

[孙国强急急忙忙打开门，和跌跌撞撞跑上，没穿棉大衣，一身下井工装、头上还亮着矿灯的朱清扬撞了个满怀。

孙国强　（失声）谁呀？这大半夜的真是撞鬼了！

[看着眼前的朱清扬，孙国强和韩燕都惊呆了。

孙国强　（恐惧地）你你你……是人还是鬼啊？

朱清扬　（木讷地）谁是鬼？

韩　燕　朱清扬？是朱清扬吗？

朱清扬　（失魂落魄地）是我……

孙国强　（激动得语无伦次）是你！你没死？真没死。活着就好，活着就好啊！还有谁活着？

朱清扬　我……我不知道。

[韩燕回过神来。

韩　燕　　大婶，大婶您醒醒，醒醒！清扬回来了，他没死，看
　　　　　啊，他活着。

[朱清扬看着地上的妈妈大惊，扑了过去。

朱清扬　　（对韩燕）我妈她咋了？（呼喊）妈——

[暗转。

[舞台漆黑一片。

[挖煤的效果声。追光灯一个个亮起，每个光源下都有
一个或两个挖煤的矿工。伴随效果音乐，现代舞组合表
现井下矿工的状态。

[转场。

[医院，追光照亮正在交谈的刘医生和朱清扬。

刘医生　　（翻看着病历）很庆幸，经过几个月的治疗，你母亲终
　　　　　于躲过了死神。当然，也很遗憾，从脑部皮层透视结果
　　　　　看，她的大脑皮层功能严重受损，她会处于一种基本不
　　　　　可逆的深昏迷状态，丧失意识活动，但皮质下中枢可维
　　　　　持自主呼吸运动和心跳，医学上把这种状态叫作"植物
　　　　　状态"，处于这种状态的患者被称作"植物人"。

朱清扬　　（痛苦）您是说，我妈她只能这样一直睡下去了？

刘医生　　（点头）可以这么理解。

朱清扬　　（难过地）咋会这样，咋会这样啊！（疯了似的越说越
　　　　　快）没有意识，没有知觉，不能说话，大小便失禁，含
　　　　　不住口水，自己不能吞咽，全身肌肉僵直，还会不断萎
　　　　　缩，只能靠胃管进食……

刘医生　（点头）作为医生，我必须说实话，你母亲……基本上已经没有治疗意义，接回家养着吧。她随时可能离去，你们要有心理准备，早些给老人准备后事。

朱清扬　（抓住医生的手）想想办法，再想想办法，您一定有办法的，医生！！

刘医生　（沉吟）病人的植物神经系统仍在工作，尚有基本的生命特征存在，也就说明脑细胞没有全部死亡，活着的脑细胞少部分在工作，绝大部分处于抑制、沉睡状态。从理论上讲，如果能够把处于抑制、沉睡状态的脑细胞激活一部分代替那些丢失或死亡的脑细胞参与工作，植物人就有苏醒的可能。

朱清扬　（似乎看到了希望）您是说，植物人还是有可能醒来？帮帮我妈妈吧，求您了。

刘医生　（遗憾地）我说的是（强调）从理论上讲。医生永远是无奈的，我们有拯救生命的美好愿望，但每天都面临着失败。（叹息）我理解你的心情，对你妈妈，我们真的已经尽全力了。

朱清扬　我妈总说自己命硬，什么都难不倒，什么也压不垮她，她一定能扛过去。

刘医生　（轻轻摇头）怕是她还扛着，你已经扛不住了。植物人醒来、恢复记忆、回归正常生活的可能性极小极小，（安慰地）除非出现奇迹。

朱清扬　（焦躁地）哪怕有一点点希望你们都应该想办法，你们是专管救命的医生啊！

刘医生　治病救人是我们医生的职责，但我们现在的医疗技术还达不到做这个水平。

朱清扬　（冲动地）达不到这个水平就不治了？

刘医生　小伙子，别太激动，至少你妈妈还活着。我们有句行话叫三分治疗，七分护理。出院后，好好照顾她，尽可能不留遗憾。

朱清扬　我妈是因为我才成了植物人，我不能让她生不如死。

刘医生　（赞许地点头）怎么就看见你在照顾母亲，兄弟姐妹不在本地？

朱清扬　我没有兄弟姐妹，父母就我一个孩子。

刘医生　（惊讶）独生子？那你担子重啊。

　　　　　[追光灯打向一动不动躺在病床上的朱母。床的一侧挂着输液瓶，身上插着各种管子。

　　　　　[朱清扬和刘医生走到朱母的病床前，朱清扬俯身在母亲耳畔。

朱清扬　（坚定地）妈，有我呢，你啥都别怕。就算你要躺一辈子，我都不会丢下你不管。你儿子说话算数！

　　　　　[暗转。

　　　　　[舞台渐亮。

　　　　　[朱清扬家。

　　　　　[炕上躺着一动不动的朱母。十分疲惫的朱清扬正给她做护理，洗脸、按摩、轻轻拍打身体、翻身。

　　　　　[传出朱父打喷嚏的声音。

朱清扬　爸，您盖好被子，秋裤还烤着呢，干了我就给您换上。

朱　父　（里屋传出画外音）别管我，忙你的。

　　　　　[朱清扬边给妈妈捏腿边打起瞌睡来，头越点越低，最终趴在炕沿上睡着了。

朱　父　（画外音）你上夜班，回来怎么也得睡会儿。

　　　　[朱清扬没回应。

朱　父　（画外音）清扬——

　　　　[时空穿梭。

　　　　[壮年的朱父扯着嗓门喊着"清扬"从外面上。

　　　　[健康的中年朱母从炕上下来，接过朱父手上拎着的空饭盒，用手势阻止老伴。

朱　母　嘘——大嗓门，别把儿子吵醒了。

朱　父　（放低了声音）这小子，怎么这会儿睡了。

朱　母　学校学雷锋，到矿里劳动，咱儿子做啥事儿都认真，下死力气，累坏了。

朱　父　参加劳动好啊，以后也当矿工。

朱　母　你挖煤苦了半辈子，他可不能像你那样……还是想他多念书，以后有份体面又不累的工作。

朱　父　你呀，想得挺美。都不知道现在是啥形势，这上上下下都乱成啥了。不抓紧给他找个工作，以后吃饭都成问题。我也想让他做个斯文的读书人，可哪有地方读啊？不仅咱矿里的子弟校，全国上下都停课闹革命了。做个堂堂正正的工人，总比在社会上瞎混好。

朱　母　话是这么说。挖煤太苦，动辄就出事，我们好不容易得个儿子，万一……真不敢想。

朱　父　不敢想就别瞎想。

　　　　[朱母在小桌上摆起碗筷，又从锅里端出一个小碗递给丈夫。

朱　母　饿了吧？今天咱的小母鸡下了一个蛋，我给你煮了，趁热先吃，等清扬醒了我们就吃饭。

朱　父　（惊喜地拿起蛋）小母鸡出息了。

　　　　[朱父欲磕蛋又止，将其放进碗里盖住。

朱　母　咋了？

朱　父　给清扬留着，他正吃长饭。

朱　母　（欣慰的）你呀，刀子嘴豆腐心。

　　　　[少年朱清扬伸着懒腰从里屋出来。

朱清扬　好香啊——

朱　父　（对老伴）瞧，狗鼻子已经闻到香味了。

朱清扬　爸你啥意思？我说的是这一觉睡得香。

　　　　[朱父和朱母都笑了。

朱清扬　妈，吃饭吧，我饿死了。

朱　母　饭早好了，先等你爸，你爸回来了又等你，不忍心叫醒你!

朱清扬　我在梦里到处找吃的，可啥也没找到，饿得心发慌……

朱　父　清扬，别让你妈揪心，她就怕你说饿。

　　　　[朱清扬揽着妈妈的肩。

朱清扬　（笑）妈，我是做梦，不是真的。（旋即）咱今天吃啥，我都饿了。

　　　　[话未落音，朱清扬和父母都笑了。

朱　父　不会说假话的孩子。

朱清扬　你们也从不说假话呀。

朱　父　其实，假话也不是全都不好，要看为啥说，对谁说。（怀想）你奶奶去世前，已经病得很厉害，一天不如一天。可她总是对我们说：我好多了，（哽咽）我就要好起来了……

朱　母　她没说真话，那是因为不愿亲人们难过。

朱清扬　（感动）妈，我明白了。

[舞台灯光渐暗。

[暗转。

[舞台渐亮。

[朱清扬家门外。朱清扬背着一个沉重的大麻袋上，迎面遇见韩燕和妹妹韩梅。

韩　燕　清扬，又去矸石山捡煤啦？别贪多，太沉了，小心闪了腰。

[朱清扬侧身放下大麻袋。

朱清扬　习惯了，跑一趟总想多捡点。

韩　梅　姐，你们这地方不错，还能捡到煤呀？

韩　燕　没你想得那么轻松，捡煤要走很远。

[朱清扬看了看韩梅。

朱清扬　韩老师，她……是你妹妹吧？长得真像。

韩　燕　是啊，昨晚刚从河南老家过来。我带她看看各位邻居。

韩　梅　（大方的）您好，我叫韩梅。

韩　燕　（拍拍朱清扬的肩）我们的近邻朱清扬。比你大，你叫名字，叫清扬哥、朱师傅都行。

朱清扬　（笑）叫我清扬好了。

韩　梅　清、扬，这名字好听又好记。

朱清扬　嘿嘿，很多人都这么说。

韩　梅　谁给你起的名字？

朱清扬　我爸爸。

韩　燕　清扬很不简单，一个人照顾卧病不起的爸爸妈妈，几年如一日，无怨无悔。

朱清扬　（笑笑）对自己的父母能有什么怨和悔，做什么都应该，分内的事。

韩　梅　那你上班吗？

朱清扬　上啊，挖煤，我是矿工，（憨笑着补充）不过还只是临
　　　　时工。

韩　梅　（对朱清扬）独自照顾两个病人，还要工作，好难啊，
　　　　你真了不起！

朱清扬　（不好意思）有啥了不起的，换了谁都会这样。如果是
　　　　你，肯定比我做得还好。

韩　梅　（摇头）我哪能跟你比呀，你太谦虚了。

　　　　[韩梅双手提了提朱清扬放下的麻袋，提不动。

韩　梅　好沉啊，还得上山下山。得背多远？

朱清扬　（憨憨一笑）也就几十里路。

韩　梅　（倒吸一口气）背这么重走几十里路？你真是个大力士！

朱清扬　呵呵，是个男的都能做到。

韩　燕　韩梅——

　　　　[韩梅专注地和朱清扬说着话，没听见。

韩　燕　（提高声音）韩梅，我带你看看大叔大婶。

韩　梅　哎？！

朱清扬　（欲阻止）韩老师！

　　　　[韩燕姐妹俩站住。

朱清扬　我，我怕韩梅看到我爸爸会害怕……

韩　燕　（笑了）害怕？她呀，天不怕地不怕。

韩　梅　（撒娇地）姐，你又讽刺打击我！

　　　　[三个人都笑起来，朱清扬表现出少有的轻松。

韩　燕　嗨，差点把正事儿都忘了。

　　　　[韩燕从衣兜里掏出一张叠着的纸塞到朱清扬手里。

韩　燕　我那天给你说的，听说两个姑娘都不错，名字时间地点

接头方式都写在上面，都见见。看缘分。

朱清扬　（展开纸条看）嘿嘿……

[暗转。

[下面的戏朱清扬分别在不同时空和两个对象见面、周旋。两个时空相互交叉对接。

[朱清扬和小米姑娘一前一后从舞台深处上。

朱清扬　小米，一路都是我在说，你咋想的，给句实在话吧。

小　米　（羞涩）我，我喜欢听。

朱清扬　您的声音很好听，韩老师说孩子们都喜欢上您的课……

小　米　（一笑）那是因为我上的是音乐课，孩子们喜欢唱歌。

朱清扬　我还担心您不愿出来见面呢。

小　米　为啥呀？

朱清扬　您是位老师，我是个临时矿工啊。

小　米　（沉吟）这有什么，韩老师说你人好，表现好，转正是迟早的事。

朱清扬　（感动）韩老师总是给我鼓劲儿。

小　米　你挺好的，和韩老师说的一样。（欲言又止）我……你接着说吧……

朱清扬　我也喜欢听你说。

小　米　（迟疑）……有一个情况……怎么说呢……

朱清扬　有啥说啥，我喜欢痛快。

小　米　我……

[小米走至一旁，内心似乎很纠结。

[小赵手拿一本《矛盾论》匆匆跑上，她环顾四周，似乎在找人。朱清扬判断着迎了上去。

朱清扬 （微笑着）您……是赵芬同志？

小 赵 （点头）……朱清扬？

朱清扬 （热情的）是我。

[两人礼节性地握手。朱清扬转向小米。小赵审视着朱清扬。

小 米 （走向朱清扬）我们家是姐妹五个，没男孩子。四个姐姐都嫁出去了，我爸爸说，我嫁的人必须入赘到我们家。

朱清扬 倒插门？（不加思索的）不不不，肯定不行。

[小赵朝朱清扬挥挥手中的《矛盾论》

小 赵 （快言快语的）介绍人没给你说？见面的时候，我拿一本毛主席的《矛盾论》，你拿《实践论》，这样一来我们就能对上号。你怎么没拿呀？好在这会儿人不多，不然我还以为你没来呢。

朱清扬 韩老师给我说了，可我们家的《实践论》怎么都找不到。我怕迟到就先赶来了，（笑）人是有缘的，缘分中人没有"接头暗号"也能对得上。

小 米 （失望的）大家都生在新社会，长在红旗下，结了婚，两边都是我们的家，怎么就不行啊？现在都什么时代了，哪本书规定女的必须嫁到男方家？

朱清扬 （故意地）就是不行，要不怎么叫"嫁"女，"娶"媳妇呢？

小 米 你这是封建的大男子主义！

朱清扬 （笑）这顶帽子太大了！小米，说真的，你父母真有福气，家有"五朵金花"。我父母就我一个儿子，爸爸工伤后遗症，住了几年医院刚出来，妈妈（踌躇片刻）也病在床上，都不能自理。我若做了别人家的上门女婿，父母咋办？

小　米　　（惊讶加无奈）我哪知道咋办呀？

朱清扬　　那就看缘分吧。

　　　　　[听到"缘分"二字，小赵敏感地转过身。

小　赵　　（对朱清扬）缘分、缘分，那是迷信。我相信真正的朴素的无产阶级感情，（畅想）双方本来并不认识，为了共同的革命目标走到一起……

小　米　　（对朱清扬）你已经是成年人，应该有自己的生活，难道还能守父母一辈子？

朱清扬　　为啥不能？这也是我谈对象的条件和底线。

小　赵　　（对朱清扬）我比你大三岁，你在意吗？

朱清扬　　（一怔）我……没想过这情况。

小　赵　　韩老师没告诉你？我强调要向你说明的。

朱清扬　　她没说。（双方沉默片刻）嗨，年龄大小不是啥问题，关键要有缘（改口）要合得来。（玩笑）女大三抱金砖嘛。

小　赵　　（忍不住笑了）都是什么乱七八糟的说法？

小　米　　（旁白似的）看上去可不像只大三岁。

小　米　　（对朱清扬）我们都第二次见面了，要不，咱们今天去你家看看？

朱清扬　　（不解地）去我家？

小　米　　（有几分撒娇地）带我去吧，我保证不提倒插门儿的事。好不好嘛？

朱清扬　　（憨憨一笑）咱俩要是处成了，天天在我家，这会儿着的什么急？（对小赵）你说是不是？

小　赵　　呵呵呵。

小　米　　（半撒娇地）我现在就想去嘛。

朱清扬　今天没时间了，我上夜班，来不及。

小　米　我俩到公路上拦车，搭顺风车去。

　　　　[朱清扬犹豫。

小　赵　（对朱清扬）韩老师说你是个好小伙儿，模样长得俊，工作踏实努力，其他让我们自己了解。（口若悬河）其实长得怎么样不重要，关键要有一颗火热的心，要积极要求进步，主动参加三大革命实践，不要成天沉溺于自己的小家庭，鼠目寸光……

朱清扬　你觉得爱自己的家是鼠目寸光？

小　赵　也许我用词不当，意思是我们还年轻，要有理想，目光不能短浅，不是说你，咱俩共勉。咱俩要是成了一家人，绝不能让别人小看咱们。

朱清扬　别人怎么看咱，和咱毫无关系，咱要怎么活，也和别人毫无关系。

小　赵　这就是你的方法论和世界观？朱清扬，怎么感觉你不爱学习啊！且不说咱们还年轻，就是老人，也要活到老学到老。

朱清扬　（笑）是是是，我觉悟不高水平低，你说话我有点跟不上趟，可我觉得，只有每个小家庭都和和美美，才有祖国大家庭的幸福、安定、富强。

小　赵　（惊诧）朱清扬，朱师傅，小家怎么能与国家相比？你不要不懂装懂乱形容。我这人说话直，你别不服。

朱清扬　我干嘛不懂装懂啊，怎么想就怎么说。

小　米　（赌气）你不同意来我家，又不带我去你家，你究竟咋想的？

朱清扬　小米，我对你印象挺好。可这倒插门……

小　米　（摇头）这是我爸爸定的规矩，我们家，他说了算。

朱清扬　（愠怒）他说得不对也算？真是的，都什么时代了。

小　米　（摇头）你不了解我爸爸，他很固执，是不会改变的。

朱清扬　找对象难道不是两个人的事？

小　米　（笑笑）是，也不是。

朱清扬　（纳闷儿）这话咋讲？

　　　　[小米背过身去。

小　赵　（对朱清扬）你是党员吗？

朱清扬　这和处对象有什么关系？

小　赵　当然有关系，一个人的政治生命能决定家庭的幸福。我
　　　　再问一次，你是党员吗？（朱清扬不语）说呀，是还是
　　　　不是？

朱清扬　（难为情地）不是。

小　赵　（失望）难怪韩老师只字不提你的政治面貌。

小　米　（无奈地）朱清扬，我再问你几个问题，你可要说实话。

朱清扬　（一笑）放心，假话我还没学会。

小　米　你家条件怎么样？

朱清扬　啥条件？

小　米　有……缝纫机吗？

朱清扬　（摇头）缝纫机，没有。

小　米　自行车？

　　　　[朱清扬摇头。

小　米　那，收音机呢？

朱清扬　有一个我自己学着装的矿石收音机。（恍然大悟）你想
　　　　去我家，是要去探家底吧？

小　米　（不自然地）瞧你说的。

朱清扬　（磊落地）那你更不用去我家了，会失望的。我们家没
　　　　有你想知道的那些东西，只有两间冬天能挡风雪，夏天
　　　　能避阴凉的小屋，还有不能活动靠我照顾的父母亲。
　　　　[小米惊讶，欲言又止。朱清扬背过身去。小米黯然离
　　　　去。

小　赵　我就少问了一句。

朱清扬　（对小赵）韩老师哪知道我是不是党员什么的。

小　赵　（不接话）写申请书了？

朱清扬　（摇头）没敢想。

小　赵　人往高处走，要有追求啊！太遗憾了。朱清扬同志，
　　　　（想了想）这么说吧，你不适合我，我的对象必须是党
　　　　员，共同的信仰是组建家庭的基础。

朱清扬　没想到你觉悟这么高，年纪轻轻就已经是党员，我自愧
　　　　不如。

小　赵　我还不是党员，所以才要求对象必须是党员。我参加党
　　　　章学习小组的学习都快两年了，我坚信，在不远的将
　　　　来，我会成为一名光荣的布尔什维克。希望你也能要求
　　　　进步，向党组织靠拢。（小赵大方地向朱清扬伸出手，
　　　　两人握了握手）认识你很高兴，至少，你是一个诚实的
　　　　人。再见！

朱清扬　再见！
　　　　[小赵潇洒地挥手离去。

朱清扬　（疑惑）要求进步，在别人眼里，我很落后吗？
　　　　[朱清扬有点发懵，愣在原地。
　　　　[暗转。

[舞台灯渐亮。

[朱清扬家门前，朱清扬正抡着大斧劈柴。横拉着的晾衣绳上，晾着缀满补丁的裤子。

[面带喜色的孙国强上，朱清扬的斧子停在空中。

孙国强　（玩笑）小子，宰人啊，先把斧子放下。

朱清扬　（笑）队长，宰谁我也不能宰你呀。啥事这么高兴？

孙国强　还不是你小子的事啊，没等下班我就赶来了。

朱清扬　（笑了）我的事？

孙国强　和你有关的好事。

朱清扬　（猜想）是转正的事儿？

孙国强　嗯，说明你还不傻。

朱清扬　（惊喜）要给我转正了？

孙国强　这就是我赶着来找你的原因。刚刚得到消息，上面给咱矿里拨了转正指标。

朱清扬　（激动）你是说，我可以转正了？

孙国强　没那么简单，但至少有了希望。听说指标不多，你得赶紧去找矿领导。

朱清扬　找领导？

孙国强　对，得去向领导诉苦！把你们家的情况说得越惨越好，这样至少能争取到特殊情况特殊处理。

朱清扬　（摇头）我不去。

孙国强　（似被浇了一盆凉水）你说啥？

朱清扬　我说我不去找领导。

孙国强　那你想干嘛？想一直做光荣的临时工？

朱清扬　队里的领导都知道我家的情况，我再嘟嘟囔囔去矿里叨叨太不爷们儿了。

孙国强　你不去，你不去别人会去。谁家没有一点特殊情况，都会有需要照顾的理由。人为财死，鸟为食亡，这么简单的道理你不懂？

朱清扬　（执拗地）我……不去。

孙国强　（愠怒）真是个榆木疙瘩，书没读几本却像个书呆子。你不去，过了这个村就没这个店了。

朱清扬　（声辩）我表现又不差，干活的态度大家都看见的，要就光明正大地转正，不想要同情的转正。

　　　　[韩燕上。

孙国强　（生气地）这话是你说的！朱清扬，别不识好人心……像我欠你似的，你的事我不想管了。

韩　燕　孙国强，啥事这么激动？

孙国强　（指着朱清扬）你问他！我好心告诉他矿里来了一批转正名额，赶紧找头儿表态，做做工作。可人家不领情，还假装高风亮节。

朱清扬　队长，你知道我的脾性，我就是不会套磁、不会诉苦嘛。像转正这样的好事，该我就是我，轮不到我，我说啥也没用，反倒给领导添堵。

孙国强　（气恼地）算了算了，你就当好随时可能被辞退的临时工吧，到时候别一家人没饭吃就好。

韩　燕　（对朱清扬）清扬，我也是来告诉你这个消息，听说好多人都找领导去了。就十几个名额，僧多粥少，是得争取啊。

孙国强　韩燕，咱回家，他朱清扬转不转正和咱没关系！

朱清扬　队长……

韩　燕　孙国强，你和清扬较什么真啊。

孙国强　　（恼怒地）跟他较真？我没那闲工夫。

　　　　　　[孙国强气冲冲下。

朱清扬　　（冲着孙国强）队长——

韩　燕　　清扬，孙国强是对的。天上不会掉馅饼，机会来了，你不争取它绝不会属于你。想想你爸你妈，你太需要这个转正指标了。

　　　　　　[朱清扬百感交集。

韩　燕　　去吧，把你的困难讲给领导听。孙国强就那暴脾气，转过身他准会帮你争取，他了解你，可你自己得有一个态度。

朱清扬　　（沉默片刻）我已经交了转正申请。

韩　燕　　公事公办是不够的。指标一旦尘埃落定，再想找领导就来不及了，我们有经验。

　　　　　　[韩梅跑上。

韩　梅　　姐，姐夫让我来叫你，说有急事儿。

韩　燕　　（好言相劝）清扬，听话，一定去找找领导。

朱清扬　　为自己家的事，韩老师，我、我真的张不开嘴。我这人没什么嘴上功夫，只适合用力气证明自己。

韩　梅　　啥事？我陪你去，（幽默的）我和你相反，没力气，说话还凑合。你说不好我帮你说。

韩　燕　　韩梅，我们在讲正事，你别瞎掺和。

朱清扬　　（对韩梅）你姐姐姐夫对我很好，一直关心我……

韩　梅　　姐，你先回去吧，姐夫急着找你。我听清扬说说，帮他出出主意就回去。

韩　燕　　（打趣）什么时候喜欢管闲事了？行啊，给他洗洗脑子。

　　　　　　[韩燕下。

朱清扬　　（对韩梅）矿里来了十几个转正指标，可等转正的有几十人。你姐姐姐夫让我赶紧去找领导，诉苦、要指标，可诉苦有用吗？既然转正是有条件的，符合条件的就转呗，都跑去找领导叨叨，那算什么事儿啊！那样就是转成了，心里也不安啊。

韩　梅　可以跟领导聊聊你们家的具体情况嘛，那也不叫诉苦。

朱清扬　家里的情况矿里、队里都门儿清。要论表现，我年轻，重活、脏活总是冲在前面。经常受表扬，还参加过抓革命促生产讲用会。为转正，填表也不知填过多少次了，你说我再去谈，谈啥呀。

韩　梅　（干脆地）也是，还有什么好谈的，别去了。

朱清扬　（一愣）啊，你说得这么简单？

韩　梅　对啊，很简单，就是一个去还是不去的问题。结果是能不能转正。你的条件摆在那里，个人表现好，家庭情况特殊，又是矿上的子弟，我觉得胜算在百分之五十以上，剩下的就看运气了。

朱清扬　就算这次我没转成，我也不后悔。

韩　梅　那是运气不好。

朱清扬　总有轮到我的时候。

韩　梅　就是要会想，想得通。

朱清扬　（赞许）你们读过书的人脑子就是好使，我纠结半天，你几句话就帮我开解了。

韩　梅　（调皮地）那当然。说，怎么谢我吧？

朱清扬　谢你？（憨笑）我、我还没想好。

韩　梅　（玩笑地）好听的话都不会说两句？你还真是个老实人。

朱清扬　你说的，特别合我心意。

韩　梅　（逗趣）这马屁拍得不怎么样。

朱清扬　嘿嘿嘿。你姐姐姐夫问起，你咋交代呢？

韩　梅　（思忖）我就说你答应去找领导，到时候你说找过了不就得啦！

朱清扬　（憨笑）这办法好，善意的谎话我乐意说。

韩　梅　（乐）就知道憨笑。

[韩燕的画外音："韩梅——"

[韩梅朝朱清扬摆摆手，一溜烟跑回家去。朱清扬朝着她去的方向凝视良久。

[转场。

[舞台漆黑一片。

[挖煤的效果声。追光灯一个个亮起，每个光源下都有一个或两个挖煤的矿工。伴随效果音乐，现代舞组合表现井下矿工的状态。

[暗转。

[舞台渐亮。

[朱清扬家。朱清扬正在给炕上毫无知觉的母亲按摩、翻身。

朱清扬　（朝向里屋）爸，给妈做完治疗我就给您弄吃的。

朱　父　（画外音）不急，先忙你妈。你肯定饿了，活儿那么累。

[朱清扬给母亲盖好被子，走进里屋。

[时空穿梭：壮年、健康的朱父提着饭盒从门外进来。

朱　父　清扬妈，吃饭吧。

朱　母　（中年朱母下炕迎上）你们想都想不到今天有什么好吃的。

朱清扬　肉？当然是肉最好吃。

[朱家父子期待地看着朱母。

朱　父　　今天又不是什么节气，你买了肉？

朱　母　　（得意的）我没买，但我请你们吃肉，吃鱼肉。

[朱母端出菜饭。三人在小炕桌边坐下。

父子俩　　（异口同声）真是鱼，哪来的？

朱　母　　（对朱清扬）还记得前些天你从包头回来，火车上遇到
　　　　　的两婆孙不？

朱清扬　　（点头）他们来白鹿沟探亲，老奶奶六十多岁，小弟弟
　　　　　七八岁。火车到站天已经黑了，老奶奶向我问路，他们
　　　　　要去的地儿正好和咱们家一个方向，我就帮她扛着行李
　　　　　带着他们走。刚下过雪，天寒地冻。老奶奶走得慢，小
　　　　　弟弟冻得直哭。十几里的山路，我们走了好几个钟点。

朱　父　　老不见你回来，我和你妈都急坏了。

朱　母　　你们到咱家已经是夜里两点多了，可到他们亲戚家还得
　　　　　有六七里路。

朱清扬　　你给他们煮了鸡蛋面，那是我们都舍不得吃的最后两个
　　　　　鸡蛋。老奶奶落泪了。

朱　母　　我留他们住下，可咱家没有多余的被褥，只好把你的炕
　　　　　让给他们睡。

朱清扬　　（笑）我到里屋你们的炕上挤了一宿。

朱　父　　挤了一宿？你妈怕你睡不好，坐在炕边看了你一宿……
　　　　　（突然把话打住）我们不是在说鱼吗？怎么扯到老太太
　　　　　那儿去了。

朱　母　　（乐了）算你脑子清醒，没被我绕糊涂。（强调）咱们
　　　　　今天的鱼就是那老太太让她弟弟送来的。

朱清扬　　我们是帮了他们，可收人家的东西不好吧……

035

朱　母　这是情分，我们帮他们时并没想要回报，可人家记情，
　　　　我们就要领情。说穿了，人来到世上谁也离不开谁，相
　　　　互都有关联。相识相遇都是缘分，你帮我，我帮你。不
　　　　在于送了什么，得了什么。

朱　父　（感叹）鱼可是太稀罕了，这情份重啊。

朱　母　你们爷儿俩可劲儿吃！

朱清扬　（迫不及待）妈说得对，（抄起筷子）那我就要领情啦！

朱　父　（似乎很爽）鱼头我解决。

朱　母　（毫不犹豫）鱼尾归我。
　　　　[给朱清扬夹鱼肉。

朱　母　这块肉好。

朱清扬　爸、妈，鱼头鱼尾都没肉，鱼肚子这儿肉多刺少。你们
　　　　挑这儿的肉吃！

朱　母　嗨，我喜欢吃鱼尾，入味儿。

朱　父　鱼头的肉香，吃起来给劲儿。

朱　母　（不动筷子，看着朱清扬吃）多吃点，（突然）留心，
　　　　（用手捻出朱清扬夹着的鱼肉上的一根刺）有根刺儿，
　　　　别卡着了。

朱　父　他多大了，你还帮他挑刺儿?

朱　母　（看着儿子）再大也是孩子。

朱清扬　等我以后挣了钱，我要买好多鱼头鱼尾，让爸爸妈妈吃
　　　　个够。
　　　　[朱母和朱父相视无语，朱母掩饰地拭去泪水。

朱清扬　妈，你咋掉眼泪?

朱　母　嗨，可能是沙子落到眼里了。
　　　　[突然，朱清扬似乎悟到了什么，他疾步走到台前，泪

如雨下。朱母躺回炕上，朱父退到里屋。

朱清扬 我的父亲母亲。

[孙国强几乎是冲了进来。

孙国强 我早知道，你小子大难不死必有后福，没想到这后福这么快就应验了。

朱清扬 （纳闷儿）队长？

[朱清扬边说话，边给母亲捏胳膊、捏腿。

孙国强 我接到矿里的通知，咱全队只给了两个转正指标，其中一个带帽下达给了你。（提高嗓音，尽量字正腔圆）你转正了。

朱清扬 （激动）真的？！

孙国强 我堂堂队长还骗你不成？从今往后，你的工资、待遇、劳保都会不同了。你妈也多了一层保障。

朱清扬 （语无伦次）太好了，太好了。（对里屋的父亲）爸，你听见了吗？我是你的工友了。（看着母亲）妈，我终于转为正式工人了。队长，我请你喝酒，还有韩老师，一定要喝一杯。

[韩燕上。

韩　燕 （递信封给孙国强）你果真在这儿，我放学时，矿政工办让我带给你的。

[孙国强边打开信纸，边对朱清扬说。

孙国强 （逗）当初让你去找领导谈，你还不去，气得我揍你的心都有。

朱清扬 我不是不听你的，是嘴笨，不知道咋和领导讲啊。

孙国强 （抖抖信纸）事实证明，领导找对了！

[孙国强看信，惊讶。

孙国强　怎么，你小子没去找领导？

韩　燕　信里说什么？

孙国强　（念）你队临时工朱清扬顾全大局，以集体利益和他人利益为重，是这次符合转正条件的人里唯一没去找领导诉苦闹指标的人。为了弘扬这种毫无自私自利之心的精神，矿里特批一个名额，带帽下达给朱清扬，以示鼓励。（对朱清扬）你小子有高招啊！

朱清扬　我哪儿有什么招，只是胆小罢了。

　　　　　[朱清扬的表情变得凝重起来，欲言又止。

孙国强　咋，还有啥条件没满足？小子，人要知足，想想那些死了的兄弟，你暂时别再提什么要求。

朱清扬　我就是想起了那年死去的十九个兄弟，那些熟悉的脸经常在我眼前晃动。

孙国强　（叹气）是啊，别的不说，我们采区的兄弟篮球队纵横包头，（如数家珍）无敌中锋大刘，断路前锋老铁，神投手花脸，还有老城墙庞大个儿，他的篮板就没失过手……我一直不敢想，怎么就那么寸，这些活生生的汉子从此就没了。

朱清扬　有时候我会犯迷糊，我还活着？

孙国强　我还欠庞大个儿一顿酒呢，那次和白云矿赛球，对方有两个队员是自治区体工队退下来的，我赌他没戏，谁知他竟拿下十三个篮板……他就好喝点小酒，我却没能兑现。（叹息）人在的时候，以为来日方长，什么都有机会，其实从娘肚子里出来，人就开始做减法了，活一天少一天，见一面，少一面啊。

朱清扬　好多人和事错过了就永远错过了。

孙国强　唉！这都是命。不过也怪了，我和韩燕都纳闷儿，你那么老实本分遵纪守法一个人，从来不迟到，偏偏那天迟到了，就像事先知道要冒顶。难道是老天托了梦给你，让你晚点到，帮你躲过了那一劫？

朱清扬　（认真地想着）是啊，我本必死无疑……（犹豫地说出）真的是神灵救了我。

孙国强　（哑然失笑）朱清扬，我好歹是组织上培养的干部，出于好奇，打个比方而已。说你胖，你还真喘上了。那么多人神灵都不救，单救你？神灵也太不够意思了。

朱清扬　天机不可泄露，我不想说。

孙国强　天机？那就更得说来听听。

朱清扬　说了你肯定不信，还是不说好了。

孙国强　（假装生气）嗨，你小子反了？我是队长，你的领导，让你说你就说。是哪位神灵救了你？我必须听听，必须知道。你小子休想编瞎话蒙我。

朱清扬　我真的不想说，总觉得对不住那些……

孙国强　说说说，今天你还必须说。

朱清扬　（沉寂片刻）是一只梅花鹿救了我，梅花鹿。它就是我的神灵。

　　　　[一阵静默。紧接着孙国强夸张地笑喷了。他摸摸朱清扬的额头，一个劲儿地摆手。

孙国强　就算你受了刺激也不会这么不靠谱吧？（模仿朱清扬）一只梅花鹿，你还可以说是（学朱清扬口气）一只小白兔，一匹草原狼，飞来的大雕……你就编吧。

　　　　[韩燕上。

朱清扬　（黯然）信不信随你，就当我没说。

孙国强　我是共产党员，无神论者，当然不信你的鬼话。

朱清扬　（诚恳地）我有什么必要编鬼话骗人。

孙国强　这你自己知道。

　　　　　[屋里传出朱爸爸的呼唤声（画外音）：清扬……

朱清扬　（朝韩燕等摆摆手）哎，我这就来！

　　　　　[转场。

　　　　　（此场戏"山坡上"和"韩燕家"两个时空交叉呈现。）

　　　　　[舞台灯渐亮。

　　　　　[韩燕家。

孙国强　（惊讶）韩梅和清扬？怎么可能。

韩　燕　怎么不可能？好几个人都看见过，他俩在后面山坡上聊
　　　　　得神采飞扬，熟人从近旁走过清扬都没看见。

孙国强　也就是聊聊天，聊得轻松愉快而已。你又不是不了解朱
　　　　　清扬，别那么紧张，如临大敌。

韩　燕　青春期的男女，聊来聊去，就聊得分不开了。

孙国强　他俩绝对不会，条件太悬殊。你想想，你给朱清扬介绍
　　　　　了好几个女孩子了，和他都还谈得来，怎么一个都没成
　　　　　啊？是他父母的情况把别人吓退了。韩梅又不是傻子，
　　　　　去过他家，等于是打过预防针了，她哪会轻易动感情，
　　　　　也就是说说话、解解闷儿而已。

韩　燕　我有预感，你还不了解我妹妹。

　　　　　[朱清扬背着大捆枯树枝和韩梅一起走上山坡。韩梅的
　　　　　手上拿着朱清扬的外衣。

韩　梅　（聚精会神）后来呢？

朱清扬　梅花鹿终于站了起来，吃了那两个土豆后，它有劲了，能走路了。

韩　梅　（追问）后来呢？

朱清扬　那场雪不仅来得早，还特别大，一眨眼我就看不见它了。

韩　梅　再后来……

朱清扬　（黯然）我迟到了。那之前，我从不迟到……

韩　梅　迟到就怎么了？

朱清扬　因为迟到，我捡了一条命，十九个弟兄死于大面积冒顶。

韩　梅　（惊恐）死了？太恐怖了……冒顶是什么意思？

朱清扬　就是挖煤的时候，矿井突发坍塌的事故，冒顶事故有大有小，很突然，矿井里这样的灾难时常发生。

韩　梅　真是小鹿救了你，神灵，它绝对是神灵！

[朱清扬惊讶地站住了，定睛看着韩梅。

韩　梅　（不解地）我说错什么了？

朱清扬　（激动）你也说小鹿是神灵？咱俩想得一样。我给别人说，别人都不信。

韩　梅　（真诚地）我信！真的信！

朱清扬　（激动地）你，你真好。

[韩燕家。

韩　燕　女人的直觉往往是对的。

孙国强　（故意反话正说）噢，那不正好吗？你妹子和朱清扬都是单身，一拍即合。也省得你老担心朱清扬找不到媳妇。

韩　燕　你就气我吧！不说门当户对，起码也得般配吧。朱清扬才初中毕业，父母常年卧病，家里条件太差了。我妹妹高中生，人才也不错。哼，你倒是大方，当真不是你的妹妹。

孙国强　你啊，不是我说你，偏心眼。你给别的女孩子介绍时，就突出朱清扬的长处：人老实，善良，勤快，孝敬父母……关系到自己妹妹，你想的又是他的家庭条件，同样一件事标准不一样，公平吗？自私自利。

韩　燕　自私就自私！总不能眼睁睁地看着韩梅往火坑里跳吧？

孙国强　两个年轻人谈得来，说说话，不见得就是处对象，更谈不上"往火坑里跳"。你别听着风就是雨，再说就算是，你当姐姐的表明态度，不同意不就得了。

[山坡上。

朱清扬　（放下柴捆）不行，肯定不行，我家的情况不适合你。

韩　梅　（似撒娇）你们家的情况非常需要我。虽然我不能干，两个人的力量总比一个人强。

朱清扬　（慌乱地）你……我……我脑子有点乱……咱不说这事儿好吗？

韩　梅　（调皮地）我就要说。是不是风太大，把你的脑子吹乱了？哈哈哈……

朱清扬　（笑了）你真逗！我的意思是……咋说你才明白呢。

韩　梅　你不会是嫌我不好看吧？

[朱清扬使劲摆手。

朱清扬　不不不，哪儿的话。

韩　梅　那你犹豫什么？

朱清扬　你姐姐知道吗？

韩　梅　（摇头）我自己的事自己做主。

朱清扬　如果不是你姐姐的意思，那就更不可能。

韩　梅　（不解）你真觉得我配不上你？

朱清扬　（为难）不是。

朱清扬　别人给我介绍过很多女朋友，特别是你姐姐，一直关心我，可一个都没谈成，没有哪个姑娘愿意走进我们家。

韩　梅　为什么呀？

　　　　　[朱清扬沉默。

韩　梅　（急了）人与人是不一样的，你为什么不吭声？

朱清扬　（心情复杂，连珠炮似的）为什么，为什么，为什么？我不明白！你究竟为了什么？

韩　梅　那我就告诉你为什么，是你的善良，你的孝心，你这个人打动了我。

朱清扬　（斩钉截铁）那我也不答应！我一个穷矿工，除了重病的父母，我几乎一无所有。我每天重复着同样的事情，艰难地支撑着这个家。多少年来，我去矸石山捡煤，到四面的山上打柴，省下买煤和柴的钱，甚至省下基本的生活费用来还父母治病借下的债。可以肯定，这样的生活会持续很长时间，作为儿子我必须担当，你却没有这个义务，你来加入是不合适的。

韩　梅　（坚定地）我愿意！这还不够吗？

朱清扬　（感动得理屈词穷）你，你是个傻子。

韩　梅　（针锋相对）你更傻！傻到家了。

　　　　　[韩燕家。

韩　燕　（对孙国强）你呀，总是把复杂问题简单化。两个人要真有了感情，你说不同意就不同意呀，搞不好就要死要活的。矿里这种事情多了，你又不是不知道。

孙国强　（沉吟）我倒有个办法。

韩　燕　啥办法？

孙国强　趁他们还没有向我们摊牌，赶紧给你妹妹买车票，让她回河南。这事他们一旦挑明了再要阻止就成了棒打鸳鸯，不知道会弄出什么结果来。

韩　燕　她大老远来，没待几天就让她回，怎么说得出口。

孙国强　随便找个借口还不容易？

韩　燕　不行，会影响我们姐妹的情感。家里也会觉得我们怕多花钱，嫌韩梅是负担，不想留她。

孙国强　写封信给家里说清楚不就得了，韩梅迟早也会理解我们的苦心。

韩　燕　（犹豫）可他俩要是真没什么事儿，我们这样做又太对不起我妹妹了。

孙国强　（不了然地）你们知识分子就是烦人，遇事思前想后，处理问题左右摇摆，那你自己看着办吧。

[山坡上。

韩　梅　（好奇地）星光灿烂的那个晚上，梅花鹿又出现了，难道她想告诉你什么？

朱清扬　（顿悟）她一定想告诉我，贵人要出现了，那就是你。

韩　梅　（激动地）清扬，我不是什么贵人，但我一定是能够与你分享甘甜，分担苦难的人。

朱清扬　韩梅——

[朱清扬忘情地抓住韩梅的双手。

朱清扬　（激动地）真不敢想象，（拧自己的脸）是真的吗？

[韩梅拉开朱清扬拧脸的手，心疼地抚摸被他拧过的地方。

韩　梅　傻瓜，当然是真的。

[两人激动地相拥。

[暗转。

[韩燕家。

[韩燕在摘菜。孙国强推门进来。

孙国强 给韩梅买车票的事情得抓紧点。

韩　燕 我已经托了学生家长。

孙国强 我看啊，她和清扬还真有事儿。我就不明白，两个文化
程度不同的人会有什么共同语言。

韩　燕 两情相悦，根本不需要语言。

[韩梅拎着一小袋玉米面进来。

韩　梅 姐，买粮的人真多，排了半天队。

韩　燕 快歇会儿。

韩　梅 （羞涩地）姐，正好姐夫也在，我要宣布一个好消息——

[孙国强看了看韩燕。

韩　燕 （冷静地）你恋爱了？

韩　梅 （惊讶）姐，你怎么知道？

孙国强 她是你姐姐，你眨眨眼睛她都知道你在想什么。

韩　梅 （甜甜地）我姐的火眼金睛太厉害了。

韩　燕 是朱清扬吗？

韩　梅 （点头）嗯！

[韩燕和孙国强会心地对视。

韩　燕 为什么是他？

韩　梅 因为他人好，懂的又多。（调皮地）韩老师，你在考我吗？

韩　燕 （淡淡地）朱清扬这道题你不可能考好，肯定不及格。

韩　梅 （有点蒙）姐，你什么意思？

韩　燕 因为你不了解朱清扬，也不懂生活。

韩　梅 （求解）姐夫——

孙国强 看来，你姐最担心的情况出现了。

韩 梅 担心？（看看韩燕）姐，你不希望我和朱清扬走到一起？

孙国强 你姐姐是为你好。

韩 梅 你不也老在我跟前夸朱清扬吗？我还以为你们知道了会很高兴。

韩 燕 韩梅，我不否认朱清扬具备很多好男人的特质，可他不适合你。

韩 梅 为什么呀？

韩 燕 有的话只可意会，点穿了太俗气。

韩 梅 可你不点穿，我不明白呀。

孙国强 我就来做这个俗气小人。韩梅，他真的不合适你，他们家实在太穷了。他转正才没多久，什么积蓄都没有。家里还有两个病人，那日子没法过呀。

　　[韩梅想说什么被韩燕用手势阻止。

韩 燕 我们并不是嫌贫爱富，是担心你对那样的生活毫无心理准备，可以肯定，你没有能力承受。

韩 梅 喜欢一个人，我就会用心甘情愿的态度，去过随遇而安的生活。

孙国强 你进了他家，就得伺候两个重病老人的吃喝拉撒，也许伺候三年五年，也许就是十年二十年，你傻呀？

韩 燕 因为父母长期患病，他穷得叮当响，据说已经欠了别人五千多元，五千多元是个什么概念啊。一个债台高筑的家庭能有幸福吗？

孙国强 韩梅，回河南找一个条件好的，至少是条件相当的。你姐已经托人给你买火车票去了。拉开距离，时间和距离可以帮你淡忘一切。

韩　梅　（倔强地）我不走，我要留下来。

韩　燕　（生气地）就为了他？你到底看上他什么了，像着了魔似的。

韩　梅　他善良，我们聊得来。

韩　燕　善良？弱者往往都很善良。在我看来，聪明和智慧更重要。

韩　梅　我不这样看，善良比聪明更难。聪明是天赋，善良是选择。我觉得善良是很重要的品性。

韩　燕　（反唇相讥）从一个家来讲，没有哪个女人希望自己的男人是个善良的弱者。

韩　梅　（急了）你咋这么极端？！

孙国强　（对韩梅）矿里上上下下都知道朱清扬家的情况，你姐姐又很要面子，你要是嫁进朱家……那话真不好说。

韩　梅　面子？自己的生活为什么要在乎别人怎么看？

韩　燕　韩梅，你听好了，如果有一天，你和他相依相伴去要饭，你可别后悔。这是完全有可能的。

韩　梅　他一个人都能扛这么些年，加上一个我，情况只会越变越好。

韩　燕　你就幻想吧。

韩　梅　（软硬兼施）姐——

韩　燕　（苦口婆心）终身大事，不能在一时冲动中决定。

　　　　[学生家长敲门上。

家　长　韩老师，孙队长也在啊。（送上信封）车票太紧张了，后几天的都卖没了，好不容易搞到一张明天的退票，一大早的。怕误事，我赶着给送过来，叫你妹妹赶紧准备准备。找的钱在信封里，你点点。

韩　燕　（接过信封，拿出车票看）大老远的，还麻烦您送来，
　　　　谢谢，谢谢。

家　长　（摆手）甭客气。我走了，天黑了看不见路。再见。

韩　燕　再见再见。

　　　　[学生家长下。

韩　梅　（生气）你们都没和我商量就买票了？怕我吃穷了你们
　　　　还是想把我和朱清扬分开啊！我不走！

韩　燕　当然是因为朱清扬，我得对你负责，对父母负责！

韩　梅　（激动）我已经成年了，我能对自己负责。

　　　　[见韩燕姐妹剑拔弩张，孙国强急忙打圆场。

孙国强　韩梅啊，这么大的事情不是闹着玩的，得让父母知道，
　　　　既然火车票已经买了，你正好回老家听听父母的意见。
　　　　大家都冷静冷静，兴许事情能有一个万全之策呢。

韩　梅　（转念一想）好，我先回老家。（看票）那么早的车？
　　　　我得给清扬说一声去。

孙国强　他夜班。

韩　梅　那……我给他写封信。

　　　　[暗转。
　　　　[蒸汽火车开动的音响效果，汽笛声长鸣。

　　　　[火车汽笛转化成音乐。
　　　　[山坡上。大雨如注，朱清扬像泄气的皮球，在雨中缓
　　　　缓独行。

朱清扬　（独白）她走了，招呼都不打就走了，不会回来了，再
　　　　也不会回来了。她本不属于这里，更不可能属于我。我
　　　　是个傻瓜，大傻瓜。她那些感人的话只是因为同情，温

暖过后，留下的只是伤痛。（奔跑着呐喊）韩梅，我不怨你，永远不会！你是唯一愿意走进我心里的姑娘，即使幸福很短暂，我也已经知足。韩梅，你走了，我也想走……

[韩燕、孙国强打着伞上。

韩　燕　（对孙国强）他在那儿——

孙国强　（大声地）清扬，朱清扬——

[朱清扬站住了，他转过身，愣愣地看着孙国强夫妇。

韩　燕　（担心）他不会是想寻短见吧。

孙国强　瞧你这落汤鸡样儿，你疯啦？

[朱清扬仰起头，张开双臂，任雨打风吹。

孙国强　没出息的家伙！

[孙国强将手上的另一把伞打开，给朱清扬撑着。

韩　燕　你要是病了，你父母怎么办？

孙国强　（激将法）还会来这一套，害得我们找你半天。告诉你，苦情戏白演了，韩梅也看不见。

韩　燕　（打断）孙国强，你别再刺激他了。

朱清扬　（望着雨的天空）我不会演戏，更不是做给谁看……我只想让这冰冷的雨把心里的火浇灭。

韩　燕　别这么折磨自己，你并没有错，错在你们没缘分。

朱清扬　我和韩梅都叫没缘分，那啥才是缘分？

孙国强　不要认死理，钻牛角尖只会更痛苦。

朱清扬　（喊着说）别管我，我只想一个人呆着。

韩　燕　雨这么大，赶紧回家用热水擦擦身子，换上干衣服。熬点儿姜汤驱驱寒。

孙国强　（不容分说）朱清扬，跟我回家！

[暗转。

[舞台漆黑一片。

[挖煤的效果声。追光灯一个个亮起，每个光源下都有
一个或两个挖煤的矿工。伴随效果音乐，现代舞组合表
现井下矿工的状态。

[转场。

[此场戏是韩燕家和朱清扬家两个时空穿插表现。

[舞台渐亮。

[朱清扬家。朱父坐在朱母炕沿上，看着朱清扬洗衣裳。

朱　父	清扬——

朱　父　　清扬——

朱清扬　　爸，你说——

朱　父　　你今天上啥班？

朱清扬　　夜班。

朱　父　　唉，又没休息。

朱清扬　　爸，我睡了会儿。

朱　父　　晚上吃的准备好了？

朱清扬　　准备好了。

朱　父　　韩梅姑娘……回老家了？

朱清扬　　（一愣）……是。

朱　父　　她……还来吗？

[朱清扬沉默了。

[韩燕家。韩燕、孙国强正在吃饭。

韩　燕　　看来，朱清扬对韩梅是动了真情啊！

孙国强　　在我看，韩梅也不是假意。我琢磨，咱们这事处理得有

点儿不够意思。

韩　燕　我是姐姐，当然要对自己的妹妹负责。

孙国强　关键他们是两相情愿。

韩　燕　我并不知道他们相爱有多深，韩梅也没有给我们交底。

孙国强　要不，我们还是把韩梅的信交给朱清扬，估计是解释为
　　　　什么走。

韩　燕　（叹气）先不忙，再等等河南那边的消息。如果我父母
　　　　坚决反对，韩梅的情绪也渐渐稳定了，这封信就用不着
　　　　给清扬了。

孙国强　要是情况恰恰相反呢？

韩　燕　你是说我父母支持韩梅？

孙国强　完全有这种可能。

韩　燕　那就到时候再说吧。

　　　　[朱清扬家。

朱清扬　（似自言自语）韩梅，你会回来吗？

朱　父　出门前，给你妈和我洗个热水脸。

朱清扬　好嘞。

朱　父　（哽咽）我和你妈拖累你这么多年，真是苦了你！

朱清扬　爸，别这么想，你和妈妈比我苦。

朱　父　你上班时，顺便帮我请孙国强来一下……

　　　　[韩燕家。

韩　燕　（对孙国强）老朱师傅找你会是啥事啊？

孙国强　那咋知道。

韩　燕　要是提到韩梅，你可别乱答应、承诺什么。

孙国强　韩燕，韩老师！我好歹是个队长，代表采掘区的一级组
　　　　织。老工人找组织谈事很正常，说明信任组织。别啥都

往婆婆妈妈的事上想，亏你还是个灵魂工程师！

[暗转。

[过场。

[静谧的夜，没有月亮，没有星光。

[朱清扬照着电筒上，路旁似乎有动静。

朱清扬　（照着电筒）谁？谁在那儿！

[远处，一只梅花鹿在电筒光下掠过。

朱清扬　（思忖）梅花鹿？

[暗转。

[韩燕家。韩燕在批改学生作业。孙国强拿着一个信封
急匆匆地推门而入。

孙国强　韩燕——

韩　燕　（不满地）你动作能不能轻一点儿？（见其手上的信
封）谁的信？

孙国强　谁的也不是，不是信。

[韩燕观察丈夫。

韩　燕　那你手上拿的是什么呀？

孙国强　信封。

韩　燕　（笑笑）老朱师傅不是找"组织"吗？你去没去呀？怎
么像受了刺激似的。

孙国强　他告诉了我一个矿里还没人知道的秘密，让我在他们老
两口活着的时候别告诉别人，包括朱清扬。我想，这事
儿不能瞒着你呀。

[韩燕立刻放下批改的作业。

韩　燕　当然了，我们之间绝不能有信任和忠诚的死角。

孙国强　不愧是当老师的，总能那么淡定地找到说法。

韩　燕　（笑）知道就好。说吧，什么情况？

孙国强　唉，我答应了别人不说的……谁让你是我老婆呢。

韩　燕　到底什么事儿？

孙国强　（似下定了决心）朱清扬不是他们俩亲生的，是他们当年在山东老家抱养的。

韩　燕　（吃惊）啊！真的？

孙国强　那还能有假，老朱师傅亲口告诉我的。（举举手里的信封）这里头装着朱清扬亲生父母的名字地址，还有一只婴儿的银手镯。

韩　燕　没看出来呀。

孙国强　是啊，老两口那么疼爱这个儿子，和亲生的没两样。

韩　燕　朱清扬真的不知道？

孙国强　（摇头）不知道，他从来没有怀疑过父母不是亲生的。

韩　燕　老朱为什么要告诉你这个秘密？照道理，抱养孩子的父母唯恐别人知道真相，遮掩都来不及。

孙国强　老头心疼儿子，觉得拖累了清扬那么多年，因为他们，清扬三十岁了都娶不了媳妇，清扬真心喜欢韩梅，韩梅又不辞而别，他认为也是他们老两口的原因。

韩　燕　（感动）可怜天下父母心啊。

孙国强　所以，老头他……

　　　　　[孙国强戛然而止，他和韩燕同时意识到了什么，大惊！

韩　燕　托孤？！

孙国强　不好！

韩　燕　快走——

[暗转。

[黑暗中传出朱清扬撕心裂肺的画外音：爸——

[舞台渐亮。

[矿工医院抢救室门口。医生、护士急匆匆地进进出出。

[朱清扬、孙国强、韩燕在门外焦急踱步。朱清扬迎向
一个刚从抢救室出来的医生。

朱清扬　（紧张地）医生，我爸爸他还有救吗？

医　生　他吞了四十六粒安眠药，正在洗胃，结果还很难说。

朱清扬　（抓住医生）请你们一定救活他……

[医生扒拉开朱清扬的手，指了指墙上的毛主席语录：
"救死扶伤，实行革命的人道主义。"

医　生　我们会尽力。

[医生面无表情地离去。韩燕拉朱清扬在抢救室外的木
椅子上坐下。

韩　燕　别着急，你爸爸会缓过来的。

孙国强　医生说，这种情况只要送医及时，基本上都能救活。

韩　燕　你妈妈在家没事儿吧？

朱清扬　我请前楼的孟姐帮忙关照。

孙国强　你上夜班，怎么知道家里出事了？

韩　燕　亲人之间有预感。

朱清扬　上班路上，我被远处树丛中的动静吓了一跳。结果又是
一只梅花鹿。

[孙国强想说什么，被韩燕阻止。

朱清扬　我脑子里似乎有灵光闪过，突然联想起今天爸爸的话比
平时多很多，他从不对我提什么要求，却让我上班前给

他洗个热水脸，我很仔细地给他洗了，还擦了身上，他说真舒服……

韩　燕　他放弃自己是想为清扬减轻负担。让儿子为他洗脸，是舍不得儿子，也算作告别。（眼睛湿润了）老父亲啊……

朱清扬　（啜泣）那一刻，我从头凉到脚，也顾不得上什么班了，转身就往家跑。

[朱清扬难过地将头埋进臂弯，克制地抽泣着。

孙国强　我们也是突然反应过来的，赶紧跑去你家，正看见老朱师傅在吞安眠药，吞得只剩下几粒了。

朱清扬　（埋着头）如果不是你们，我爸爸他……后果真不敢想……

[朱清扬突然跪在孙国强、韩燕面前磕了一个头。

朱清扬　谢谢你们。

[孙国强一把将朱清扬拉起来。

孙国强　（呵斥）男儿膝下有黄金，感谢的方法多的是，就是别下跪。

朱清扬　在我老家，为感恩下跪不丢人。

韩　燕　清扬别担心，生命虽很脆弱也很顽强，你爸爸一定能扛过去。

孙国强　清扬，梅花鹿是你的神灵，我信了。

韩　燕　（哽咽着笑）我也信。

[医生神色黯然地从抢救室出来。朱清扬急切地迎了过去。

医　生　病人家属？

朱清扬　（焦急地）我是。我爸爸怎么样？

医　生　（停顿了一下）很抱歉，我们尽全力了。

朱清扬 （愕然）啥意思？

医　生 （忍了忍）你父亲……没能抢救过来。

朱清扬 （惊呆）死了？你凭什么说我爸爸死了？！

　　　　[朱清扬不相信地抓住医生的手臂，韩燕和孙国强上前拉开了他，朱清扬欲挣脱他们。

朱清扬 （对医生）你瞎说，我爸爸的药刚吃下去我们就送来了，他怎么会死呢？赶快继续抢救，你快去救呀——

韩　燕 清扬，冷静些。

孙国强 （对医生）老爷子刚吃下药我们就送来了，一点儿没耽误啊……

医　生 心脏功能衰竭。他有外伤性的震颤麻痹症，吃了那么多安眠药又必须洗胃，病人年老体弱，经不起折腾了……

　　　　[两个护士表情肃穆地推着被白单子盖着的朱爸爸从抢救室里出来。

　　　　[朱清扬扑了过去。

韩　燕 清扬！

孙国强 朱清扬！

朱清扬 （悲伤得变了音调）爸——

　　　　[暗转。

　　　　[舞台漆黑一片。

　　　　[挖煤的效果声。追光灯一个个亮起，每个光源下都有一个或两个挖煤的矿工。伴随效果音乐，现代舞组合表现井下矿工的状态。

　　　　[转场。

[舞台渐亮。

[韩燕家。

[韩燕在做饭。孙国强下班回来。

孙国强　老婆，饭好没有？我的肚子早唱空城计了。

韩　燕　（笑了）难怪今天下班早，感情是肚子空了。疙瘩汤，马上就好。

孙国强　疙瘩汤能稠点吗，每天汤汤水水的，老觉得没吃饱。

韩　燕　（调侃）国家粮食定量有限，尽想吃稠的，月底可就没得吃了。

孙国强　（叹气）我都吃不饱，更别说井里那些挖煤的工人。

韩　燕　你啊，幸好有我。我的粮食定量一半都贴给你吃了，你知足吧。（想想）对了，重要的事情还没说，家里来了封电报，韩梅今天半夜到。

孙国强　（一惊）什么，韩梅今晚就要来？

韩　燕　电报送错了地方，差点误了时间。抓紧吃了饭还得去接她。

孙国强　来得及。看来，你父母并不反对她和朱清扬交往。

韩　燕　也可能韩梅回去压根就没把这事告诉父母。我那妹妹外柔内刚，自己认准的事，几头牛都拉不回头。

孙国强　你什么态度？

韩　燕　我没态度。

孙国强　（笑笑）没态度就是最明确的态度。说吧，怎么办？

韩　燕　（故意逗丈夫）怎么办，让他俩结婚呗。

孙国强　（纳闷儿）是真话吗？不像你的风格啊。

韩　燕　（乐）你还知道不是我的风格，算是合格的丈夫。

孙国强　韩梅这一回来，他俩没准真就成了。

韩　燕　（叹气）照说朱清扬也是个好青年，可好青年不见得就能成为好丈夫。韩梅这个傻妮子，哪知道生活的艰辛啊。爱情？尝到穷日子的滋味她就知道爱情没那么浪漫了。

孙国强 既然不合适，就必须想办法阻止

韩　燕 来不及了，顺其自然吧。感情这东西很无常，往往是越反对越要成。

孙国强 韩梅走，老朱自杀，朱清扬一直没缓过劲，最近老申请加班，他是故意自我折磨，让自己累到极致，忘掉痛苦。这样下去哪行啊。

韩　燕 人啊，所有的问题都是自己的问题。旁人无论怎样使力，都无能为力，终究都只是旁观者。

孙国强 （思忖）韩燕，你说我们要不要提前执行老朱师傅的遗嘱？

韩　燕 （调侃）噢，怎么说话突然成"印刷体"了。

孙国强 （笑）嗨，我以为谈这个事情得严肃点，又让你抓把柄了。老朱怕他们老两口百年后清扬太孤单，让清扬知道自己的身世，回山东找亲生父母，也好有亲情关照。

韩　燕 我倒觉得可以告诉清扬。爸爸没有了，妈妈恢复健康的可能性几乎为零。作为养子，他已经做得够好了，要自我减压。

孙国强 这主意好！

[暗转。

[舞台渐亮。

[上午。阳光普照。

[朱清扬家门前。几根晾衣绳上挂满了床单、被单和花花绿绿的尿布。

[倦容满面的朱清扬上，眼前的情景让他停住了脚步，他吃惊地环顾着万国旗似的晾晒物。

[深情的音乐起。

[韩梅端着一盆洗净的衣物从屋后上。朱清扬惊呆了。

韩　梅　（顽皮的）这么快就不认识啦？

[朱清扬看着韩梅说不出话来。

韩　梅　（笑）傻站着，还不快洗了手来帮我晾衣服。

朱清扬　（语无伦次）你……来了……怎么？

韩　梅　（撒娇地）不想让我来呀？（放下衣服盆）那我走好了。

朱清扬　（憨笑）别……不是，洗这么多？让你受累了……

韩　梅　还有脸说，走进你家那个味儿，我都快被熏晕过去了。拆洗被子发现开线的地方居然是订书机订上的，棉絮都成了棉花蛋蛋。被子上、衣服上、床缝里虱子多得哟，我煮，我烧，用我姐的电烙铁烙，好不容易才把虱子解决掉，烙的时候噼噼啪啪像炒豆子似的……我真服了你。

朱清扬　（憨笑）我笨……有你就好了。

韩　梅　（伤感）没想到大叔走了，我很难过……

朱清扬　他总问起你，很喜欢你呢。

[韩梅难过地点头并调开了话题。

韩　梅　我自作主张，给大婶洗了头剪了发，剪下好大一堆头发，全打结了，也生了好多虱子。现在清爽了，你快去看看你妈妈吧，至少年轻了10岁呢。

[韩梅放下脸盆，拎起一件衣服抖开，扯平，晾到绳子上。

[朱清扬激动地跑进家门，旋即又跑了出来。

朱清扬　旧貌变新颜了，韩梅，谢谢你！（走近端详韩梅）真的是你！

韩　梅　（淘气状）仔细看看，别认错了人。哼，都不到火车站
接我。

朱清扬（语无伦次）你，我不知道你走……你回来，我，太好
了……

[乐不可支的朱清扬傻傻地站着，看着韩梅晾衣服。

韩　梅　（撒娇）你一点儿也不想别人。

朱清扬　我是不想别人，我想你！

韩　梅　（笑）信也不回，还说想我，骗人！

朱清扬　信，什么信？我没收到过你的信。

[韩燕上。看着满院晾着的衣物和正晾衣服的韩梅，略
有不悦。

韩　梅　我走前，你正好上夜班，我就写了封信让姐姐转给你。

韩　燕　（对朱清扬）韩梅是留了封信，我没交给你。

[韩梅和朱清扬同时转向韩燕。

朱清扬　韩老师？

韩　梅　（埋怨地）姐，你——

朱清扬　（疑惑地）为啥呀？我一直怨她不辞而别……

韩　梅　（生气）我在信里写了突然离开的原因。姐，你不该这
样啊。

韩　燕　（冷静地）因为我不看好你们突然升温的关系，也为了
让你们彼此冷静下来，理性地对待感情问题。我要让你
们明白，生活不光有冲动和热情，它是具体的，甚至是
艰难的。

韩　梅　我不怕吃苦，什么都不怕，就怕被人误解。

[韩燕指着满院的衣物。

韩　燕　（厉声）谁要是还误解这样的表白，那就不值得和他走到一起。

[朱清扬和韩梅面面相觑。

[转场。

[韩燕家。韩燕夫妇、韩梅在吃饭。

韩　燕　梅梅，你别不承认，你的感情真陷进去了，没见你们怎么着，好像就离不开了似的。我很纳闷儿，爸妈怎么会放你回来，你是怎么说服他们的？

孙国强　你姐还指望爸妈反对你来这儿，反对你和朱清扬好呢。

韩　梅　（看着韩燕笑）呵呵，她的阴谋破产了，我一说朱清扬的情况，妈妈就说（河南话）这娃中，有孝心的男人靠得住。

韩　燕　（怀疑地）光凭你嘴说，他们就相信了？

韩　梅　（点头）不相信我能来吗？爸爸说只有累过，苦过的男人才懂得心疼人。他们还说我到了包头，两姐妹相互有个照应他们更放心。

韩　燕　想得还挺远，真是便宜了你。

孙国强　朱清扬怎么还没过来？

[朱清扬上。

朱清扬　（笑）来了——

韩　燕　清扬，坐下。约你过来聊聊。既然你对梅梅有好感，下一步怎么打算？

朱清扬　（看看韩梅）不只是好感，我爱韩梅。

[一句话说得韩梅脸通红。

孙国强　嚯，受不了，（看看韩燕）这么露骨，我都起鸡皮疙瘩了。

朱清扬　我们年龄都不小了，我要娶她。

韩　梅　（羞涩）谁想结婚啊？

韩　燕　（淡淡一笑）清扬，我问你，你用什么娶老婆？

朱清扬　（一愣）用什么……我呀，我娶她。

孙国强　（笑）你没弄明白。

韩　燕　你父母病了这么些年，你大干苦干加班干，到现在账还
　　　　没有还清，也没有什么积蓄。你用什么娶老婆？你以什
　　　　么为新生活的基础？

朱清扬　（嗫嚅的）我已经用爸爸的抚恤金把欠的账还完了。

韩　燕　但维持妈妈的生命还需要花钱啊。

朱清扬　我可以多加班，增加收入。韩梅在家料理家务、照顾妈妈。

韩　燕　（不悦）还没成家，你就想让韩梅在家当家庭妇女？

　　　　[朱清扬看着韩燕，不知如何作答。

韩　梅　姐，不要为难清扬，我们都还年轻，无论多困难，我相
　　　　信车到山前必有路。

韩　燕　没有看到山前的路，就不要急着用你的嘴巴来证明。

韩　梅　（忍无可忍）姐，谋事在人，成事在天嘛。

韩　燕　还挺能说，算你两年高中没白读。

孙国强　朱清扬，我理解你对韩梅的感情，给你出个主意，愿
　　　　听吗？

朱清扬　（点头）请讲。

孙国强　咱矿条件差，你和韩梅索性一起到内地去，她可以找个
　　　　学校当代课老师，等机会转正。你有的是力气，找个厂
　　　　子干干，就是现学个技术都来得及。

朱清扬　（摇头）我爸从小教导我不要朝三暮四，要干一行爱一
　　　　行，做到最好。

孙国强　那些老话看你怎么理解。我父母还经常提醒我树挪死，人挪活呢。

朱清扬　我不能走，父母在，不远游。至少现在我哪儿都不去。

韩　燕　父母都希望自己的儿女过得好。为这，你爸爸甚至走了极端。大婶现在的状态，也没有什么意义。

朱清扬　（愠怒）妈妈活着，就是最大的意义。

韩　燕　（反唇相讥）她虽然活着，没有意识，没有知觉，没有喜怒哀乐，既不能帮助你，又不能关照你，反倒会影响你未来的生活。

朱清扬　（掷地有声）不管怎样，她是生我养我的妈妈。我遇到困难还有你们，有矿里的工友，有组织，而我妈妈除了我，只有我！

　　　　[静寂。

韩　燕　（打破寂静）清扬，你误解了我的意思。你不是不管你妈妈，你可以先在矿里找个家属帮你照料，我们也会常常去看她。你自己出去打拼，为妈妈、为自己的小家创造好一点的生活条件。

朱清扬　如果我妈妈没病，我可以这样。但现在（摇头），我是她的眼睛，耳朵，她的手脚，她的生命。离开她就是遗弃她，哪怕是暂时离开。

　　　　[韩梅感动得泪流满面。

韩　梅　清扬，我和你一起照顾大婶。

孙国强　（扬扬手里的信封）朱清扬，你爸爸走之前托付我一件事，让我在他们老两口百年后把这个交给你。

　　　　[朱清扬接过信封，从里面倒出一张发黄的纸和一枚小小的婴儿银手镯。他不解地望着孙国强。

孙国强　纸上写的是你亲生父母的名字和地址。

朱清扬　（震惊）什么亲生父母，你说什么？

韩　燕　你不是大叔大婶的亲生儿子！

朱清扬　（爆发）你胡说！

韩　燕　你是父母抱养的儿子，你爸爸怕你以后没有了亲人太孤独，就想让你知道你的身世。

孙国强　当年在你们山东老家，你的亲生父母已经有了三个孩子，又生了你和双胞胎哥哥，实在养不活，经人介绍，就把你抱给了没有子嗣的你父母。

[朱清扬惊呆。

韩　燕　这个手镯是襁褓中的你戴的，你和你的双胞胎哥哥一人一只。

孙国强　至少，你可以回山东认亲，重新找回亲情。

[一片静寂。大家都盯着朱清扬，他终于缓过劲来。

朱清扬　（深情的）他们就是我最亲的爸爸妈妈，从小把我当成宝贝疼着，给我最多的关爱，教我做人的道理，我唯有照顾好妈妈，才对得起爸爸，对得起父母的养育之恩，对得起天地良心。我哪都不去，就在白鹿沟做个爸爸那样的好矿工。那怕没人愿意嫁给我，哪怕日子清苦。

[音乐起。

[暗转。

[舞台漆黑一片。

[挖煤的效果声。追光灯一个个亮起，每个光源下都有一个或两个挖煤的矿工。伴随效果音乐，现代舞组合表现井下矿工的状态。

[转场。

[乐声起。
[舞台渐亮。
[朱清扬家。
[门外的晾衣绳上，大大小小的各色尿布迎风飘动。
[屋里，韩梅正在护理躺在炕上的朱母。
[朱清扬上。他欣赏地环顾着变得干净、清爽的家，满足感油然而生。

朱清扬　（大声地）妈、媳妇儿，我回来啦!

韩　梅　（微笑）下班啦？先洗洗，桌上有米汤。

朱清扬　（欢欣地）咱家这小房子，好多年都没这么亮堂了。

韩　梅　清扬，今天我已经按你讲的自己给妈妈换了尿布。

朱清扬　（惊喜）没找人搭把手？那好，（假装严肃）现在开始考试，说吧，怎么换的。

韩　梅　先把妈妈侧向一侧扶住，然后一层塑料布、一层尿布、一层纸，卷成卷，从一边先铺开一半，轻轻把妈翻回到上面，再把另一半打开就换好了。还要提前准备好一盆热水，在换尿布的同时把下面和背部擦拭一遍，再用酒精轻揉发红的位置，最后撒上爽身粉。对不对？

朱清扬　（满意地点头）嗯。换下来的尿布怎么处理？

韩　梅　洗干净以后，用来苏水浸泡消毒半小时，再清洗干净，在阳光下晾晒，让它干透。

朱清扬　全都正确，100分。我宣布，现在发奖——
[朱清扬张开双臂将韩梅拥入怀中，韩梅幸福地闭上了眼睛。

韩　梅　清扬，你真了不起。

　　　　[朱清扬松开韩梅。

朱清扬　我了不起？（环顾小家）你才了不起呢。

韩　梅　（肯定地点头）是你了不起！你不仅是模范矿工，还是最称职最孝顺的的儿子。妈妈在床上躺了多年都没有生褥疮就是最好的证明。

朱清扬　不要老表扬我，我会不知不觉变骄傲的。

韩　梅　我喜欢男人骄傲一点。

朱清扬　毛主席说，骄傲使人落后。我可不想落后。

韩　梅　（亲昵的）你再落后我都喜欢你。

朱清扬　家里有了你，穷生活都变得美好了。你知道我在井下总在想什么？

韩　梅　（羞涩地）想我……

朱清扬　（惊喜）你怎么一下就猜到了？

韩　梅　（笑）傻瓜，这有什么难的？因为我也在家想你呀！

　　　　[朱清扬激动得再次拥抱了韩梅。

朱清扬　（深情地）韩梅，你是我前辈子修来的福。我没能给你一个体面的婚礼，但我会用一生来证明，你没有嫁错人。

韩　梅　（幸福的）什么时候笨嘴变成抹了油的甜嘴了？好啦，我要给妈妈喂汤了。

朱清扬　让我来。

韩　梅　（撒娇地惊呼）你还没洗手。

　　　　[暗转。

　　　　[电视剧《渴望》的片尾曲起。

[舞台渐亮。

[朱清扬家。朱母仍然躺在炕上。已经中年的韩梅一边给婆婆捏腿，一边就着一台黑白小电视看连续剧《渴望》，不时抹着眼泪。韩燕也在。

韩　梅　唉，又得等明天了。你说这电视台，每天怎么就不能多放几集，真是吊胃口。

韩　燕　梅梅，你呀，和那刘慧芳就是一类人。无怨无悔的受气包，男人们就愿找这样的媳妇。

韩　梅　我哪比得上刘慧芳啊，人家又漂亮又贤惠。

韩　燕　你也不错，比上不足比下有余，她受气你没受气，（笑）但受累。

韩　梅　（笑）还行，这么多年都习惯了。

韩　燕　（看韩梅）梅梅，你气色不好，小脸蜡黄，还不及你那植物人婆婆。身体有哪儿不舒服吗？我提醒你，别那么一根筋，什么事儿都不要硬扛。

韩　梅　（笑）姐，别担心，清扬很疼我的。他才苦呢，这一家老小他都得扛着。

韩　燕　可他是男人！

韩　梅　男人压力大啊，我理解他。

韩　燕　我就纳闷儿了，你养鸡、种菜、开杂货店，起早贪黑照顾婆婆，怎么忙乎都填不满朱家的亏空，好像上辈子欠了他家似的。唉，男怕入错行，女怕嫁错郎啊。本来你的生活可以有更好的选择的，高中毕业生，托托人，在子弟中学教个初中绰绰有余。唉，现在说这些也没用了。

韩　梅　姐，我过得挺好。真的。累是累，但有清扬在一旁，心里很踏实，也很快乐。

韩　燕　死要面子活受罪，你就咬紧牙关撑着吧。

韩　梅　（笑了）真没你说的那么严重。

[韩燕看墙上的奖状。

韩　燕　"敬老好儿女金榜奖"，"好妻子奖"，"孝老爱亲奖"……你们两口子年年受到自治区和市政府的嘉奖，社会形象很光鲜嘛。

韩　梅　我说就挂清扬的，我的别挂出来，清扬非得给挂上。

韩　燕　当然应该挂上，你们家呀，穷得就只剩下荣誉了。

韩　梅　也不能这么讲。

[朱清扬上。

朱清扬　（热情地）姐姐来啦，姐夫呢?

韩　燕　他没来，到矿里办手续去了。现在搞市场经济，矿里好多有门路的人都下海经商，有的都成了万元户。你们姐夫心也痒痒，打算先办个停薪留职，下海试试水。

朱清扬　我倒觉得，要是都去做生意了，谁来挖煤，家里老人孩子谁照顾呀?

韩　燕　真是杞人忧天。清扬，人啊，要与时俱进，否则就要被淘汰。有人喜欢办企业、做生意，有人愿意挖煤，不矛盾。让劳动力和社会人力资源流动起来。人人都能充分体现个人意志，人人都心情舒畅，这是改革开放带给我们的机会。清扬，你也可以试试呀，反正孩子也大了，你妈妈有韩梅照顾。你可以下海做点事，跟上时代大潮，长见识还能多挣钱。可以先跟你姐夫练练身手再单飞。

朱清扬　谢谢姐！我知道外面的世界很精彩，也能多挣钱，让老婆孩子过上好日子。我也愿意出去看看，但我妈离不开我，等我妈百年之后再说吧。

韩　燕　（自嘲地笑）算我白说，你还挺能坚守。你妈百年后，
　　　　你也老了，观念也跟不上了，想出去干也没人敢接手
　　　　了。其实，你这样执着的人到部队还挺合适。

朱清扬　我还真愿意当兵，可年轻的时候没机会啊。哎，如刚、
　　　　如玉还没看到姨妈吧？

韩　梅　还没放学呢。

韩　燕　清扬，你有没有发现梅梅脸色很不好？

朱清扬　（看韩梅）是啊，都是给累的。我一直想带她去医院，
　　　　她都说妈在家里离不开人。

韩　燕　（不满）离不开人要想办法啊，怎么也得去医院查查。

　　　　[朱清扬和韩梅面面相觑。

　　　　[暗转。

　　　　[过场。

　　　　[舞台微明。

　　　　[追光交替呈现多个时空里的人物反应。

医　生　你们为什么不早来？已经是胃癌晚期。

朱清扬　（晴空霹雳）胃癌晚期！

孙国强　（难以置信）胃癌晚期？

韩　燕　（痛心疾首）胃癌晚期？！

韩　梅　（绝望地）胃癌晚期！（哭诉）妈，咱娘俩话还没说过
　　　　一句，没想到，我就要先走了，媳妇伺候了您二十年，
　　　　你都没有看过我一眼。妈，有不周到的地方您就原谅媳
　　　　妇吧。清扬，我们俩相亲相伴二十年，我真舍不得你，
　　　　舍不得我们的儿女啊。清扬，我走的时候你一定要抱紧
　　　　我，我害怕，让我在你的怀中睡去。你不要太难过，妈

和孩子还得你照顾，你要扛住啊。如果真有来生，我还愿和你做夫妻。

[天幕上，晨曦微露，天色瓦蓝，划过一阵流星雨。

朱清扬、韩燕、孙国强、朱清扬的儿女　（和声般的恸喊）韩梅、妈妈——

[和声哼唱起：山峦上，云蒸霞蔚，一头梅花鹿昂首挺立，霞光勾勒出它矫健的身影。

朱清扬　（悲怆）小鹿啊，我的神灵，请送我的亲人去天堂吧。

[暗转。

[舞台渐亮。

[朱清扬家三个时空交替呈现：三个炕前分别是朱清扬、如刚、如玉在照顾朱母。

如　刚　奶奶，我们从小上学时给您说再见，放学先到您炕头报到，给您讲那么多学校里有趣的事情，您真的听见了？爸爸说您虽然不能说话，睁不开眼睛，但您都能听见。所以，我们从小到大都没有停止过对您说话。

如　玉　您没有见过我们，也没有见过我们的妈妈，如果有一天您睁开了眼睛，我要给您讲我妈妈的故事，她让我们懂得了亲人间的爱有多深。那样，您就知道她是谁了，您一定喜欢她。

如　刚　（惊讶）爸爸，奶奶睁开眼睛了，你快来看。

[朱清扬从他的炕前疾步过来。

如　刚　她怎么又闭上了，刚才真的睁开了。她的眼珠很亮，像小孩子的似的。

如　玉　（惊呼）爸爸，奶奶刚才拉了我的手。

[朱清扬又冲了过去。

如　玉　　怎么，她又松开了。

朱清扬　　不可能，那只是我们的愿望。

如刚、如玉　　爸爸，是真的。

[如刚如玉隐去。

[朱清扬家炕头。朱清扬在护理母亲。

朱清扬　　（自言自语）妈妈早。昨晚睡得好不？嗯，睡得
　　　　　好。我看出来了。

[朱清扬撕下一页日历，将新一页日历念给妈妈听。

朱清扬　　今天是2003年3月6日，星期四，农历二月初四，惊
　　　　　蛰。嗬，今天是惊蛰呢。妈妈，你说过农历二十四
　　　　　节气中，你最喜欢惊蛰，你说它是冬眠的小动物、
　　　　　小虫子什么的醒过来的日子，是个好日子。这一天
　　　　　如果打雷就更好！听，鸟儿也醒得早，叫得多清脆
　　　　　啊。（给母亲喂饭）您想知道今天的早餐吃的什么
　　　　　啊？早餐是营养糊。哪来的？您孙子大学毕业了，
　　　　　这是他用第一个月的工资给您买的。瞧，您都吃完
　　　　　了，也不留一口让儿子尝尝，这好东西，儿子闻着
　　　　　都觉得香。

[朱清扬起身去放碗，朱母的手在他身后勾了一下，
　　　　　感觉到的朱清扬四下打探。

朱清扬　　（敏感地）妈，是你勾了我的衣服吗？如果是，你
　　　　　就对我摇摇头，或是眨眨眼睛。

[朱清扬葡匐在床边。盯着母亲。

朱清扬　　（激动地）妈，我看见你眨了眼睛！您醒了吗？快
　　　　　快醒来吧。

[景不变。转场。

[韩燕夫妇、医生护士等在场。

韩　燕　（大声的）大婶，我是韩燕。

刘医生　大婶，您能睁眼看看吗？

韩　燕　（看着朱母）快看！她睁开眼睛了。

朱清扬　（激动）妈，你终于睁开了眼睛，这一觉您已经睡了太久。

孙国强　大婶，您真棒！

刘医生　大婶，从您闭上眼到今天，二十八年过去了，好漫长啊。您儿子真了不起，他为你创造了奇迹，为医学创造了奇迹，为生命创造了奇迹！您儿子让我成了见证奇迹的人，我感到无比荣幸。

[朱清扬喜极而泣。

朱清扬　这么多年，我做啥、喂啥，你就吃啥。今天你想吃啥就对儿子说，儿子给你做。

[朱清扬将耳朵凑到母亲嘴边。

朱　母　（用劲蹦出一个字）粥！

[朱清扬激动地从屋里跑出屋外，在院里跑着，跳着，绕着圈子。（可以让朱清扬在观众席跑上一圈，以表达激动）

朱清扬　（大喊）我妈说要喝粥，我妈说话了！（朝着天空）韩梅！韩梅！妈睁眼了，说话了！妈想喝粥——

[朱清扬呼唤韩梅的回声。

[暗转。

[音乐起。星光灿烂，一群人跳起了表达愉悦心情的现代舞。

[舞台渐亮。
[朱清扬家以及门前小院。
[朱清扬在院子里劈柴。屋里火炉上烧的水开了，发出鸣笛声。朱清扬放下斧子欲进屋，转身惊呆。
[朱母赤脚站在门边，正伸手去拎火炉上的开水壶。

朱清扬 （激动地）妈！

[听见叫声，朱母晃了一下。朱清扬抢上前去将母亲抱住。

朱清扬 站稳，扶着我，妈你太棒了！我都不敢相信这是真的。

[朱母端详着儿子，看着儿子满头的白发，十分纳闷儿。

朱　母 我、睡得、好沉，（指头发）你，白了。

朱清扬 （笑）妈，您睡了二十八年，刚醒又打了个盹，这才下地，前后躺了三十一年呢。

朱　母 （乐）瞎、说。你、就爱、开、玩笑。

[朱母好奇地四下张望，她看到了韩梅用塑料袋封好挂在墙上的自己31年前织的杂色围脖。

朱　母 （指着）给我，快、完了。我织。

朱清扬 好，过两天给您取下来。

[朱母又指着墙上挂的"全家福"照片。指着韩梅——

朱　母 她是谁呀？

[韩燕夫妇、医生、护士、官员、矿工、女朋友等从舞台的各个角落缓缓上。

韩　燕 她是您的儿媳妇、我的妹妹韩梅，（指照片上的孩子）

为您生下了孙子如刚和孙女儿如玉，照顾清扬照顾家，照顾了您二十年。

朱　母　（激动）儿、媳、妇，在、哪儿？

朱清扬　（泪流满面）她走了，你睡得太久，她等不及了。

朱　母　（对朱清扬）我、几、岁了？

朱清扬　妈，现在是2006年，您79岁。

朱　母　（惊讶）我，79岁？不会呀。（突然想起）老、朱、呢？你、爸爸？

朱清扬　妈妈，有一些变化。等你好利落了，我慢慢给您讲，三十一年够得说呢。

[朱母动作缓慢，呈回忆、反应状。

朱　母　够得、说，慢、慢来。

[音乐起。

[朱清扬把朱母扶到椅子上坐下，自己走到了人群的前面。

朱清扬　（拭泪）……朋友们，我那在床上睡了三十一年，不会说话，没有意识，不能行动，生活不能自理的母亲，在我和妻子韩梅的照料下，在亲情和友情的陪伴中终于又站了起来。如今，她和我们生活在一起，幸福地安度晚年。"休息"了三十一年的母亲一刻也闲不住，说要把睡去的时间补回来。她做针线活，打扫房间，做饭洗衣服逛超市菜市，还把三十一年前织了一半的围脖为我织完了。孙子孙女儿笑称奶奶是我们家的奇葩。现在，我们和白鹿沟矿的矿山兄弟一起，住进了政府棚户区改造项目建设的矿工新城，房子宽敞明亮，生活十分方便。儿女也已长大成人，很懂事很孝顺。母亲一如既往地关爱我，提醒我吃早饭，加衣服，早回家。有妈的孩子真的像块宝啊。我觉得，这就是的幸福。我和韩梅为父母做的一切都是应该的，我却因此被评为全国"孝老爱亲道德模范"，我想说，这是我和韩梅共同的荣誉，她比我做得更多、更好，我会永远怀念她。这里，我要代表我的母亲和家人，感谢三十一年来所有给与我们关怀和帮助的领导、工友、亲人、朋友，没有你们的支持，我们扛不到今天，我的母亲也创造不了生命奇迹。谢谢你们！谢谢大家！

[台上的人们热烈鼓掌，韩燕百感交集地抹着眼泪。

[如刚、如玉将鲜花敬献给奶奶和爸爸。

[大家簇拥着朱清扬和朱母走到台前向观众谢幕。

剧终
（原载《剧本》月刊2015年第10期）

〔无场次话剧〕

赵一曼

根据前苏联小说《爱情的经历》）改编

原著 阿纳托利·托波利亚里

翻译 岳小文 于彬

时　间　当代。20世纪初至30年代。

地　点　白花镇、武汉、苏联、宜昌、上海、哈尔滨、东北。

人　物　（按出场顺序排列）

端女儿（赵一曼乳名）李淑宁（赵一曼学名）赵一曼　从十来岁到三十一岁，抗日英雄。

惠嫂　四十多岁。赵一曼小时候的用人。

蓝氏　五十多岁。赵一曼的母亲。

李鸿绪　六十多岁。赵一曼的父亲。

李锡儒　三十多岁。赵一曼的大哥。

王妈　四十多岁。蓝氏的贴身女仆。

郑易南　二十岁左右到三十岁。赵一曼同乡、同窗好友。

段若蕾　二十岁左右。赵一曼的同乡、同学。

罗国梁　二十多岁。赵一曼的黄埔校友、革命同志，郑易南的爱人。

陈达邦　二十多岁。赵一曼的丈夫。

林文瑞　二十多岁。莫斯科中山大学中国班党支部书记。

徐妈　五十多岁。赵一曼的宜昌房东。

大刘　三十多岁。工人，赵一曼的宜昌街坊。

大刘妻　三十多岁。家庭妇女。

老彭　四十多岁。上海中共某地下交通站负责人。

李一氓　三十多岁。地下党，赵一曼上海工作期间的搭档。

陈琼英　二十多岁。地下党，陈达邦的堂妹。

杨桂兰　女，十六岁。东北抗联小战士。

大野　男，三十多岁。哈尔滨日本宪兵司令部特务科股长。

小井　男，二十多岁。日军小队长。

山田　三十多岁。日本宪兵司令部特务科副股长。

张柏岩　三十多岁。赵一曼的主管医生。

小韩姑娘　十七岁。医院护士。

董宪勋　二十几岁。医院伪宪兵警卫。

魏大爷　六十几岁。车把式。

行人、女仆、乡丁、学生、中日军人、狱警若干。演员可相互替代角色。

（提示：为了剧情能有机衔接，所有的"转场"都通过转台进行。赵一曼离川前全体角色说四川话，离川后讲普通话，结尾处恢复四川话。）

[幕启。

[当代。在快节奏的乐声中，舞台上人群熙攘，行色匆匆。

[手持麦克的记者左顾右盼上，做街头随访。

记　者　您好，这是我的记者证。耽误您一分钟，做个随机采访。

中年夫妇　（女摆手）没得时间，没得时间。（男对夫人）肯定是骗子。

记　　者　（向着观众席）您知道赵一曼吗？

年轻情侣边走边答　（女）赵一曼，这个名字很熟。（男）是个舞蹈家吧。

青年男子边走边答　赵一曼，（努力回忆）奥运冠军？

年轻女子　（自信地）嗨，赵一曼就是秋瑾嘛，（对旁人）笑啥子，未必不是？

中年行人　（摇头）秋瑾？扯到哪儿去啰。

年轻女子　（不了然地）你未必又晓得嗦？

[踏着滑板穿梭在人群的少年以一个漂亮的动作刹住了滑板。

滑板少年　赵一曼不是秋瑾，是抗日女英雄。

[老者赞许地频频点头。

青年男子　（质疑老者）你晓得赵一曼？

老　　者　咋个不晓得呢？她是我们四川的女子，打日本鬼子，刚刚31岁就牺牲在东北。（强调语气）悲壮得很！

[川剧女高腔飘起：悲壮得很呐，悲壮得很，她是抗日女英雄啊，她是川南小女子。

[所有的人都驻足聆听。

[川剧女高腔结束。人们缓缓走向台口，似乎在记忆深处搜寻着那个熟悉又陌生的名字。

众　　人　赵一曼——

[暗转。

[悠远的排箫乐声起。

[舞台上云卷云舒，裙装的李淑宁从云深处走出。

赵一曼 我是赵一曼。也许很多人已不知道我是谁，时间毕竟太久远了。其实，赵一曼不是我的真名，我叫李坤泰，学名李淑宁。31岁那年，我的生命在日本强盗的枪口下戛然而止。我虽不怕死，但我更想活着，我还那么年轻，生命无限好。亲人们会为我牵肠挂肚，担惊受怕。嗷嗷待哺的儿子失去了母亲的怀抱，他会有一个怎样的人生？我们为之奋斗为之期盼的那个光明的新世界我还没有看到……但我并不后悔，我做了自己愿意做的事，做了和我崇敬、深爱的人同样的事，我为自己的选择骄傲。

[赵一曼被裹进涌动的云中。

[川剧高腔：该骄傲啊，川妹子，追求真理不后悔，生命绚烂如夏花呐——

[暗转。

[纱幕上打出：二十世纪初。四川宜宾县白花镇伯阳嘴。

[舞台渐亮。

[黄昏夕阳，树影摇曳，蝉鸣声声。舞台上空无一人。

[孩子们做游戏的欢快笑声。

[童谣起：

鹦鹦儿，鹦鹦儿你从哪里来？

我从北门山洞来。

北门山洞有好高？

万丈万丈高。

几匹骡子几匹马，

请你鹦鹦儿进城耍。

鹦鹦儿没得空，

请你鹦鹦儿钻、狗、洞。

[又一阵孩子们的笑声。

[干练、端庄的惠嫂上。她四下张望，似在找人。

惠　嫂　（长声吆吆的喊）端女儿——端女儿——

[在她身后不远处，一个穿长衫打着油纸伞遮着脸的人躲闪地尾随着。

惠　嫂　端女儿嘞，回来宵夜啰——

端女儿　（清亮的画外音）惠嫂，我不饿。

惠　嫂　（循着声音）不饿也跟我回去，哪个女娃子家家耍得不落屋哦，小心你大哥请你吃"笋子熬肉"哈。

端女儿　（画外音）爸爸在家，我不怕大哥。

惠　嫂　（自语）鬼女子，长大了，招呼不倒了。（面朝观众独白）我是宜宾伯阳嘴大户人家的用人惠嫂。主人家姓李，老爷叫李鸿续。他呀，多子多福，一头一尾两个儿子，中间夹了六个女儿，八大八个儿女，正好一桌哦。幺女是我一手带大的，和我亲得很。她学名叫李淑宁，喊起来硬邦邦的，我喜欢她的小名端女儿，喊惯了。我们老爷是远乡近邻出了名的好人、善人，他乡里有田，城头有商行店铺，家境殷实哦。听说他清朝末年捐过监生，自学过中医，给大家看病从不收钱，还经常帮补穷人，我们这方人都说他好。他还把端女儿送进私塾读书，吧！这是啥子动静哦，都晓得嫁出去的女，泼出去的水，那个会赔钱送女娃子读书嘛，瓜娃子差不多。（捂嘴。左顾右盼）看我这个乌鸦嘴，幸好没得人。

[穿长衫、打油纸伞的人从惠嫂身后不远处闪过。

惠　嫂　（莫名的紧张）端女儿，咋还不过来哦。

端女儿　（画外音）晓得了，不要紧倒喊嘛。

　　　　[惠嫂循着声音找去。

惠　嫂　快走哦，天黑了谨防遇到鬼哈。

　　　　[惠嫂下。端女儿从另一方向跑上。

端女儿　（调皮的）我才不怕鬼得。

　　　　[脸上戴着阎王脸谱的长衫人用油纸伞拦住了她。端女
　　　　儿愣住了。

长衫人　（变着嗓音）你不怕我？

端女儿　你是哪个？

长衫人　（颤音）我是鬼……

端女儿　（紧张的）你乱说！（大声地）惠嫂！惠嫂你在哪儿？

　　　　[长衫人头一偏，变成了红脸关公脸；他头又一偏，变
　　　　成了孙悟空的脸；头再一偏，变成了鬼脸。

端女儿　（惊诧的）你脸变得好快哦，（上下打量）鬼咋个还穿
　　　　鞋子呢？惠嫂说过的，鬼赶路是飘起飘起走的，没得
　　　　脚。

长衫人　（将脸逼近端女儿）我就是会变脸的鬼，有脚的鬼，鬼
　　　　来了……

端女儿　（害怕的大喊）惠嫂——

　　　　[惠嫂疾步跑上。她也被鬼脸的长衫人惊呆了。

惠　嫂　（惊恐的）你、（长衫人故作轻飘状，将鬼脸逼向惠
　　　　嫂）你，真的是鬼？咋个天都没有黑你就出来了？

长衫人　（颤音）我是黄昏时分的鬼……

　　　　[端女儿跑向惠嫂，躲在她身后。

惠　嫂　有啥子冲我来，不要吓倒娃儿。端女儿，不怕。

　　　　　[突然，长衫人扒下脸谱大笑。

端女儿　（惊讶）大哥？！

惠　嫂　（吃惊）大少爷？你把我脚都吓炝了。

李锡儒　（对妹妹）瓜女子，真把我当成鬼啦？这是川剧的变脸。你要得不想落屋，我只有装鬼来捉拿你。

端女儿　（颇感兴趣）大哥，你是咋个变的？

李锡儒　天机不可泄露，给你说了还有啥子变头呢？我是花大价钱找春兰班的班主学的，还写了保证书，按了手印，绝不外传。惠嫂，今天你也搭倒幺妹饱了眼福哈。

惠　嫂　（惊魂未定）饱眼福？大少爷哎，你差点没把我吓闭气。（抹着胸口）快走哦，端女儿，天都要黑了。

端女儿　大哥，我还想看，你又变嘛。

李锡儒　（得意的）先回去再说。

　　　　　[惠嫂拉起端女儿就走。

　　　　　["张打铁，李打铁，打把剪刀送姐姐，姐姐留我歇，我不歇……"童谣声又起，端女儿不舍地回头张望。

　　　　　[暗转。

　　　　　[渐亮的舞台上，端女儿正对着窗外的芭蕉树背诗："离离原上草，一岁一枯荣，野火烧不尽，春风吹又生。"

　　　　　[李鸿续和蓝氏上。惠嫂端着茶盘紧随其后。

蓝　氏　（微笑着）端女儿——

李鸿续　（惊讶）我幺女儿不简单哦，都可以背白居易了？

端女儿　（撒娇）哎呀，不要打岔人家嘛。

　　　　　[李鸿续和蓝氏相继坐下，惠嫂分别给他们送上盖碗茶。

085

李鸿续用茶碗盖子轻轻挡开漂浮的茶叶，呷了口茶水。

李鸿续 看来，李先生教得不错。

端女儿 这些是大姐夫教的，他今晚上回来要考我。

李鸿续 还是先把李先生教的弄清楚，"人之初"背会没有？

端女儿 早就会了，背不下来要挨手板儿。

蓝　氏 （得意地）好多娃儿都挨过李老先生的戒尺，只有我们端女儿尽受夸奖。

惠　嫂 那还消说，端女儿脑瓜子灵，学东西飞快。啥都想晓得，问的那些事情，有些李老先生都答不出来。

蓝　氏 （乐）看你说得眉飞色舞的，好像你亲自在课堂上看到一样。

惠　嫂 （语塞）我？嘿嘿，我听那些学生娃儿摆的。

蓝　氏 （督促）端女儿，把《三字经》背给你爸爸听。

端女儿 （缓缓的）"人之初，性本善……"（停住）爸爸，干脆我给你背大姐夫教我的。（不等父亲点头，她已朗朗上口地背起来）"锄禾日当午，汗滴禾下土，谁知盘中餐，粒粒皆辛苦。（越来越快）少小离家老大回，乡音无改鬓毛衰。儿童相见不相识，笑问客从何处来。两个黄鹂鸣翠柳，一行白鹭上青天。窗含西岭千秋雪，门泊东吴万里船……"

李鸿续 （乐不可支）停、停，越来越快，你还刹不住了。背得出是一回事，要晓得那些诗是哪个写的，啥子意思？

端女儿 我晓得，大姐夫都讲了。

李鸿续 （乐）大姐夫大姐夫，三句话不离大姐夫。

蓝　氏 （对丈夫）我怕端女儿学不起走给族人落下话把，郑佑之新学堂毕业，懂得多，见识广，正好这半年赋闲在家，就喊他多教教幺女。

李鸿续　（赞许地点头）佑之他要起也是要起，正好做点正事。

端女儿　（敬佩地）大姐夫啥子都晓得：江水为啥往东流，啥子
　　　　是山外有山、天外有天，还有李白杜甫辛弃疾……就像
　　　　听故事一样，我最喜欢跟到大姐夫学习。

李鸿续　（鼓励）嗯，好！那就好好学，长大像我们四川的薛涛
　　　　卓文君那样，天下闻名。

蓝　氏　（得意的）鸿续啊，端女儿给你争气了。

李鸿续　（满意地点头）她哭着喊着要读书，那么多族人反对，
　　　　不争气还行，要是花了钱又学不好，我这老脸往哪儿搁
　　　　哦？

惠　嫂　老爷，太太，聪明有种，富贵有根。我把话说到这儿，
　　　　我们小姐长大肯定能光宗耀祖，名扬天下。

蓝　氏　（掩饰不住的得意）女娃子家家，光宗耀祖也轮不到她。

李鸿续　（笑笑）惠嫂硬是肯说，我们哪想得到那么远哦。

蓝　氏　（乐）还尽捡好听的说，你就豁老爷高兴嘛。

　　　　[惠嫂抓起端女儿的手，翻过来给其父母看。

惠　嫂　你们看端女儿的面相、手相嘛，那不是一般人的……

端女儿　（抽回手。嗔怪）哎呀，惠嫂！

　　　　[李锡儒探头探脑上。

蓝　氏　够了够了，越扯越远。

端女儿　大哥——

惠　嫂　大少爷来啦！

李锡儒　都在这儿嗦，怪不得找不到人。

　　　　[李鸿续瞥了大儿子一眼，起身欲离开。

李锡儒　爸爸——

李鸿续　（鼻子哼出）嗯。

李锡儒　（对蓝氏）我又咋个他了，总是看我不顺眼。

　　　　[李鸿续站住，转身看着儿子，欲言又止，拂袖而去。

蓝　氏　你爸看不得你成天无精打采在家闲着，你就做点实事嘛。

李锡儒　（没耐心地）妈，我也在努力。

蓝　氏　（苦口婆心的）我晓得，老大，一定要下决心把烟戒了，不然会败家的。

李锡儒　（不服）败了也怪不到我！家头那么多吃闲饭的人，你们咋不说呢？还花钱送幺妹读私塾，这些钱才是打了水漂漂儿。

端女儿　大哥，你不要这么说嘛，我喜欢读书。

李锡儒　（对幺妹）我晓得，都是中了书中自有颜如玉，书中自有黄金屋的毒。

端女儿　（顶撞）你乱说，读书就是好！

李锡儒　（指责惠嫂）看哈，都是拿给你惯的。（对幺妹）把我惹毛了，老子绝不手软。

端女儿　（毫不畏惧）妈妈面前你还老子老子的，鬼老子！

惠　嫂　端女儿，不要顶大哥。

端女儿　他凭啥子说我读书是打水漂漂儿，（朝着大哥）喜欢读书有啥子错。

　　　　[李锡儒气急败坏地举起扫帚——

惠　嫂　大少爷，你息怒，不要给你幺妹儿计较，她小。

李锡儒　（对惠嫂）走开，不要凑热闹。

　　　　[李锡儒举着扫帚将上前劝解的惠嫂推了个趔趄，险些摔倒。

端女儿　惠嫂——

蓝　氏　（起身）老大，你给我搁倒！还劝不倒你了嗦？我这个
当妈的在这儿，就轮不到你动手。

李锡儒　妈，你看她嘴有好嚼，屁大个人，再不好好管教，她要
翻天了。

蓝　氏　（语重心长的）老大，你那样说她，她咋个服气嘛。

李锡儒　说了她又咋个？我是她大哥！

惠　嫂　端女儿，走，我们到灶屋去帮朱妈剥豌豆。

[端女儿跟着惠嫂欲下。

李锡儒　（拦住）站倒！老子的话还没有说完，哪个敢走！

端女儿　（倔强的）惠嫂，走！

[李锡儒气急败坏地用扫帚打幺妹，被蓝氏挡住。

蓝　氏　老大，你太过分了！

[李锡儒发怒地将扫帚摔在地上。

蓝　氏　（厉声）硬是要要浑嗦，那么大个人了成啥体统，闹麻了。

李锡儒　（歇斯底里）先把你的幺女子调教好！

[蓝氏侧身从大襟腰间取下沉甸甸的丝绒钱袋，抛给李
锡儒。

蓝　氏　（厉声）都拿去！！！我晓得你今天的无名火都是为了
这个。

[川剧帮腔：当家难啊，难当家，金山银山填不满败家
的洞呐——

[暗转。

[天幕上出现蓝氏做女红的剪影。追光照亮正缝制三寸
金莲的蓝氏。

蓝　氏　（抬起头对观众）男怕入错行，女怕嫁错郎，嫁不了好

男人，这辈子就造孽了。话又说回来，没得一双好看的小脚，咋个配得上门当户对的郎君嘛，端女儿早就该缠脚，今天我就要完成这个大事，给我幺女裹一个巴适的小脚，型要好，看上去还要秀气。唉，我当然晓得裹脚有好痛，我们世世代代的女子都是这样痛过来的。没得办法，老祖宗就是那样兴的，哪个都躲不过。这……就是女人的命啊（哽咽）……

[舞台灯渐亮。王妈端面盆上。

王　妈　（大惊）太太，你一晚上都没睡啊？我还说看你起来没有。

蓝　氏　（端详着手中的一双尖尖小鞋）总算给端女儿把鞋子做完了，裹脚是大事，不能再拖了。

王　妈　好漂亮的一双绣花鞋！太太巧手，针线活真好。（放下面盆）看你，眼睛都熬红了，我给你洗帕热水脸。

[王妈给蓝氏拧洗脸帕，蓝氏接过自己捂了捂眼睛、面庞。

蓝　氏　你去把端女儿喊来。

[端女儿背着书袋欢喜地跑上。

端女儿　妈妈，我来了。

蓝　氏　端女儿，你先坐下。

端女儿　（疑惑地坐在母亲旁边）上学迟到，先生要打手板儿。

[端女儿发现了竹簸箩里的一双尖尖小鞋。

端女儿　（惊觉）妈！你想给我裹脚？

王　妈　幺小姐，你妈亲手给你做的，好漂亮哦。她熬更守夜做了几天，昨晚通宵没合眼。

[端女儿惊恐地看着蓝氏。

端女儿　妈妈，我不裹脚！

蓝　氏　端女儿，你也看到了，这是每个女孩儿家都得受的罪，躲是躲不脱的。不过这一关，二天就没得好日子过。妈妈是为你好，我们都是这样过来的。

端女儿　（陡地站起身）妈妈，裹了脚，我咋个上学嘛？

蓝　氏　端女儿嘞，上学的事再说嘛。你必须要裹脚，再大点就没法裹了。

王　妈　幺小姐，听太太的话。

端女儿　我不裹脚，我就不裹嘛！（哭喊）你和爸爸都夸我书读得好，咋个又要给我裹脚嘛！

　　　　［蓝氏见状，来回踱步，毫不松口。

蓝　氏　（厉声）哭闹啥子？你以为我们会让步？裹脚是大事，我吃了秤砣铁了心，这个脚你不闹要裹，闹也得裹！

端女儿　我说不裹就不裹，我也吃了秤砣铁了心！

　　　　［端女儿想夺路而逃，被蓝氏一把抱住。

蓝　氏　你跑得了和尚跑不了庙。（大声地）王妈，喊几个人来。

　　　　［不等王妈去喊，惠嫂等人相继出现。

端女儿　（哭喊）惠嫂——

惠　嫂　（不知所措）太太，端女儿她……

蓝　氏　（急喊）快帮我把她按倒，咋个都神起呢？！

　　　　［几个用人、丫鬟七手八脚地按住了挣扎的端女儿。

蓝　氏　惠嫂，你发啥子呆？快把裹脚布递给我。

　　　　［惠嫂手脚无措。

端女儿　（哭喊）惠嫂，快去喊我爸！

蓝　氏　喊天王老子也没得用。（大喝）快点，裹脚布！

　　　　［按着端女儿的王妈白了惠嫂一眼，抓过裹脚布递给

蓝氏。

端女儿　（惨叫）妈，我不裹脚！啊……惠嫂，惠嫂快救我，痛死了。

蓝　氏　（边裹脚边絮叨）幺女，不是我心狠，这是祖宗传下来的，前人兴，后人跟，是女儿家都躲不过这一关。妈是为你好。

[音乐起。在端女儿的挣扎和惨叫声中，蓝氏为女儿裹好了小脚，完成了她作为母亲的义务，累得瘫坐在椅子上。

惠　嫂　（大惊）端女儿！（焦急地）太太咋办？端女儿她晕过去了。

蓝　氏　（迁怒）你惊风活扯叫啥子？！没得哪个裹脚不痛晕的，一哈儿就缓过来了，抬回她屋头去。

[众人凑到端女儿跟前。

[飘出川剧女生高腔：作孽的规矩啊，痛死个人。裹金莲究竟为哪般呐——

[暗转。

[寂静。屋檐滴水的效果声。

[舞台灯渐亮。床上，端女儿静静地躺着，惠嫂在给她擦汗、打扇。

惠　嫂　（高兴）端女儿，你总算醒了？

[端女儿稍一动，痛得叫起来。

端女儿　哎哟！惠嫂——

惠　嫂　（心疼地）端女儿嘞，莫动。你忘了你裹了脚？

[端女儿无奈地倒在床上。

端女儿　啥子声音？

惠　嫂	下雨了。
端女儿	（悲愤地）那是老天爷在哭，哭这世上女娃子的小脚！
惠　嫂	（安抚）端女儿嘞，忍一下哈，下辈子投胎不当女人就是。
端女儿	惠嫂，下辈子太远了，快点（指自己的脚）帮帮我。
惠　嫂	（摇头）不行啊，端女儿。我咋个敢哦，你妈妈打了招呼，随便你咋个闹都不准给你松绑带。
端女儿	我不要你松绑带，我要你递剪刀。
惠　嫂	（一惊）你想做啥子？端女儿，小脚反正已经裹了，你不要想不开哈，你父母真的是为你好。你再不裹脚就搞不赢了，白长这么漂亮。大脚一双，咋个嫁人嘛，那才拿给别个看笑话得。你爹妈都是体面的好人，端女儿不要伤了他们的心哦。
端女儿	我喊你拿剪刀，你扯些啥子哦。嫁嫁嫁，女人来到世上就嫁人一条路嗦？
惠　嫂	女人生来不是为嫁人生娃儿还为啥子？你硬是哦。
端女儿	（任性地）快把剪刀拿给我嘛！
惠　嫂	我不拿！
	[端女儿出其不意地抽出惠嫂头上的簪子对准自己的喉咙。惠嫂大惊，头发全散开了。
端女儿	你不拿，我现在就死给你看。
惠　嫂	（心疼加无奈）端女儿！我拿，我给你拿就是了。（惠嫂递上大剪刀）老天爷呀，我硬是遇到啰，两头都不讨好。
	[音乐起。端女儿一剪一剪剪开了两只脚上的裹脚布，看着幺小姐一双血肉模糊、红肿的脚，惠嫂惊呆了。
惠　嫂	（不忍看）天哪，这才几个钟点，眈怕骨头都断了。

[端女儿将裹脚布甩了一地。

惠　嫂　（担心地）端女儿，你……我咋给太太老爷交代哦。

端女儿　（坚定地）把这堆裹脚布丢到灶房去烧了。

惠　嫂　我咋敢嘛。

[惠嫂犹豫，不知如何是好。

端女儿　（爆发地哭喊）你是不是我的惠嫂哦？！拿去烧了！！

惠　嫂　（捧起一堆带血的裹脚绑带）烧了？烧得了这次，烧不了下次，小女子的脚终归是得裹的。

[暗转。

[局部灯亮。舞台一隅，蓝氏、李鸿续在喝茶。捧着裹脚绑带的惠嫂微欠着身体站在一旁。

蓝　氏　（厉声）敢抗老祖宗的规矩，她简直胆大包天！惠嫂，马上喊人来，按倒裹！看她有好浑，我就不信了。

惠　嫂　（抬头看看李鸿续，为难地）太太，端女儿的脚血咕隆冬的，吓人。耽怕骨头都……

蓝　氏　（厉声）照我说的去做！

李鸿续　慢。夫人，不要鼓捣整嘛。欲速则不达。既然幺女那么恼火，我看就先缓一下。不管做啥子，策略很重要。当然，脚终归是要裹的。惠嫂，你把我的意思说给端女儿听，请郎中给她把脚伤清洗一下，破皮的地方上点云南白药，谨防灌脓。

惠　嫂　是，老爷。（看着蓝氏）对了，太太，端女儿说，脚裹伤了，没法上学，她说想二姐了，想去二小姐家住几天。

[蓝氏看看丈夫。

李鸿续　要得，等她去，你让坤杰好好劝劝幺妹儿。

惠　嫂　（行欠身礼）是，老爷太太，那我去传话给端女儿。

　　　　[惠嫂下。

蓝　氏　（看着丈夫）你的好心只会把她惯得天不怕地不怕。

李鸿续　（不以为然）夫人，我这是缓兵之计，她毕竟还是个小
　　　　女子。女娃子有点个性也不是啥子坏事。

　　　　[灯暗。追光照亮捧着血绷带的惠嫂。

惠　嫂　（朝观众）那以后，啥子办法都想交了，啥子话都说绝
　　　　了，端女儿就是不裹脚，整死不干。老爷给她说理她不
　　　　听，太太打她，她不怕。为这件事，老爷太太都气得伤
　　　　心。日子跑得飞快，几年过去了，脚当真裹不成了。女
　　　　大当婚，给她说媒她也不见，就是读书上瘾。我就想不
　　　　通，那书里面，究竟有好大个意思嘛。

　　　　[收光。惠嫂隐去。

　　　　[舞台渐亮。
　　　　[李家堂屋前的庭院。李锡儒在廊下气急败坏地来回踱
　　　　步。（以下，端女儿通称李淑宁）穿着裙装的李淑宁拿
　　　　着一本书轻快地跑上。

李淑宁　大哥，你找我啥事？

李锡儒　（板着脸）你说啥事？！

李淑宁　又咋个了？我又没有惹你。

李锡儒　你敢惹我。

李淑宁　你到底有啥子事嘛？

李锡儒　你白天晚上的看书，给你说媒你不见人，飞叉叉的一双
　　　　大脚，嫁不出去二天咋办？！

李淑宁　　大哥，你也是读书人，幺妹好读书，爱学习，你应该高兴才对啊！

李锡儒　　（悻悻地）好读书？那要看你好读啥子书。你都走火入魔了，我还高兴？我这个大哥是瓜娃子还差不多。爸爸临终前最放心不下的就是你，对我叮嘱再三。

李淑宁　　大哥，你是洋学堂出来的人，咋就那么不通道理不近人情呢？

　　　　　[李锡儒从用人手上抱过一摞期刊，念着书名一本本往地上扔。

李锡儒　　我不近人情？！《觉悟》《前锋》《妇女周刊》《女子参政之研究》《新青年》，你居然偷偷在看这些禁书，都是郑佑之给你看的吧，我早就看出他不是个省油的灯，自己找死还要拖上个垫背的。他善解人意？他通道理近人情？幺妹儿嘞，他在祸害你，（指着地上的杂志）被发现了轻则坐牢，重则是要砍脑壳的哦，还会牵连全家。

李淑宁　　（有几分感动）大哥，不要激动嘛！郑佑之又不是外人，是大姐夫。他书看得多，懂得也多，我敬佩他、信任他。他绝不会害我。从这些书里面，我晓得了好多事情，晓得了伯阳嘴很小，外面的世界很大。晓得了我们衣食无忧，却有很多人饭都吃不饱。晓得了男女应该平等，女娃儿也有追求婚姻自由和受教育的权利。这些对我来说就像清新的风，吹开了笼罩着我们的封建浊气……

李锡儒　　晓得了又能咋样？你能改变谁啥子？你晓不晓得外面社会的水有好深？不要脑壳都要脱了，还不晓得是咋回事。

李淑宁　（无奈）大哥！

[惠嫂匆匆跑上。

惠　嫂　端女儿，太太喊你去。

[李淑宁趁机捡起地上的期刊扭身欲下。

李锡儒　（恼羞成怒）站倒！我话还没说完。

李淑宁　（没好气地）你要咋子嘛？

[李锡儒从李淑宁手上抢过书，"哗哗"撕烂，抛在地上。李淑宁欲上前抢下，被李锡儒一把推开。

李淑宁　人家的书，你撕了我咋个还人家嘛！

李锡儒　（大喝）拿洋火来。这种书，你拿好多回来我就烧好多。

李淑宁　（厉声）你敢烧……

李锡儒　我不烧还会祸害更多的人。

惠　嫂　（焦急地）幺小姐，你就不要激他了嘛。大少爷，你消消气，有事好商量。

[李锡儒挑衅地看了看李淑宁，从容地划燃了火柴。

[灯暗。台上的人隐去。追光投向李锡儒和李淑宁。

李淑宁　（激愤地）你啥子哥哥哦，我没有你这样的哥哥！

李锡儒　（恼羞成怒）我为好不讨好，反而招狗咬。你不认我这个当家的哥，你就走人！

李淑宁　（呐喊）走就走！在这儿我都要憋死了，早就想远走高飞！

李锡儒　你个没良心的——

[川剧帮腔起：天外有天，山外有山，走就走啊，——

[天幕上呈现火焰般的光。

李锡儒　（放声大笑）哈哈哈……

[暗转。

[铿锵激越的船工号子随着滚滚浪涛时而高亢，时而低回。
[舞台渐亮。其春号客轮正乘风破浪行进在水流湍急的长江上，两岸峰峦叠嶂，云蒸霞蔚。
[李淑宁、郑易南、段若蕾等几个女同学站在船头，豪情满怀。

李淑宁　真是千里江陵一日还啊。

段若蕾　（兴奋地指岸上）快看猴群。

郑易南　（激动地）还有羊，羊在陡坡上咋也跑得风快？

李淑宁　那是岩羊，和坝地的羊不同。西藏甘肃还有非洲都有，它们在山坡甚至峭壁上都来去自如。

段若蕾　淑宁，你懂得真多。

郑易南　她读那么多书，当然啥都晓得。

李淑宁　我要是啥都晓得就好了，还差得远。在闭塞沉闷的乡下，只有读书能让我觉得快乐和安慰。

段若蕾　唉，我就是书读少了。

郑易南　还来得及，进了黄埔军校，那么多书够得你读。

李淑宁　（看着江水沉思）这长江水也流过了我们家乡。

郑易南　想家了？

段若蕾　你那么坚强也会想家？

李淑宁　（笑笑）不晓得啥子时候才可以再见到我妈、我姐、我哥。

段若蕾　只要想见，还有啥子事挡得住回家的脚步呢。

郑易南　淑宁，你妈咋个也想不到，她们的端女儿不仅自作主张到叙府上中学，还不辞而别，到重庆考了黄埔军校，还出夔门到武汉参加国民革命军。

李淑宁　（摇头）家头晓得我就走不成了，（想了想）二姐晓得，大姐夫也会给家头写信，说明情况。

段若蕾　哎，两位秀才，到了武汉还要复试，我总觉得心头没得底。

李淑宁　初试都过了，还怕复试？重庆初考那天，本来我心头也七上八下的，不晓得要考啥子。一看到考场门口"升官发财请往他处，贪生畏死勿入斯门"的标语，我一下就豁然开朗。

段若蕾　（笑）我哪敢和你比哦。

[罗国梁笑着走上前来。

罗国梁　哈哈哈，几位的龙门阵摆得好热闹，我申请加入，欢不欢迎啊。

段若蕾　（对罗）欢迎，云阳靠岸时，你在张飞庙给大家讲诸葛亮的《出师表》，说那石刻出自岳飞手笔，口才好哦。

罗国梁　我才疏学浅讲得不好，各位多提意见。（主动握手）我叫罗国梁。

郑易南　讲得很好，听得我热血沸腾。

罗国梁　（向李淑宁）你在万县码头组织大家抵制船老板运送鸦片，令人佩服啊。

李淑宁　我恨鸦片，于国、于家它都是毁灭性的慢性毒药。它让国不像国，家不是家。

罗国梁　我们绝不会无动于衷。

段若蕾　罗同学，你长得好高大，祖籍在哪里？

罗国梁　地地道道的四川南充人。你们是……

李淑宁　李淑宁，宜宾人。

郑易南　我也是宜宾人。

段若蕾　（微笑着伸出手）段若蕾。我们三个是同乡。

罗国梁　男人当兵打仗天经地义，你们为啥考军校？那意味着上
　　　　战场，意味着流血牺牲……

李淑宁　女子当兵打仗自古就有，南北朝的花木兰替父从军，北
　　　　宋的穆桂英挂帅上战场。

段若蕾　虽说上军校，不一定就要上战场嘛。有那么多男兵，就
　　　　算打仗，哪轮得到我们哦。

郑易南　打仗我们也不怕，既然报考黄埔，早就想好了。

罗国梁　（频频点头）巾帼不让须眉！

李淑宁　（指前方）快看，西陵峡……

　　　　[川江号子起。

段若蕾　（惊叹）嗨呀，太壮观了。

郑易南　（倒抽一口气）简直像画一样！

罗国梁　看到西陵峡，就要进湖北了。

李淑宁　（动情地）真的要离开故土了。

　　　　[川剧女高腔：山高水长，别故乡呐，这一走要走到啥
　　　　时候啊——
　　　　[暗转。

　　　　[《打倒列强》乐声起。
　　　　[天幕上，多媒体投射出黄埔军校和北伐的资料片场
　　　　面。
　　　　[追光照亮戎装的李淑宁。

李淑宁　1926年12月25日，黄埔军校武汉分校正式开学。开学典

礼上，孙夫人宋庆龄发表了热情洋溢的演讲。女生剪去了长发，旗袍短袄换成了挺括的军装。从那天起，我们学军事，学政治，成了真正的军人，庄严而神圣。1927年3月，北伐胜利进军，工农运动迅猛发展。上海工人在中国共产党领导下，第三次武装起义，打败了北洋军阀的直鲁联军，占领了除租界以外的上海市区，并建立起一支工人纠察队。1927年4月12日，国民党新右派在上海发动反对国民党左派和共产党的武装政变，大革命受到严重的摧残，是大革命从胜利走向失败的转折点，国共两党的第一次合作失败了。

[收光。

[舞台灯渐亮。

[军校一隅的大树下。

[李淑宁、郑易南表情严峻地交谈着，罗国梁跑步过来。

罗国梁 淑宁、易南，你们可回来了？我正担心呢。

李淑宁 国民党右派想方设法挑拨民众对共产党不满，还准备组织妓女冒充我们军校女生裸体游行，造谣生事，我们女生队的宣传起到了辟谣的作用。

郑易南 淑宁不顾自己身体虚弱，天天向群众宣讲共产党的政治主张，讲妇女解放，揭穿国民党右派搞分裂的阴谋。听众反应相当强烈，不少人还提问，互动的场面非常鼓舞人心。

罗国梁 我不担心你们的水平，我担心的是你们的安全。现在全国形势很严峻，在上海，共产党人的鲜血流成了河。敌人丧心病狂，你们不要再上街宣传，太危险了，要学会保护自己。

李淑宁　学校也完全乱了，国共两党的同学已经公开对抗，相互谩骂，刚才还打起来了，军警抓了不少人走。

罗国梁　是啊，国共分裂已经明火执仗，好多支持、拥护蒋介石的学员，已经相约去了南京。

李淑宁　（吃惊）都这样了？！学校还办得下去吗？

罗国梁　第四军参谋长叶剑英同志主持将军校改编为第二方面军军官教导团，不愿随军的人可以资送回家，武汉分校学生提前毕业。

李淑宁　你有啥打算？

罗国梁　（坚定地）我参加教导团继续革命。

郑易南　我们咋个办？

李淑宁　是啊，女生大队怎么办？

罗国梁　你们还不知道？军校已经宣布解散女生大队。

李淑宁、郑易南　（惊愕）啊！！解散？

罗国梁　是，解散。党团员组织上会有安排。

郑易南　国梁，你到哪儿我到哪儿。

[李淑宁惊讶地看看罗国梁，又看看郑易南。

李淑宁　（幽默）这决心表得太露骨了吧？

郑易南　（笑笑）有什么办法呢？我们相爱了，我主动。

李淑宁　（故意）还好朋友，我居然被你们蒙在鼓里。

罗国梁　（乐）没机会说啊！

李淑宁　（调皮地）这么大的事情才让我知道，还是被我诈出来的。

郑易南　（逗乐）我悔过，行了吧？

[段若蕾拿着一张报纸跑上。

段若蕾 你们快来看，周佛海在《中央日报》发表脱党宣言了！

[这有如晴天霹雳，三人都愣了。李淑宁抓过报纸，罗国梁、郑易南凑上去一起看起来。

郑易南 风云突变，真是风云突变啊！周佛海居然脱党了。

李淑宁 （愤慨的）脱党？这个时候脱党就意味着背叛。

罗国梁 亲者痛，仇者快。

段若蕾 到处都在抓人，搞不清是哪党哪派，人心惶惶的。

郑易南 （平静地）女生大队要解散了。

段若蕾 （一惊）啊！解散？

罗国梁 学校已经传开了。

段若蕾 （转念一想）女生大队解散了也好，形势这么血腥，三十六计走为上。政治上的事，党派之间的事，我们女流之辈哪搞得懂啊，与其生死难卜，不如急流勇退。

罗国梁 都是成年人了，道路自己选择，你们抓紧准备一下吧。

段若蕾 淑宁，你二姐不是也来信说外面局势太乱，太危险，让你回去避避吗？易南，你呢？我们三个一起出来，也一起回去吧。

李淑宁 好不容易出来了，我不回去！

郑易南 我也不回去。（对段若蕾）你就不怕回去后，家里头继续逼婚啦？

段若蕾 （假装生气）啥时候了，你还有心思开玩笑？说穿了，革命这些事，我压根就不是很清楚，学了半天还是糊里糊涂的，搞不懂。

罗国梁 人各有志，只是不要自我放弃，无论你们做出何种选择我都能理解。

段若蕾　唉，世间最难是选择，好沉重啊。

李淑宁　别想那么多，人是自由的。这个时候，无论选择去还是留，都不过分。

[暗转

[川剧帮腔：不过分呐不过分，是去是留费思量呐，心沉重——

[追光下，着素色旗袍的李淑宁端庄而清丽。

李淑宁　人各有志，在革命的征途上，既然我已经选择了前行，我就要朝着希望的曙光继续走下去。"东征讨蒋"教导团向江西九江进军的途中，我病了，迫不得已离开队伍，隐藏在老乡家中养病。从此与教导团党组织失去了联系。1927年8月1日，南昌起义的枪声给了我极大的鼓舞，我化装成逃难的农妇，历尽艰辛，到了上海。

[李淑宁随着转盘缓缓行进。背景呈现出光怪陆离的灯光，霓虹闪烁。歌舞厅乐声低回，与鸣叫的警笛、零星的枪声形成交响。

李淑宁　我相信，离危险近的地方反倒安全，白色恐怖的上海，定会有我们党的组织在坚持斗争。我一边在别人家做女佣，一边想方设法寻找党。终于，我找到了!

[收光。

[舞台局部灯光渐亮。

[咖啡厅一隅。李淑宁坐在小桌旁，穿戴体面的老彭警觉地四下环顾，继而迎过去，与李淑宁亲切握手。

老　彭　（压低声音）淑宁同志，你受苦了，欢迎归队。身体恢复得怎么样？

李淑宁 （急切地）身体没问题。老彭同志，组织上需要我做什么？

老　彭 （四下看看）长话短说，"四一二事变"以后，我们党的各级组织都不同程度地遭到破坏，各地都急需干部，培养、保护好我们的干部，就为党的事业保存了实力。

[李淑宁频频点头。

老　彭 党中央决定送一些有文化基础，对党忠诚的同志到苏联去培养，向布尔什维克老大哥学习。学成回来从事和领导革命斗争。

李淑宁 （羡慕地）明白了，掩护他们出国？

老　彭 （笑了）淑宁同志，不单是掩护别人，你也在这批派出的名单中。

[李淑宁不敢相信自己的耳朵，愣愣地看着老彭，似在求证。

老　彭 没错，是真的。

李淑宁 （激动）我，去苏联？这不是做梦吧？

老　彭 淑宁同志，这次共有四十多个同志赴苏联，分为四个组同船前往，你的组长叫陈达邦，黄浦武汉分校第六期学员，湖南人。

李淑宁 （惊讶）陈达邦是我的组长？

老　彭 是啊，你认识他？

李淑宁 （微微一笑）我们是校友。我知道他，他不认识我。

[暗转。

[川剧女生高腔飚起：好激动呐！克里姆林宫的红星闪耀着光芒，似梦非梦，心潮难平，心潮难平呐——

[俄罗斯风格的手风琴乐声起。

[天幕上，晚霞衬出莫斯科美丽的城际线。

[莫斯科中山大学，晚会进行中。舞台中央，年轻帅气的陈达邦正激情朗诵高尔基的《海燕》。

陈达邦　……狂风吼叫……雷声轰响……一堆堆乌云，像青色的火焰，在无底的大海上燃烧。大海抓住闪电的箭光，把它们熄灭在自己的深渊里。这些闪电的影子，活像一条条火蛇，在大海里蜿蜒游动，一晃就消失了。——暴风雨！暴风雨就要来啦！这是勇敢的海燕，在怒吼的大海上，在闪电中间，高傲地飞翔；这是胜利的预言家在叫喊：——让暴风雨来得更猛烈些吧！

["台下"暴风雨般的掌声（效果）。

[漂亮的女报幕员上。

报幕员　（微笑着）下一个节目，女生小合唱《在乌克兰辽阔的草原上》，演唱者乌丽亚、柳德米拉、丽达、娜佳、季米诺娃。

[转台转动。

[歌声起，成为背景音乐。

[着格子花布拉吉的李淑宁缓步上，不时回头张望。"科斯玛秋娃——"拎着大书包的陈达邦叫着李淑宁的俄语名追上来。

陈达邦　（气喘吁吁）科斯玛秋娃——

李淑宁　（笑）就叫李淑宁吧，我还不太习惯老师给取的这个名字。

陈达邦　必须习惯，在苏联的土地上，你就是科斯玛秋娃。

李淑宁　达邦，你的朗诵很有激情，感染力太强了。（模仿）……海燕叫喊着，飞翔着，像黑色的闪电，箭一般地穿过乌云，翅膀掠起波浪的飞沫。看吧，它飞舞着，像个精灵，——高傲的、黑色的暴风雨的精灵。

[陈达邦欣赏地注视着李淑宁。

陈达邦　（深情地）早知道，咱俩一起上台。

李淑宁　（使劲摆手）我一个艺术细胞也没有，上台怯场。

陈达邦　其实，我更喜欢普希金的《致大海》。知道我为什么朗诵高尔基的《海燕之歌》？

李淑宁　因为它把暴风雨到来之前的情势表达得跌宕起伏，歌颂了暴风雨中的海燕。很适合朗诵者的情绪发挥。

陈达邦　对，也不对。你的答案仅停留在技术层面。我选择朗诵《海燕之歌》，是因为在我心里，你就是暴风雨中的海燕，你就是智慧勇敢的象征。

李淑宁　（意想不到）我？

陈达邦　对啊，就是你！和男孩子一起走进学堂，和封建礼教斗争，做自己的主人，成就了一双自然的解放脚，发起成立妇女解放同盟会，在报纸上一次次发出女性的呼声，二十岁就入了党，军校的首批女学员，在党的事业处于低潮时期到血雨腥风的上海寻找组织，为寻求真理，背井离乡来到苏联，成为莫斯科中山大学的优秀学员……了不得啊！

李淑宁　（惊讶）你咋知道的？

陈达邦　（微笑着）因为在乎，所以就会知道。

[李淑宁害羞地低下头。

陈达邦　你说不来参加晚会，我好失落啊。在台上，我一眼就看到你了，你知道吗？我的整个身心都在为你朗诵。后悔在武汉军校怎么没有早一点认识你。

李淑宁　和现在认识有什么不同吗？

陈达邦　当然不同，浪费了那么多时间……

李淑宁　在军校我知道你，可我心里从没有起过杂念。

陈达邦　（幽默地）我算明白了，如果不是在来苏联的海上你晕船，吐得昏天黑地，水米不进，我是没有机会走近你的。或者说，你是不会给我机会的。

李淑宁　（故意）就不给胡思乱想的人机会。

陈达邦　可上天眷顾我，看我忠厚善良，让我一举两得！

李淑宁　（忍俊不禁）你们湖南人就是会耍嘴皮子，狡猾。

陈达邦　（做夸张状）那也比不过你们四川人啊，麻辣人精。

李淑宁　你这"人精"是褒还是贬呢？

陈达邦　（答非所问）淑宁，做我的妻子吧。

李淑宁　（大惊）什么意思？

陈达邦　嫁给我。

　　　　　[陈达邦深情地点头。

李淑宁　革命还没成功，在这异国他乡？

陈达邦　这不矛盾。

李淑宁　（俏皮地）我可没有男人们看重的三寸金莲。

陈达邦　脚大走四方，脚大江山稳，我就爱自由自在的大脚女。

李淑宁　可是……我得想想。

陈达邦　我和你一样，痛恨包办婚姻。我们在大海上相识，在莫斯科相知，这是最纯真最美好的自由恋爱。（握住李淑宁的手）你身体这么弱，我要用一生来守护你，照顾你。淑宁，愿意做我的妻子吗？

李淑宁　（感动，心动）我愿意——

　　　　　[转台。

[欢快的苏联歌曲《小白桦》起。

[舞台渐暗。

[白桦树下，光影摇曳。在手风琴的伴奏下，一群肤色各异的年轻人正与陈达邦、李淑宁互动跳舞，个个脸上神采飞扬。

[慈祥的苏联女教师和威武的苏军男教官走到人前，大家立即安静下来。只有手风琴手继续拉着抒情的慢板，成为舞台情景的背景音乐。

男教官 同学们，移动靶射击课胜利结束了，全班都合格，但只有一个满分，她就是科斯玛秋娃。（欢呼声）应该讲，这个成绩是她送给自己的最好的新婚礼物。

[伴着大家"神枪手"的欢呼声，手风琴拉出一串欢快的变调。

女教师 （走向台口）在午后温暖的的阳光下，我们为阿廖沙和科斯玛秋娃举行简朴而热烈的婚礼。为寻求真理，他们和许多同伴一起，从遥远的中国来到苏维埃。在这里，他们坚定了自己的人生信念，也收获了甜蜜的爱情。让我们为阿廖沙和科斯玛秋娃送上祝福，分享他们的快乐。记住这个日子，你们所有的人都是他们幸福的见证者。

[在大家的欢呼祝福声中，女教师分别亲吻了陈达邦和李淑宁的额头，并拥抱了他们。两人给女教师深深地三鞠躬。

女教师 亲爱的孩子们，尽情地唱吧，跳吧，不要辜负了大好时光——

[陈达邦、李淑宁被大家簇拥着跳起舞来。女教师也优雅地翩翩起舞。手风琴手边拉着琴边跳起了舞。

[暗转。

[舞台渐亮。

[俄罗斯风格的口琴曲起。

[舞台渐亮。

[透过白桦林，可见远处克里姆林宫高高的钟楼、教堂等建筑轮廓。

[陈邦达、林文瑞边说边上。

陈邦达　　还有商量的余地吗？

林文瑞　　（摇头）淑宁身体太差了，苏联的气候对她很不适宜，回国是明智之举。

陈达邦　　唉，都怪我！你说学习期间，结什么婚呢？

林文瑞　　（窃笑）中国同学里，结婚的也不是一对两对。男大当婚，女大当嫁，都处于青春期无可厚非。问题在于怀孕不是时候啊，完全可以避免的。

[李淑宁上。

李淑宁　　（发现陈达邦）书记找我，你怎么也在这儿？

陈达邦　　呵呵，事情与我有关啊。

李淑宁　　（纳闷儿）什么情况？

林文瑞　　淑宁，组织上知道了你的身体情况，让我和你谈谈。

李淑宁　　（复杂的表情）谢谢党组织，我能坚持，没问题。

林文瑞　　是啊，组织上绝对信任你。苏联教官夸你是优秀学员，不仅各门课都在良好以上，移动靶射击还一直第一，教官说，没人打破这个纪录。

李淑宁　（幽默地）组织上是不是要奖励我呀？

陈达邦　淑宁，别开玩笑，听文瑞说完。

李淑宁　（看看丈夫）干嘛这么严肃？

林文瑞　（想想）怎么说呢？考虑到未来的课程、训练，还有苏联寒冷的气候对你都很不利，从关心的角度，组织上想让你提前回国。

李淑宁　（吃惊）什么？让我回国。

陈达邦　（平复的手势）淑宁，别激动。

李淑宁　千里迢迢来到苏联，还没学到什么又让我回去，开什么玩笑？无论学习还是工作，我的习惯是有始有终，绝不半途而废！

林文瑞　（对陈达邦）看看看，川妹子的辣劲上来了。淑宁同志，冬天快来了，苏联气候寒冷，西伯利亚的风就是健康人都扛不住，更何况你一个瘦弱的，时不时会咯血的孕妇。

李淑宁　（疑惑）难道组织上把我当成了包袱，要甩掉我？我不信。

林文瑞　恰恰相反，这是组织上对你的爱护。

李淑宁　要是我不愿意呢？

陈达邦　淑宁——

李淑宁　文瑞，（改口）林书记，我联共布党史，资本论，论中国革命的现状与前途考试名列前茅，还有移动靶射击也是第一，怎么就……

林文瑞　淑宁同志，你多虑了。"四一二"以后，国内斗争形势非常尖锐，我们党的基层组织受到严重破坏，需要尽快恢复。组织上准备在宜昌建立联络站，急需能文能武的优秀妇女干部，综合考虑了你的情况，组织上认为派你回国最为合适。

陈达邦　（据理力争）文瑞同志，我想不出她哪一点合适，一个弱女子……

林文瑞　弱女子？淑宁首先是革命战士，她的身体也许弱一点，但她的意志她的党性是强大的。关键时刻，你可不能拖后腿。

李淑宁　（沉吟片刻）我的任务是什么？

陈达邦　任务？淑宁！在白色恐怖中，生存都是问题，何况你……

李淑宁　（严肃地）邦达，再难，我们也不能忘了自己的使命。

林文瑞　（欣喜）看，淑宁的觉悟比你高多了。

李淑宁　书记同志，说吧，什么任务？

林文瑞　利用掩护身份，建立党的联络站。转递文件，安置护送途经此地的我党同志。至于公开身份，还得等你到了宜昌，根据当地的情况再做决定。

陈达邦　（愤怒）淑宁身体不好，又怀有身孕，让她独自返回中国，你说我能放心吗？我希望组织上批准我和她一起回国，在新的岗位更好地为党工作。

林文瑞　（恼怒）吼什么吼，有理不在声高！

李淑宁　达邦，不要激动。我回国工作也好，你可以踏下心来好好学习，我们俩不能都半途而废啊。

陈达邦　你不在我身边，我怎么能安心学习。人心都是肉长的，我会牵挂，会担心，会难过，会思念！

林文瑞　达邦同志，为了崇高的革命事业，我们必须舍小家顾大家，要想到天下的劳苦大众，而不是老婆孩子热炕头。

私心杂念是需要我们摒弃、克服的。这是一个革命者成熟与否的标志。

陈达邦 （不理喻）淑宁，还是等孩子生下来再回去吧，你在我身边，我才放心。

李淑宁 （微笑）达邦，既然是党的决定，怎么能讨价还价呀。

林文瑞 听见没有，达邦同志。别让女同志对我们产生性别歧视哦。

陈达邦 （对林文瑞）这是两回事。她身体那么差又有了身孕，这种情况下回白区工作？但凡有点人情味，就应该让她的丈夫和她一起。

林文瑞 （正色）革命不是请客吃饭，是一个阶级推翻一个阶级的暴力的行动，是你死我活流血牺牲。

陈达邦 （强硬地）林书记——

李淑宁 （阻止）少说两句吧。

林文瑞 （决然）陈达邦，你像个革命者吗？婆婆妈妈，儿女情长，我们的同志都像你这样，革命事业能成功吗？

陈达邦 （恼怒）革命者也不能缺情寡义六亲不认，那还算人吗？革命事业与合乎情理并不矛盾！

李淑宁 （大声阻止）达邦！！

林文瑞 （克制的）陈达邦！我看你不是脑子有问题，就是思想有问题。

陈达邦 （激动地）我要有问题，我就不会走这条路！

[暗转。

[“呜——”火车的汽笛声响起。

[陈达邦（画外音）“淑宁（回声）——”

[追光照亮赵一曼。

赵一曼　　我走了，带着遗憾和不舍。可我的心留在了伟大的苏联，留在了爱人的身边。多情自古伤别离，达邦，抛开情感的羁绊，用千百倍的热情投入来之不易的学习和实践吧。你给我的怀表还带着你的体温，戒指是我们离别的诺言，我会珍惜地带在身边。达邦，真羡慕你啊，知道我有多想留在莫斯科继续学习吗？（感叹）命运捉弄，也许这就是女人的宿命。思念将会是漫长的，带着绵绵的痛，融化在我的血液中。我不孤独，腹中的孩子支撑着我的躯体，我的情感，他给我力量。我猜想，他……应该是个儿子，我们的儿子。

[收光。

[码头搬运工号子起。

[舞台渐亮。

[黄昏。长江码头。简易的木板屋鳞次栉比。来往船只的汽笛声此起彼伏。

[身着阴丹士林布袍、大腹便便的李淑宁正护送自己的同志上船。两人紧紧握手。

[房东徐妈挎竹篮上，她正好看到这一情景。

[李淑宁怅然若失，朝着远方轻轻摆手。

徐　妈　　（试探地）李大姐（李淑宁没听见），（提高声音）李大姐！

李淑宁　　徐妈——

徐　妈　　（话中有话地）又送客呐？

李淑宁　　（含糊地）噢，是……是送客人。

徐　妈　（狐疑地）李大姐，我家祖祖辈辈在这儿可都是清清白白的人。

李淑宁　（纳闷儿）我不明白您是啥意思？

[大刘挑水上，后面跟着大刘妻，他们不经意听到了徐妈和李淑宁的对话。

徐　妈　说句不该说的话，我们做女人的，丈夫不在身边，更要守妇道才是。

李淑宁　（一惊）徐妈，这种话可不能乱说啊。

徐　妈　（含沙射影地）无风不起浪，你一会儿堂叔，一会儿幺舅，男亲戚真不少啊，我可以信，别人信不信就不知道了。

[大刘忍无可忍，放下了水桶。

大　刘　（不屑地）我说徐妈，闲事少管，走路撑展。

徐　妈　（不服地）李大姐租我的房子，是我的房客，我不打招呼，出了有伤风化的问题，警察局未必找你说事啊。

大刘妻　这街坊邻里都知道李大姐是个好人，帮我们写家信，写状纸，给我们一起做针线，教我们织线衣，还教娃娃们唱歌，给他们讲故事，她男人带给她吃的糖也分给娃娃们吃……

徐　妈　（反讽）是啊，你男人打架被抓进了局子，不也是她卖了自己的金表，把你男人赎出来的？

大刘妻　打架？别说那么难听！我们大刘那是路见不平，拔刀相助。他是冤枉的。

徐　妈　为这事儿，警察已经盯上（对李淑宁）你了，还找我问话来着。我可没说你半句坏话。

[李淑宁一惊。

115

大刘妻　（对徐妈）李大姐做你的房客，那是你的福气。

徐　妈　福气？房租那么低，是她有福气。

大刘妻　大刘，我们走。

[大刘挑起水桶，和妻子离去。

徐　妈　哼，别以为有他们撑腰。李大姐，你给我说实话，你究竟是干什么营生的？你丈夫咋就任自己的老婆挺着大肚子，跑到人生地不熟的地方来混生活。别说警察，傻子都知道有问题。

李淑宁　不准胡说！

[李淑宁突然腹痛难忍。

李淑宁　（挣扎着）徐妈，请扶我到屋里去——

徐　妈　你要生啦？不能去我屋子里生，快走，走。

李淑宁　（愤怒地）你不能这样！

[随着"嘭"的关门声，台上两束追光亮起：一束追光照亮倒在地上的李淑宁，不断有包袱、衣物、成刀的草纸等物扔入光区，她一手护着腹部，艰难地试图爬起来，但没有成功；另一束追光下，徐妈微闭双眼，双手数着佛珠，嘴里默默地念着阿弥陀佛。

[大刘夫妇闻声跑上。见状大惊，两人欲扶起李淑宁。

大刘妻　李大姐，李大姐——

李淑宁　（虚弱地）帮帮我。

大刘妻　（惊呼）哎呀，李大姐破水了，马上就要生了。

[李淑宁瘫软地往地下滑，被大刘拦腰抱起。

大　刘　（对妻子）人命关天，让李大姐到我们家去生，你快把她的东西收捡起来。姓徐的婆娘心太狠，哼！要遭报应的。

[川剧女高腔飘起：人在做，天在看，撕心裂肺啊！憋足气，咬紧牙，生死攸关。

[暗转。

["呱——呱——"，黑暗中迸发出初生婴儿高亢的哭声。

[追光照亮穿着薄棉袍、怀抱襁褓的李淑宁，她的脸上带着幸福的微笑。

[童声合唱《西风的话》轻起。

李淑宁　达邦，真的是个儿子。他的眼睛又大又亮，小脸轮廓分明，皮肤白里透红，头发黑黑的，像极了你。都说亲人之间灵犀相通，哪怕隔着千山万水，你一定已经感悟到他来了。从今天开始，我们成了三口之家，爸爸妈妈和儿子，这是多么奇妙又美好的感觉。我突然觉得革命的目的变得更清晰了，具体了。那就是通过我们的奋斗，让所有的孩子，所有的母亲，所有被侮辱和被压迫的人们都过上自由、平等、富足安宁的好日子。为了这一天早日到来，我宁愿受累，宁愿承受与亲人分离的痛苦，宁愿背井离乡，哪怕流血牺牲……（看着襁褓里的儿子）我的孩子，因为你，妈妈心里涌起那么多的"宁愿"，我就叫你宁儿吧。

[收光。

[舞台灯渐亮。

[上海。石库门民居。

[身着布旗袍、拎着小包的李淑宁上，她环顾四周后，

敲开了一户人家的门。门里立即传出上海滩的流行音乐
及搓麻将的效果声。

[看着眼前穿着围裙的郑易南，李淑宁惊呆了。

李淑宁　（激动地）易南？！

郑易南　淑宁——

[两人激动地拥抱。

郑易南　（端详李淑宁）你终于到了，就怕你路上出危险，孩
　　　　子呢？

李淑宁　抱着孩子找路不方便，我请老乡暂时帮我看着。

李一氓　（警觉地）你还有老乡来往？

李淑宁　邻居，很可靠。

李一氓　淑宁同志，易姐是我们这次任务的负责人。

郑易南　在这个家里，我的角色是用人，负责给你们和参与任
　　　　务的同志们做饭。尤其有外人的时候，不能有丝毫的
　　　　破绽。

李淑宁　是。（钦佩的）易南，你真棒，像个老革命了！

郑易南　（摇头）你见得多，经历得多，吃的苦也比我多，比我
　　　　更有实践经验。

李淑宁　我做具体工作还行，组织能力比你差远了。哎，易南，
　　　　罗国梁呢？段若蕾有没有消息？几年了，真想念他们。

郑易南　听说若蕾在回家的船上遇到了缘分中的真爱，幸福得
　　　　很。现定居成都，已经是两个孩子的妈妈了，她丈夫是
　　　　留美博士，华西医学院的牙医。

李淑宁　好啊，那是她最满意的生活样式。哎，快说说罗国梁，
　　　　说说你们俩。

郑易南　（黯然神伤）东征途中，你留在老乡家养病后不久，我

118

们遭到敌人伏击，为了掩护大家，国梁身受重伤，行进中的队伍医疗条件很差，经过几天的挣扎，（哽咽）最终他还是牺牲了，死于全身感染……

李淑宁　（惊呆）罗国梁！他死了？！（低头抽泣，强忍悲痛）

[李淑宁上前拥抱郑易南。

李淑宁　我知道你心里有好痛。

李一氓　淑宁，（李淑宁从悲伤中抬起头）你安顿好就把孩子接过来，有他才像真正的家。

郑易南　组织上给你谈了吧？你和李一氓假扮夫妻，是这个家的男女主人，你们必须尽快适应假夫妻角色。

李淑宁　放心，易南。这次的任务是什么？

郑易南　中央决定在上海召开全国苏维埃大会，我们负责外围警戒、掩护，保证参加大会的同志们安全地来，安全地离开。

李淑宁　在白色恐怖的上海开全国苏维埃代表大会？

郑易南　中央已经考虑到，做了预防部署，往往看似危险的地方反倒安全。会议地点就在卡尔登戏院后面的楼里，从我们三楼的窗户望出去正好看得见。

李一氓　这里是通向那排楼房的必经之路，组织上半年前就租下了这套房子，它正好在三条马路交汇处，视野清楚，是理想的瞭望哨。从后门过去很快，也很隐蔽。

郑易南　对外我称呼你们先生、太太，你们叫我易姐。大会期间，这里每天都会有牌局，饭局，用以麻痹敌人。

李淑宁　（干练地）明白。

郑易南　（双手拉着李淑宁）晚上我们聊个够。孩子的爸爸也是我们的人？

李淑宁　（点头）你还记得陈达邦吗？我们军校六期的学员。

郑易南　当然记得，帅小伙儿啦，（恍然大悟）你嫁给了陈达邦？

李淑宁　（羞涩地）我们一起在莫斯科中山大学学习，就嫁了呗。儿子都两岁了，父子俩还没见过面呢。

李一氓　你是陈达邦的妻子？

李淑宁　（点头）您认识他？

李一氓　（摇头）你见过陈琮英吗？

李淑宁　（摇头）是达邦的妹妹，他经常说起。

郑易南　陈琮英是任弼时同志的夫人，这次她也要参加大会，她在（指楼上）开筹备会。一会儿你们就能见面。

李淑宁　（惊喜）想不到在这里见到达邦的亲人，宁儿能见到姑姑了。

郑易南　是啊，真让人喜出望外。一个任务让好友、亲人异地相逢。

　　　　[穿着旗袍的陈琮英从楼上下来。

郑易南　琮英，真没想到，组织上派来的女主人是您嫂子。

　　　　[陈琮英三步并作两步跑到李淑宁跟前，双手握住李淑宁的手，仔细端详这位从未见过面的嫂子。

陈琮英　你是八嫂？

李淑宁　（激动地点头）叫我淑宁吧。琮英……达邦和你长得真像，你有他的消息吗？

陈琮英　两年前，八哥托人从苏联给我带过一封信，告诉我他结婚了，娶了个最适合他的四川姑娘。满篇都是你的美，你的好。说你顾全大局，为支持他学习，怀着身孕离开了莫斯科，回国到艰苦的地方为党工作。说他是那样的想念你，为你担心。淑宁，你这么瘦弱，气色也不好。这几年你是怎么挣扎过来的，还拖着个孩子。适逢乱世，大家也无法联系，无法帮你，嫂子受苦了。

李淑宁　（哽咽着摇头）是吃了不少苦，（抹去眼泪露出笑容）琮英，我儿子两岁了，小名叫宁儿，大名还没取，我想等他爸爸给他取。

陈琮英　好，这样好，就等八哥亲自给他儿子起名吧。（环顾四周）宁儿呢，宁儿在哪里？

李淑宁　（拭泪）我这就去接他过来，（幸福地）看到他，你就看到了小陈达邦。

陈琮英　（激动地）我陪你一起去，我想马上看到宁儿。

[暗转。

[川剧帮腔起：苦不怕，险不惧，见亲人，情难自禁泪如雨啊——

[两束追光分别照亮陈琮英和李淑宁。

陈琮英　1930年，全国苏维埃大会结束后，临时家庭解散了。淑宁主动向党组织请战，要求到条件艰苦、情况复杂的东北工作。想到宁儿太小，在我的劝说下，淑宁同意把儿子送到武汉我五哥陈岳云家寄养，我陪她去了武汉。离别的时刻，我担心的哭天呛地的场景没有出现，淑宁看上去很平静，超乎寻常的平静。她越是这样，我的心都要碎了。她亲吻着自己的儿子，目不转睛地看着宁儿，仿佛要把儿子印在眼里，印在心里。严酷的斗争环境中，与亲人的每一次分别都可能是永别。作为革命者，淑宁她当然懂。

[川剧女高腔飚起：她懂啊，她咋不懂啊！抛亲别子去异乡，生离死别，撕心裂肺啊！

李淑宁　我懂。这一走，也许我再也看不到儿子了。我可以不走，但我不能不走，为了千千万万被侮辱与被压迫的母亲，为了千千万万吃不饱饭，读不起书，得了病没钱医治，在生死线上挣扎的孩子，为了自由、民主、公平、正义的阳光能照亮我中华的每一个角落，为了赶走闯进家门的日本强盗，走，是我心甘情愿的选择。我和儿子去像馆拍了一张合照，我若遇不测，宁儿长大（哽咽）能从照片上认识他的妈妈。

[收光。

[音乐起。

[激烈的枪声、爆炸声夹杂着日本鬼子的叫嚣声起。火光冲天。

[纱幕上打出：1931年9月18日，日本侵略者以士兵失踪为借口，挑起事端制造了震惊中外的"九一八事变"，东三省沦陷。因工作需要，李淑宁改名赵一曼。从上海到沈阳再到哈尔滨，她组织工人运动，从事党的地下工作。因组织内部出了叛徒，为避免不必要的牺牲，党指示赵一曼隐蔽到珠河地区打游击。在极其艰苦的条件下，赵一曼将生死置之度外，成为赵尚志抗联第三军新编二团的政委，威震敌胆。在战斗中数次受伤，两次被捕。

[北风呼号。舞台渐亮。

[身受重伤、坐在地上的赵一曼和抗联女战士杨桂兰分

別被绑在马料房的房柱上。

杨桂兰 政委，政委你醒醒！千万别迷糊，得撑着，天这么冷，一迷糊就会冻死。政委！

赵一曼 （艰难地昂起头，笑了笑）看你才十六七岁，经验还不少。

杨桂兰 打猎的人都知道，我爷爷是猎人。

赵一曼 桂兰，你怕不怕？

杨桂兰 （迟疑地点头）……有点怕。

赵一曼 不用怕！我们在自己的土地上，做的是正义的事情。内心强大的人，是无所畏惧的。

杨桂兰 （哽咽）政委，有你在我不怕。

[手持钢鞭的大野随日军小队长小井和日本兵上。

大 野 （走向赵一曼）就是她们俩？

小 井 是，一天了，什么也不说。

[大野用威慑的目光直视赵一曼，赵一曼抬起头，从容地与其对峙。

大 野 （冷笑）你的眼光不友好啊，叫什么名字？

赵一曼 我不会把自己的名字告诉强盗。

大 野 （冷笑）强盗，谁是强盗？女士，请你放尊重一点。

赵一曼 尊重这个词，你们不配！

大 野 你言重了，女士。我们大日本帝国本着和平的愿望，为了共同发展进入中国，你们不是礼仪之邦吗？为什么要把话说得那么难听……

赵一曼 （冷笑）你们是为了和平的愿望进入（加重语气）中国吗？谁都知道，甲午战争后，你们就开始进驻东北，你们所到之处的中国和平了吗？发展了吗？

123

大　野　进驻是必然的，我们是甲午战争的胜利者，双方签有《马关条约》。

赵一曼　（斥责）那是在你们胁迫下签的不平等条约。

大　野　嚯，有血性，火气还不小！国际条约，平不平等不是说出来的，不平等你们别签啊。

赵一曼　无耻！作为资源奇缺岛国，早就觊觎我们的东北地区。1929年世界金融危机严重地波及到你们日本，你们为转移国内矛盾，又是开拓团，又是大批的移民，占领我们的土地，掠夺我们的资源。

大　野　不准用那么多侮辱性的词汇，我们大日本帝国从来都讲道理、守规则。

赵一曼　那是你们的遮羞布。你们通过1905年日俄战争，夺得了北满铁路的控制权，占据旅顺进而大批移民，逐渐蚕食我东北。1931年，你们挑起"九一八事变"，以保护移民为借口出兵，全面占领了我们的东三省，你们在政治上不择手段地欺骗拉拢废帝溥仪成立所谓的满洲国，分裂我中华，借此和伪满洲国签订经济政治军事合作条款。

大　野　没想到一个女人还知道得挺多！

赵一曼　每一个有良知的人都知道，你们在中国的土地上坏事做尽，侵略，扩张，掠夺才是你们的本质和目的。这一笔笔的账，我们中国人世世代代都不会忘记。

大　野　盎德鲁撒克逊人有句谚语：如果打不过他，就加入他。这是经验之谈，更是明智之举。中国也有句老话，好汉不吃眼前亏。

赵一曼　收起你们那套假慈悲吧！强盗逻辑！中国还有句名言也值得你记着，魔高一尺，道高一丈。

大　野　更遗憾的是，你现在抛头颅洒热血的所谓事业，也许过了几十年，会变得平淡无奇，甚至没人会记得你。

赵一曼　那就用不着你操心了。只须记住，你们注定要失败。（鄙视地）因为你不懂中国，更不懂中国人！

　　　　［大野不动声色地将手里的钢鞭再次杵向赵一曼的伤口，赵一曼痛得几乎晕厥。杨桂兰搂着赵一曼，大声呵斥大野。

杨桂兰　别戳了！你们还是不是人？

大　野　（阴冷地）很抱歉，这……不是我的本意。

杨桂兰　对受了伤的女人动手，还是男人吗？！

　　　　［小井抽了杨桂兰一鞭子。

小　井　你说，她是谁，叫什么名字？

杨桂兰　我不知道。

　　　　［大野再次戳赵一曼的伤口。

赵一曼　（疼痛难忍）啊——

杨桂兰　（怒喝）她的腿已经被子弹打穿，不要折磨她了！！

大　野　敬酒不吃吃罚酒，她自找！

　　　　［杨桂兰哭起来。

大　野　（狞笑）害怕了？我知道你们是赵尚志队伍的残部！我围追堵截你们好长时间了。告诉我，（指赵一曼）她是什么人？你的头目？

　　　　［杨桂兰索性大哭起来。大野举起了钢鞭朝她抽去，赵一曼扑在她身上，替她挨了鞭子。

赵一曼　（怒斥）住手！她还是个孩子，什么都不懂，我来告诉你们吧。

杨桂兰　（急忙掩饰）她不是你们想找的人。

小　井　（打杨桂兰）闭嘴!

大　野　（冷笑对赵一曼）很好。叫什么名字?

赵一曼　（铿锵的）李淑宁!　。

大　野　李淑宁? 这不像你的名字。（对杨桂兰举起了鞭子）你
　　　　们这些支那人，非逼我动粗吗? 你说，（指赵一曼）她
　　　　是谁，叫什么?

赵一曼　这个孩子我并不认识，她见我中了枪，好心扶我才被误
　　　　抓进来的。请你们放了她。

大　野　孩子? 哼哼! 你们中国人，无论大小，全是土匪。放了
　　　　她? 说得轻巧。（提高嗓门儿）我问你名字，职务?!

赵一曼　（毋庸置疑地）放了这个小姑娘!

大　野　你在你们阵营里担任什么角色? 赵尚志的主力部队在什
　　　　么地方?

赵一曼　赵尚志? 哪里有侵略者，哪里就有赵尚志。

小　井　不准胡说!

　　　　[小井又将钢鞭，插入赵一曼的伤口，疼得赵一曼几乎
　　　　晕厥。

大　野　（对赵一曼）交代你的身份，其实，我一看就知道你是
　　　　什么角色。

赵一曼　你都知道，何苦还问我!

　　　　[大野又给了赵一曼几鞭子，赵一曼昏了过去。

大　野　叫医生来。哼，跟我作对，我要让她生不如死。这个女
　　　　人不寻常，要不惜一切代价搞清楚。（对小队长）去看
　　　　看隔壁那个男人招了没有，他倒像个怂包。

小　井　嗨!

　　　　[小井下。医生和助手拎药箱上，他看了看赵一曼，迅

126

速叫助手配药。

医　生　（对助手）准备肾上腺素。

[助手给赵一曼打针。赵一曼渐渐醒来。

大　野　（对赵一曼）快点回答我的问题！！

赵一曼　（冷笑）哼，你们不放她，我什么都不说。

[大野又举起了钢鞭，赵一曼毫无畏惧。小井兴奋地跑上。

小　井　科长，您料事如神，那怂包果然就招了，还没上手段
呢，尿都吓出来了。

[大野举鞭子的手停在空中。

大　野　怎么说？

小　井　（指赵一曼）她叫赵一曼，就是我们一直没有抓到的红
衣白马女匪首。是赵尚志军团新编第二团的头头，经常
在屯子、村子间流窜，煽动暴民的仇日情绪，就是她在
珠河纠集了三万多农民跟我们对着干。

大　野　（咬牙切齿）赵一曼！（冷笑）哼哼，立刻押送哈
尔滨。

[暗转。

[火车汽笛长鸣——

[川剧女声高腔飚起：天寒地冻啊，命悬一线，生死难
料赵一曼呐——

[舞台渐亮。

[医院。医生办公室。大野、山田、小井、张柏岩医生
等正谈及赵一曼的话题。

[天幕上是赵一曼在医院病床上的巨幅照片。

张柏岩　她腿上的枪伤造成腿部粉粹性骨折，骨头碎裂为24块，

伤势在恶化，感染严重，如果不及时治疗，很快会危及生命。

大　野　我咨询了一位白俄外科大夫，他主张立即锯掉伤腿。

张柏岩　赵一曼女士拒绝锯腿，很坚决。说如果锯腿，不如把她杀了。

小　井　科长，这个赵一曼守口如瓶，一点儿不配合。还不怕死，好像是为赴死而生的。这种人，既然不招，干脆就一枪崩了算了。

大　野　你不懂，赵这样的女人吃软不吃硬，对她要软硬兼施。给她疗伤治病，在条件最好的市立医院医治，感化她。等她伤好以后，让她为大日本帝国服务，做破坏抗日组织的反间谍。

山　田　大野君，我了解中国人，像赵这样的，你想让她当反间谍，可能性非常小，基本上不可能。

大　野　山田君，你太绝对了。她毕竟是女人，不会不珍惜自己的青春、家人和生命。一旦她归顺我们，其作用不可估量。我们为什么不试试！

山　田　中国的孙子兵法中讲，知己知彼，百战不殆。要对付一个对手，就要了解和分清她是什么样的一个人，我们对她用了两天的酷刑都无法让这个女人开口，她能答应做反间谍吗？会服从吗？

大　野　（沉默片刻）山田君说得有道理，我们暂时不考虑杀不杀她的问题，给她治好了伤再作计议。我就不信，一群大老爷们儿竟然无法让一个娘们儿低头。

[除张柏岩外，众人大笑。

张柏岩　（插话）她有肺结核病，很严重。身体非常虚弱，如果做手术锯腿，很可能会死在手术台上。

大　野　（愠怒）你不要插嘴！

[暗转。

[追光照亮病床上躺着的赵一曼，看病历的医生张柏岩，为赵一曼做床上康复训练的护士小韩，卫兵小董以及缓缓绕着病床踱步的大野。几个人都很认真地做着自己的事，却显得各怀心思。

大　野　赵一曼女士，连医生都没想到，你的腿居然保住了，说明你还年轻，康复能力还很强。当然，你是知道的，出于人道主义的考虑，我们做到了仁至义尽。我想听你聊聊，伤好以后，有什么打算？

赵一曼　（假装不明白）打算？这好像应该是我问你们的问题，你们对我有什么打算？

大　野　没什么，只希望你能做一个守法良民，不要和那些天生带匪气的赤色分子混在一起，成天打打杀杀地和我们做对。

赵一曼　大野先生，我们的聊天好像又回到了原点。

大　野　请你不要辜负了我们的诚意。

赵一曼　诚意？（冷笑）侵占我们的国土，践踏我们的主权，掠夺我们的资源，杀害我们的同胞是你们的诚意？

大　野　（歇斯底里）我是对你而言！告诉你，不要把我们的慈悲当成了软弱，我们的耐心是有限的。

赵一曼　（针锋相对）我们有足够的耐心，直到把你们赶出中国，如果你们赖着不走，我们就消灭你们。

大　野　不懂得感恩的女人！告诉你，这个世界没有永远的敌

129

人，也没有不变的朋友，我劝你好好想想未来，不要拿命当儿戏。

赵一曼　我知道我在你们手里会有什么样的结果，我不抱幻想。

大　野　幻想可以变为现实，主动权在我们，就看你有没有诚意。

赵一曼　又是诚意。诚意当然有，伤好后，我可以为你们受伤的警察队员们做看护。

[大野一怔，接着狂笑不止。

大　野　你？我是傻子才会答应你。你要做我们的看护，警察队就会叛变，改姓中，改姓共了。做看护，想跑？算盘就打错了，死了这条心吧。

张柏岩　大野先生，36床病人的腿虽然保住了，但感染尚未完全控制，病人非常虚弱。从医生角度讲，我建议等她的伤痊愈后再进行你们的工作。

大　野　与你无关。

[张柏岩下。

大　野　（指赵一曼）病人，真是个病人，像被洗过脑似的，不思进取。你在找死，知道吗？

[大野摔门而去。

小　韩　赵大姐，您伤还没好，肺部情况也不容乐观，别太激动，不要激怒日本人。要养精蓄锐，尽量为自己多争取时间。有了时间，身体情况就能更好的改善，就有重获自由的可能。

小　董　是啊，赵大姐，小韩说得对。养好了身体，我们要一起逃出去。说好您要带我们参加抗日队伍的，我等着那一天呢。

赵一曼　很难讲还能不能出去……

[小董和小韩对视一眼。

小　韩　能，怎么不能。关键得先养好伤。

小　董　我被派来监视您这些日子，您的那些话为我打开了一扇
　　　　窗，让阳光照进了我心里。我钦佩您，敬重您，等我们
　　　　逃出去后，我就参加你们的队伍，跟着您狠揍小日本，
　　　　直到把他们打出中国。

赵一曼　（伸出手）谢谢，谢谢你们！你们让我坚信中国是有希
　　　　望的。

　　　　[三人的手握在一起。

　　　　[暗转。

　　　　[飙出川剧女高腔：日本人，软硬兼施耍手段，心狠手
　　　　辣；赵一曼，威武不屈想策略，要逃离魔掌——

　　　　[马蹄声中，舞台渐亮。

　　　　[雨后初晴，霞光满天。马铃儿声由远而近一路响来。
　　　　老韩头驾着马车，一旁坐着卫兵小董。马车里，尚未恢
　　　　复的赵一曼斜靠着护士小韩。

小　董　昨晚好惊险啊，电闪雷鸣，雨下那么大。日本人好像有
　　　　察觉，放了好多便衣和流动岗。大野他们这两天就要换
　　　　赵大姐的医生护士和卫兵，幸好赵大姐果断决定提前行
　　　　动，否则，很可能就没机会了。

小　韩　没想到阿什河的石桥也被冲垮了，水那么急，我们踩着
　　　　石头过河，吓坏了。

赵一曼　下雨增大了我们的困难。小董、小韩，没有你们的帮
　　　　助，我根本就不可能逃出魔掌。

小　董　天下兴亡，匹夫有责。中国遭此不幸，我们不奋起，不

团结起来互相帮助，日本人的黄粱美梦可能就会成事实。感谢缘分，让我们有幸能够走近您。

小　韩　赵大姐，还有多远，我心里老觉得七上八下的。

赵一曼　（深呼吸）不远了，再有二十多里地，就到安全地带了。心里紧张就深呼吸，雨后的空气，好清香啊。

[远处传来摩托车和汽车发动机的声音。

赵一曼　（警觉地）什么声音？

小　董　我也听到了，会不会是他们追来了——

小　韩　（站起身往后看，吓坏了）追兵真的来了，赵大姐，怎么办？

[赵一曼双手抓着车帮借力坐起来。

赵一曼　不要慌，看来我们是跑不掉了。听我说，如果敌人拷问你们，你们就说是我用钱把你们收买的，其他一切与你们无关，记住啊，一定这样讲。小韩，快把带的药品扔进庄稼地，扔远点。

[小韩朝着庄稼地一阵抛洒。

[枪声响起。

小　韩　（惊慌）他们开枪了。

小　董　他们是朝天鸣枪，让我们停车，我们的速度拼不过摩托车。

赵一曼　魏大爷，快停车。

[魏大爷双手拉住缰绳，"吁——"，马车停住了。

赵一曼　小韩、小董、魏大爷，你们都为我、为抗日尽力了，我谢谢你们。

[大野、小队长等日伪军持枪围住了赵一曼的马车。大野用枪顶住了赵一曼的头，赵一曼瞥了他一眼，毫无畏惧。

大　野　坦白地说，我是佩服你的，但你知道吗？你这样做，恰恰是害了别人。让我疑惑的是，你们这类人，就像中了邪一样，为达目的不惜一切代价，即使付出生命，值得吗？那些盲目的"主义"你们真的搞明白了？

赵一曼　我在自己的国土上，为民族的自由而战，我们的斗争是针对闯入者的斗争，是捍卫祖国主权的正义的行为。

大　野　（冷笑）可惜啊，借用一句你们中国的话，狐狸再狡猾，也斗不过好猎手。

赵一曼　少废话！开枪吧！！

[暗转。

[川剧女高腔飘起：好遗憾啊，好遗憾，仰天长啸成绝响呐——

["哐啷啷，哐啷啷——"拖着铁镣行走的效果声。

[大野的画外音：赵一曼，你将在珠河被执行死刑，那是你咎由自取，还有什么话要说吗？

[舞台灯渐亮。赵一曼戴着手铐脚镣，浑身上下伤痕累累，慢慢从舞台深处走向台前。

[女声俄语哼唱的《国际歌》起。

[天幕上投射出赵一曼和儿子合影的巨幅黑白照片。

赵一曼　（声泪俱下）宁儿，我的宁儿，母亲对你没有尽到教育的责任，实在是遗憾的事情。母亲因为坚决参加了反满抗日的斗争，今天，1936年8月2日，已经到了牺牲的前夕。母亲和你在生前永远没有再见的机会了，希望你，宁儿啊！赶快成人，来安慰地下的母亲。我最亲爱的孩子啊，母亲不用千言万语来教育你，就用实际行动来告诉你。等你长大成人后，希望不要忘记你的母亲是为什么牺牲的。孩子，我爱你，母亲没有一天不牵挂你，想念你，你能理解母亲吗？

[行刑的枪声紧接着响起，排枪齐放，震耳欲聋。

[女高音哼唱的和声起——

[剪影：赵一曼在枪声中缓缓倒下。

[暗转。

[舞台渐亮。一片寂静。

[空灵、舒缓、怀旧风格的排箫乐声起。

[舞台上云卷云舒。学生装的赵一曼从云深处走来。

[天地间传来惠嫂悠远的呼唤：端女儿，端女儿嘞——

[回声。

[少女赵一曼似听到了亲人的呼唤，她激动地朝远方挥动着手臂。

[舞台中央缓缓升起，赵一曼成为纪念碑上的雕像。年轻、美丽又坚毅的脸庞，定格成为永恒。

剧终

（原载《新剧本》双月刊2015年第5期）

〔无场次话剧〕

肖邦

（部分取材于美国电影《一曲难忘》）

人　物　肖邦　二十一岁至三十九岁。波兰伟大的钢琴家，作曲
家。被誉为"钢琴诗人"。本剧中由两人扮演，
即"肖邦"和"钢琴肖邦"。

艾士勒　四十岁至五十八岁，肖邦的钢琴老师。

乔治·桑　三十三岁至四十五岁。法国著名女作家。肖
邦的知音、知己、情人。

路易·皮耶　四十岁至五十八岁，巴黎著名的出版商，
演出经营商。

李斯特　二十七岁至三十九岁，享誉世界的法国钢琴
家，乔治·桑的挚友。

康士坦蒂亚　女，十九岁至三十八岁，波兰革命者，肖
邦曾经的女友。

卡布连纳　三十五至四十五岁，巴黎著名的音乐评论家。

维特维茨基　二十五岁左右，波兰著名诗人，肖邦的朋友。

伊莎贝拉　女，十八岁至三十七岁，肖邦的妹妹。

肖邦父亲　四十五岁左右。

肖邦母亲　四十五岁左右。

泰达士　波兰革命者，三十多岁。

德拉克罗瓦　三十岁左右，法国著名画家。

海涅　三十三岁左右，德国著名诗人。

密茨凯维奇　三十五岁左右，波兰著名诗人。

都彭　四十岁左右，路易·皮耶的秘书、助手。

海关官员　三十多岁。

沙皇俄国驻法大使　四十岁。

奥尔良公爵夫妇　四十多岁。

管家，侍者，女房东，众宾客，男女青年，修女，护士
等。

（部分演员可兼演多个角色）

时　间　19世纪上叶。

地　点　华沙，巴黎，诺昂，马略卡岛。

乐　曲　根据剧情交替出现《波兰舞曲》《玛祖卡舞曲》《夜
曲》。波兰民歌。女生四重唱莫扎特的《安魂曲》。

[肖邦钢琴《夜曲》乐声起。

[舞台灯亮。

[卧病的肖邦床边。伊莎贝拉、修女（护士）表情悲伤
地守候着肖邦。

肖　邦　（费力地伸出手）……伊莎贝拉……给我，故乡的泥
土……

[伊莎贝拉赶紧将装着波兰泥土的小布袋放在肖邦手
里。

肖　邦　别忘了我托付你的事……一定不要忘……

伊莎贝拉　（哽咽）放心吧，我不会忘的，哥哥。

肖　邦　伊莎贝拉……真高兴有你陪着我。

[伊莎贝拉边擦眼泪边点头。

[艾士勒上，他表情木讷地走向肖邦，伊莎贝拉迎

过去。

伊莎贝拉　（克制着）艾士勒教授……哥哥他……

　艾士勒　不要对我说佛德烈不行了，不要！

[艾士勒继续走向肖邦。

　肖　邦　（期待地）教授……

　艾士勒　（强颜微笑）佛德烈，乔治·桑……桑夫人，桑夫人
她……病得很重，不能来。

　肖　邦　（虚弱地）不能来，病得很重……我知道，我知道会
是这样……（微笑）我知道她……

伊莎贝拉　哥哥……

　肖　邦　我……回家了。

　艾士勒　（慈爱地）是的，佛德烈。我们到家了，巴黎之行真
是好极了。怎么样？我没骗你吧……你知道，我是不
会骗你的……

　肖　邦　（深情地）教授……我永远像儿子、像学生、像老朋
友一样爱您，拥抱您，永远……

　艾士勒　（哽咽）佛德烈……

　肖　邦　（轻轻地）真想见她一面。

[肖邦微笑着闭上了眼睛。

伊莎贝拉　哥哥——

[艾士勒痛苦得欲哭无声，他和伊莎贝拉、护士等悄然
隐去。

[静音。身着波兰民族衣裙的青年男女在无声音、无伴
奏中慢动作跳着玛祖卡舞出场，玛祖卡乐声好像已随
肖邦而去。他们欢快的表情依然，绕着病榻上的肖邦
跳啊，跳啊……

[一个长相清纯的村姑引起了肖邦的注意——

肖　邦　　姑娘，我好像见过你。

姑　娘　　见过，第一次见面时你还是个大学生。

　　　　　[姑娘踏着着舞步，来到肖邦病床前。

肖　邦　　您是——

姑　娘　　我叫玛祖卡。

肖　邦　　玛祖卡？快乐，祈福，爱的渴望……

姑　娘　　（调皮地）您真聪明。听，田野上，山坡上，到处都有玛祖卡的歌声……

肖　邦　　（远眺，遐想）我看见了，小溪边，小河旁，玛祖卡轻舞飞扬。

　　　　　[灯光变幻，舞台氛围犹如美丽的大自然。

　　　　　[忽然，声音恢复。姑娘小伙们随着波兰民间舞曲恢复了舞蹈的正常速度、节奏。

　　　　　[玛祖卡伸出双手将肖邦从病床上拉起来。肖邦被他们的音乐和快乐所感染，加入到其中。

　　　　　[玛祖卡与肖邦简洁的双人舞。

肖　邦　　（激动地用手势捕捉着节拍）……重复多变……玛祖卡；库亚维亚克平稳缓慢；噢，这风一样的奥别列克……太美了，真是美轮美奂……波兰，我的波兰……

　　　　　[姑娘小伙们邀请肖邦加入他们的狂欢；肖邦和着他们的节奏起舞，脸上漾着陶醉的笑容。

　　　　　[突然，传来急促的马蹄声，呼喊声。姑娘小伙们惊恐地注视着远方。

　　　　　[暗转。

[一阵粗野疯狂的砸碎钢琴的声音。

[舞台渐亮。

[肖邦家。一架古色古香的欧洲风格的钢琴被砸得七零八落，惨不忍睹。

肖　邦　（痛心疾首地抚摸着破碎的钢琴，喃喃地）我的琴啊……这些俄国强盗……真敢下手！他们竟然用这样野蛮的方式蔑视艺术侮辱斯文？难道他们不是从母亲的身体里诞生的人？难道他们血管里流的是冰冷的血，心也不是肉长的？（激愤地）谁给了他们这个权力！

肖邦父亲　你惹怒了他们！也许有一天，那些钉在别人手上脚上的镣铐会钉在你的手上脚上，西伯利亚的流放队伍中同样会有你的身影……

肖　邦　我宁愿死在被流放的路上也绝不容忍他们。

肖邦父亲　（耐心地）儿子，爸爸理解你的感情。一百多年来，我们波兰被俄国、普鲁士、奥地利宰割、瓜分，一次，两次，三次……现在，沙俄统治者仍然在我们的土地上为所欲为，他们掠夺资源摧毁文化，还把波兰的名字从欧洲版图上抹去……每个波兰人都有理由义愤，都有理由反抗，但不是用冲动的方式。

肖邦母亲　孩子，你爸爸说得对。在专制统治下，我们必须学会保护自己，我真的很担心你，佛德烈。

肖邦父亲　强盗们解决你这种幼稚的热血青年，就像掐死一只蚂蚁一样容易！生命是如此的不易，如果能解除民族的屈辱，要我们捐躯我们在所不辞，如果只是感情用事出出气，我们付出的就是无谓的牺牲。

伊莎贝拉　（看着窗外）他们抓了好多人。

肖邦父亲　情况也许比我们想象的还要糟糕。

[急促而控制的敲门声。

肖邦父亲　他们又来了！你们谁都不要说话，让我来应付他们。

伊莎贝拉　爸爸——

肖邦父亲　（对肖邦）不许冲动！

[门被推开，肖邦父母先很紧张。见是艾士勒、维特维茨基和康士坦蒂亚，他们又松了口气。

康士坦蒂亚　（拉着肖邦）他们来过了？（看着被砸坏的钢琴，愤怒地）这些坏蛋，连钢琴也不放过？

肖邦母亲　新来的俄国总督要他去弹琴，他拒绝弹俄国人点的曲目，他说要弹就弹波兰的玛祖卡，那位总督大人生气了。

肖　邦　弹不弹，弹什么曲子是我的权力……

肖邦父亲　俄国人还说他参加波兰人的集会，是个危险分子！

肖　邦　参加反抗集会也是我的权利！强盗抢劫侵犯了别人的家，抢夺了别人的财富还不让别人表达愤慨，这是什么逻辑？！

肖邦父亲　引火烧身，毫无意义！

肖　邦　（突然暴发）难道因为这些他们就可以砸我的钢琴？！这是钢琴，是音乐！它是有感情有尊严的……

肖邦母亲　对！这是钢琴！是音乐！它很神圣。可他们就是砸了，（痛苦而无奈）儿子，只要他们愿意，他们还会像砸烂这架钢琴一样砸烂你的脑袋！

肖邦父亲	唇亡齿寒，作为波兰的国民还能怎么样呢？你不为他们弹琴对他们就毫无价值，如果他们想消灭你连眼睛都不会眨一下！
维特维茨基	佛德烈，我佩服你的勇气，当然，必须注意策略。外面的确很乱，我们来的路上，到处都是沙俄士兵。
康士坦蒂亚	他们的双手早就沾满了波兰人的血，什么事都做得出来。

[众人沉默。

[突然传来一阵急促的马蹄声和枪声。

伊莎贝拉	他们开枪了！
肖邦父亲	局势如此动荡，不知道明天又会发生什么事。
肖邦母亲	唉，佛德烈恐怕再也不能弹琴了。
肖邦父亲	弹琴？首先想想怎么活下去。活着，才是最最重要的。
艾士勒	对，活着！而且必须弹琴！佛德烈是个天才！扼杀天才就是辜负上帝！
康士坦蒂亚	（对艾士勒）教授，佛德烈应该怎么做才好？快告诉我们，您一定有办法！
艾士勒	办法只有一个。
	（所有的人）什么办法？
艾士勒	很简单，那就是……离开。

[所有的目光都聚焦于肖邦。

肖邦母亲	好主意！佛德烈，你是很有天赋的，你的价值在于弹琴、作曲，在于艺术。波兰现在这个样子，想要实现理想几乎没有可能。凡事爱冲动可能还会给你带来生命危险。也许，真的应该选择离开。到可以

避开俄国人的地方做你最想做、最喜欢做的事，虽
然我是这样的放心不下……

康士坦蒂亚　情况紧急，佛德烈，赶快决定吧。

肖邦父亲　（果断地）离开波兰，佛德烈，远走高飞。

肖邦母亲　远走高飞，飞到哪里去好呢？维也纳？伦敦？

艾士勒　（诙谐地）为什么不去巴黎呢？既避开了俄国佬，
又可成就他的音乐梦想。

维特维茨基　（欣喜）巴黎，艺术之都。对，就去巴黎。

[暗转。

[舞台渐亮。

[华沙郊外的星光下。

[肖邦和父母妹妹、维特维茨基、康士坦蒂亚、艾士
勒从舞台深处走上。

[肖邦与父母妹妹一一拥抱，为母亲拭去泪水。

肖　邦　（对观众）我有一种预感，我觉得离开华沙就再也
回不了故乡了。

维特维茨基　我理解你的离愁和忧伤。朋友，勇敢些。离开，是
为了更好的回来……

肖　邦　（深情的环顾四野，眺望星空）真不愿意就这样走
了。

康士坦蒂亚　亲爱的，你必须得走，也许去巴黎是正确的。

肖　邦　巴黎很好，可他不属于我。

康士坦蒂亚　去适应，佛德烈，没有什么适应不了的。（深情
地）只是……别忘了我们。

肖　邦　（打断）康士坦蒂亚……

康士坦蒂亚　　佛德烈！

　　　　　　　[康士坦蒂亚从地上捧起泥土放进小布袋，交到肖邦手里。

康士坦蒂亚　　（深情地）亲爱的，带上这捧故乡的泥土。不论你在哪里逗留、流浪，都不要忘了波兰，用一颗忠诚的心永远热爱她……

　　肖　邦　　放心吧，纵使走遍天涯，我也忘不了故土，忘不了温暖的家。（对观众）波兰，我是这样的爱你，就像你爱我一样，也许现在我们爱得更深……

伊莎贝拉　　（不舍地）该走了，哥哥。

肖邦母亲　　佛德烈，儿子——

　　肖　邦　　（拥抱父母亲）妈妈，爸爸……

　　　　　　　[肖邦感慨万千，亲吻泥土后和康士坦蒂亚紧紧拥抱，随即又与维特维茨基拥抱。

　　　　　　　[纱幕落下，肖邦的父母妹妹和朋友目送着远去的肖邦，深情地唱起波兰民歌。

　　　　　　　[暗转。

　　　　　　　[巴黎。皮耶办公处。

　　　　　　　[艾士勒和肖邦拿着行李风尘仆仆上。

　　艾士勒　　（兴奋地控制着嗓音）皮耶！皮耶——

　　肖　邦　　也许我们应该梳洗干净再来。

　　艾士勒　　梳洗？浪费时间。我们已经到了，就得先办大事。把作品给我——

　　　　　　　[肖邦立即递上手里的夹着作品的夹子。

　　艾士勒　　我们要尽全力准备好，让他们可以马上出版。

[都彭从内里走出。

艾士勒　您好啊，皮耶先生。

都　彭　您有什么事要见皮耶先生？

艾士勒　您不是皮耶先生？

都　彭　不是，当然不是。

[艾士勒自下台阶地笑笑。

艾士勒　我认识皮耶先生，您是谁？

都　彭　亨利·都彭。

艾士勒　都彭？啊，都彭。（想起，对肖邦）皮耶先生的秘书。（抓起都彭的手使劲握，都彭十分尴尬）太高兴了，都彭先生……皮耶先生在吗？

都　彭　皮耶先生他……

艾士勒　（不容分说）你去告诉他……（未等都彭反应）不，不要，什么也不要说，我们要给他个惊喜。（拉着肖邦欲往里去）来吧，佛德烈。

都　彭　先生，他是个非常忙的人。

艾士勒　啊，当然，他是很忙，可是他要是知道是我们……

都　彭　拜托，先生，我恳求你……

[艾士勒挣开都彭，直接朝里面冲去。

艾士勒　（大声地）皮耶！皮耶！

[转盘转动，将皮耶办公室的一面朝向观众。正在听人试奏的皮耶看到突然冲进来的艾士勒感到十分诧异。

艾士勒　（热情主动地）皮耶——

[皮耶用陌生的眼光看着艾士勒。

艾士勒　皮耶，你好吗？我亲爱的朋友。

皮　耶　（对艾士勒）请等一等。（对弹钢琴的少女）请回吧，你这个水平想开演奏会绝无可能。

[弹琴少女悻悻而去。

[艾士勒抢上前去，双手握住皮耶的手，皮耶不解地望着都彭。

艾士勒　（对皮耶）你气色好极了，好极了。（不容皮耶说话）真高兴见到你，我把佛德烈给您带来了……

皮　耶　（莫名其妙加气恼）佛德烈？

[将肖邦拉到皮耶的写字台前，隆重推出。

艾士勒　就是他，这就是他。跟我信上说的一样好。

[肖邦向皮耶微微鞠躬。皮耶仍然显得不知所云，旁边的都彭也是满脸狐疑。

艾士勒　（向肖邦介绍）这是皮耶先生，快握手。

肖　邦　（礼貌地伸出手）您好，皮耶先生。

艾士勒　（对皮耶）我托人给你们带过佛德烈的作品……

皮　耶　（努力思索，想起）肖邦？

艾士勒　（激动地）是，是肖邦。请原谅我们这副狼狈的样子，我们一到巴黎就直接来了。您能原谅的，对吗，路易？

皮　耶　是的，是的。（看看艾士勒又看看肖邦）你们旅途一定相当的辛苦。

艾士勒　没错，华沙到巴黎，一步都不停留，先生。

[皮耶不再理会艾士勒，回到自己的座位。

艾士勒　（锲而不舍）您一定想听他弹的。（不等皮耶回答）我知道那只是形式而已，（对肖邦）坐下，快让皮耶先生听听肖邦。

[肖邦走向室内的钢琴。

皮　耶　（对肖邦）先生，我是个非常忙的人。

[肖邦停住脚步。

艾士勒　（点头并示意肖邦）所以不要让皮耶先生等了。

皮　耶　（无可奈何）我不是那意思。

艾士勒　（对肖邦）你就坐下吧。

[肖邦坐下。

肖　邦　也许我们应该另选一个时间，教授。

艾士勒　就现在。

皮　耶　（果决地）艾士勒教授。

艾士勒　什么事？

皮　耶　我不得不很遗憾地告诉您，要我为这个年轻人办演奏会
　　　　是不可能的。

[肖邦站了起来。

艾士勒　为什么？

皮　耶　档期，近期没有空档。

艾士勒　这点我早预料到了。但对于出色的艺术家，皮耶，您可
　　　　以将每一档都向后移，然后把他排在最前面。

皮　耶　（克制地）您觉得可能吗？

艾士勒　他不只是个钢琴家，还是作曲家，你肯定会出版他创作
　　　　的乐曲。

皮　耶　（耐着性子）是吗？

艾士勒　　请相信我，他真的是个天才。

皮　耶　（坚决地）亲爱的先生，我可以这么给您说，巴黎的每
　　　　个街角都站着天才。

艾士勒　（渐渐冷静）什么意思？

皮　耶　（不耐烦地）难道还不清楚吗？

[肖邦欲劝艾士勒。

肖　邦　　教授，巴黎不止这一家出版社。

艾士勒　　（坚定地）但最好的是路易·皮耶！我必须选择路
　　　　　易·皮耶。

　　　　　[皮耶似乎被促动，回头看了看艾士勒。

　　　　　[门外传来钢琴乐声。

皮　耶　　（侧耳倾听）李斯特！

　　　　　[皮耶和都彭立刻迎了出去。

　　　　　[乐声继续。艾士勒和肖邦都同时意识到了旋律的出
　　　　　处，艾士勒指着肖邦。

肖　邦　　我的音乐……

　　　　　[转场。

　　　　　[皮耶演奏厅。

　　　　　[李斯特正弹奏着肖邦的《波兰舞曲》。

　　　　　[皮耶、都彭、艾士勒、肖邦接踵而至，皮耶崇敬地向
　　　　　李斯特礼。

皮　耶　　向大师致敬。

　　　　　[李斯特陶醉在琴声中，皮耶似乎也有了些感觉。

李斯特　　这是谁的作品？

　　　　　[艾士勒想说，被肖邦阻止了。

皮　耶　　（有些尴尬）这个……都彭，是谁作的？

都　彭　　先生……（欲说又止）我不知道。

李斯特　　（激动地）太完美了。

　　　　　[李斯特看着琴谱弹奏得激情澎湃。

　　　　　[肖邦越听越激动，索性坐到与李斯特背后的另一台钢
　　　　　琴前，和着李斯特弹奏起来。激昂悦耳的乐声响彻大

厅。听到身后发出的琴声，李斯特会意地笑了。

李斯特　啊，作曲家来了。

肖　邦　您给了我无上的荣耀，李斯特先生。

李斯特　这曲子叫什么？

肖　邦　《波兰舞曲》，还没完成。

李斯特　《波兰舞曲》，波兰的精神，太棒了。

肖　邦　谢谢您，大师。

　　　　[一旁，艾士勒兴奋又激动。皮耶似乎为自己看走了眼
　　　　感到懊恼。都彭偷偷观察着心绪复杂的皮耶。

　　　　[肖邦感动地侧身回望李斯特。两人越弹越有感觉。

李斯特　我想和您握手，但我又不想停下。

肖　邦　假如您弹主调，我弹配音，那我们就能空出一只手了。

李斯特　好主意！我来了——

　　　　[肖邦和李斯特都空出了一只手，他们相互侧身，两只
　　　　手紧紧相握。乐声达到了高潮……

　　　　[弹完了乐谱上的旋律，李斯特激动地再次和肖邦握手。

李斯特　法兰兹·李斯特。

肖　邦　（激动地）佛德烈·肖邦。

　　　　[艾士勒为这一幕激动得落泪，他不得不摘下眼镜，擦
　　　　拭泪水和镜片。

艾士勒　噢，就像做梦一样。

皮　耶　（商量地）两星期内他能准备好吗？

艾士勒　（从乐声回到现实）您说什么？

皮　耶　我说他能把要演奏的音乐在两星期内准备好吗？

艾士勒　（难以置信）您是说……演奏会？

皮　耶　是呀，你们来巴黎的目的，不就是为了演奏会？

[艾士勒不敢相信自己的耳朵，他看着皮耶不住地点头，喜极而泣。

[暗转。

[过场。

[艾士勒和肖邦缓缓走上。

肖　邦　（深情远眺）塞纳河的夜色真美……让我想起故乡。

艾士勒　成就大事的人，四海为家，走到哪里哪里就是故乡。我的祖国是德国，可我从来没有把波兰当异乡，我像爱德国一样的爱着波兰。

肖　邦　那你现在也爱巴黎了？

艾士勒　（笑）还算喜欢。（示意不远处）我尤其喜欢巴黎的餐厅，那里的墙上挂着许多照片：雨果，李斯特，巴尔扎克……每张桌子旁都坐着名人。（豪迈地）今天，我也为一位名人订好了餐位——

[纱幕启。以时代元素简洁呈现高档餐馆。象征性的几张桌椅，餐具，窗帘。

[肖邦和艾士勒走进餐馆。

[艾士勒突然发现了正在进餐的巴尔扎克，十分激动。

艾士勒　巴尔扎克……

肖　邦　（示意他小点声）嘘——

艾士勒　（大声念桌上的订位卡）为佛德烈·肖邦预留。

[邻桌略有微词。

艾士勒　（反而提高了声音）肖邦，肖邦——

[肖邦欲转身走，被艾士勒挽住胳膊昭示于大家，肖邦无奈地朝大家微笑致意。

艾士勒　　（骄傲地）肖邦，肖邦，波兰最伟大的钢琴家。

卡布连纳　（讥笑着对邻桌）肖邦？

艾士勒　　（高兴地）您认识肖邦？

卡布连纳　（不屑地）从来没听说过。

艾士勒　　（大声地）您没听说过这位音乐天才？那就等于承认
　　　　　自己无知。

卡布连纳　真是这样吗？

艾士勒　　那还会有假。

　　　　　[肖邦试图阻止艾士勒，艾士勒毫不理会。

艾士勒　　在华沙，人们都为他疯狂，疯狂您懂吗？最严厉的批
　　　　　评家对他也是赞不绝口。

　　　　　[卡布连纳冷漠地看着越说越来劲的艾士勒，肖邦忍无
　　　　　可忍独自坐下。

卡布连纳　哼，谁信呢？

艾士勒　　那就赶快去买张明晚音乐会的票，听听天才钢琴家的
　　　　　声音。

肖　邦　　（小声地阻止）教授！

　　　　　[男招待给两人送上菜单，艾士勒和肖邦拿起看。

艾士勒　　瞧瞧，都是一些广告语，明白了吧？什么事都得宣
　　　　　传，宣传很重要。

肖　邦　　那又能改变什么？

艾士勒　　我就是想让你放松一下，（发现肖邦在菜单背后写什
　　　　　么）你在写什么？

肖　邦　　《波兰舞曲》。

　　　　　[《波兰舞曲》钢琴旋律轻起。

艾士勒　这怎么能放松，现在不是写《波兰舞曲》的时候，休息。

[肖邦微微一笑，仍然写着。

艾士勒　你知道还有谁常来这里吗？（肖邦不答）很多新闻界的评论家，他们有些是费加罗报的，（指）那边那个是路那休那报的，还有列顿报……

肖　邦　（抬起头）看来，你今天已经到各报社去跑了一圈？

[艾士勒不答，朝男招待示意。

艾士勒　汤，要很热的。

男招待　是的，先生。

肖　邦　（接刚才的话）你说你不会去的。

艾士勒　我只是顺便去看看，没什么。

肖　邦　你不是说真正的艺术家迟早会出人头地吗？

艾士勒　如果可以早的话，为什么要迟呢？

肖　邦　（自嘲地）真难想象，我要是没有你怎么办？

艾士勒　哦，没有我？（笑）有一个评论家我没见到，最重要的一个，叫卡布连纳。据说这家伙笔锋犀利、观点尖刻，很难纠缠。哼，对我来说不过小菜一碟。到时候看我怎么对付他，你知道我会那一套。

[乔治·桑、李斯特从外面进来。乔治·桑女扮男装，时髦地拄着一只灵巧的拐杖。

[李斯特发现了肖邦，他热情地迎了过来和肖邦握手。

李斯特　啊，肖邦！（看看艾士勒）还有教授。（对乔·桑）乔治，我来介绍，佛德烈·肖邦。（压低声）我给你提过他了。还有艾士勒教授。

[乔治·桑微笑地注视着肖邦。

乔治·桑　肖邦？肖邦——

　　艾士勒　乔瑟夫·艾士勒。

　　李斯特　（向艾士勒师徒介绍）乔治·桑。

　　　　　　[肖邦激动地向几位行礼。

乔治·桑　喜欢巴黎吗？肖邦先生。

　　肖　邦　很喜欢。

乔治·桑　（意味深长）巴黎也会喜欢你的。

　　　　　　[肖邦点头，乔治·桑转身走了。

　　李斯特　（热情地和肖邦握手）明天晚上见。

　　　　　　[李斯特等走向他们的位置。肖邦和艾士勒笑着目送他
　　　　　　们。

　　艾士勒　乔治·桑？男人的名字。

　　肖　邦　她是个女人，著名作家。

　　艾士勒　她有一双过分明亮的眼睛和一个高高的哲学家的前
　　　　　　额，给人一股男子气概，不可爱不可爱。

　　肖　邦　这个女人不一般，全世界都知道。据说她蔑视传统，
　　　　　　饮烈酒，抽雪茄，爱骑马，喜欢男装，骂起人来满口
　　　　　　粗言秽语。（摇头）女人？难以想象，反正我不喜欢
　　　　　　这样的女人。

　　男招待　（谦恭地）两位先生还需要什么？

　　艾士勒　让我们看看……菜单呢？菜单不见了，那上面写着乐
　　　　　　谱的。在这儿的菜单哪里去了？

　　男招待　对不起，先生，我放在这儿了。

　　艾士勒　（厉声）放在这儿了，在哪儿呢？

　　　　　　[艾士勒的声音引来大家的注目。

　　男招待　我另外给您拿一张。

艾士勒　　我就要那张，上面有肖邦的乐谱……

肖　邦　　算了，教授。那音乐我记得的。

艾士勒　　法国巴黎的高级餐馆里居然有小偷呀。

　　　　　[邻桌的卡布连纳拿着菜单"嘣嘣嘣嘣……"唱出声来。

艾士勒　　（回头言）那家伙可给了我吵架的机会——

肖　邦　　（试图劝阻）教授！

卡布连纳　这是什么鬼音乐呀？

　　　　　[艾士勒上前一把抢过，卡布连纳猝不及防。

艾士勒　　（大声地）还我！既然不懂音乐。"嘣嘣嘣嘣……"
　　　　　什么呢，粗鲁无聊。

卡布连纳　（恼怒）你这样对我说话，是对我耳朵的侮辱。

艾士勒　　驴子也有耳朵，但它懂音乐吗？这是肖邦写的，你知
　　　　　道吗？我是乔瑟夫·艾士勒，他的老师。（凑近，强
　　　　　调）你很快就会从报上读到他的消息。

卡布连纳　（不示弱地站起，眼光直逼艾士勒）是的，我马上就
　　　　　会报导，艾士勒教授。我叫卡布连纳。

艾士勒　　（惊呆了）什么？上帝啊！

　　　　　[卡布连纳用不可撼动的笑容面对着艾士勒。

　　　　　[暗转。

　　　　　[艾士勒、肖邦住处。

艾士勒　　（边扣领扣）佛德烈！

肖　邦　　又有什么事？

艾士勒　　领子……快帮帮我？

肖　邦　　（笑着为他扣领扣）别着急，我会弄好它。

艾士勒　　（无奈地）你称这些是文明吗？我讨厌像根扫把被绑

得紧紧的。看看你，还没有穿好，我们要迟到的。

肖　邦　　（幽默地）我可是在为两个人穿衣服呀。

艾士勒　　（同样幽默）是啊是啊……你感觉怎么样？

肖　邦　　（笑着）就像要上战场！

艾士勒　　待会儿别紧张，要像在自己家里弹一样，根本不要注意观众。

肖　邦　　（为其系好了领扣）好了。

艾士勒　　好了。（话锋一转）呃，你还站着干什么，时间一晃就过去了。

　　　　　[肖邦会心地笑了，到一边换自己的演出服。

艾士勒　　我再次提醒你不要紧张，（话语里渗透着紧张）不要紧张。

　　　　　[敲门声。女房东进来。

房东太太　艾士勒先生，您的信。

艾士勒　　谢谢。（戴上眼镜看）是华沙来的。

肖　邦　　华沙来的？

肖　邦　　快打开它呀。

　　　　　[肖邦边穿演奏服，边走向看信的艾士勒。

艾士勒　　你父母来的……（念）亲爱的艾士勒教授……

　　　　　[聚光灯下，站着肖邦的母亲。

肖　邦　　是写给你的，为什么给你？

艾士勒　　我不知道……（继续看信）

肖邦母亲　我们都很健康，寄上我们衷心的祝福。我们把信寄给你，由你来决定是否该告诉佛德烈……

　　　　　[肖邦和艾士勒变得严肃起来。

艾士勒　　（看着信）怎么会是这样？

肖　邦　哪样？念啊——

艾士勒　（犹豫着念）……令人痛心的是……

肖邦母亲　佛德烈走的那晚，参加秘密聚会的好些人都被捕入狱
了，（肖邦的表情越发紧张）泰达士和另外三个年轻
人……都死了。

[收光。肖邦母亲下。

[肖邦上前抓过信看起来。

艾士勒　（想阻止）佛德烈……

[肖邦看完信，悲痛欲绝。

肖　邦　死了，他们都死了……当街鞭打致死！

[追光下，泰达士满怀激情地演讲。

泰达士　……生命、自由、爱，是我们，你们，所有的人都应
该享有的权利。统治者总是提醒我们，以前俄国人和
波兰人是仇敌。尽管这样，暴君的军队和贵族并不像
他们所说的，反倒是和沙皇相处得很好。暴君的统治
都是一样的，他让人民彼此仇恨对方，甚至没有时间
和机会享受生命、自由和快乐……沙皇为了制服你
们，他派的新的军事首领正在赶往波兰的途中，此人
心狠手辣，有不少血腥记录。他会找借口进行镇压
的。毫无疑问，他会以惯用手法，他会用密探，他会
设陷阱……禁止聚会，像我们这样的聚会，

[随着杂乱的马蹄声，一鞭比一鞭响的抽打声。

[灯渐暗。

肖　邦　（悲痛的）泰达士！

[艾士勒缓缓走到肖邦身边，轻声地劝慰他。

艾士勒　（强忍悲痛）佛德烈，今晚对你很重要，很重要啊，

孩子。你要拿出勇气和克制力去完成！

肖　邦　（带哭腔）教授，我做不到——

[暗转。

[灯亮。皮耶演奏厅。

[肖邦正欲弹奏，起势又停下。

[观众鸦雀无声。

[肖邦又起势，又停下。

[观众席出现微微议论声。

[肖邦终于开始弹奏，但他不断地弹错音，甚至出现短暂的停顿。

[舞台台唇旁，聚光灯营造出的包间的氛围里坐着乔治桑、李斯特和卡布连纳。

卡布连纳　不对劲呀？

李斯特　也许是他有意的处理，肖邦是那种勇于打破常规，才华横溢的音乐家。

卡布连纳　就这水平也叫"才华横溢"？对他过于偏爱了吧。

李斯特　（笑笑）用不了多久，整个巴黎都会偏爱他的。

卡布连纳　哼，我更愿意相信你是在开玩笑。

[肖邦终于弹不下去了，他表情木然，充满哀伤。

[乔治桑，李斯特、卡布连纳面面相觑，都很意外。

[听众席哗然（效果声）——

[艾士勒忍不住在侧门低声呼唤肖邦。

艾士勒　佛德烈，佛德烈——

[肖邦悲怆的心似乎被唤醒，他弹出一段强烈的《波兰舞曲》的旋律后起身跑出演奏厅。

艾士勒 佛德烈。

[皮耶冲出来，对肖邦怒目而视。

皮　耶 （愤怒地）简直是侮辱！

艾士勒 （歉疚地）皮耶先生，他今晚有特殊原因，我保证不会
再发生这种事了。

皮　耶 （一语双关）我也保证他不会了！

艾士勒 （指着肖邦跑走的方向）您是说不再考虑……

皮　耶 （决绝地）当然不考虑！你太高估了你的学生。

艾士勒 （毫不示弱）不，我太高估你了，皮耶先生！

[皮耶愣住。艾士勒昂首离去。

[暗转。

[肖邦、艾士勒住处。

[灯渐亮。坐在钢琴前沉思的肖邦起身面对观众。

肖　邦 你们知道的，在我年少时，我去过波兰的很多地方，从
格但斯克到克拉科夫，再到波兹南和弗罗茨瓦夫。有时
跟同学一起，有时与父母同行，还有的时候是和朋友、
同学相伴。我们都是寄居在亲戚朋友的家中。每到一
处，迎接我们的都是主人热情的双臂。每到一处，都有
温暖的、宾至如归的感觉。我爱那些原野，爱那些河流
和森林，还有玛祖卡和波罗乃兹……那是我的祖国，我
的亲人……我走了，他们却因坚守而受苦，牺牲……我
为什么不去和他们一起……

[轻缓的波兰民歌声中，身着波兰民族服饰的青年男女
踩着民族舞步过场。

[艾士勒上，他径直走向肖邦。

艾士勒 （将拿着一叠报纸的手背在身后）早啊，已经起来啦？我想你一定没睡好。

肖　邦 睡不着，我在等您回来。

艾士勒 噢，想知道演奏会的反映，我还没看到……不过那段《波兰舞曲》弹得很好，很强烈。

肖　邦 评论不会好的，别瞒我，教授。你那儿一定有所有的早报。

艾士勒 （只好承认）呵呵，（拿出几份报纸）是啊！想听吗？

肖　邦 它们怎么说？

艾士勒 （掩饰地翻念报纸）不算太坏，但不是很感兴趣。差劲！（生气地将报纸掷在桌上）我从未见过这么自以为是的评论界……至少他们应该承认，你最后那段弹得激情澎湃，很棒的，居然都没提到。卡布连纳写的是所有评论里最糟的，听听也好。

[肖邦看着艾士勒。

艾士勒 "这年轻人除了无法记住音乐，还像学童一样冲动，我认为他至少还需要三年以上的学习，并且应该换一位老师。"那最后一句是指责我的……（肖邦表情凝重）你想知道有个白痴是怎么批评你弹的《波兰舞曲》的吗？

肖　邦 怎么说？

艾士勒 他说是野蛮的！

肖　邦 （激动地）因为他不懂波兰！不行，我必须回去！

艾士勒 怎么可能？尽说傻话。

肖　邦 我要和祖国的朋友们一起战斗，哪怕当一名鼓手！

艾士勒 战斗？战斗可没那么简单。

肖　邦 我知道战斗意味着牺牲，可我不怕。

艾士勒　佛德烈，佛德烈，要知道，你既不是农夫，也不是战士，而是一个天才的艺术家。

肖　邦　话是这么说，可我的心告诉我，应该回祖国去。

艾士勒　（坚决地）不！失败一次就回去？绝不可以……（视线被什么消息抓住，拿起了报纸看）这是什么？（念）"肖邦这样的天才，百年难得一见……"

肖　邦　说我吗，百年难得一见？

艾士勒　你听见没有？（接着念）"他让音乐自己说话，不把主观臆想强加给听众。一颗明亮之星，在我们眼前升起了，我们从来没见过的最闪亮的一颗……乔治·桑。"

[肖邦起身从艾士勒手里抓过报纸看。

艾士勒　毫无疑问，就是那个女扮男装的乔治·桑。她的评论是多么的与众不同，真是女中豪杰。走，我们再去找皮耶。

[敲门声。

艾士勒　进来！

[女房东拿着一封信进来。

女房东　（递信）信差送来的。

艾士勒　需要签名吗？

女房东　不需要，先生。

艾士勒　谢谢您，夫人。（看信封）佛德烈·肖邦，是你的，没错。

[肖邦接过拆开看。

艾士勒　谁来的？说什么，说什么呀？

肖　邦　（念）"亲爱的肖邦先生，奥尔良公爵夫人请您和您的老师参加她家周末晚上的酒会。乔治·桑！"

艾士勒 奥尔良公爵夫人，乔治·桑代她请客？

肖　邦 我不去。

艾士勒 这位桑夫人很理解你的音乐，对你评价很高。你就是要走也得赴约后再走，我们不能辜负了别人的好意。

[暗转。

[奥尔良公爵府宴会厅灯火辉煌，乐声悦耳，嘉宾云集。

[贵宾休息室。肖邦上。

[身着象征波兰国旗色彩（红、白）晚装的乔治·桑迎了上去——

肖　邦 桑夫人。

[乔治·桑深情地注视着肖邦，肖邦微笑着向乔治·桑行吻手礼。

肖　邦 您的裙子让我想起了祖国。

乔治·桑 我知道，波兰是你最想表达的话题，（优雅地转圈展示裙子）波兰国旗的颜色，是为今晚的你设计制作的，好看吗？

肖　邦 岂止是好看……

乔治·桑 谢谢您的认同。

[李斯特离去。

肖　邦 （真诚地）桑夫人，我要谢谢您为我所做的一切……还有这次的邀请。

乔治·桑 不用客气，肖邦先生，您应该属于这里。

肖　邦 （动情地）真是太感激您了。

乔治·桑 您见到密茨凯维奇了吗？你们波兰的诗人，还有雨

　果、巴尔扎克、德拉克罗瓦、柏辽兹……他们今天都来了，李斯特没给您介绍？

肖　邦　（微笑着点头）都是一些如雷贯耳的名字。

乔治·桑　这些人领域不同，风格、个性相异，但他们彼此交往，取长补短，不仅在思想和创作上相互启发，大家的生活也变得更丰富、更有意思，相信您也能与他们成为朋友。

肖　邦　一切取决于缘分，顺其自然吧。

乔治·桑　我可以再帮您一个忙吗？

肖　邦　帮我？我不明白，夫人。

乔治·桑　（温婉的霸气）我要您答应我，今晚一切听我指挥，不问理由。

　[肖邦没有说话，只是笑着向乔治·桑深深地鞠了一躬。

　[转场。

　[局部光。宴会厅里，李斯特走向正陪公爵夫妇说话的卡布连纳和皮耶。

公爵夫人　（激动）李斯特大师！

李斯特　尊敬的公爵夫人……我答应今晚为您演奏，现在我把自己交给您安排。

公爵夫人　（激动万分）真的？！

　[卡布连纳和皮耶都不敢相信自己的耳朵，激动之至。

卡布连纳　啊，太好了，太好了……

公爵　（喜悦地将将胡须）快，快去安排。

皮　耶　（语无伦次地四下张望）意外惊喜，意外惊喜啊。

[李斯特微笑着。

[皮耶和卡布连纳走到大厅中央抢着发布信息。

皮　耶　　女士们先生们——

[被卡布连纳阻止并抢先。

卡布连纳　（抢过话头）女士们，先生们——当今最伟大的艺术
　　　　　家要以音乐向大家致敬，让我们聆听李斯特大师的演
　　　　　奏！

[一片欢呼声，皮耶带头热烈鼓掌。

李斯特　　（微笑着微微鞠躬）公爵，我有个要求……（公爵点
　　　　　头）为了配合我演奏的音乐气氛，我希望闭掉所有的
　　　　　灯。

公爵夫人　（矫情地）浪漫……

公　爵　　（豪爽地）照李斯特大师说的做！

李斯特　　谢谢公爵。

[暗转。

[黑暗中，钢琴声时而悠扬，时而激昂。隐隐约约能见
台上的钢琴和弹奏者。

[艾士勒摸黑挤到卡布连纳身边，卡布连纳对他怒目而
视。

艾士勒　　我……

卡布连纳　嘘！注意听！

艾士勒　　（小声地）肖邦和他的水平不相上下。

卡布连纳　嘘，别说话。

艾士勒　　吹毛求疵。

卡布连纳　（陶醉地）太完美了，不知这是谁作曲的？

艾士勒　　（得意地）作曲是我最亲密的朋友，也是我的学

165

生——肖邦。

卡布连纳　（试图扳回一局）只要是由李斯特演奏，无论什么听起来都好听。

[乐曲进入了高潮。

[突然，一团温暖的亮光从听众席后面款款走向钢琴，所有的人都回头对其行注目礼。

[身着晚礼服的乔治·桑手执闪烁着数支火苗的烛台把钢琴师照亮——坐在钢琴前面的不是李斯特，而是年轻的"钢琴肖邦"。

[听众席一片有控制的哗然。

[乔治·桑将烛台放在钢琴上，走到李斯特身边坐下，暖色聚光灯下，她和李斯特交换的目光中充满成功的喜悦。

["钢琴肖邦"弹完了最后一个音符，在热烈的掌声中鞠躬谢幕。

艾士勒　（激动、忘情地）好，太好了，太好了！

[掌声、叫好声不断。

["钢琴肖邦"向乔治·桑和李斯特深深鞠躬。

[李斯特边鼓掌走到"钢琴肖邦"身边。

李斯特　公爵阁下，公爵夫人，（面向大家）女士们、先生们，（抚着肖邦的肩向大家介绍）当今最伟大的艺术家之一佛德烈·肖邦。他来自美丽的波兰，从刚才的《波兰舞曲》中我听到了的波兰的精神、波兰的山川美景，听到了艺术家对故土深深的爱。让我们感谢波兰，感谢肖邦。

[掌声雷动。

[纱幕落下。

[过场。

艾士勒　（幽默的对卡布连纳）怎么，您不同意李斯特先生的看法？

卡布连纳　不不，我被肖邦征服了……我能感觉到他心灵的忧伤，但不是消极的忧伤，因为他的精神是快乐的。太好了，真的太好了！

艾士勒　不愧是著名的评论家，出语不凡啊。

[皮耶急切地拉住艾士勒。

皮　耶　艾士勒教授，我能跟您谈点生意上的事吗？

艾士勒　生意，现在？是不是太俗气了？

[士勒转身欲走，皮耶追上拉住他。

皮　耶　（对艾士勒）不是开玩笑，我要尽快出版佛德烈的音乐。

艾士勒　您终于明白了？小心会有人抢在您之前的。

皮　耶　是啊，是啊。如果您跟佛德烈明早十点能来我的办公室，我们可以立刻签好合同。

艾士勒　（故意地）明早十点？我要看日程上有没有其他约会。再说，我也要考虑一下。

皮　耶　您不是想要求更好的条件吧？

艾士勒　亲爱的路易，我不能保证什么。（往回望）哎，佛德烈呢？

皮　耶　应该是和李斯特、桑夫人走了。

艾士勒　（满意地）哦，算了。

皮　耶　一切都过去了，乔瑟夫。现在是巴黎有求于他了，您明白我的话。

艾士勒　不止是巴黎，老弟。

皮　耶　对，不止是巴黎。我能用马车送您回去吗？

艾士勒　好啊，我不在意。（话外有音地）光着脚来，坐着豪
　　　　华马车回去。

[卡布连纳追上来拉着皮耶说话。

卡布连纳　皮耶先生，我想……

皮　耶　（连忙推斥）抱歉，我正忙着，很忙，拜托。（转身
　　　　对艾士勒）教授，您说什么？

艾士勒　我说巴黎是座很不平常的城市，一切都太分明了。

[卡布连纳十分沮丧地站住了。

[暗转。

[台上以两处聚光灯分别表现两个演区：酒吧；艾士
　　勒、肖邦的住处。表演呈时空交织状。

[酒吧。乔治·桑一手夹着烟吞云吐雾，一手端着酒杯
　　与肖邦、李斯特品着红酒，相谈甚欢。

[艾士勒心情十分愉快，哼着曲子在烛光下写信——

艾士勒　亲爱的肖邦先生和夫人，今晚佛德烈在奥尔良公爵家
　　　　像暴风一样席卷巴黎。

乔治·桑　（举起酒杯）来，为肖邦干杯!

肖　邦　桑夫人，我不知道用什么样的语言才能准确表达我对
　　　　您和李斯特先生的感激，谢谢你们。

艾士勒　也许佛德烈已经明白，他对于波兰的作用和意义……

李斯特　（对肖邦）这算不了什么，朋友，是你的才华帮了
　　　　你。（遐想）随心情而定的悲喜交加赋予钢琴诗意的

空间，让我听到了时代的精神、声音、梦想、情感，以及矛盾和不安……

艾士勒　……你们的佛德烈以近乎完美的表现不仅征服了巴黎上流社会的王公贵族……

乔治·桑　（略带矜持地）告诉我，亲爱的肖邦，你有什么计划？

肖　邦　能尽快举行演奏会，越多越好。

乔治·桑　为什么那么急？

李斯特　他得维持生活呀，乔治。

艾士勒　……也征服了李斯特、雨果、巴尔扎克、海涅、密茨凯维奇、德拉克罗瓦、贝利尼、柏辽兹这些当代最伟大的艺术家……

肖　邦　我还要实现我的一个目标……我来巴黎是有目的的。

乔治·桑　我很同情不幸的波兰，她一直在为重新获得自己的名字、语言和宗教抗争。沙皇俄国是不折不扣的强盗，我站在波兰一边。你们的爱国流亡诗人密茨凯维奇是我的朋友，有机会我带你去大学里听他的讲座。

肖　邦　密茨凯维奇也是我的朋友，我喜欢他的诗。谢谢您对波兰的同情和理解，为了她，我几乎无法入睡。所以，我想回去，回波兰。

乔治·桑　法兰兹，你看肖邦先生苍白而虚弱。我建议我们带他去诺昂休养、放松几天。

李斯特　（笑着）好主意。

肖　邦　很抱歉，我有很多事情需要做，恐怕不能跟你们去……

乔治·桑　去诺昂与你的爱国情怀是不矛盾的，不管你想用鼓还是用琴去战斗，你如此羸弱的身体都无法胜任。也许还没等你回到祖国就趴下了。诺昂阳光明媚，空气新鲜，鸟语花香，你在那儿把身体调养得棒棒的，再上战场也不晚。

李斯特 乔治说得对，调养好身体是为了更好的战斗。

[艾士勒掏出怀表看了看.

艾士勒 还不回来，该休息了。再过几小时就要签约。

肖　邦 诺昂？

李斯特 那是乔治的乡间别墅。

乔治·桑 那是个完全不同的世界，在那里没有什么目的。我们已经准备好，明天一早用马车载你走。

艾士勒 不行，绝对不行，现在还不是放松的时候。

乔治·桑 （对肖邦）你不愿意跟我们在一起？

肖　邦 （笑笑）当然愿意。

乔治·桑 那为什么不行？

艾士勒 （耐住性子）因为我们今天早上十点要和皮耶签合同。

肖　邦 （朝艾士勒方向）只是一个短短的假期，一星期而已。

艾士勒 佛德烈，佛德烈，你叫我说你什么好呢？

乔治·桑 （略带讽刺）当然啦，像几天假期这么"重大"的事情，如果依我的观点，我会自己决定，该怎么做就怎么做。

肖　邦 我的意思是应该商量一下。

乔治·桑 和你的教授吗？

肖　邦 是的。

乔治·桑 噢，上帝啊！

艾士勒　　（压住情绪）好吧，佛德烈，我听你说，但你应该了解……

肖　邦　　（打断艾士勒）桑夫人为我们做了那么多事，我怎么能拒绝她呢？

艾士勒　　我明白，该先跟我商量一下呀？

肖　邦　　休几天假，教授，我总可以自己决定吧，别总把我当成十岁男孩对待。

艾士勒　　我只是说皮耶先生已经准备好了，机会来之不易。

肖　邦　　（针锋相对）你也可以请他一星期后再准备好。

艾士勒　　那你告诉桑夫人，如果你一定要度假的话，再多等一天。

[肖邦主动与乔·治桑和李斯特碰杯，将杯中酒一饮而尽后离去。

乔治·桑　很遗憾，法兰兹，肖邦先生无法与我们同行……

李斯特　　是吗？我不这样看。

[乔治·桑、李斯特隐去。

[肖邦走入艾士勒的时空。他提起小箱子往里放衣物。

艾士勒　　这次是你想去。

肖　邦　　是的。

艾士勒　　你说过，不喜欢她这样的女人，可我觉得你已经被她迷住了。在巴黎这个地方，男女之间真诚也好，暧昧也罢，我都能理解。但也得分个轻重缓急呀，在跟皮耶先生签合同这么重要的时刻……

肖　邦　　桑夫人已经决定今天早上走。

[肖邦关上了箱子。

艾士勒　　那自私的桑夫人说的话就是法律？

肖　邦　　我并不认为她自私，您为什么要这样说？

艾士勒　　我要说……我长了眼睛，她就是很自私。我有耳朵，我听到很多别人对她的评语。她写的书享誉世界，她有自己的一套生活逻辑，那我都管不着。但这件事关系到佛德烈·肖邦和乔瑟夫·艾士勒……

肖　邦　　（打断）再见，教授。

　　　　　[肖邦拎着箱子离去，艾士勒愣住了，继而追到门边——

艾士勒　　佛德烈，（痛心疾首地）好好照顾自己，潮湿对你不好的……好好地……放松，（似自言自语）你听见了吗？

　　　　　[暗转。

　　　　　[诺昂。乡间别墅的大露台，月光皎洁，树影婆娑。

　　　　　[追光照亮舞台一隅弹琴的肖邦。

　　　　　[主演区，乔治·桑、李斯特、海涅、德拉克罗瓦、密茨凯维奇等欢声笑语，一边喝着红酒，一边谈论着肖邦。德拉克罗瓦的身旁支着画架，他说着，画着。

乔治·桑　德拉克罗瓦，找到感觉了吗？我喜欢你的《阿尔及尔的女人》，很唯美。

德拉克罗瓦　乔治，以你的性格该更喜欢《自由女神引导人民》啊。

海　涅　　你错了，德拉克罗瓦，性格坚强的女性内心往往更柔软。

李斯特　　有启发，还是海涅更懂得女人。

德拉克罗瓦　那还用说，诗人嘛。

海涅 （对德拉克罗瓦）在如此令人陶醉的夜晚，你居然还有心思工作？

德拉克罗瓦 音乐常赋予我思想和灵感，不管在什么地方，听音乐的时候我总是想画画。更何况……

海涅 更何况是倾听肖邦。

[乔治·桑点燃一支烟。

海涅 听肖邦弹奏，我的内心会涌起莫名的、那种很难描述的情绪。此时他既不是波兰人，也不是法国人或德国人，而是流露出来自莫扎特、拉斐尔和歌德国度里更高尚的血统，他真正的祖国是诗的梦幻王国。

李斯特 我说过，整个巴黎都会偏爱他，首先是我。他的演奏让我明白了钢琴的诗意歌唱性以及装饰音的重要性。

海涅 （笑）没错……哎，你们读了舒曼最近发表在《大众音乐报》上的评论吗？

李斯特 是那篇评肖邦作品的吧？那可是舒曼的第一篇音乐评论文章。

密茨凯维奇 （急切地）舒曼怎么说？快告诉我们。

[海涅沉吟。

李斯特 别磨蹭了，密兹凯维奇先生已经急不可待，舒曼到底说了什么？

海涅 他的标题是："脱帽吧，先生们！这里是一位天才！"内容更是对肖邦欣赏备至、推崇有加。

李斯特 （指肖邦）瞧我们这位波兰的神童，把舒曼都逼得写音乐评论了。

[大家开怀大笑，频频碰杯。

密茨凯维奇 肖邦从小就显现出特殊的音乐才能，不仅能弹钢琴，七岁就发表了《G小调波兰舞曲》，那是他的第一首作品。八岁举行了第一次公开的演奏。是我们波兰的钢琴神童，经常被华沙的贵族邀请去演奏。

海涅 （遐想）他弹奏乐曲的时候，仿佛是一个从故乡来的朋友在对我说着我不在家时，家里发生的最有趣的事情。我止不住想问他：园子里的玫瑰花还在热情地盛开吗？那些树叶在微风中还唱得那么美吗？

德拉克罗瓦 海涅已经把肖邦的旋律变成了诗。

李斯特 要不怎么是著名诗人呢……

海涅 （感叹）我敢打赌，肖邦会把所有的法国女人弄得晕头转向，而在法国男人心里引起强烈嫉妒。

李斯特 （笑言）说得对，我已经妒忌了。

乔治·桑 他像天使一样善良，是一位纯粹的艺术家，气质与众不同。

李斯特 波兰的骄傲，波兰的宠儿，毫无疑问。

密茨凯维奇 听他家人说，肖邦一生下来，便用哭声显示了他不可置疑的音乐天赋。

[笑声一片。

密茨凯维奇 他从小听音乐会，看歌剧演出。他的母亲弹钢琴和唱歌时，父亲就用长笛和小提琴与之配合。妹妹也学钢琴。家中的氛围温馨宜人。对肖邦而言，家是他的生命，是艺术的源泉……

[肖邦的琴声停了下来。

德拉克罗瓦 （叫了起来）啊！琴声怎么停了？我还没画完啊！

[肖邦笑了。

肖　邦　不是停了，我还没开始，没有形象的种子……只有不确定的倒影、阴影和立体形象。我寻到了合适的颜色，还没想到画面该是怎么样的。

德拉克罗瓦　色彩和构图，两者互相依赖，缺一不可。您都会找到的。

肖　邦　但如果我只找到月光呢?

德拉克罗瓦　那您将找到月光的反光。

[肖邦十分高兴，又弹奏起来。

肖　邦　我的眼前慢慢浮现出了温柔的色调，它和耳朵里听到的曼妙乐声是那样的和谐……现在又响起了表现蓝色的音符，我们仿佛在澄澈碧蓝的夜空中，轻柔的云朵，形态万千，神奇变幻，布满天空，簇拥在月亮周围。月亮把巨大的乳白色光轮抛向它们，唤醒了沉睡的色彩……我们梦见了夏夜……我们等待夜莺的到来……

[在场的人热烈鼓掌。

[主演区灯暗。

[舞台一隅，肖邦弹着琴。

[乔治·桑手持两杯红酒悄悄进来。肖邦迎了上去。

肖　邦　桑夫人。

乔治·桑　叫我奥洛拉吧。

肖　邦　奥洛拉，这旋律是为你作的，喜欢吗?

乔治·桑　哦，真美，我似乎听出了自由的联想……丰富的情感，虽然我不懂手法，还有一种……怎么表述呢?（想）一种……一种浪漫的忧伤。

[乔治·桑端着红酒倚着钢琴聆听。

肖　邦　它想说，我非常感激，我永远也不会忘记在诺昂的这几天。

乔治·桑　这么说，这些日子你是快乐的。

[“钢琴肖邦”继续弹琴。乔治·桑将一杯红酒递给肖邦，两人相视一笑，轻轻碰杯。

肖　邦　岂止是快乐的，

乔治·桑　我也一样。

肖　邦　要回巴黎了，我会想念这里。

乔治·桑　（起身）佛德烈，法兰兹他们明天就要回巴黎，而我要开始写作了。

肖　邦　在诺昂？

乔治·桑　（摇头）诺昂离尘世太近。在西班牙海边有个小岛叫马略卡岛，那是我写作的地方，你会喜欢那儿的。

肖　邦　西班牙，那么远……

乔治·桑　去了你就会知道，那里的宁静和幽美，是做梦也想象不出的……（凝视肖邦，柔情地）我要为你营造快乐的天堂，在那样的环境中作曲，你会创造出音乐的奇迹。

肖　邦　就我们俩？

乔治·桑　还有我的一双儿女，你会喜欢他们的。

肖　邦　（激情地）我充满期待。

[暗转。

[马略卡，海浪拍岸，云卷云舒。

[肖邦和乔治·桑手牵着手在海边散步。他们时而眺望

大海，时而深情相拥。

肖　邦　我读完了你的《华朗丁》。

乔治·桑　那是我的第二部小说，感觉如何？

肖　邦　（点头）文字简约，构思美妙，节奏感很强，我甚至觉得它富有音乐性。

乔治·桑　巴尔扎克和雨果也很推崇，你的话比其他任何赞美之词更令我快乐。

肖　邦　（幽默地）能与巴尔扎克雨果相提并论？太荣幸了。你知道吗？我心中的神，是巴赫和莫扎特。

乔治·桑　（温情地）亲爱的，在我看来，你一点儿不比他们逊色。

肖　邦　你的话给了我快乐，谢谢鼓励。

乔治·桑　不是鼓励，是爱，爱是理解的别名……佛德烈，我找回了幸福的感觉。

肖　邦　（陶醉地）我就像把自己交给了风，任凭它带着我们在爱的天堂和人间穿梭。

乔治·桑　亲爱的，请把这些用音乐表达出来吧！

[肖邦在钢琴前坐下。

乔治·桑　（喃喃道）哦，佛德烈，大胆些，柔软的手指！

肖　邦　……哦，我的奥洛拉，我的好女人！

乔治·桑　你感觉身体怎么样？

肖　邦　好多了，不咳嗽，也不疼痛。你的眼神，你的目光，在我演奏时，显露出喜悦的光芒，就好像温暖的阳光。

乔治·桑　你的钢琴向我揭示了你的思想，你的忧虑、窘迫、胜利或者折磨。让我理解你就像你理解你自己一样。记住，什么时候我都爱着你。

肖　邦　在这里，生活是多么光明美好啊！我的手指在琴键上
　　　　轻跳，你的笔尖在纸上飞舞，边写作边听音乐。

乔治·桑　四面八方都充满了你甜蜜清亮的琴声，好像温柔的情话。

肖　邦　奥洛拉，为了你，我愿意匍匐在您的脚下，把一切献
　　　　给你。你的眼光，你的抚慰，你的微笑，给了我多大
　　　　的安慰啊！我只是为了你才活着，我会为你弹奏出更
　　　　美的旋律。

乔治·桑　（俏皮地）我要像巴赫和莫扎特的曲子一样给你快乐！
　　　　[肖邦深情地看着乔治·桑，弹出一连串抒情的琶音。
　　　　[暗转。

　　　　[灯亮。
　　　　[明显憔悴的艾士勒坐在钢琴前弹着肖邦《夜曲》的一
　　　　段，陶醉在深情的旋律中。皮耶听得如痴如醉，曲终
　　　　时，他情不自禁地热烈鼓掌。

皮　耶　太棒了！美极了、真的美极了，（对艾士勒）不是吗?

艾士勒　（长叹）是的，一点儿都不假。

皮　耶　（激动地）你看看其他的，每一首都棒极了，（从一旁
　　　　拿起一叠乐谱）华尔兹，《玛祖卡》舞曲，夜曲，不
　　　　只夜曲，还有更多呢！（将曲谱放到钢琴曲谱架上）
　　　　乔瑟夫，您从头到尾看一遍嘛。

艾士勒　他就寄出这些吗?

皮　耶　这么多了，难道还不够?

艾士勒　这些都很令人着迷，可我盼望一个特别的曲子，一个
　　　　大型的乐章，那未完成的《波兰舞曲》。他曾和李斯
　　　　特在这里一起弹奏过。

178

皮　耶　这已经不同凡响了，可以肯定会被抢购一空的。

艾士勒　（百感交集）是的，那是毫无疑问的（摘下眼镜拭泪）。（对皮耶）我想您该为佛德烈安排演奏会了吧？

皮　耶　（笑）演奏会？他继续不断写出这样的音乐，当他有一天回来时，将没有足够大的场地容纳听众。

艾士勒　他告诉您他不打算回来了？

皮　耶　（有所保留地）哦，没有。

艾士勒　（不相信地）那您为什么会这样认为？

皮　耶　（欲言又止）我，我只是……他没有告诉您吗？

艾士勒　（掩饰）啊，有的。（自圆其说的）他很快就会回来了，很快……再见！

[艾士勒带着复杂的心情离去。

[皮耶欲追又罢。

[暗转。

[雨中的马略卡岛。

[琴声起。灯亮。

[精神萎靡的肖邦在钢琴前弹奏、作曲。

肖　邦　（对观众）我是这样的迷茫，内心就像被掏空了一样，不知道该做什么。在与一群群看似熟悉的人的周旋中，我的内心只有陌生和孤独……我渴望春天的气息，期待在故国怀抱里的感觉，可……这儿不是波兰。噢，今天连音乐都不能使我快乐……

[乔治·桑拿着棉袍上，她走到肖邦身边，轻轻将棉袍披到肖邦身上。

乔治·桑　亲爱的，不觉得冷吗？（温情地）什么时候你才能学会照顾自己。

[肖邦像见到母亲似的双手环抱乔治·桑的腰，将头埋
进乔治·桑怀里。

肖　邦　奥洛拉。

乔治·桑　（深情地）如果我能弹钢琴，这个时候我会弹巴赫和
莫扎特，我知道，只有他们，你无限敬仰的神能够使
你快乐。

肖　邦　谢谢你，奥洛拉。

乔治·桑　看着你难过的模样，我恨不能变成精灵与你融为一
体，用我的爱赋予你健康和笑容，让你的心里洒满阳
光。

肖　邦　奥洛拉，你说，我是不是不够聪明，是不是很蠢。从
小到大，家里、学校、老师、同学，谁都夸我是神童
是天才，可神童、天才怎么会是今天的状态？是他们
误导了我，还是我的天赋欺骗了我？告诉我，奥洛
拉。我需要认识自己，需要真相！

乔治·桑　佛德烈，亲爱的。（轻轻捋着肖邦的头发，遐想）有
一次晚会上，你用上帝赋予你的那双能让钢琴说话的
手演奏了我们非常喜爱的叙事曲，赢得了大家的赞
美。

肖　邦　（起身，面向观众）那是我第三次见到你。

乔治·桑　你记得真清楚。

肖　邦　在我弹奏时，你深深地注视着我的眼睛，那是一曲悲
伤的音乐，《多瑙河传奇》。我的心和它一起跳舞，
穿过田野。你靠在钢琴边，眼睛盯着我的眼睛，黑黑
的、罕见的眼睛。它们在说什么？那燃烧的目光攫住

了我，点燃了我……周围是鲜花。我的心被俘虏了！

乔治·桑　在你的琴声中，大家似乎听到了隐藏在你内心的痛楚和忧伤，我们都陷入了沉思。

肖　邦　（抬起头）当我演奏结束以后，大家都长时间的沉默不语。

乔治·桑　大家还沉浸在美好的音乐中，虽然它的最后一个音符已经随风飘散……

肖　邦　大家在沉思什么呢？

乔治·桑　我不能做出回答。因为在音乐里，就像在旅行中一样，每个人眼中的风景是不同的。

肖　邦　就说你自己的感觉吧。

乔治·桑　我感觉，你的音乐唤醒了人们灵魂中最个人化的情感。（笑）在你弹奏的时候，我看到德拉克罗瓦眼睛直视前方，嘴角挂着一丝苦笑。也许，他正想象着潺潺的小溪流水，想象着在树影摇曳的林间路上的伤感别离。我也看到密茨凯维奇（模仿其动作）两手叉在胸前，双眼紧闭，眉头微皱，好像在询问自己的先祖但丁有关苍天的奥秘和世界的命运。这就是天才赋予音乐的魅力，你是真正的天才，谁也没有骗你。

肖　邦　我的心却在悄悄地哭泣，任思绪在充满悲哀色调的音画中展开。

乔治·桑　长期处于悲观状态于身体于艺术都不是一件好事。

肖　邦　我知道，我当然知道。所以我希望走出困窘，写出好的作品，在条件许可时开演奏会……

乔治·桑　（打断）亲爱的，你是一个作曲家，同时你也是一个成年男子，有能力调整、控制好情绪，这很重要。异想天开的事就不要去考虑了，我是为了你好。

肖　邦　（生气地敲响琴键）控制控制，波兰回不去，演奏会不能开，身体这个样子，我都快要窒息了。

乔治·桑　（愠怒）佛德列！我说错什么了？

肖　邦　（冷静下来）对不起，奥洛拉，对不起。

乔治·桑　我的话对你就那么无足轻重？那个所谓的波兰舞曲已经弹了几个星期，写不好能怪谁？还迁怒于人。演奏会？且不说它有没有价值，你的身体撑得下来吗？

肖　邦　继续说，我想听——

乔治·桑　你的才华是什么……弹琴？演奏会？不，那是大材小用，是很多人都可以做的事。你的天分决定了你是创造音乐的人，写出伟大的乐章给那些凡夫俗子去弹，去模仿。创造和模仿是完全不同的两个概念，你是天才的创造者啊，亲爱的。艺术家最宝贵的是自由的思想和独立的意志，你要追随的恰恰应该是自己的才华，否则你会迷失的。留在这里作曲，再把作品不断寄回巴黎。相信我的经验和直觉，属于你的每一份荣耀永远都属于你，只属于你……

肖　邦　奥洛拉，我需要一种强烈的有活力的爱来唤醒心底的热情，在我无力的手指中重新注入艺术的生命力。对于命运的忧虑不安和对艺术创造力的忧虑不安犹如双重的阴影和双重的枷锁，压抑在我心头。我需要你，请像过去一样给我力量吧——

乔治·桑　可你让我觉得自己似乎成了多余的。

肖　邦　那是你多虑了，女人为什么都那么敏感。

乔治·桑　我对你是那样的坦诚，却始终猜不透你的情感。

肖　邦　（遐想）身在异乡，我所知道的、经历的许多事都让我觉得是那么的不堪忍受，促使我想要回家，促使我去思念过去我未能很好珍惜的那些美好时光。过去我不经意的许多东西，如今是那样伟大而崇高。

乔治·桑　说这些你不觉得自己很可笑很自私吗？

肖　邦　（回到现实）奥洛拉，我对这阴沉的天已经到了难以容忍的地步，再加上你的生活过于情绪化，我真的不知道还能坚持多长时间。难道你看不出来？自从雨季开始之后，我身体一直不舒服。

乔治·桑　那是这一切的原因？

肖　邦　（点头）很自然的，我也没有情绪写新作品或研究工作。

乔治·桑　（盛气凌人）你确定不是在为艾士勒教授和你的所谓的理想苦恼？

肖　邦　我们不说这个话题。

乔治·桑　如果是的话，你只需要做个很简单的决定。

肖　邦　（起身）奥洛拉！（走向乔治·桑）我只是想离开这里，我们走吧（抚着乔治·桑，柔情地）我们可以回诺昂，我们可以把生活带回去。

乔治·桑　回诺昂，你能照我说的方式生活？

肖　邦　（点头）我需要阳光，春天的阳光是我最好的医生。

乔治·桑　（流着泪）拒绝闯入者。

肖　邦　肖邦拒绝闯入者。

乔治·桑　醉心于自己的创作，你作曲，我写小说，累了的时候一起到外面散步，是这样的吗？

肖　邦　高兴的时候，我们把自己交给一阵风……（探询地）

奥洛拉？

乔治·桑　（被感染，语气变得柔和）亲爱的，一切服从于你的健康，你快乐是我的愿望。

[肖邦和乔治·桑拥吻到一起。

[暗转。

[舞台一隅。

皮　耶　教授，肖邦回来了。

[艾士勒不敢相信自己的耳朵。

艾士勒　佛德烈？什么时候？他在哪里？

皮　耶　他两天前回来的，他现在在诺昂。

艾士勒　（难过地）他为什么没告诉我？（少顷）嗨，艾士勒，你真是笨。你搬家了，他去哪里找你呢？

[艾士勒动作迅速地穿外套。

皮　耶　你干什么？

艾士勒　去诺昂。

皮　耶　也许，你应该先通知他一声。

艾士勒　通知？谁有时间先通知他？不过，你知道的，你最好先准备演奏会的事。现在是佛德烈回来工作的时候了，你听到我说的吗？

皮　耶　是的。

艾士勒　我该走了。再见，我的朋友，谢谢你！

[艾士勒一阵风似的离去，心知肚明的皮耶无语。

[暗转。

[阳光明丽的诺昂。乔治·桑的乡间别墅。

[舞台一隅，肖邦弹着《玛祖卡》。

乔治·桑　佛德烈，没想到，你不仅是钢琴诗人，还是个钢琴画家呢。上次在这儿竟然敢和德拉克罗瓦用音乐表述绘画。

肖　邦　诗情画意和音乐本来就是相通的，诺昂的春天真美，它总能调动我的整个身心，感觉好极了……

乔治·桑　诺昂的冬天也很美。很遗憾，冬天的气候不适合你。我从来热爱乡村的冬天，当地面的白雪像璀璨的钻石在阳光下闪闪发光，当挂在树梢的冰凌组成神奇的连拱和无法描绘的水晶的花彩时，有什么东西比白雪更加美丽呢？冬天人们更能够沉静下来思索，精神生活变得异常丰富。在乡村宁静的长夜里，大家亲切地相聚在一起，朋友家人围炉而坐，真是极大的乐事，甚至时间也听我们使唤……

[肖邦动情地将乔治·桑拥入怀中。

肖　邦　诺昂就像天堂一样。

乔治·桑　天堂是为天才准备的。真高兴你喜欢诺昂，这里是属于你的。为了你的身体，以后我们夏天来这里过，冬天回巴黎。

肖　邦　（激情的）如果没有你，我该怎么办呢？我的奥洛拉。

[暗转。

[演区灯亮。乔治·桑在写作。

[艾士勒上。他缓缓走近乔治·桑。

艾士勒　幸会，夫人，旅途愉快吗？

乔治·桑　非常愉快，谢谢您。

艾士勒　你还记得我吗？

乔治·桑　（抬起头来）艾士勒教授。

艾士勒　你居然还记得。呃，佛德烈好吗？

乔治·桑　我们以为您早已回波兰了，教授。

艾士勒　回波兰？（苦笑）不，没有，我一直在法国。（听到琴声）佛德烈……夫人，这是他的琴声，我知道，我熟悉这声音（眼睛湿润了，有些哽咽）。请您告诉他我来了，好吗？

乔治·桑　（婉拒）很抱歉，他工作时我从不骚扰他。

艾士勒　非常好的规定，我可以等……我相信佛德烈不会在意我骚扰他。

乔治·桑　也许他不会在意，我该怎么对您说呢？这么说吧，如果他知道你已经回波兰他会更高兴的，教授。

艾士勒　（不卑不亢）原谅我，夫人。你说的话让我觉得很意外。

乔治·桑　（寸步不让）很简单，佛德烈没有勇气亲自对您说。在有的问题上，他是非常软弱的。教授，你不太了解他的另一方面。

艾士勒　（表情越来越吃惊）我会了解的。

乔治·桑　你看到他会发现自从你们分别后，很多事都改变了。是的，他的外表变了很多，他喜欢安定、温暖、衣食无忧的环境，他希望维持现在的生活状况，最快乐的事就是在我的身边创作。

艾士勒　（淡淡一笑）如果你不介意，我希望由佛德烈自己来告诉我。

乔治·桑　（不客气地）请便吧。

　　艾士勒　（压住火往外走）失陪了。

乔治·桑　艾士勒教授!

　　艾士勒　（停住脚步）什么事?

乔治·桑　我想知道，你对佛德烈在马略卡岛写的音乐有何评价?

　　艾士勒　非常令人着迷。

乔治·桑　仅此而已?

　　艾士勒　（补充）很美! 我对佛德烈的潜能非常清楚，你想听什么?

乔治·桑　那些杰作是在阳光普照与身体康复的时候，在窗户下面孩子们的欢笑声中，在遥远的吉他声中，在湿漉漉的树丛里的鸟鸣声中，在雪地里小朵小朵淡色的玫瑰花开放的时候，从他脑海里涌出来的。毋庸置疑，他成了欧洲最杰出的作曲家。

　　艾士勒　是的，但也是最受非议的，并不是我所想象的佛德烈。在这种情况下，对他的作曲和演奏会都很不利。

乔治·桑　（截然地）演奏会? 绝无可能。

　　艾士勒　（吃惊）为什么?

乔治·桑　他的健康状况不允许。

　　艾士勒　佛德烈吗?

乔治·桑　他的身体无法承受演奏会的压力。

　　艾士勒　也许只是现在不行。

乔治·桑　未来的任何时候都不行，他没有那种力量和气质了。

　　艾士勒　（以为是玩笑，也玩笑似的）多令人惋惜! 但只要佛德烈花点工夫，一定可以恢复的。那是他追求的目标啊，夫人。

乔治·桑　他的目标是为他自己的作品效劳，最好的追求目标就是他现在所做的事。

艾士勒　他被你那并不高明的控制欲迷住了，夫人。当然，那是你所期望的。

乔治·桑　（理直气壮地）佛德烈愿意。

艾士勒　是的，当然。您以自己做诱饵，无疑对佛德烈这样的年轻人很有吸引力。请原谅我的直率，夫人。你是个非常强势的女士，目空一切，习惯以自己的意志为转移，但是这一次，我不会再让你操纵佛德烈。

乔治·桑　这么自信，你做的决定吗，教授？

艾士勒　（拍拍自己）我有权替他做决定。这次该用我的方式了，夫人。

乔治·桑　你也习惯于操纵吗？

艾士勒　只要是对佛德烈有益，是的，已经二十年了，从我第一次给他授课，从我第一次听他弹自己作的曲，从我第一次鼓励他要成为当代最伟大的音乐家，也为了一个我们共同信仰的理由。是的，作为他的老师，我做了我应该做的。

乔治·桑　对于巴黎时期的肖邦来讲，没有我，就没有他的成就。是我把他引入巴黎的文化核心，是我给他提供了一切创作条件。有一个简单的道理您应该明白，再珍稀的植物离开阳光空气和水它就会死。

[艾士勒不听她说完便朝着琴声的方向大声喊着肖邦的名字。

艾士勒　佛德烈！佛德烈！我是乔瑟夫·艾士勒啊，佛德烈！

[乔治·桑忍无可忍，起身冷眼看着艾士勒。

艾士勒　佛德烈！

[艾士勒等待着，里面琴声依旧，并没有片刻的停顿。艾士勒受到重创，他背对着乔治·桑努力使自己挺住，过了好一阵，他转过身，目不斜视地经过乔治·桑径直离去。

[肖邦的琴声渐大，伴随着艾士勒有些蹒跚的步子。

[转场。

[诺昂别墅客厅。乔治·桑正在看《费加罗报》的新闻。

乔治·桑　（念）沙皇对波兰加强镇压……

皮　耶　这段新闻一定会扰乱佛德烈的情绪。

乔治·桑　对一个成熟的人吗？况且在千里之外的巴黎。我不相信波兰的新闻会对他产生太大的影响。

[肖邦进来，乔治·桑将报纸卷起来捏在手里。

皮　耶　（站起来）啊，早上好，佛德烈。

肖　邦　我迟到了，路易，（吻了吻乔治·桑的头发）请原谅。

乔治·桑　你今天感觉怎么样，佛德烈？

肖　邦　我一直都睡不好，找不出办法来减轻胸口这种紧缩的感觉。

[皮耶与乔治·桑担心地交换目光。

肖　邦　好多工作没做完，有些我想正式记下来……

乔治·桑　皮耶旧调重弹，佛德烈。

皮　耶　欧洲的每个都市都愿以重金礼聘你去演奏，听众都翘首以待啊。

[肖邦焦虑地坐下。

肖　邦　　您接受了？

皮　耶　　当然都拒绝了，但我仍然梦想着在巴黎哪怕只演奏一
　　　　　场。

乔治·桑　放弃吧，皮耶先生。佛德烈只同意在沙龙演奏。

肖　邦　　（不满地站起）沙龙、沙龙，别提什么沙龙！（对皮
　　　　　耶）失陪了，我急着想去工作。（皮耶起身想说什
　　　　　么）谢谢你跑了一趟。

　　　　　[皮耶拎包离去。乔治·桑对肖邦欲说又罢，下场。

　　　　　[沙俄驻波兰大使上。

俄大使　　请问，是佛德烈·肖邦先生吗？

肖　邦　　你是谁？

俄大使　　（傲慢地）我？沙俄驻法国大使。为了表彰肖邦先生
　　　　　未参加所谓的华沙起义，为了表示对肖邦先生无与伦
　　　　　比的艺术天赋的敬意，沙皇陛下特授予您"俄皇陛下
　　　　　首席钢琴家"的职位和称号，我亲自来通知你，请明
　　　　　天到俄国驻巴黎使馆接受这无上荣光的职位和称号，
　　　　　并感谢沙皇陛下的恩赐。

肖　邦　　我是没有参加那场革命，因为我远在异乡没有机会，
　　　　　但是我的心是同他们在一起的。这个职位和称号只会
　　　　　让我感到愤怒和屈辱！我不会接受，也绝不会到使馆
　　　　　去感恩的！

俄大使　　（毫无思想准备）你，你竟敢这样和沙皇陛下的大使
　　　　　说话。

肖　邦　　（铿锵地）我就是这样说话。

　　　　　[暗转。

[艾士勒住处。舞台一隅灯亮。

[艾士勒在写信。

[敲门声。

艾士勒　（头也不抬）请进！

[康士坦蒂亚上。

艾士勒　什么事？（无应声）什么事啊！

[猛然发现是康士坦蒂亚，激动地拥抱了她。

艾士勒　康士坦蒂亚！

康士坦蒂亚　教授！

艾士勒　快坐下来，你从哪里来的？

[艾士勒激动地看着康士坦蒂亚。

艾士勒　简直像梦一样，（康士坦蒂亚低头不语）让我看看
　　　　你。你是怎么逃出来的？

康士坦蒂亚　不，我没有逃跑。

艾士勒　你是说他们送你来的？

康士坦蒂亚　（点头）我去过皮耶那里才知道你的住处。

艾士勒　这样做是很自然的事。

康士坦蒂亚　教授，我知道你没和佛德烈在一起。

艾士勒　嗯。不，没有，当然没有。城市对他健康不好，他
　　　　住在乡村里。你知道的，我写过很多信给你们了。

康士坦蒂亚　那些信骗得了小孩子，骗不了我们。

艾士勒　我没事骗人玩？这姑娘，亏你想得出来。

康士坦蒂亚　他需要乡村的空气，还是乔治·桑夫人？

艾士勒　别说那么难听，我们应该相信佛德烈。你长途跋
　　　　涉，一定有顶紧要的事。

康士坦蒂亚　波兰的民族遗产遭到了毁灭性的损害。

艾士勒　　　我看了报纸，罪孽呀，罪孽。

康士坦蒂亚　最近这一次镇压，沙皇军队在搜查中抓人，撕毁油
　　　　　　画，砸毁家具，并在哥白尼雕像基座下将这一切全
　　　　　　部烧毁。不知佛德烈听到这些会作何感想，以前，
　　　　　　别说这种种情况，只要一点火花都可以使他沸腾。

艾士勒　　　他还是你以前认识的样子，我可以证明给你看。我
　　　　　　不允许对佛德烈有任何诽谤，只不过他身体不好，
　　　　　　他病得很严重，你要他怎么做呢？

康士坦蒂亚　他认识当今法国上流社会的很多大人物，他可以利
　　　　　　用自己的声望，向他们求助，如果有钱，有足够的
　　　　　　钱，很多人就能被释放……

艾士勒　　　是的，没错。他可以做到，也应该这么做。我必须
　　　　　　去跟他谈。

康士坦蒂亚　您最近见过他吗，教授？

艾士勒　　　（欲盖弥彰）最近见过他吗？这叫什么问题，见他
　　　　　　那是经常的。

康士坦蒂亚　教授，其实我们都知道……

艾士勒　　　（被击垮）其实我们已经几年没见面了。

康士坦蒂亚　教授，您看到他，请告诉他波兰的实情，还有……
　　　　　　我来了。

　　　　　　[转场。

　　　　　　[诺昂。乔治·桑乡村别墅。

　　　　　　[乔治·桑在写作，艾士勒缓缓进来。

艾士勒　　　您好，夫人。

乔治·桑　　教授？你还是要见佛德烈吗？

艾士勒　我正是为此事而来的，夫人。

乔治·桑　请稍候！

　　　　　[乔治·桑离去。艾士勒在沙发上坐下。

　　　　　[肖邦上。师生百感交集地相互走近，表情凝重。乔治·桑在一旁看着他们。

艾士勒　晚上好，佛德烈！你比我想象中看起来更糟。

肖　邦　教授，您也……老多了。

艾士勒　（控制着自己的感情）有很长一段时间我们彼此都很忙，佛德烈。但总有一天，我们必须好好谈谈。

肖　邦　（克制着感情）找我有什么事吗？

乔治·桑　（对肖邦）沙皇俄国最近对波兰有一次镇压行动，我相信教授来是为了告诉你。

肖　邦　（凝思）这消息真令我难过。上帝呀，这是为什么？

乔治·桑　（轻摇着扇子看着艾士勒）那是很自然的。每个有思想的人都会难过，发生这种事总是很遗憾。时间是医治创伤的良药，时间慢慢过去，创伤也就会愈合了。

艾士勒　（沉痛地）我很抱歉，对于挣扎中的人们，创伤是很难愈合的……

乔治·桑　是有很多人在痛苦地挣扎，但佛德烈不会那样……（看着肖邦）对这位天才有责任的人也不会。

　　　　　[肖邦不语，来回踱步。

艾士勒　（语重心长）许多平凡人的腐朽，才造就了一个天才，才有了一个肖邦。上天赐予他天赋，他该更接近民众，了解民生，拥有一颗悲悯的心，如果他在精神上仍是以前那个他的话。

　　　　　[艾士勒期待地看着肖邦，肖邦仍然不语。

艾士勒　康士坦蒂亚，你还记得她吗？佛德烈。

肖　邦　（抬头）她怎么了？被打死了？

艾士勒　（摇头）她到巴黎了，来向你求助。因为好些人，好些你的朋友都被关进了牢里，只要有足够的钱，就可以换回他们的自由。

[肖邦不语，但心潮起伏，十分难过。

乔治·桑　（看着肖邦，说给艾士勒听）我想，他已经答复过了。

艾士勒　（看着木然的肖邦）夫人，据我看来，这个人他已经死了……

乔治·桑　你没有权力这样说他！

肖　邦　（无奈地笑笑）生命、自由、钱，为什么这几个词总是形影相随。如果有这种可能，我愿意用自己的生命去换回他们的自由，要说钱……我无能为力啊。

艾士勒　我明白了。

[艾士勒看看肖邦，缓缓离去。

肖　邦　（痛苦地）教授——

乔治·桑　（上前来）佛德烈……

[暗转。

[灯渐亮。

[心情凝重的肖邦拉开小布袋的线绳，倒出一捧泥土，用手指轻轻捻摸着。

[皮耶匆匆推门而进，径直走向肖邦。

皮　耶　佛德烈，发生什么事了？

肖　邦　抱歉，这么晚把您请来。

皮　耶　什么事？

肖　邦　（起身面对皮耶）伦敦、罗马、维也纳还有请我去演
　　　　奏的意向吗？

皮　耶　当然有。

肖　邦　（坚定地）那您就去安排巡回公演吧，到每个邀请我
　　　　的城市。让他们付出高价，路易。（微笑）这是您最
　　　　拿手的。

皮　耶　（吃惊）但是佛德烈……您……真的要这么做吗？

肖　邦　（看着手里的泥土）所得的钱都交给艾士勒教授，他
　　　　知道该怎么做。

皮　耶　也许我们该具体分析讨论一下，您的健康状况……

肖　邦　（微笑着）事不宜迟，越快越好。我要即刻启程，您
　　　　去安排好吗？

皮　耶　这……

肖　邦　（不容置疑地）我必须这么做。当我知道华沙发生的
　　　　事件后，直到此时，我的心除了痛苦、焦虑和忧伤
　　　　外，装不下任何东西。人们总是劝我，"艺术家不是
　　　　战士，弹钢琴的手端不起来复枪"，这个说法也许有
　　　　道理，可对我已经不适用了。什么艺术家不艺术家，
　　　　我首先是一个波兰人，波兰人！我要用我的方式表达
　　　　我的愤怒，我的爱。（呐喊）上帝呀，你还在，你还
　　　　在却不去复仇。或者，或者你就是俄国佬……（对皮
　　　　耶）皮耶先生，我需要您的帮助！
　　　　[皮耶庄重地点头，两人的神情都显得有些悲壮。
　　　　[皮耶转身离去，迎面遇上进来的乔治·桑，皮耶什么
　　　　也没说，只朝她微微点头示意。

乔治·桑　（走向肖邦）你不能这么做，这是很愚蠢的，佛德烈！

[捏着小布袋的肖邦沉默不语。

乔治·桑　你不该说出这样的话，采取这种极端的方法，你忘了自己是谁。

肖　邦　我从来不曾忘记我是谁，也从来不曾忘记我从哪里来。

[“钢琴肖邦”在钢琴前坐下，乔治·桑又极尽温情的揽住他的肩。

乔治·桑　你不能做自己办不到的事，你清楚的，这样的巡回公演，事实上等于是自杀，你的身体状况不允许这样干。我会通知皮耶，告诉他你改变主意了。

肖　邦　（仰天长啸）不——

[“钢琴肖邦”的指尖流出《大波兰舞曲》的旋律。

[“钢琴肖邦”低头弹着钢琴，乔治·桑手上夹着烟，情绪激动地踱步。

乔治·桑　你认为这是动力？佛德烈！真有意义吗？人们也许根本理解不了你的苦心你的仁慈！没有人比我更了解这个冷漠、自私、唯利是图的人类丛林，没有谁能像我一样尝尽了一切痛苦还能在里面生存下去！我理解你对祖国的感情，也同情波兰，对于艺术家来讲这就够了！（歇斯底里）即使你为波兰而死——即使你为波兰而死也改变不了波兰的命运！

肖　邦　（从钢琴旁站起，琴声仍在继续）也许我个人改变不了波兰的命运，但我情愿为波兰而死！我要让整个欧洲从我的琴声听到波兰的声音，从我的指尖感受波兰的力量！我要让全世界知道，波兰可以被打败，但不可以被征服！在波兰以外的地方，我，就是波兰的形象！

[在《大波兰舞曲》的琴声中，舞台上空节奏鲜明、错落有致地吊下一幅幅他在各国不同城市的演奏会海报：维也纳、布达佩斯、罗马、柏林、阿姆斯特丹、斯德哥尔摩、伦敦、巴黎……

[艾士勒和乔治·桑出现在不同位置的追光下。艾士勒老泪纵横，热烈鼓掌。乔治·桑矜持地看着艾士勒，冷眼相向。

艾士勒　好！好！佛德烈！

[暗转。

[灯亮。

[《夜曲》乐声起。

[追光照着躺在大床上的肖邦。

[伊莎贝拉走到肖邦床边，轻轻为他擦汗，肖邦醒了。

肖　邦　我是在家里吗？但愿不是梦。（四下环顾）噢，多么令人愉快的房间，乳白色的墙，光洁的天花板，挂着雪白薄沙窗帘的窗户……宽大的窗台上，倒挂金钟和天竺葵生机勃勃地开着花……许多书架……还有白柱式火炉，天有些冷，里面的松木噼啪作响，发出芳香的热气。

伊莎贝拉　（拭去泪水）妈妈在为大家煮红茶，爸爸为我们读着书中有趣的故事……

肖　邦　还有钢琴……我的钢琴……我听到了琴声，我的灵魂听到了遥远的呼唤……

伊莎贝拉　哥哥——

肖　邦　伊莎贝拉……教授呢？

伊莎贝拉　他出去了。

　肖　邦　法兰兹呢？

伊莎贝拉　在隔壁房间，你的好多朋友都在那里，他们都陪着你，哥哥。

　　　　　　[肖邦微笑，《夜曲》声渐大。

　　　　　　[暗转。

　　　　　　[《夜曲》声中，舞台一隅亮起。

　　　　　　[乔治·桑坐在沙发里看书。

　　　　　　[艾士勒缓缓走近她。

　艾士勒　（对乔治·桑）桑夫人，我想耽误您一会儿。

　　　　　　[乔治·桑冷漠地头也不抬。

乔治·桑　什么事？先生。

　艾士勒　（强忍难过）佛德烈想见您，他……快要死了。

乔治·桑　（抬起头，掩饰着痛苦，冷笑）你满意了？教授先生。这个结果您早该预见到。

　艾士勒　我难过之至，恨不能把自己的生命换给他。

乔治·桑　他是被你们累死，折磨死的。

　艾士勒　刚好相反，是你毁了他，是你用病态的情欲扼杀了他。把他的才华，他的健康在床第（zǐ）间消耗殆尽……

乔治·桑　（厉声）够了！我就像个处女一样和肖邦生活了九年，我对情欲是那样地失望、无药可医。如果这个世界上有哪个女人值得肖邦完全的信任，这个女人就应该是我。可肖邦从来不想理解这一点，或者说根本就不懂……我知道，有不少的人在背后指责我，说我强

烈的情欲，耗尽了肖邦的精力，说我的变化无常导致
了他的绝望。我认为，你应该知道这些议论中有多少
真实的成分。肖邦埋怨我因缺乏温情而伤害了他，等
于置他于死地；但我相信，如果我不这样做，那他一
定早死了……

艾士勒　听上去，你好像是一个高尚的人。可你心里明白，在
很长的时期里，你以爱的名义控制了他，绝对的控
制，结果就是绝对的毁灭。

乔治·桑　绝对控制？那是您狭隘的看法。佛德烈需要这样的
"绝对控制"，如果不这样，他会变得很平庸，像许
多钢琴匠人一样平庸。

艾士勒　到诺昂还不够，还把他弄到西班牙。马略卡岛根本不
适合他的身体，你却一意孤行。

乔治·桑　他在马略卡岛创作了令人确信只有天堂才配拥有的音
乐，（如数家珍）《前奏曲》作品第28号，《两首波
兰舞曲》作品第40号、《F大调叙事曲》《升c小调谐
谑曲》和《玛祖卡舞曲》作品第41号……无疑问，这
些作品在你身边是创作不出来的。难道您没意识到，
您是一个失败者？

艾士勒　在这个特殊的时刻，我原谅你的狂妄和无知。不错，
我个人也许是个失败者，这不足为奇。可我培养出了
成功的学生，成功的的佛德烈，那就是奇迹。成为创
造奇迹的人是我的光荣。

乔治·桑　（歇斯底里）那个奇迹不是你创造的。

　　　　[艾士勒愣住。

乔治·桑　（黯然）当然，也不是我创造的，创造奇迹的人是

肖邦自己。我们只是在适当的时间出现在了他的生命里。

乔治·桑　（喃喃自语）可惜呀，这样伟大的生命，无可替代……

艾士勒　他留下的财富将传递在亿万人的心中……（几近乞求地）夫人，我恳求你去看看他。也许，是最后一次了……

乔治·桑　不，我是不会去的。

艾士勒　你们毕竟相爱过，你诱惑了他却又离开他，这对佛德烈是最沉重的打击，可以说是致命的。他要死了，你难道就不能表现出哪怕一点点的仁慈……

乔治·桑　仁慈？我理解的仁慈与你不同，我和肖邦过去、现在甚至今后都彼此欣赏，彼此相知。你不懂，这和情欲没有关系。你用"诱惑"这个词是对我、包括他的亵渎。放心，他不会怨你没能把我找去，他知道我不会去。

艾士勒　难道就因为他没有听你指挥，就把您伤成这样？您不仅离开了他，甚至不想再见他？哪怕是他临终的愿望。噢，女人啊。

乔治·桑　（对艾士勒）我想，您可以走了。

艾士勒　究竟是怎么回事？

乔治·桑　（苦笑）我从不奢望别人的理解，对于外界，我希望它永远是个谜……

　　[艾士勒双手拿着自己的帽子，还想说什么又说不出来，用求救的目光看着乔治·桑。

　　[主演区光暗。

[聚光灯照亮从病床上起来的肖邦。

肖　邦　　（对观众）他们都是我生命中不可或缺的人，是他们
　　　　　　使我成为波兰的我，巴黎的我，世界的我。我深深的
　　　　　　爱着他们……
　　　　　　[收光。
　　　　　　[暗转。

　　　　　　[马蹄和车轮行进的效果声由远而近，渐停。
　　　　　　[灯亮。
　　　　　　[波兰边境，可见一沙皇俄国的卫兵站岗。木头横杆前
　　　　　　放着张小桌，桌前坐着一海关官员。
　　　　　　[一身素衣裙、容颜哀伤的伊莎贝拉拎着一只小皮箱
　　　　　　上，她径直走到海关官员跟前。

海关官员　　（上下打量）从哪里来？

伊莎贝拉　　巴黎。

海关官员　　你的护照？
　　　　　　[伊莎贝拉递上。

海关官员　　有什么需要申报和说明的吗？

伊莎贝拉　　没有。

海关官员　　（看护照）你知道携带违禁品将会受到惩罚吗？

伊莎贝拉　　知道。

海关官员　　去巴黎干什么？

伊莎贝拉　　看望我的哥哥。

海关官员　　看望哥哥？

伊莎贝拉　　为他送葬。

海关官员　　（稍停顿）就这一件小行李？

202

伊莎贝拉	是的。
海关官员	他没给你留下值钱的东西？珠宝，黄金……
伊莎贝拉	没有。

[海关官员打量着伊莎贝拉放在桌上，双手紧护的小皮箱。

海关官员	（指指箱子）这里面带的什么？

[伊莎贝拉稍停顿，看着海关官员。

海关官员	里头到底是什么？
伊莎贝拉	一颗心脏。
海关官员	心脏！什么心脏？你，你还有心思开玩笑？赶紧走。
	（朝远处）下一个——

[转盘转动，伊莎贝拉拎着小皮箱走着，纱幕落下。

[波兰民歌声轻起。

[拎着小皮箱的伊莎贝拉走到台口，环顾、眺望。

伊莎贝拉	（深情地）哥哥，我们回家了，真的回家了。看啊，你的草地，你的河流，你的高山、森林、你日思夜想的亲人朋友……他们都张开双臂拥抱你呢。清新的空气带着阳光的味道和花的芬芳，你闻到了吗？哦，那边的人家升起了炊烟，一定是母亲在给即将回家的孩子做饭……哥哥，你的心……快乐吗？

[肖邦的母亲及身穿波兰民族服姑娘小伙上场。

[玛祖卡从伊莎贝拉手上接过装有肖邦心脏的小皮箱，缓慢而深情地旋起了舞步。随即又将小皮箱向肖邦母亲奉上，肖邦母亲将其拥入怀中。

[大家深情地簇拥着"肖邦"，唱起了那首熟悉的波兰民歌直到歌声结束。

[灯暗。

[肖邦的钢琴《夜曲》旋律起，灯渐亮。

[空旷的大舞台，孤独的钢琴置于神圣、空灵，大教堂效果的灯光下，随着转盘缓缓转动。

[女生四重唱莫扎特的《安魂曲》替代了《夜曲》。歌声中，大幕徐徐落下。

[肖邦作品的现代摇滚乐声起，在"摇滚肖邦"的乐声中，演员和主创上台谢幕。

剧终

（原载《剧本》月刊2011年第4期）

〔无场次话剧〕

失明的城市

盲流感（《失明的城市》香港演出版）

取材于1998年诺贝尔文学奖获奖者、
葡萄牙作家若泽·萨拉马戈的小说
《失明症漫记》

人　物　（按出场顺序）尼莫，男，第一个失明者，三十八岁。

　　　　索尔玛　尼莫的妻子，三十岁。

　　　　博尔　男，眼科医生，三十六岁。

　　　　琳达　眼科医生的妻子，三十二岁。

　　　　比塔尔　戴墨镜的姑娘，二十三岁。

　　　　萨尔戈　男，偷车人，二十五岁。

　　　　戴黑眼罩的老汉（下称老人）　六十多岁。

　　　　酒店女佣　三十六岁。

　　　　苏珊　眼科诊所女秘书，二十三岁。

　　　　医务官　男，四十多岁。

　　　　药店伙计　男，二十八岁。

　　　　警察　男，二十六岁。

　　　　小男孩　六岁。

　　　　上士　男，二十多岁。

　　　　盲人会计　男，三十多岁。

　　　　盲人歹徒甲、乙、丙，男，二十多岁至三十多岁。

　　　　众男女盲人　年龄参差不一。

　　　　众卫兵

　　　　警察

时　间　当代

场　景　城市

　　　　尼莫家

　　　　眼科诊所

　　　　疯人病院

　　　　废墟

　　　　博尔夫妇家

（为了场景转换更有机，也为了剧情延伸的需要，最好能运用转台，所有的时空距离由转台、灯光、音响衔接）

[黄昏。繁华、喧闹的城市，高楼林立，人群熙攘，霓虹闪烁。

[汽车的刹车声、警笛声、风格各异的乐声，男男女女的交谈声在城市上空形成怪诞的交响。

[十字街头，似乎是塞车了。纷乱的喇叭声大作，以示抗议。

（调动所有的舞台手段，表现"城市"的活力，城市的动感。）

"警察，警察在哪儿？"

"把这堆破铜烂铁挪走！"

[叫骂声此起彼伏——

[舞台渐暗。

["城市的声音"越来越大……

[突然，一个男人绝望地高喊着：我看不见了，我瞎了，我瞎了，上帝呀——

[所有的声音戛然而止，只有一个喇叭长长的呜咽
着——

[舞台沉入黑暗。

[一片静寂。

["啪！！"玻璃器皿落到地上摔碎的声音。

[舞台灯亮。

[尼莫家。

尼　莫　天呐，我把什么打碎了……（他蹲下摸索着，捡起散落
　　　　在地上的鲜花。）花瓶？索尔玛最喜欢的花瓶……（忽
　　　　然失声大叫）啊……

[尼莫痛苦地佝偻着身子，手里的鲜花无序地散落在地
上。他碰碰撞撞地绕过家具，在沙发上坐下。试着用一
只手轻轻触摸另一只手，寻找着插进手里的玻璃。他终
于用中指和拇指的指甲钳出了那块小匕首似的玻璃碎
片，再用手帕把受伤的手指扎紧，沮丧地蜷缩在沙发
上。

[光线渐暗。

[索尔玛上。打开灯，她被家里的局面惊呆了——

索尔玛　上帝，出什么事了？

[她一边嘟囔着一边捡起地上的鲜花，用扫帚把玻璃渣
扫到一起……她发现了沙发里的尼莫。

索尔玛　（恼怒地）你还能睡得着？像没事儿似的。

[尼莫像没听见似的，紧闭双眼，一动不动。

索尔玛　尼莫？！还不起来收拾残局。

[她发现尼莫受伤的手，心软了，立即跪在尼莫身旁，

轻轻解开已经被血渗透的手帕。

索尔玛　噢，究竟发生了什么事？可怜的人。

　　　　　[索尔玛取来小药箱，小心地为尼莫消毒包扎。

索尔玛　天呐，扎得这么深？

　　　　　[尼莫明知自己看不见，还是努力地睁大了眼睛。

索尔玛　（亲昵地）瞌睡虫，你终于醒了。瞧这一地碎玻璃，你都干了些什么呀。

　　　　　[尼莫沉默着。

索尔玛　（一边搽药一边吹伤口）亲爱的，我没弄疼你吧？

尼　莫　我什么都看不见了，失明了。

索尔玛　（看着丈夫的眼睛）瞎胡闹，你没听人家说吗，有的事开玩笑，会变真的。

尼　莫　我真希望这是个玩笑。事实上，我就是失明了，什么也看不见，看不见。

　　　　　[索尔玛望着丈夫，似乎有所感觉，她用手在尼莫眼前晃了晃，尼莫毫无反应。

索尔玛　求求你，尼莫，别吓唬我。看着我，这儿，我在这儿。

尼　莫　我知道你在那儿。灯亮着。我听得见你，摸得着你，我能想象你开灯的样子和发现这个烂摊子时惊异的表情，可我看不见了。

索尔玛　（盯着丈夫，仍不相信地）尼莫——

　　　　　[索尔玛哭着扑进丈夫怀里。

索尔玛　不！这不是真的，不是真的。

　　　　　[尼莫凄然一笑。

尼　莫　（像是说给自己听）我的眼里全是白色。

　　　　　[索尔玛紧紧地拥抱尼莫，温柔地亲吻他的眼睛、前额

和脸颊。

索尔玛　你会看到的，谁也不会一下子失明。一切都会过去，相信我，亲爱的。告诉我是怎么发生的，你有什么感觉，什么时候，在哪儿。哦，不，等等，我们必须先找个眼科大夫咨询一下，你能想起谁来吗？

[尼莫摇头。

索尔玛　就算去医院，大概也不会有治疗急性失明的措施。

尼　莫　你说得对，我们最好直接去看大夫。

[索尔玛站起身，仍然不相信地看着尼莫。

索尔玛　你现在觉得有什么区别吗？

尼　莫　没有。

索尔玛　注意，我要关灯了，告诉我你的感觉。

[索尔玛关灯。

尼　莫　关了吗？我什么感觉都没有。

索尔玛　光感也没有？

尼　莫　没有。我眼前只有一片白色，就好像没有黑夜一样。

[索尔玛翻动着电话本。

索尔玛　找到了，但愿他会给我们看看。（她拨了一个号码）请问是博尔眼科诊所吗？不不，博尔大夫不认识我，没有预约。可是情况非常紧急，是的，我求求您——

[博尔博士的眼科诊所小巧、别致、温馨，灯火通明。从装饰到布置处处体现着有关"眼睛"的主题。
[戴墨镜的姑娘比塔尔、戴黑眼罩的老汉、小男孩母子等五六个人已经在那里候诊。他们有的翻着杂志，有的在观赏金鱼，还有的焦灼不安地来回踱步……

[尼莫坐在椅子上不安地动来动去，索尔玛站在他旁边，不断安抚着他。

[通向诊室的门开了，娇美的女秘书苏珊径直走到尼莫跟前。

苏　珊　尼莫先生，请跟我来。

[尼莫夫妇跟在苏珊后面向诊室走去。其他的病人骚动起来。

小男孩的母亲　这不公平，他们刚来就进去了。我们是头一个，都等了一个多小时了。

[其他病人也表示出不满的情绪。

苏　珊　（对病人们莞尔一笑，指戴黑眼罩的老人）这位先生是来预约白内障手术，（指戴墨镜的小姐）小姐为治结膜炎而来，（指斜眼小孩）孩子做眼球矫正……（指尼莫）可是这位先生失明了，情况危急，需要立即就诊，请各位谅解。

[苏珊说完，带着尼莫夫妇进了诊室。

戴黑眼罩的老人　让他去吧，看不见，多可怜呐，比我们的情况都严重。

比塔尔　再说，要是惹得大夫不高兴，对大家都没有好处。

[诊室。

[博尔医生扶着尼莫坐下，轻轻拍拍他的肩，以示抚慰。

索尔玛　博尔大夫，非常感谢您的善心，我的丈夫（哽咽）……

博　尔　夫人，我非常理解您的心情，（对苏珊）请给这位女士
　　　　一杯水。

　　　　（对尼莫）尼莫先生，讲讲您的情况吧。

尼　莫　当时，也就是一个小时前，我正在汽车里等红灯变绿，
　　　　突然就看不见了，因为我的原因，塞车了，交通秩序大
　　　　乱。一些人争相帮助我，后来一个男人送我回的家。

索尔玛　（欲说偷车事）那个男人用甜言蜜语……

尼　莫　（打断索尔玛）没有那个男人，我寸步难行。

索尔玛　（讥讽地）你还觉得自己遇到了好人？

尼　莫　至少他帮助了我。

索尔玛　他是帮助了你，可我们付出了汽车的代价，他偷走了我
　　　　们的车。

博　尔　安静，请安静。（用手在尼莫眼前晃了晃）有光感吗？

尼　莫　（摇头）我的眼里完全是白的。

博　尔　这种情况以前有没有发生过？

尼　莫　从来没有，我甚至从来没有戴过眼镜。

博　尔　您刚才说是突然发生的？

尼　莫　是的，大夫。

博　尔　像灯光灭了？

尼　莫　更像灯光亮了。

博　尔　最近您感到视力有什么变化？

尼　莫　没有。

博　尔　现在或过去您的家族有失明的病例吗？

尼　莫　（摇头，肯定地）我认识和听说的亲戚中一个也没有。

博　尔　您有没有糖尿病？

尼　莫　从来没有。

博　尔　高血压和颅脑病呢？

尼　莫　我不懂颅脑病是什么，只知道没得过其他病，公司为我
　　　　们做过体检。

博　尔　头部受过猛烈撞击吗？我是指今天和昨天。

尼　莫　没有，博尔先生。

博　尔　年龄？

尼　莫　38岁。

　　　　[博尔扶着尼莫坐到一台仪器设备后面，示意他将下巴
　　　　放在设备的某处。

博　尔　睁着眼睛，不要动。

　　　　[索尔玛走到尼莫身后，把手放在他肩上。

索尔玛　不要担心，一切都会解决的。

　　　　[天幕上出现一只放大的眼睛，很快，光聚焦在角膜
　　　　上，以眼底镜的介入模式直视眼底。（强调天幕上眼底
　　　　光的变化）索尔玛走到台前，焦虑地踱步。

博　尔　（观察着仪器设备）角膜没发现异常；巩膜没发现异
　　　　常；虹膜没有异常；视网膜没有异常；水晶体没有异
　　　　常；没有黄斑异常；视神经没有异常；没有任何部位发
　　　　现异常。

　　　　[站在台前的索尔玛重复着大夫报告的结果，不断做着
　　　　祷告的动作。

　　　　[博尔离开仪器，揉揉眼睛，满脸迷惑。

索尔玛　（急切地迎上）那究竟是什么问题？博尔大夫……

　　　　[博尔一言不发，用手势阻止她靠近。自己回到仪器
　　　　前，很快又检查了一遍。

　　　　[台上一片寂静。

博　尔　（冷静地）尼莫先生，您的眼睛完全正常。

索尔玛　（激动地双手合十）我早就说过，早就说过不会有事
　　　　儿的。

尼　莫　（镇静地）博尔先生，我可以起来了吗？

博　尔　当然。

尼　莫　对不起，如果我的眼睛像您说的完全正常，那我为什么
　　　　还看不见呢？

博　尔　暂时我还说不清，必须做更细致的检查分析，像回声试
　　　　验、脑电图什么的。

尼　莫　您认为它们与大脑有关系吗？

博　尔　只是一种可能性。

尼　莫　可是听您说我的眼睛没有任何毛病。

博　尔　是这样。

尼　莫　我不明白。

博　尔　我的意思是，如果先生确实失明，那么您的失明症现在
　　　　还无法解释。

尼　莫　您怀疑我失明吗？

博　尔　还不能下这个结论。你现在是失明状态，可眼睛又查不
　　　　出毛病，情况太罕见了。就我本人来说，在整个医生生
　　　　涯中都没有遇到过，我甚至可以断言，在整个眼科医学
　　　　史上都没有出现过。

　　　　[短暂沉默。

索尔玛　（对博尔）您认为我丈夫……还能治好吗？

博　尔　从原则上来说，因为没有发现任何类型的先天性恶变，
　　　　所以我的回答应该是肯定的。

尼　莫　可是看来并不如此。

博　尔　只是出于职业的谨慎，另外，我不想让您产生以后证明没有根据的希望。

尼　莫　我明白。

博　尔　这就好。

索尔玛　我丈夫应该接受什么治疗，服药还是打针？

博　尔　（摇头）暂时我不开任何药，如果开的话也是瞎开。

尼　莫　（无奈地）"瞎开"，这个词用得很恰当。

　　　　[博尔在处方纸上快速写画完后，一并递给索尔玛。

博　尔　太太，检查结果出来后请和您丈夫再来一趟。如果他的病情有什么变化，请打电话告诉我。

索尔玛　（紧张地）变化？还会怎么变！

博　尔　（幽默地）当然有变化的可能，比如忽然恢复视力了，好了。（看了看尼莫，鼓励地）祝您好运，有上帝保佑。

索尔玛　谢谢大夫，谢谢。

尼　莫　索尔玛，我们走吧。

　　　　[尼莫夫妇离去。

博　尔　（陷入沉思）这究竟是怎么回事？！

　　　　[转场。

　　　　[交通台播音员柔美亲切的声音弥漫空中：女士们先生们，这里是调频86.5兆赫，凯熙为你播报气象台发布的本市未来24小时的天气预报，今天白天晴，能见度好，最高温度21摄氏度，污染指数0……

　　　　[早晨，博尔家的书房。

[铺天盖地的各种资料，电脑开着。

[仍穿着睡袍的博尔正在打电话。

博　尔　……是啊，我也想到过全盲的可能性，但你该记得我前面说的，白色失明，与全盲恰恰相反，全盲即黑蒙，是完全的黑暗，除非存在一种白色黑蒙……随便说说，即白的黑色，对，我知道，从来没见过……

[话未说完的博尔突然僵住不动了，电话里不断传出对方"喂——喂——"的呼叫。

[身着睡衣的琳达上，她端着一杯牛奶走向丈夫。

琳　达　亲爱的，你的牛奶还没喝，我给你加热了。

博　尔　琳达……我……我怎么了？

琳　达　（不解地）你怎么了？你挺好呀。

博　尔　我看不见了，什么也看不见……

琳　达　什么，你说什么？

博　尔　是他，一定是他……我一定是被昨天那个病人传染了。

[博尔张开手臂希望得到妻子的帮助。

博　尔　（强调）我看不见了，症状和那个病人一样，满眼都是白色……

[琳达放下牛奶，扑进丈夫怀里。

琳　达　（哭了）怎么可能……这是怎么回事……现在我们该怎么办？我该怎么办？

博　尔　（镇定地嘱咐妻子）通知卫生当局，通知卫生部，十万火急，这么快就传染了，如果确实是传染，必须立即采取措施。

琳　达　可是，传染性失明症，这种事人们从来没有听说过，更没见过。

博　尔　人们也没有见过无缘无故失明的，而到此刻为止至少已
　　　　经有两个……

[博尔突然意识到什么，他近乎粗暴地将妻子推开，自己也下意识地后退了一步。

博　尔　不要靠近我，会传染的。（用拳头捶着自己的头）愚蠢
　　　　啊，我，怎么会没有想到呢？一整夜在一起，太蠢了，
　　　　白痴！我应该留在书房里，关上门……

琳　达　（逐渐镇定）你不要这样说，要出事躲是躲不开的。
　　　　来，跟我来，先把牛奶喝了。

[博尔甩开琳达的手。

博　尔　走开，别碰我。

[琳达索性紧紧抓住丈夫。

博　尔　放开我！

琳　达　我不能放开你，不能。

博　尔　会传染的。

琳　达　你想怎么办？跌跌撞撞地走来走去，碰到家具上，找电
　　　　话，就是找到电话本也看不见需要的号码。而让我钻到
　　　　防传染病的玻璃罩里看你的笑话吗？

博　尔　（意识到事情的严重性）：电话，快给我电话。必须通
　　　　过医务官向政府报告疫情。（琳达将话筒递给丈夫，为
　　　　其拨通了电话）

[医务官手持电话走上舞台，表情自负而傲慢。

医务官　先生自称是医生，如果非要让我相信你，那好，我相
　　　　信。我也要听上司的命令，要么你说清楚是怎么回事，
　　　　要么我不予报告。

博　尔　是秘密问题。

医务官　秘密问题不能通过电话处理，最好你亲自来一趟。

博　尔　我无法出门。

医务官　（坏笑）这么说你病了？

博　尔　（稍稍犹豫了一下）是的，我病了。

医务官　（玩儿幽默）既然如此，你应当请一位医生去，一位真正的医生。

博　尔　你……

[医务官挂断了电话，扬长而去。

琳　达　（气愤地）太粗暴无理了。

博　尔　（凄然地）也许，人都是由这种混合物组成的，一半是冷漠无情，一半是卑鄙邪恶。

琳　达　现在怎么办呢？

博　尔　继续打电话，给眼科中心的医疗部主任谈，医生对医生，中间不隔着一层官僚，由他负责让该诅咒的官方齿轮运转起来。

[医疗部主任（下简称"主任"）拿着电话出现。

主　任　（吃惊地）这么说你真的失明了？

博　尔　完全失明了。

主　任　不过也可能是巧合，实际上并非是准确意义上的传染。

博　尔　我同意，还没有证实确有传染性，但现在的情况不是我和他分别在自己家里失明，我们见过面。他失明了，来到我们诊所，我几小时以后也失明了。

主　任　我们怎样才能找到那个人呢？

219

博　尔　诊所里有他的姓名地址。

主　任　我立即派人去。

博　尔　派一位医生。

主　任　对，必需是医生，我们的同事。

博　尔　您不认为我们应当把正在发生的情况向卫生部报告吗？

主　任　这……我觉得暂时条件还不成熟，你想想，这样的消息
　　　　会在公众中造成多大的恐慌。失明症是不传染的呀！别
　　　　说是医生，谁都知道。真是匪夷所思。

博　尔　在这个世界上，什么都有可能发生。死亡也不传染，但
　　　　我们所有人都会死。

主　任　（笑）你真幽默，让我无法将你与刚刚失明的事联系起
　　　　来。好吧，你在家里等着，这事由我来处理。我会派人
　　　　去接你，我想，有必要立即为你做检查。

博　尔　是需要进一步检查，不过，我就是因为给一位失明症患
　　　　者做了检查而失明的。

主　任　还不能肯定。

博　尔　基本可以肯定，至少是相当可靠的因果关系。

主　任　现在下结论还为时过早，两个孤立的病例在统计学上没
　　　　有意义。

博　尔　虽然没有统计学意义，但有现实意义。

主　任　作为医生，我理解你。但我们更要防止以后可能被证
　　　　明，这是被毫无根据的悲观情绪所左右……

博　尔　主任，我保留意见，谢谢。

主　任　我会再和你谈。再见！

博　尔　再见。

　　　　[博尔失落地呆在原地，琳达走到丈夫身边，理解地将

博尔的头搂在自己怀里摩挲着。

[灯暗。

[电话铃此起彼伏。

[纷杂混乱但能听得清的声音：

——我们这里有个小男孩突然失明，说眼前一片白色。

——警察得到消息，有两个人在街上突然失明。

——卫生部想知道头一天去你诊所看病的都是什么人。

——博尔眼科诊所有他们的全部资料。

——下午好，我是部长。我代表政府感谢你的热心帮
助。我相信，由于你及时提供的情况，我们正在采取措
施，请你务必留在家里。

——好，部长先生……

——（挂断电话的声音，继而是忙音）

[灯亮。

[博尔夫妇卧室。

[博尔刚刚接完电话。

琳　达　哪里来的电话？

博　尔　卫生部，半小时内救护车来接我。

琳　达　他们要把你送到哪儿去？

博　尔　接病人嘛，当然是医院了。

琳　达　我去给你准备箱子。

博　尔　又不是去旅行。

　　　　[琳达小心地扶博尔靠到床上。

琳　达　你再休息一会儿，其他事我来管。

[琳达收拾箱子。

博　尔　亲爱的，你能不能弄出点响声来，让我想象你忙碌的样子。

[琳达照办了。

博　尔　不知道我们要分离多长时间？

琳　达　你不用担心。

[琳达将收拾好的箱子放在门边，走过去拉着丈夫的手。

博　尔　（强打笑容）是去住院，又不是进监狱。

琳　达　我心里老不塌实，像是要出事似的。

[门边，大楼内部对讲机的铃声响了，琳达接听。

琳　达　是的……明白……他马上下去。（对博尔）亲爱的，他们来了，得到明确命令不准上楼，在楼下等着。

博　尔　说明了情况的严重性……（微笑着）我做了一个医生应该做的，很欣慰。亲爱的，我走了，等我的消息。

琳　达　（拎起箱子挽着博尔）走。

博　尔　（无可奈何地）真讽刺，治眼睛的大夫自己首先看不见了。

琳　达　（恳求）把我也带走吧。

博　尔　怎么可能，我是去医院。

琳　达　（挽住丈夫）那我才更该跟你去。

博　尔　（站住）琳达，这不是闹着玩儿的事……

琳　达　（灵机一动，提高嗓音）博尔，我失明了。

博　尔　（惊恐地）琳达……

[暗转。

["城市" 在暗夜里缓缓空转着。

[交通台播音员柔美亲切的声音弥漫空中：——女士们先生们，这里是调频86.5兆赫，凯熙为你播报气象台发布的本市未来24小时的天气预报，今天晚上晴，能见度好，最低温度16摄氏度，污染指数0……

[焊接声，敲打声，金属碰撞声，开门关门声，打击乐声交织在一起，造成忙碌而压抑的效果。

[灯渐亮。

[疯人院。

[舞台空无一人，有如 "天罗地网"，堵塞而压抑。

[仓储似的大房子，巨大的门，横七竖八的钢铁栅栏，用以引路的绳子，涂料开始剥落的门柱，排放着的旧床，灰色的被子、床单、毯子，满目狼藉。

[扩音器里传出响亮而生硬的声音：注意，注意，政府为不得不强行行使自己的权利、履行自己的义务感到遗憾，此举是为了在我们正经历的危机中以各种手段保护公众，因为似乎正在发生一场类似失明症的瘟疫，我们暂且称之为白色眼疾，鉴于它可能是一种传染病，鉴于我们遇到的不仅仅是一系列无法解释的巧合，为了制止传染蔓延，政府希望所有公民表现出爱国之心，与政府配合，抛弃一切个人考虑，把被隔离作为支援全国其他人的行动。我们要求大家注意以下几点：1. 电灯一直开着，任何想按开关的企图都无济于事，因为开关不起作用。2. 在未经同意的情况下离开所在的建筑物意味着立即被打死。3. 每个宿舍有一部电话，只用于向外面要求

补充卫生和清洁用品。4. 建议每个宿舍选举其负责人。5. 每天三次把饭盒送到门口放在门的左右两边，分别给患者和疑似感染者。6. 所有剩余物品统统焚烧，焚烧应在天井或围栅旁进行。7. 焚烧产生的不良后果由住宿者承担责任。8. 如发生火灾，无论什么原因，消防人员皆不来救。9. 若内部出现疾病或出现骚乱斗殴，住宿者不应指望外边任何介入。10. 如若有人死亡，不论死因，均由住宿者在围栅旁深埋，不举行任何仪式。11. 疑似患者一旦失明，必须自觉转移到失明者所在的那排房子里去。12. 本通告将在每天不同的时间里播放。

["训令"为本场戏的"背景音乐"，反复不断，根据剧情需要调节音量。

（发生在疯人院的戏，请注意场景随着场次的需要变换角度。）

[博尔沿着门边、墙脚试探着走进空荡荡的房子，摸索着在一张床边坐下。

博　尔　琳达，琳达——

[琳达四下打量着，听见丈夫找自己，她三步并作两步来到博尔身边。

琳　达　亲爱的，我来了。你想象得出我们被带到什么地方来了吗？

博　尔　总不至于是监狱吧……我想象不出来。

琳　达　（环顾四周，尽量让自己的情绪平和，缓缓地）看上去很像监狱……

博　尔　（惊讶地）"看上去"？亲爱的，你没有失明？

琳　达　（轻声地）是的，我没有失明。

225

博　尔　那你何苦……

琳　达　（打断）还记得我们在教堂举行婚礼时彼此承诺的"我愿意"吗？

博　尔　（坚决地）不行，我要请求他们把你送回家，告诉他们你说了假话，为了和我在一起而欺骗了他们。我不能让你留在这里。
　　　　[琳达一边查看着环境，一边应答着丈夫的话。

琳　达　没有用，他们听不见你说话，即便听到了也不会理你。

博　尔　可你是看得见的呀！

琳　达　暂时看得见，说不定哪一天我也会失明，也许就在一分钟之内，完全有可能。

博　尔　你走吧，回家去，求求你了。

琳　达　（温情地吻了吻博尔）刚才你听见广播了，士兵们不会让我迈下台阶一步的。

博　尔　（意识到问题所在，无奈地）我无法强迫你，我……什么也看不见。

琳　达　是啊，亲爱的，你需要我。在我没有失明以前，我是你的眼睛、思想和腿。这里的条件很糟糕，还不知道下面会怎样。我留下来能帮助你，帮助以后进来的其他人。

博　尔　（敏感地）其他人，什么其他人？

琳　达　如果是瘟疫，难道不会有其他人染上？

博　尔　（意识到什么）真要命！简直是我们眼科界的耻辱。

琳　达　更要命的是我们住进了精神病院，那所著名的、早已废弃了的疯人院，（冷笑着四下环顾）真是派上用场了。

博　尔　（五雷轰顶）你说什么，精神病院？上帝呀！他们要干什么？（似自言自语）难以置信，怎么会把眼疾患者送入疯人院？

琳　达　　（扳过丈夫的双肩）听我说，博尔，不能告诉任何人我
　　　　　　看得见。

博　尔　　琳达，你还是回去吧！

琳　达　　（在丈夫耳边一字一顿地）上帝告诉我，我必须留下。

　　　　　[外边传来零乱的脚步声，孩子的哭声和士兵的吆喝
　　　　　声。

　　　　　"快进去，快！拉着绳子！"

　　　　　"妈妈——我要妈妈——"

　　　　　"凭什么打人！"

　　　　　"打你了，你能怎么样？臭瞎驴。"

　　　　　[一群人进了博尔夫妇所在的房子，他们一个个跌跌撞
　　　　　撞，手在空中摸索着，触探着。

　　　　　[小男孩不停地哭着，戴墨镜的比塔尔在安慰他。

琳　达　　（轻声对博尔）来了一些失明的人。一个女人，两个男
　　　　　　人，还有一个小男孩。

博　尔　　孩子也没能幸免。

琳　达　　是的。（观察着来者）那个女人戴着墨镜，长得挺漂
　　　　　　亮，身材不错。

博　尔　　也许是他们，那些在我的诊所遇到过第一个失明者的
　　　　　　人。这么说被传染的不仅是我，还有他们，继而还会有
　　　　　　他们的他们，真是太可怕了……

琳　达　　嘘——小点声。

博　尔　　（肯定地）瘟疫，毫无疑问是瘟疫。我得向卫生部陈述
　　　　　　我的观点，给政府提供资讯。

琳　达　　（压低声音）暂时把医生的职业感放一放吧，别忘了，

你是被政府隔离的病人。

[几个刚进来的人折腾一阵后，终于为自己找到了铺位。除了比塔尔在安慰小男孩外，另外两个男人坐、靠在床上，一声不吭。

[寂静。

琳　达　（大声地）我们这里是两个人，我和我丈夫。

博　尔　（补充）琳达和博尔。你们呢，几个人？

[刚来的几个人对突如其来的声音表现出不同反应。

比塔尔　我想我们一共是四个人，这里有我和这个小男孩，我叫比塔尔。

琳　达　还有谁？其他人为什么不说话呀。

尼　莫　（嘟囔）我叫尼莫。

萨尔戈　（不快地）萨尔戈。

[尼莫和萨尔戈的床正好相邻，他俩就像有感应，皱着眉头伸长脖子嗅着对方的气息。

琳　达　（凑近博尔）那两个男人之间好像有什么事情。

小男孩　我要妈妈。

[比塔尔揽着孩子的头，无言地抚慰着。

[广播里的"训令"声犹如背景音响，时小时大。

博　尔　听，命令说得很清楚，我们被隔离了。在发现治疗这种病的药物之前没有离开的希望了。

比塔尔　我熟悉您的声音。

博　尔　我是博尔医生，眼科医生。

比塔尔　果真是您？博尔大夫。昨天我请您看过病，听得出您的声音。还记得我吗？戴墨镜的姑娘。

博　尔　您好像患了结膜炎，好些了吗？

228

比塔尔　嗨，既然已经失明，结膜炎也就无关紧要了。

博　尔　您和儿子在一起？

比塔尔　不，不是我的儿子，我没有孩子。

博　尔　（追忆着）昨天我还为一个斜视的小男孩做过检查，是你吗？孩子。

小男孩　（嘟囔地）是我，大夫。

博　尔　还有我认识的人没有？昨天由妻子陪着到我诊所去的先生在这儿吗？他是在汽车里突然失明的。

尼　莫　（沮丧地）我在这儿。

琳　达　听声音还有位先生，请说一说你是谁？既然大家得在这儿一起生活，并且不知道要持续多久，我们有必要相互认识。

萨尔戈　（尽量少说话，以掩饰自己的声音）对对。

博　尔　这位的声音不熟，不会是那位上了年纪的白内障患者吧？

萨尔戈　不是，我不是他。

博　尔　（职业习惯）您是怎么失明的？

萨尔戈　（犹豫着）我……在，在街上。

博　尔　请说详细点。

萨尔戈　（回避）没有什么可详细的，在街上走着走着就瞎了。

博　尔　（急迫地）请不要误会，我是医生，出于职业的原因，我有义务对这个一无所知的病做有限的调查分析。

　　　　[也许是受了刺激，萨尔戈跳了起来，手指向尼莫，但却指偏了，指向了床头柜。

萨尔戈　（气势汹汹）我们的不幸全怪这个家伙。

博　尔　怎么回事儿？这位先生，请冷静些。

萨尔戈　我无法冷静。要是我心眼不那么好，要是我没有帮助他回家，我这双宝贵的眼睛还好着呢。我这么年轻，有很多事情要做……

博　尔　停停，你说谁？你送谁回家？

尼　莫　（站了起来）哦，果真是你？好心人，我该怎么谢谢你呢！（话锋一转）不错，你是把我送回家了，但后来呢？（咬牙切齿地）你利用我当时的处境偷走了我的车，趁人之危，你还好意思。

萨尔戈　胡说！你这是诬陷，我什么也没有偷。

尼　莫　偷了，先生，你偷了。我正愁不知到哪儿找你呢！

萨尔戈　你，有什么证据？拿出来看看。就算你的车真丢了，凭什么说是我偷的，我好心帮助你，得到的报答却是失明了，瞎了。还外加诬陷，这公平吗？

尼　莫　你帮我？（冷笑）黄鼠狼给鸡拜年吧！

博　尔　争吵解决不了问题，不要忘了，我们还要在这里一起生活呢。

尼　莫　（抓起身边的箱子）我到别的病房去，绝不和这种人渣一起生活。他竟然偷一个双目失明的人的汽车，太卑鄙了，还说什么因为我他才瞎的。他瞎了，活该。至少说明这个世界还有公理！

[尼莫扶着床往前走。

尼　莫　（大声地）谁知道那些病房在哪儿？

萨尔戈　不准走，这口恶气我非出不可。

[萨尔戈凭声音朝尼莫扑来，两人扭打成一团，在地上滚来滚去，不时撞在其他人的腿上。

小男孩　（吓哭了）妈妈——

[琳达拉着丈夫靠近两个男人，她把着博尔拽住其中一个，自己拽一个，把他们扯开了。

琳　达　　住手！失明对于你们还不够啊，难道你们想把这儿变成地狱，都克制一点儿好不好。

尼　莫　　（不理会琳达，继续自己的气愤）小子，还我汽车！如果你以为我会善罢甘休，那是大错特错。

萨尔戈　　（毫不示弱）就算汽车是我偷的，可你偷了我的眼睛，想想，我们中谁是更可恶的贼？

尼　莫　　强盗逻辑！这根本就不能同日而语。

比塔尔　　（冷静地）先生们，你们还嫌不够烦吗。

博　尔　　我们都失明了，应该同病相怜，不要互相抱怨。想去其他房间的先生，你还去吗？我妻子可以……（琳达赶紧拉了拉他的手，博尔也意识到了，立即修正）我妻子辨别方向的能力比我强。

尼　莫　　我为什么要走，要走也应该是他走。哼，我改变主意了，就留在这里。

萨尔戈　　（讥讽地）我可没有要离开的意思，有人表了态就应该走呀，据我所知，有的是空房子，里面没有妖魔鬼怪。

博　尔　　（忍无可忍）小伙子，你难道不能少说几句！

萨尔戈　　（反唇相讥）博士先生，请您弄清楚，在这里人人平等，别想对谁发号施令。

博　尔　　我没有发号施令的意思，只想说，让别人安静一会儿吧。

萨尔戈　　行啊，行。不过让他小心点，要是给我找麻烦，我可不是好惹的。

[萨尔戈摸到床边，把箱子推到床下。

萨尔戈　　（宣布似的）我要睡觉了！（按常规地）护士，护
　　　　　士——

博　尔　　（打断）女士们先生们，有一件事我们必须清楚，那就
　　　　　是不会有任何人来帮助我们。

比塔尔　　为什么，我们不是病人吗？我们不是被隔离住院吗？难
　　　　　道医生护士也不帮我们，谁来给我们治病？

博　尔　　是啊，本来我们理应得到帮助，但实际情况不是这样
　　　　　的。

比塔尔　　大夫，我不明白您说的意思。

博　尔　　很简单，我们遇上了政府也觉得棘手的麻烦。

比塔尔　　我们得的是不治之症？那怎么办。

琳　达　　我认为我们要有心理准备，最好现在就组织起来。估计
　　　　　过不了多久，这些房子就会住满人。

比塔尔　　（紧张地）天呐……

小男孩　　（四下"顾盼"，害怕地）妈妈——

比塔尔　　（对小男孩）小弟弟，来，靠在床上休息。养好了病你
　　　　　妈妈就会来接你，不用怕。

小男孩　　我想撒尿。

　　　　　[大家似乎都想起了这件事。

萨尔戈　　（翻身坐起）还真是的，在这所房子里往哪儿撒尿呀？
　　　　　他妈的，也没人来照个面，给我们交代一下方方面面的
　　　　　事。

比塔尔　　把嘴放干净点儿，这里有孩子。

尼　莫　　（在床底下摸了一阵）男女不分也就罢了，反正看不
　　　　　见。便盆也没有，让我们这些瞎子怎么方便呀？

琳　达　　也许我能找到厕所，记得好像闻到过气味。

232

比塔尔　　我跟您一起去。

　　　　　[比塔尔摸索着拉住小男孩。

萨尔戈　　我也胀了，正好。

博　　尔　我看还是大家一起去，那样我们需要的时候就找得到
　　　　　了。

萨尔戈　　（嘲弄地）这个时候了，您还对老婆放心不下？撒个尿
　　　　　嘛，又都是瞎子，没人会和她（做动作）"那个"的。
　　　　　[琳达走上前狠狠给了萨尔戈一个大嘴巴，响声把大家
　　　　　都镇住了。因为用力过大，琳达的手痛得直甩，差点儿
　　　　　叫出声来。

萨尔戈　　谁，谁敢打我？

　　　　　[大家都开怀大笑。

博　　尔　来，我们排成一队，每一个人都把手搭在前边人的肩
　　　　　上，这样我们不会有走散和撞着的危险。
　　　　　[为了排队，又乱了一阵子，不是这个撞了那个，就是
　　　　　站反了方向，好不容易按博尔的意思站好了。琳达不作
　　　　　声地站到了最前面。
　　　　　[队伍绕过铁床，绕过廊柱，行进得非常慢，好像人人
　　　　　都对带路人缺乏信任。个个都腾出一只手在空中胡乱摸
　　　　　索，仿佛想找到支撑物。
　　　　　[萨尔戈的手趁机径直往前伸，毫不客气地摸起比塔尔
　　　　　的乳房来。比塔尔抬起一条腿往后使劲一蹬（动作要
　　　　　大）——

萨尔戈　　（本能地捂住大腿，号叫）啊……

　　　　　[灯暗。

[疯人院。景同前场。一盏昏暗的小灯吊在高高的屋顶。

[半夜，被隔离的人们都在沉睡，鼾声此起彼伏。

[琳达悄无声响地坐了起来。

琳　达　（轻声地）天要亮了，感谢上帝，我还能……

[比塔尔翻了一个身。

[琳达警觉的捂住嘴。

[萨尔戈在睡梦中呻吟。

琳　达　他的伤口发炎了，我们没有任何东西为他治疗，什么也没有。任何小小的事故都可能酿成悲剧。

[琳达下床飞快地走到萨戈尔床前，她撩开萨戈尔的毯子，吃惊地倒抽一口气。

琳　达　绷带松开了，伤口发黑，肿得这么厉害。

[摸了摸萨尔戈的前额。

琳　达　额头这么烫。（小声地）嗨，小伙子，你觉得怎么样？

萨尔戈　（继续呻吟）难受，痛……

琳　达　（不经意地）那一脚会蹭得这么严重？

萨戈尔　（似乎意识到什么）不怪那一脚……他们把我推倒在车里，因为看不见，被坏椅子的铁棍戳破了……

琳　达　（摇头）怎么能这样啊。

[琳达回到自己铺位上，没有躺下。她望着灰色毯子下那些模糊的人影，望着尚空着的床铺悄悄祈祷。

琳　达　上帝……

[外面喧闹起来。有人在哭泣，关门的声音，有人摔倒的声音，还有激烈的吵闹声。

"滚过去，滚过去，离开这里。"

"滚，不能留在这里，必须服从命令。"

[琳达房间的人都醒了，他们有的坐在床上，有的朝着声音的方向"了望"。

博　尔　听上去有好多人。

尼　莫　都是和咱一样的病？没想到失明也传染，过去听都没听说过。（叹气）这病真的无法控制了？政府到底有没有措施呀。

[有人进来了，摸索着找地方。

博　尔　不要着急，都会有住的。我们这里有六个人，你们有多少人？

警　察　不知道，隔壁病房都已经满了，我就顺着墙摸过来了。

琳　达　刚来的人出个声儿不就明白了吗？

博　尔　报个数吧。

[来的人报到四。

警　察　我是警察。

药店伙计　药店伙计。

酒店女佣　酒店女佣。

索尔玛　我是办公室雇员。

尼　莫　（失声喊起来）……索尔玛，索尔玛……你终于也失明了？（对大家）她是我老婆。你在哪儿？告诉我你在哪儿？索尔玛——

索尔玛　（哭了）尼莫，是你吗？尼莫，我在这儿。

[所有的人表情复杂，听这对亲人团聚。

[索尔玛颤颤巍巍穿行在床的夹道中，眼睛瞪得大大的。尼莫则比较适应了，他伸着手臂朝妻子走去。

[尼莫的手碰到了索尔玛的手，两个人立即拥抱在一起。

[琳达靠着博尔也哭了。

琳　达　我们多么不幸呀，怎么会有这种事……

小男孩　（大声地）我妈妈也来了吗？妈妈——

比塔尔　如果她失明了，她会来的，一定会来的。

小男孩　要是她不失明呢？

博　尔　不失明，等你眼睛好了她就会来接你。

小男孩　（笑了）我想快点好。

比塔尔　我们都想快点好起来。

尼　莫　（对索尔玛）索尔玛，偷我们车的那个人就在我们中间。事情就这么巧，但那个可怜虫已经受伤了，伤势不轻。

索尔玛　想不到我诅咒她的话这么快就应验了，我说他也会瞎了眼。

尼　莫　可不是吗，上帝惩罚他了。

[扩音器传出生冷的声音：注意，注意，饭和卫生用品已经放在门口，大家以宿舍为单位去拿。

博　尔　谁和我去？

琳　达　我！

比塔尔　我也算一个。

[琳达、比塔尔搀着博尔往外走。

警　察　领头的这个男人是谁？

尼　莫　是位眼科大夫，医学博士。

警　察　（奚落的）眼科大夫？这么巧，让我们碰上一位一点儿用都没有的医生。讽刺，真是讽刺呀。

236

尼　莫　　（反唇相讥）医生又不是神，人类具有的疾病，照样
　　　　　会在他们身上发生。看来你的心理承受力挺强，都这
　　　　　样了还能如此刻薄。老兄，还是悠着点吧。

警　察　　你，你狗咬耗子多管闲事。

　　　　　[外面传来卫兵的警告声，将房子里人的注意力引了过
　　　　　去。

　　　　　"站住，向后转，往回走，我已得到可以开枪的命
　　　　　令。"

　　　　　"上士先生，我们不是故意要犯规，有人的腿受伤感
　　　　　染了，不治疗会出大事，需要抗菌素和其他药。"

　　　　　"除了食品，其他一律不考虑，这是命令。你立即和
　　　　　那两个女人退回到你来的地方，要么挨子弹。"

警　察　　噢，究竟发生了什么。

　　　　　[博尔夫妇及比塔尔捧着食品回来了，他们立即给大家
　　　　　分发。

药店伙计　（摸着食品）就这么点儿？

比塔尔　　食品只发了五个人的。

药店伙计　为什么呀，我们这么多人。

　　　　　[警察上床半躺着；药店伙计扳着指头算计着什么；酒
　　　　　店女佣慢条斯理地吃着。

警　察　　唉，也许是我过去招惹的人太多，才导致了这天大的
　　　　　不幸。可我是为政府打工，社会需要警察啊。

索尔玛　　可不是吗？要是眼睛看得见，这间房子里就有需要您
　　　　　管的事。

警　察　　什么事？

琳　达　　（岔开）现在是非常时期，什么事不事的。

尼　莫　（担心地）乱套啦。索尔玛，走，我带你去熟悉一下
　　　　　环境。

　　　　　[尼莫夫妇走了。

警　察　郁闷，郁闷，度日如年啊。

琳　达　多干些公益活儿，日子就好打发了。

酒店女佣　博士，博士在吗？

博　尔　什么事？

酒店女佣　您认为我们会在这里待多久？

博　尔　至少要到我们看得到的时候。

药店伙计　关键是没有治疗啊，鬼知道什么时候才能看见。

博　尔　坦率地说，我认为没人知道。

酒店女佣　（不解地）是暂时的呢，还是永远的。

博　尔　（无可奈何地笑笑）要是我知道就好了。

酒店女佣　真受不了，没法洗澡，吃不饱，厕所臭气熏天……
　　　　　（叹了口气）我还想知道那个姑娘后来怎么样了。

药店伙计　什么姑娘？

酒店女佣　酒店里那个，印象太深了。她像刚刚来到这个世界的
　　　　　时候一样，一丝不挂，站在房间中央，只戴着一副墨
　　　　　镜。她大声喊叫，说她瞎了。我肯定，是她把这瞎眼
　　　　　病传染给我的。
　　　　　[一直待在自己床边的比塔尔下意识地慢慢摘下墨镜，
　　　　　把它塞到枕头下面，又拿出眼药水，给自己点了几
　　　　　滴。这一切，琳达看在眼里。

　　　　　[萨尔戈在昏睡中呻吟着。
　　　　　[琳达搀着博尔到萨尔戈的床边“查看”他的伤。

238

博　尔　（嗅嗅）这么臭，感染严重。

琳　达　（轻声向博尔耳语）臀部以下全肿了，伤口成了黑色的
　　　　窟窿。比原来大了许多。里面有紫色血污……（拍萨尔
　　　　戈）小伙子，小伙子你感觉怎么样？

萨尔戈　（虚弱地）……热……浑身没劲。

博　尔　说清楚点。

萨尔戈　很痛，这条腿好像不是我的，好像离开了我的身体，我
　　　　说不好。一种奇怪的感觉，我好像在天花板上飘着，看
　　　　躺在这里的我腿疼。

博　尔　你感染发烧出现了幻觉。

萨尔戈　我好悔呀，怎么会是这样！

博　尔　（摸摸萨尔戈额头）必须控制感染，热才能退。

琳　达　一定得争取药品。

萨尔戈　我想好起来，博士，帮帮我。

　　　　[博尔走前面，琳达欲跟丈夫走，被萨尔戈抓住了胳
　　　　膊。他把琳达往近了拽。

　　　　[琳达想走，萨尔戈仍不松手。

萨尔戈　（压低声音）帮帮我，夫人。我知道您看得见……

琳　达　（大吃一惊）你，你搞错了，怎么会冒出这么个想法，
　　　　我和这里的所有人一样，看不见。

萨尔戈　您别骗我，我能感觉到您看得见。请放心，我不会对任
　　　　何人说。

琳　达　我要是看得见就好了。小伙子，说话伤神，睡吧。

萨尔戈　您不相信我？

琳　达　我？（应付地）相信，相信你。

萨尔戈　我知道，谁也不会相信一个小偷的话。

琳　达　我已经说过，相信你。

萨尔戈　那为什么不对我说实话？

琳　达　在这里我怎么说话并不重要。

尼　莫　嘟囔什么呢，你不想睡不要影响别人。

萨尔戈　（朝着尼莫）抱歉……

[一男人摸索着上。

男　人　各位，我是隔壁病房的……

警　察　隔壁病房？（笑）别自作多情了，什么病房不病房的，这儿顶多是个收容所。

男　人　我是说……你们有剩下的食品吗？

酒店女佣　连面包渣都没有，都饿着呢。再这样下去，就该直接人吃人了。

警　察　耸人听闻。

药店伙计　走着瞧吧，今天的晚饭估计也没什么希望。

酒店女佣　市政厅的晚钟早就响过了，不会送饭了，人家又省了一顿。

小男孩　我饿（哭）妈妈……

酒店女佣　可怜的孩子，可谁也拿不出东西给他呀。

[小男孩继续哭着。

琳　达　我们明天再谈，现在睡觉吧，你需要休息。

萨尔戈　（无助地笑了笑）明天？但愿我还能有明天，明天……

尼　莫　要想长命百岁，多做善事少作孽。

琳　达　小伙子，不要尽往坏处想。

萨尔戈　我就是这样想的。

琳　达　是高烧替你这样想的。晚安。

萨尔戈　（再次朝着尼莫）尼莫，我想……

尼　莫　（恼怒地）我不听，什么也别想对我说！

琳　达　（阻止尼莫）尼莫——

萨尔戈　（再次拉住琳达）夫人，（递给琳达一块饼干）帮我把饼干给那孩子。

琳　达　今天就只发了这块饼干，天哪，你没吃？小伙子，你有伤，不吃东西会扛不住的。

萨尔戈　（笑笑）我能行，扛得住，孩子饿得可怜，给他吧。

琳　达　（给他掖好毯子）真是好样的，那孩子饿得直哭呢。

　　　　[听到琳达的话，萨戈尔笑了。琳达尽量放轻脚步，回到了丈夫身边。

萨尔戈　（自言自语）我一定要转院治疗，治好腿伤，重见天日的时候，我还有好多事儿要做呢。

　　　　[暗转。

　　　　[凌晨，万籁俱寂。

　　　　[门框"割下"的一片夜空，高远而美丽，启明星显得格外的耀眼。

　　　　[萨尔戈坐了起来，他强忍疼痛，挣扎着下床。他摸着一张张床，辨别着大门的方向，并往大门的方向挪步，摔倒了，爬起来。又摔倒，后来索性在地上爬行，他爬出了门。

　　　　[画外音："站住，再往前一步就开枪了。"

　　　　[萨尔戈："救救我，求求你们——"

　　　　["哒哒哒哒"震耳欲聋的扫射声划破了宁静。

[萨戈尔："啊——"

[萨尔戈房间的人们全被枪声惊醒了，相继起身。

[借着晨光，琳达发现萨尔戈不在床上。

琳　达　（失声喊出）出事了，一定是他。

博　尔　谁?

琳　达　（不无惋惜地）那个倒霉的小伙子。

尼　莫　偷车贼?

比塔尔　他死了……

尼　莫　活该。

琳　达　尼莫，嘴下积点德吧，不管他犯了多大的错，那是一条命呀。生命的代价还不足以消除你的愤怒?

酒店女佣　他们打死了他! 他们怎么可以开枪……

[外面又传来士兵的呵斥声，琳达冲了出去。

博　尔　琳达——

[暗转。

[士兵画外音："上士，上士，你看那边——"

[在探照灯的白光下，博尔、琳达、比塔尔、酒店女佣、药店伙计、索尔玛、尼莫、警察相互拉扯着往大门外走。（强调造型感）

士　兵　本来让他们抬死人去埋，可是他们好像想跑。

上　士　不许再往前走。

[众失明者乱了。

[上士画外音："如果再迈一步，把你们通通打死。士兵，听我的口令，准备射击——"

[失明者们站住了。他们蓬头垢面，瞎摸乱撞。

博　尔　长官，我们是来掩埋死人的。

[上士画外音："（招呼士兵）枪放下。我叫你们来四个，谁叫你们来那么多，不识数吗？蠢驴。是想示威吧？你们的左前方就是死人，抬到围栅旁埋了。"

[博尔、药店伙计在尸体的周围摸索，琳达看着惨不忍睹的萨尔戈，不停地干呕，比塔尔一直在抹眼泪。

比塔尔　（抽泣着）这都是我的错……

琳　达　（竭力控制着自己的情绪）我们需要铁锹，这地这么硬，没有工具光靠手是不行的。

[琳达掩饰地做出失明的感觉，朝士兵站岗的方向去。

比塔尔　我也去。

[士兵画外音："站住！"

琳　达　（继续往前走）叫我们埋死人，我们没有工具。

[士兵没有出声，朝天"砰"的放了一枪。琳达等吓了一跳，本能地蹲了下来。

琳　达　我们只是需要一把铁锹。

[士兵画外音："你们想干什么？"

博　尔　要一把锄头或铁锹。

[士兵画外音："这里没有，你们回去吧。"

比塔尔　可是尸体怎么办？

[士兵画外音："不用埋，让他在那里腐烂吧。"

琳　达　一个多小时前，他还是个鲜活的生命，就像你我家里的兄弟。

博　尔　要是让他腐烂，会污染空气。

[上士画外音："（坏笑着）就让他腐烂吧，你们可以好好享用。"

博　尔　（冷笑）空气是流动的，能弥漫在我们这儿，也能流动
　　　　　到你们那儿。

琳　达　再说这也是上士交给我们的工作，你问问他就知道了。

　　　　［上士画外音："（幸灾乐祸地）那个上士刚被送到陆
　　　　军隔离所去了，成了你们的同类。"

比塔尔　他也失明了？传染得真快，那你还不赶紧给我们找铁
　　　　锹。不埋掉死者，很难说什么时候你就会受传染。

　　　　［上士画外音："住口……我找找看。"

琳　达　上士先生，还有食品，食品短缺，一天一顿都保证不
　　　　了。我们里边那么多人都在挨饿，有个孩子饿得都站不
　　　　起来了……

　　　　［上士画外音："食品的事与军队无关。"

比塔尔　总得有人解决这个问题，政府答应过给我们提供食品。

　　　　［上士画外音："你们退到里头去吧，我不能看到任何
　　　　人站在门口。"

　　　　［两把铁锹扔在了远处。

　　　　［上士画外音："你们中间来一个人取，不许成群结伙。"

琳　达　我去。

　　　　［她已看见铁锹，下意识地欲径直去拿。

博　尔　（拉住妻子，低声地）琳达，别忘了你是失明者，小
　　　　心。

琳　达　（悄悄告诉丈夫）我差点忘了。（故意提高声音）铁锹
　　　　在哪儿呢？

　　　　［上士画外音："下台阶，稍稍往右，不对，是往左。"

　　　　［琳达依着上士的口令往前走。

　　　　［上士画外音："现在直走，往北，过了过了，往南，

244

再往南。现在按我说的做，不要像头母驴拉磨一样转来转去。好了，弯腰就有了。记住，不准往大门走。"

[琳达将两把铁锹扛在肩上，像农夫下田一样径直朝掩埋处走去。

[士兵画外音："上士，你看到了吗？她走得真快，就像有眼睛一样。"

[上士画外音："（满有把握地）瞎子们在辨别方向时有特异功能。"

[转场。

[博尔等人的宿舍。

[房间里的人们显得百无聊赖，有人睡觉，有人聊天，有人摸索着走来走去。比塔尔和小男孩说着什么。

博　尔　（轻声地）琳达，琳达——

琳　达　（回过神来）博尔。

博　尔　你在打盹儿吗？

琳　达　没有，我在想萨尔戈，眼睛瞎了，把最后的一片饼干给了没有妈妈的男孩，空着肚子，身边没有亲人。一排子弹正打在他的脸上，惨不忍睹。人都死了好一阵了，血还在突突冒着。他们那么轻易就可以结束一个人的生命，而孕育一个生命多难呀。我想不明白，那么早他去哪儿呢？

博　尔　难道是故意寻死？

琳　达　绝不会，他亲口告诉我，希望自己好起来，好好活着。我觉得他是去求援，向那些代表政府的人求援，他伤口感染那么严重，不治疗无疑等死。与其等死，不如努力

245

寻找生机……

博　尔　不要老想那个噩梦了，我们已经掩埋了他，入土为安。

琳　达　愿他的灵魂升入天堂，与上帝在一起。

博　尔　琳达，你好像比谁都忙，我们在一起的时间越来越少了。

琳　达　（在博尔脸颊上吻了吻）我很抱歉，亲爱的。谁让我的眼睛还能看见呢？也许这正是上帝赋予我的，要我去帮助那些需要帮助的人，我责无旁贷。

博　尔　可我也特别需要你，需要爱，明白吗？即使是目前这样的环境。

琳　达　我爱你，博尔，这你是知道的。至于需要，也许现在的第一需要是生存，首先我们得努力活着。不是吗？

博　尔　爱不仅仅是坐下来谈话，从来不是，它是行动……没有质感地活着，有时真不如死了。

琳　达　（有些诧异）你是说做爱，在这样的情况下？博尔，做爱是需要条件需要心情的，它不是简单的感官游戏，更不是生活程序……

博　尔　对不起，请原谅……我很抱歉……

琳　达　（双手捧起丈夫的手）别这样，博尔，该说对不起的是我。

博　尔　（懊丧地）上帝给我开了个大玩笑，给人类开了个大玩笑。让我这个眼科学博士，面对命运的捉弄却无能为力，直至被眼疾打倒。

琳　达　博尔，这不是你的错。不要想得太多，把所有的责任、义务、压力都一人扛着，那样太累了，对自己也要公平。

博　尔　无地自容啊，你不明白。

琳　达　（喃喃地）不知现在这个状态还会持续多久，我真怕自己有扛不住的一天。

[博尔将妻子搂在怀里，脸颊在琳达的头发上轻轻摩挲。

博　尔　谁都有脆弱的时候，你对我说的那些话同样适用于你，顺其自然吧。

琳　达　（突然意识到什么）都什么时候了，难道又不给食物？

[突然，外面传来欢呼声。

博　尔　（高兴地）食物来了。

[士兵的画外音："都在原地等着，不准过来，站住。"

[喧闹的争抢声、叫骂声。

[突然，密集的枪声骤起。

[琳达条件反射地弹起来，冲了出去。

博　尔　琳达——

[房子里的人表情紧张，侧耳听着外面的动静。

[琳达歇斯底里的画外呐喊："不——"随着叫声，枪声戛然而止。

[短暂的静默后，扩音喇叭里传出上士的声音："军队为不得不用武力解决暴乱行动感到遗憾，这次暴乱导致了极其危险的形势，对此，军队没有直接或间接的过错。现在通知你们，从今天起，白色眼疾者们改为到建筑物外面领取食物。我警告你们，如果出现企图破坏秩序的情况，一切后果由你们负责。（停顿了一下）我们没有过错，对，没有过错。"

[转场。

[房间内，一片惊慌。

比塔尔　食物都被抢光了，还死了人。

警　察　那没去抢的怎么办。到底还有没有规矩。

尼　莫　让规矩见鬼去吧，人都快饿死了，还规矩，先下手为
强。五洲四海的古人都这么说。

索尔玛　问题是已经没有任何东西可"先下手"了，又得熬到
明天。唉，还不如像偷车贼，死了省心。

酒店女佣　嘴下积点德吧，人都死了，别"偷车贼""偷车贼"
地叫。我看那个小伙子不错，他叫萨尔戈……可怜
啊，一切都是命。

[琳达牵着一只眼睛戴黑眼罩的老头进来，径直把他送
到空床边。

琳　达　外面又送来好多失明的人，我们宿舍正好有空床，我
就邀请了一位老人。

比塔尔　天呐，上帝在惩罚谁呢。

药店伙计　究竟是怎么回事啊？

老　人　（有意调节气氛）凭感觉，这个宿舍不错。（见没什
么反应）怎么，不欢迎我？

琳　达　（凑近博尔）或许也是你的病人，上了岁数，谢顶，
白头发，一只眼睛戴黑眼罩。我记得你说起过他。

博　尔　如果不介意，我想摸摸新来的老先生，请朝这个方向
走，我来迎接你。

[两人在半路相遇，博尔摸他的头、脸、眼罩……

博　尔　没有疑问，他是最后一个来的。我们在这里凑齐了。

老　人　这话什么意思？请问您是谁？

博　尔　我，我曾是眼科医生，记得吗？我们已经约定为你摘
除白内障手术的日期了。

老　　人　（兴奋地）您是博尔大夫，看不见，怎么会认出我呢？

博　　尔　声音，我是从声音认出您的，声音是看不见的人的眼睛。

老　　人　谁想得到呢，彻底看不见了，手术也就免了。

博　　尔　你几时失明的？

老　　人　昨天晚上。

比塔尔　大叔，您还记得我吗？戴一副墨镜……

老　　人　（认真地辨别着声音）记得，记得清清楚楚，长得挺
　　　　　漂亮的姑娘。

比塔尔　（笑了）谢谢你。

尼　　莫　光记得漂亮姑娘可不行，在博士的诊所，我是最后去
　　　　　的第一个失明者。

老　　人　是你呀，那天为你提前看病，大家还不乐意。老弟，
　　　　　你的攻击性也太强了点，我们竟然都没能幸免。

尼　　莫　惭愧啊。

老　　人　当时好像还有一个小男孩……

比塔尔　那个小男孩也在这里。

小男孩　（有气无力地）您说的是我吗？

老　　人　可怜的孩子。

尼　　莫　我妻子也在这里，她叫索尔玛。

索尔玛　我记得您，一只眼睛戴黑眼罩的老先生。

琳　　达　老先生好，我叫琳达，是博尔大夫的妻子。

老　　人　（赞美地）这声音真美，人肯定更没说的。

博　　尔　（幽默地）都让您说到了。

老　　人　我给各位带来个见面礼——

药店伙计　（兴奋地）是吃的吗？大家都快饿死了。

老　　人　让你失望了，不是吃的，是个收–音–机。

[有人失望，有人高兴。

比塔尔 收音机？可以听音乐，太好了！

老 人 不过，是个小收音机，用电池的，电池会有用完的时候。

尼 莫 乐观一点嘛，不要以为我们会永远留在这里。

老 人 永远，不会的，永远这个时间太长了。

博 尔 能了解新闻了。

比塔尔 也听一点儿音乐。

尼 莫 大家都想知道外面的事情，这比音乐重要，所以电池要节约着听新闻。

老 人 我也这样想。

[戴黑眼罩的老人从外衣口袋里取出小收音机，打开后，开始寻找电台。杂音过后，声音终于清晰了。

[交通台播音员柔美亲切的声音弥漫空中：女士们先生们，这里是调频86.5兆赫，凯熙为你播报气象台发布的本市未来24小时的天气预报，今天白天晴，能见度好，最高温度23摄氏度，污染指数0……

[人们慢慢聚拢过来，一双双看不见的眼睛睁得大大的。

比塔尔 （激动而轻声地）外面的声音。

[老人换了一个台，里面正在播送一首歌，一首好听但却普普通通的歌曲……

[有几个人哭了。

[歌曲唱完了，随着"嘟、嘟、嘟"的报时声，播音员字正腔圆地说："请注意，第三响是9点整。"

酒店女佣 终于知道了时间，（笑，幽默地）是上午还是晚上呢——

比塔尔 当然是上午了，晚上应该是21点整。

酒店女佣　（讽刺地）就你懂得多。哼，毫无幽默感。

比塔尔　（不了然地）什么人呐。

[琳达悄悄将表对准，尽量轻地上弦。

尼　莫　（十分敏感，侧耳倾听）好像谁在给表上弦。

琳　达　（掩饰）是我，听到收音机报时，条件反射地上弦，
　　　　过去习惯了。

博　尔　老先生，快说说外面的情况——

老　人　如果流传的消息可信，就是说在头24小时里出现的病
　　　　人有几百例，同样的病症，表现也完全相同。瞬间发
　　　　病，没有发现任何损伤，视野里一片闪亮的白色，得
　　　　病前没有任何预兆，发病后也没其他症状……第二
　　　　天，据说是新发病人的数目有所降低，政府马上宣布
　　　　很快就能控制局势，政府根据已掌握的数据进行处理
　　　　的结果认为，现已明显地接近最终解决的转折点，说
　　　　发病率有趋于消失的迹象。

　　　　[大家情不自禁地鼓起掌来。

老　人　（用手势示意大家安静）不幸的是，政府的期望和科
　　　　学界的预见统统付之东流，失明症正在蔓延……面对
　　　　惊恐万状的社会，当局不得不改变做法，慌忙举行各
　　　　种会议：医学会议，尤其是眼科和神经病医学会议，
　　　　座谈会、研讨会和圆桌会议，有的向公众开放，有的
　　　　秘密进行。结果是毫无用处，就在一个个会议当中，
　　　　某些发言者和与会者突然失明，他们大声喊叫："我
　　　　失明了，我失明了！"

　　　　[众人的表情随着老人的讲述"集体"变化着。

老　人　政府本身也证明人们的精神状态普遍逐渐恶化，它在

五六天的时间里两次改变战略。先是相信，只要把盲人和被感染者关进诸如我们所在的精神病院这样一些地方，阻断了传染源，就能控制疫情。很快，随着失明症患者人数迅猛增加，政府又担心因为措施不能满足需要可能产生的严重的政治后果，转而主张把失明者关在自己的家里……

小男孩 我愿意在家里养病，和妈妈在一起，还可以吃汉堡。

老　人 政府不让失明者到街上去，以免引起已经相当困难的交通状况更加混乱，以免刺激还可以用眼睛看的人。这些人已不相信竭力劝告人们放心的意见，相信白色眼疾像用目光杀人的魔鬼一样以目光接触传染。

众　人 （惊讶地）目光接触传染？

老　人 很多的家庭全变成了盲人，没有剩下一个能看护帮助他们的人，给他们引路，保护他们不受伤害。不用说，不论是父母兄弟，都不能互相照顾，他们只能自生自灭，一起走路，一起跌倒，一起死去。

琳　达 难道没有志愿者帮助那些可怜的人？

老　人 开始还有，是一些慈善组织提供的，但这些可怜可亲的人们也失明了，不过至少他们的义举将被世人传诵。

警　察 城市怎么样？交通怎么样？

老　人 一片混乱，交通事故不断。谁也不敢再开汽车，无论到哪里去都不敢开。私家车、卡车、摩托车甚至自行车，都乱七八糟地散布在全城各处。在市中心，一台起重机的吊臂上悬吊着一辆私家车，肯定是吊车司机突然失明。所有人的处境都很艰难，因为失明，因为恐惧，人们都失去了耐心……

琳　达　也许只有在盲人的世界，一切东西才显出其真正的样子。

药店伙计　什么时候才是头啊，都快闷死了。

老　人　诸位，为了打发时间，我们来玩一个游戏。

索尔玛　看不见，怎么玩呢？

老　人　（笑笑）不是什么真正的游戏，是我们每个人讲一讲自己失明的那一时刻正在看什么。一定很有意思。

药店伙计　可能不合适吧？

老　人　自愿参加，但重要的是不能编造。（听听没有人响应）嗨，反正看不见，也免去了不好意思，混时间嘛。

博　尔　您先做个示范吧，老先生。

老　人　好吧，我来示范。我失明的时候正在看我这一只眼睛。

比塔尔　这话什么意思？

老　人　很简单，我觉得空空的眼睛里有点发胀，就摘下眼罩看看是怎么回事，在这个时刻我失明了。

陌生的声音　像个寓言故事，眼睛看不在了的眼睛。

博　尔　我呢，我当时正在家里查阅眼科论文，正是因为当时出现的情况才查阅的，我最后看见的是放在书上的我这两只手。

琳　达　（想了想后）我最后看到的景象不同，是在救护车的门边。当时我正帮助我丈夫上车。

尼　莫　我在一个信号灯前停下，当时正是红灯。行人们横穿马路，这时候我失明了。几天前死了的那个人把我送回家里，当然我没看到他的脸。

警　察　我正在靶场练瞄准，通过准星看到整个靶场变成了白云的海。

索尔玛　至于我，我最后看到的是我的手绢，当时我正在家里哭，拿起手绢擦眼睛，这时候我失明了。

药店伙计　我的情况比较简单，听说有些人失明了，我就想，要是我也失明了会是什么感觉，于是我就合上眼一试，等睁开眼时已经失明了，不可思议。

[大家都笑了。

陌生的声音　像另一个寓言故事，你想失明就失明。

[房间里突然安静了。

比塔尔　我……当时我正在一家酒店的房间里，和……一个男人在一起，我们……我发现一切都变成了白的……

老　人　你看到一切都变成白的吗？

比塔尔　对呀。

老　人　也许你的失明症和我们的不一样。

酒店女佣　（抢着说）当时我正在酒店里整理一张床，有个女人刚从这张床上失明了，我把要换的干净床单放在床上拉开，在用两只手把床单抚平的时候，突然看不见了。

老　人　你们都已讲完能看见时经历的最后一个故事了吗？

[片刻的安静。

陌生的声音　还有人要说吗？那我就讲讲自己。我最后看见的是一幅画——

老　人　一幅画？当时你是在什么地方呢？

陌生的声音	博物馆。画上有农田，有乌鸦和柏树，还有一个太阳，那个太阳好像是由几个太阳拼凑成的。
博　尔	好像是个荷兰人画的。
陌生人的声音	我想是吧，还有一条狗，被埋进土里，已经埋了一半，可怜的狗。
博　尔	这只能出自一个西班牙人之手，在他之前谁也没有这样画过狗。
陌生人的声音	很可能是。还有一辆车，装着干草，由几匹马拉着，正穿过一条小溪。
琳　达	左边有座房子？
陌生人的声音	对！
琳　达	那就是个英国人画的了。
陌生人的声音	可能是吧，但我不大相信，因为有个女人，怀里抱着个孩子。
琳　达	抱着孩子的女人，现在画上出现的最多了。
陌生人的声音	确实，我也注意到了。
尼　莫	我弄不明白，一幅画上怎么能有这么多不同的画，出自这么多画家之手呢？
陌生人的声音	还有几个人正在吃饭。
博　尔	艺术史上关于吃午饭、野餐和夜宵的题材太多了，只凭这一点不能知道是什么人在吃饭。
陌生人的声音	是十三个男人。
博　尔	啊，这就容易了，你接着说。
陌生人的声音	还有一个赤身裸体的金发女人坐在贝壳里，在海上漂浮。她周围有许多鲜花。
琳　达	意大利人画的，没错。

老　人　刚才说到吃饭和抱孩子的母亲还不知道是谁画的呢。

陌生人的声音　有许多死人和负了伤的人。

尼　莫　当然，所有儿童迟早都要死，士兵们也一样。

陌生人的声音　还有一匹惊心动魄的战马。

琳　达　马的眼睛要从眼眶里跳出来了？

陌生人的声音　大概是这样。

琳　达　马就是这样，你这幅画上还有什么画吗？

陌生人的声音　那我就不知道了，我正在看这匹马的时侯就失明了。

比塔尔　胆战心惊让人失明。

陌生人的声音　这话说得对，在失明的哪个时刻我们已经是盲人了，害怕让我们失明，害怕让我们仍然失明。

[所有的人似乎意识到什么。

博　尔　（下意识地四下"看"）这是谁在说话呀？

陌生人的声音　一个盲人，只是一个盲人。我们这里只有一个，盲人。

老　人　那么，要多少盲人才能构成失明症呢？

[沉寂。

比塔尔　能不能打开收音机，也许正在报新闻。

[老人打开了收音机，收音机里传出杂音……

老　人　（不断换台，都只有杂音）收音机里只剩下杂音了。

比塔尔　难道电台的人也失明了。

老　人　（关掉收音机）这个城市都失明了。

陌生的声音　可惜没有吉他。

[渐暗。

[夜，静悄悄的。

[昏暗中，博尔夫妇斜靠着床头，相互依偎着。

博　尔　难以想象我们的处境。

琳　达　没有任何治疗。

博　尔　空气里弥漫着无法忍受的臭气，这样下去，会滋生另外的瘟疫，后果不堪设想。

琳　达　在这样的条件下，人无法不变成动物。遍地的大小便，想找一块两英尺大的干净地方都没有。一定要设法改变这可怕的状况，我无法忍受下去了，不能继续假装看不见。

博　尔　考虑一下后果吧，那样的话，你会变成奴隶，变成唯命是从的人，必须听所有人的使唤。他们会让你给他们送吃的，帮他们躺下，扶他们起床，给他们带路，擦鼻涕擦眼泪，你正睡觉他们会喊你。你一个人的能力对付不了他们那么多的需要。

琳　达　我怎么能看着这些惨状，而又不动一个手指头去帮助他们呢？他们浸泡在自己的汗液里，既不能也不知道怎样设法洗澡，穿着一天比一天脏的衣服……

博　尔　你做的事已经很多了。

琳　达　我做了什么？我整天最关心的是不被别人发现我看得见。

博　尔　有的人会因为你看得见而妒忌你，恨你，不要以为失明症使人们变得更好了。

琳　达　可是，也没有变得更坏。

博　尔　情况正在朝这个方向发展，你只要看看分配食品时的状况就能明白。

琳　达　正因为如此，我才想主动为大家分食品，分得平均些。这样会皆大欢喜，不会再有那些让我发疯的争吵，你不知道盲人的争斗是个什么样子。

博　尔　亲爱的，也许你是世上最后的理想主义者。不要忘记我们也是普普通通的盲人，既不能高谈阔论，又没有能力怜悯他人。我认为，盲人们相亲相爱的美好阶段已经结束，现在将要面临的是一个严酷无情的盲人世界。

琳　达　请原谅，亲爱的。要是你知道……

博　尔　知道，我知道，我一生都在往人的眼睛里边看，那也许是人体上还有灵魂的唯一所在，如果连眼睛都失去了……

琳　达　博尔，我真的想宣布，我看得见。

博　尔　但愿以后你不要后悔。

琳　达　明天就告诉他们，如果我还没进入你们的世界的话。对了，博尔今天我见到你诊所的苏珊小姐了，在第四宿舍。

博　尔　（意料之中地）她终于也失明了，现在除了失明，还能干什么呢？不幸的姑娘。

[暗转。

[天亮了。

["我们要属于我们的食物""我们要求吃饭的权利"的呼声响彻疯人院。

["砰"的一声枪响，一切归于宁静。

[索尔玛和药店伙计上跌跌撞撞摸进房间。索尔玛努力
支撑着，最终还是倒在地上。琳达急忙扶起她。

琳　达	索尔玛，你受伤了？
索尔玛	（虚弱地）他们不给食品还打人。
博　尔	是谁不给食品？士兵吗？
索尔玛	不，也是盲人。
琳　达	是盲人开的枪？
药店伙计	是他们。
博　尔	什么盲人？我们这里都是盲人。
药店伙计	我们不知道他们是谁，听说是最后来的那批人。
酒店女佣	一定是，在这以前从来没有出过这样的事。
尼　莫	为什么不让取，这是政府规定了的。
药店伙计	他们说老规矩不算数了，要建立新秩序。

[盲匪甲、乙摸索着通过走廊，走进了博尔等人的宿
舍。

盲匪甲	（举着枪大声喊）都给我老实点，如果有人胆敢说
	话，我就立即朝他开枪。想倒霉老子就让你倒霉。

[博尔宿舍的人们屏住呼吸，一动不动。

盲匪甲	照我说的办，没什么可商量的。从今天起，这里的事
	物由我们来管，谁也别想出去取，我们会在门口安排
	人看守。任何违反命令的人必须承担后果，食物改为
	出售，想吃饭的人必须付钱。
盲匪乙	再重复一遍，谁要想吃饭必须先付钱。
琳　达	为什么呀，食品不是政府免费配给吗？
盲匪乙	（恶狠狠地）少废话！
老　人	大家都是盲人，应该和睦相处。

盲匪甲　（对着声音的方向挥舞着手枪大吼）别插嘴！我说话的时候，谁也不准说话。

琳　达　钱付给谁总得弄明白呀，我们需要知道怎么做，到什么地方取食物，是我们大家去，还是一个一个去。

[琳达为了自我保护不时变换着位置。

盲匪甲　到时候我们会通知你们怎么做！

琳　达　一杯牛奶咖啡加一包饼干多少钱？

盲匪甲　你的话真多，想挨揍了吧？

盲匪乙　让我来管教她。

盲匪甲　（改变了口气）每个宿舍选两个人负责收钱，值钱的东西也可以。钱、首饰、手表，凡是有的都要收来。然后送到左边的第三个宿舍，我们在那里住，谁也别想骗我们。

盲匪乙　谁要是敢把一些值钱的东西藏起来，我警告你们，那可是最坏的主意。如果我们认为交来的东西不够，很简单，你们吃不上饭，那就去嚼你们的钱，啃你们的钻石吧。

琳　达　我们到底该怎样付钱？是一次付清，还是每次根据食品的多少当时付呢？

盲匪甲　（阴笑）看来是我没解释清楚。先支付，后吃饭。至于什么吃少付多少，太麻烦。最好把一切全都送去，我们看它值多少食品。但是，我再说一次，不要企图藏任何东西，否则，你们将为此付出高昂的代价。你们交出一切后，我们要检查一次，看你们是不是诚实。（招呼盲匪乙）我们走——

[为虚张声势，他又朝天开了一枪。

盲匪甲　（威胁）刚才话多的女人！我忘不了你的声音。

[琳达又换了个方位。

琳　达　（故意地）我也忘不了你这张脸！

盲匪甲　（匪夷所思）……忘不了我的脸？

[琳达看着他露出了鄙夷的笑。

博　尔　他们有武器，他们竟然带来了武器，糟糕透了……还有什么办法，只能服从，服从。

药店伙计　我们也可以找家伙。

索尔玛　对呀，我们可以从树上掰棍子，还可以从床上卸铁条。

博　尔　我们不能轻举妄动，他们有枪。

尼　莫　我绝不把属于自己的东西交给那些狗娘养的，绝不。

酒店女佣　我也不交。

博　尔　这件事，要么我们全都给，要么谁也不给。

琳　达　当然，谁不愿意交就不要交，这是他的权利。但在这种情况下就没有饭吃，到时候不要靠别人吃。

博　尔　我们都交吧，把所有的交出去。

药店伙计　要是有人没有任何东西可交呢？

酒店女佣　如果这样，他就吃别人给的吧，那是没有办法的事。

老　人　我们选谁负责这事呢？

比塔尔　我选博士先生。

[大家鼓掌同意。

博　尔　还有谁？要两个人。

[没人表态。少顷，尼莫举起手来。

尼　莫　要是没有人报名，我来当。

博　尔　很好，那我们就开始收集东西吧。需要一个口袋、提包或小箱子。

琳　达　我可以腾出我的化妆箱。

[琳达很快将自己的东西倒出来，她发现自己不知什么时候放了一把长长的剪刀在里面，剪刀闪闪发亮，尖很锋利。她望着这把剪刀出神……

博　尔　你把小箱子腾出来了吗？琳达。

[琳达将剪刀放在一旁，无言地将小箱子递给丈夫。

博　尔　出了什么事？

琳　达　没有。

博　尔　大家把东西准备好，我们开始收了。

[从琳达开始，手表、耳环、戒指、项链，各种面值的钞票，一些硬币不断投入小箱里，每个人的脸上都呈现出极不情愿的表情。

[琳达环顾四周，把手上的长剪刀藏在床垫下面，然后回到自己床上坐下。

[转场。

[盲匪房间门前。

[门开了一半，一张床横在门上。盲匪甲斜靠着门框，手执手枪坐在床上，得意地吹着口哨。

[博尔和尼莫上，博尔本想跨进门去，却被床挡在了门外。

盲匪甲　（奚落地）谁呀？连先生都不会称呼？这么没素质。

（朝里边）喂，伙计，我们先点点送来的财物吧。（对旁边）记下来——

[博尔和尼莫都大吃一惊。

尼　莫　（压低声音对博尔）他说记下来。难道这里有人能写字，能写字意味着有人没有失明，我们必须小心。

博　尔　也可能有人本身就是盲人，这种人早就习惯了失明的
　　　　状态，很厉害。而且，他们还有手枪。

　　　　[盲匪甲和盲匪乙已经将小箱子打开，熟练地往外拿东
　　　　西，一边拿，一边摸，一边咬。同时分着类，并向记
　　　　录者报着——

盲匪甲　金项链一串，钻石耳坠一付……

盲匪乙　手镯一只，手表三块，金戒指四枚……

　　　　[博尔似乎听见了什么，他侧着耳朵仔细辨听。

盲匪甲　（拿着一件首饰问里间的什么人）这东西怎么样？

门内声音　便宜货。

盲匪甲　很多这样的东西，不让他们吃饭。（又递过去一样东
　　　　西）这个呢？

门内声音　这东西好。

盲匪乙　没有比跟诚实的人打交道更快活的了。

　　　　[盲匪乙将三盒食品放在床上。

盲匪甲　拿走。

博　尔　（摸着数了数盒子）三盒不够，当初我们只有四个人
　　　　时还收到四盒呢，现在……

　　　　[刹那间，盲匪甲已将手枪枪管顶在博尔的头上。

盲匪甲　（冷笑）对一个盲人来讲，这是一个不错的瞄准方
　　　　法，你表示一次不满，我就让他们收回一盒，感谢上
　　　　帝吧，你还能有饭吃。

博　尔　（声音很低地）三盒就三盒吧。

　　　　[博尔拿了两盒，尼莫拿着剩下的一盒离去。

　　　　[转场。

[宿舍门外，博尔站住了。

博　尔　真是后悔呀。

尼　莫　你说什么，博士？

博　尔　我忽略了那个细节。

尼　莫　（不解地）细节？

博　尔　（似自言自语）细节决定成败。

尼　莫　你到底想说什么？

博　尔　他把手枪顶在我头上，我本可以从他手上夺下来。

尼　莫　那太危险了。

博　尔　没有你想象的那么危险，我知道他的手枪在哪里，而他不知道我的手在哪里。

尼　莫　即便这样，也……

博　尔　我敢肯定，在那一刻如果我动手，是可以打他个措手不及的，可惜我没有想到，也许想到了，但没胆量。

尼　莫　以后呢？

博　尔　以后，以后什么事？

尼　莫　假如我们真能把他的手枪夺过来，我也不相信能使用它。

博　尔　如果有把握摆平当时的状况，就完全能使用。

尼　莫　可是，谁有把握呀。

博　尔　没有，确实没有。

尼　莫　别想那么多。至少，看上去他们暂时还不会用武器进攻我们。

博　尔　他们已经进攻了，用武器威胁就是进攻。

尼　莫　如果当时你夺了他们的枪，那现在真正的战争已经开始，更有可能的是我们出都出不来了。

博　尔　有道理。我来估计一下，如果想到了这一切……

尼　莫　您一定还记得刚才对我说过的话。

博　尔　我说什么了？

尼　莫　你说必然要出事。

博　尔　事已经出了，但我没有利用。

尼　莫　不是这件事，是别的事。

　　　　[他们走进了自己的房间。

尼　莫　我们回来了。

　　　　[众人欢呼起来。

博　尔　大家不要太激动，他们只给了三盒食物。

　　　　[空气一下子凝固了似的。

比塔尔　为什么？我们去晚了？抢光了？

尼　莫　比这还糟。

博　尔　他们设了一个圈套，用食物做诱饵，用枪威胁我们控制我们，骗取大量财物。

琳　达　他们也出不去，要那么多东西有什么用？

酒店女佣　早知道不交那么多东西，起码不全交，（小声嘟囔）都是你们让交的，鸡飞蛋打。

药店伙计　是啊，这点东西不够吃呀。

尼　莫　我们不顾一切去争，他们竟用枪顶住博士的头，威胁博尔再说还要减少，我们只好认了。

老　人　少总比没有强。

警　察　太不讲理，要是我看得见……

比塔尔　"看得见"的话就别提了，和强盗有什么理可讲。

警　察　我再去试试——

　　　　[转场。

[盲匪宿舍，昏暗而拥堵。几个家伙毫不顾忌地吃着喝着，嘴里还念念有词。

[警察悄悄摸索着进来，试图偷些食物，但很快被发现。

盲匪会计　（侧耳聆听）有人，谁进来了？

警　　察　我们宿舍有人饿死……其他人也不行了，请给点儿吃的吧……

盲匪会计　饿死？饿死活该。我们是给了你们出路的，按规矩办。

警　　察　我们所有值钱的东西都给你们了，再没有可上缴的。看在上帝的分上，救救快要饿死的人，只需要一点食物。

盲匪甲　（冷酷的）少废话。值钱的东西用完了，你们就想不出新的办法啦……

[警察习惯地摸枪动作，又无奈将手放下。

警　　察　（拍头）上帝呀——

盲匪乙　（坏笑）我来告诉你们想吃饭的新办法……

[警察抬起了头。

[转场。

[博尔等人的宿舍。

博　　尔　什么？用女人换食品？他们居然能提这样的要求。

尼　　莫　我们宿舍已经是第三批了，那些混蛋还限定了时间。

博　　尔　畜生。

警　　察　他们说，要么饿死，要么提供女人。

博　尔　我宁愿饿死，也不答应这伤天害理的事。

　　　　[琳达感动地依偎着丈夫。

尼　莫　其他宿舍还让女人们报名充当自愿者。

博　尔　（呵斥）别再说了！堕落啊。

老　人　他们究竟想干什么？

尼　莫　很简单，掠财，拿不出他们想要的东西就将被饿死。

药店伙计　我们怎么这么倒霉。

警　察　我恨不能把他们铐起来。

苏　珊　此一时彼一时，好汉不提当年勇。

尼　莫　那就依了他们。

博　尔　什么，竟说得出这样的话，还当着你的妻子。

尼　莫　为了活着，总得有人下地狱呀！

博　尔　那也轮不着女人，你怎么不去下地狱？

尼　莫　别你呀你的，说说你吧。你能做什么，你能为你的妻子做什么？你什么也做不了，你假惺惺想维护的是你妻子？算了吧，你想维护的是你自己那点可怜的自尊。博士，别那么虚伪。

药店伙计　说得也是。自尊，不过是人类掩盖懦弱的遮羞布，它能填饱肚子吗？

　　　　[博尔怒不可遏。

苏　珊　没有了遮羞布，人还叫人？

博　尔　就是这个遮羞布区别人与动物。

尼　莫　（歇斯底里）可是人先得生存，先得活着，活着你明白吗？你又不是白痴。

　　　　[转场。

[盲匪房间。

盲匪甲 　（狂笑）哈哈哈哈，一群白痴。伙计，咱们这一招真
　　　　是太棒了。有吃有喝，还有源源不断的女人……

盲匪乙 　（啃着鸡腿）这比看得见还舒服，还省心，一切都来
　　　　得那么容易，警察也不敢管我们。

盲匪甲 　警察，哪有什么警察，只有盲人。

盲匪会计 有一间房子的人三天没来领食品了。

盲匪甲 　饿死他们，没钱了，又不愿付出女人。

盲匪会计 （阴沉的）会来的，即使女人们不愿意，男人也会送
　　　　她们来，（阴笑）因为男人更想活命，自己又损失不
　　　　了什么。

盲匪乙 　（坏笑）我真想她们，都等不及了……

[转场。

[博尔等人的房间。

[斜靠在床上，奄奄一息的小男孩有气无力地哭着。

小男孩 　我饿……妈妈……

尼　莫 　索尔玛，索尔玛——

[索尔玛无声地靠在床上。

尼　莫 　（无力地）老婆，事到如今，你，你就去一趟吧，就
　　　　当到地狱里出差，还可以体验再生的感觉……

索尔玛 　尼莫，你真这样想？这事恐怕不像你说的那么简
　　　　单……要么我再也回不来了，要么噩梦会伴随我们一
　　　　辈子……结果都一样……

尼　莫 　（强颜欢笑）你们女人往往想得太多，相信我，相信
　　　　时间可以改变一切。

269

老　人　人有两个自我，一个在黑暗中醒着，另一个在光明中
　　　　睡觉。

　　　　[索尔玛哭了，她一哭，其他几个女人相继哭了起来，
　　　　像祭歌的和声。男人们显得心烦意乱，焦躁不安。

博　尔　（咬牙切齿地克制着）别哭好不好，还嫌不够烦吗？

老　人　不要责备她们，哭对于她们是一种自救，不哭就非死
　　　　不可，大家都是饥饿的人，饥饿的盲人，一切都是环
　　　　境造成的。

博　尔　（痛苦地）要不，你们干脆到盲匪那里去哭，去彻底
　　　　发泄，去烦死他们……对，烦死他们。让他们认识你
　　　　们的力量，不，是通过你们，知道我们的力量……

　　　　[女人们都停止了哭泣，琳达惊异地看着丈夫——

尼　莫　（嘲讽地）博士，您的话令人费解。

博　尔　你的话让人感到可怕，难以置信那是做丈夫的语言。

尼　莫　我只是不想和老婆兜圈子，意思不就是让女人们去为
　　　　我们换吃的吗，为什么不能直说呢？

药店伙计　很简单，博士没你那么卑鄙！

　　　　[尼莫和药店伙计拉扯开了。

尼　莫　臭小子，到时候别想卑鄙者的老婆给你半口吃的！

药店伙计　你的自私我早看出来了……

琳　达　（出奇地冷静）别吵了，我去。

博　尔　（屈辱地认同）琳达……

酒店女佣　我倒愿意到那里去，不过，挣来的是我自己的。如果
　　　　我高兴的话就留在那里和他们一起生活，既有床睡又
　　　　有饭吃。

比塔尔　我去。

索尔玛　（稍稍犹豫了一下）我……也去。

尼　莫　如果想活下去，这是唯一的办法。

琳　达　（冷笑）是唯一的办法？

尼　莫　不是吗？（心虚地）我也不知道是不是唯一的办法，好像是吧。

　　　　[女人们一个个手牵手往外走，没有告别，即使与丈夫，也没有表现出丝毫的依恋，平静的下面是无奈、失望与悲壮。

　　　　[琳达飞快地从床垫下面取出长剪刀握在手上，经过博尔面前走了。

　　　　[男人们呆若木鸡。

博　尔　（回过神来）琳达，琳——达——

尼　莫　（似自言自语）没办法，没办法，要吃饭，为了大家，我献出了老婆……索尔玛是我的老婆，我的，索尔玛，都是为了谁呀……

　　　　[他嘤嘤地哭了。

博　尔　有种的别哭呀？你不是活得好好的吗？一会儿，还会有女人们用身体换来的好吃的食物……

尼　莫　你给我住嘴，混蛋。

博　尔　你……你才是混蛋！

尼　莫　（发泄地）你以为你是什么人呐，（表演性的）博士、大夫，你以为有了这样的社会角色你就高尚了，你就成了灵魂的救世主？算了吧，你那点用虚荣装点出的道貌岸然在我这里没有市场！还想在我面前冒充有尊严的人，你这样的人我见得多。跟你老婆相比，你差远了，她比你活得有尊严得多。

博　尔　（狮吼状）不要把我老婆拉扯进来。

尼　莫　哈哈哈……事情本来就是由老婆引起，什么拉不拉扯
　　　　的。

博　尔　（气急败坏）你笑什么，你还笑得出来？要笑就笑你
　　　　自己吧。我承认我不够高尚，可也比你强千倍万倍。

尼　莫　在生存还是屈辱的问题上，至少我比你诚实。

博　尔　（冷笑）诚实，你劝说老婆用身体换食品是诚实，你
　　　　不觉得良心有愧吗？

尼　莫　难道你保护好了自己的老婆？想想你说的那些话哟，
　　　　（轻蔑地）啧啧啧……既让老婆去为自己挣吃的，又
　　　　不敢承担道德的责任。

博　尔　我现在仍然坚持我的做人原则，我没有同意她去，更
　　　　不会像你劝老婆去卖身。

尼　莫　（愤怒的对大家）听听，都听听，这么虚伪的男人，
　　　　如果他还算男人的话。小子，等着下地狱吧。

博　尔　（恼羞成怒）你这个魔鬼，魔鬼！
　　　　[博尔凭声音揪住了尼莫，他狠狠地朝尼莫惯了一拳，
　　　　却打空了。博尔不解恨地乱出招数，和尼莫扭打起
　　　　来。其他人漠然地躺着、靠着，听着他们的打斗声。

老　人　能承受苦难和屈辱也不失为男人，加倍地爱你们的女
　　　　人吧。

药店伙计　既然是为了活着，就不要奢谈什么高不高尚，诚不诚
　　　　实了。倒是女人们让人心疼，更让人肃然起敬。

尼　莫　（迁怒）没你说话的资格，靠占便宜活着的投机分
　　　　子。你失去什么了？什么也没失去，而我们……我们
　　　　失去了最珍贵的……你不懂……你们都不懂……（泣

272

不成声）索尔玛，我对不起你呀……

博　尔　（狼号般的）嗷——

药店伙计　（双手捂住耳朵）疯了，（大吼）都疯了！

[灯暗。

[盲匪们的宿舍是套间，一片混乱，几个盲匪肆无忌惮
地扑来扑去，撕扯着女人的衣裙，还有的正欲实施强
奸……女人们像惊弓之鸟跌跌撞撞地挣扎、躲闪。

盲匪甲　（疯狂地）真棒，太棒了！哈哈！

盲匪乙　想象中的女人真刺激啊！

琳　达　（痛苦地跪倒在地上，内心独白似的呐喊）上帝啊，
　　　　快让我的双眼也瞎了吧，我无法相信自己的眼睛，我
　　　　受不了如此的煎熬！求求您赐给我失明吧！

盲匪甲　（对身下的女人）干嘛不吭声儿，真死气，好像谁对
　　　　不起你们似的。他妈的，买卖公平，我们又不是白
　　　　干。是我们给你们吃的，是我们唤醒了你们已经萎缩
　　　　的情欲。

琳　达　（冰冷的声音）我们的食品呢？先把食品拿出来。

盲匪甲　（幸灾乐祸地）这个声音好熟悉呀，是你吗？小娘们
　　　　儿，饿疯了吧？好啊，我让她舒服了再和你玩儿。

琳　达　（厉声）我让你把食品准备好——

盲匪乙　（奸笑着）好说，你们的食品和水就在里面……过
　　　　来，你过来呀……能不能得到食品，要看你们是否让
　　　　我们尽兴。

[琳达转过头，发现通往里间的门紧锁着。

盲匪甲　别想不劳而获，（挑衅地狂笑）哈哈哈哈……

273

[琳达站起身来，绕过盲匪乙，缓缓举起了手中的剪刀，一步步逼近盲匪甲。突然，她拼命地挥动着剪刀，近乎疯狂地扑向盲匪甲……盲匪甲惨叫着——

琳　达　（边捅盲匪甲边说）我让你尽兴……我让你不劳而获……我让你舒服……

盲人会计　伙计，你怎么了？

[琳达闪开了。盲人会计的手摸到了血泊中的盲匪甲。

盲人会计　啊！有人死了，有人被杀死了。

[盲匪乙停止了行动，从床架后面伸出头。

盲匪乙　谁杀死了谁？（怒吼）谁干的？！

[满脸是血的陌生女人挣扎着撑起身体欲说话——

琳　达　（捂住她的嘴，压低声）不要说话！

盲人会计　他，他喉咙上有个大口子，肯定是他搞的那个女人下的毒手，这娘们儿，得抓住她。

盲匪乙　她不可能走远，还在房子里。

[琳达拉起满脸是血的陌生女人，一手举着带血的剪刀往外突围。

琳　达　姐妹们，快走……

[盲人会计堵在门边，"砰"朝天开了一枪——

盲人会计　镇静，给我镇静，我们要马上解决这个问题。

[琳达声东击西，调开了把着门的盲匪会计，手举剪刀，牵拉着一个个女人，帮她们站起来，往外走。

琳　达　快，快——

[女人们都撤出了匪巢，酒店女佣吓得走不了路了。琳达架着她把她推出门去。

[琳达自己在门前停下。

琳　达　（怒气冲冲地喊道）混蛋们，你们还记得我说的话吧，我忘不了他那张脸。我警告你们，从今以后我也不会忘记你们的脸。

盲人会计　臭娘们儿，我知道是你。这笔血债你必须偿还！和所有的女人一起还，还有你们那些狗男人。

琳　达　你们知道我是谁？我从哪儿来？

盲匪乙　我去过你们那儿，我知道。

盲人会计　你的声音瞒不过我，只要你在我跟前说一个字，就必定让我杀死。

琳　达　那个人也这样说，现在他躺在你身边。

盲人会计　（得意加威胁地）我是盲人，但和他不一样，也和你们不一样，你们失明的时候我早已适应这个世界了。

琳　达　你也不知道我是什么样的盲人。

盲人会计　这骗不了我，你不是盲人。

琳　达　（不置可否）也许我是所有这些人当中最瞎的，现在已经杀了人，如果需要的话我还会杀。

盲人会计　在这以前你就饿死了，从今天起你们就没有饭吃了，即使再多女人想要奉献，我们也不会再给你们饭吃。

琳　达　（针锋相对）如果因为你们的过错我们一天吃不了饭，就让你们当中一个人死去，除非你们不迈出这个门一步。

盲人会计　你做不到。

琳　达　我说得到做得到，从现在开始由我们去取食物，你们吃这里剩下的吧。

盲人会计　你这个婊子养的臭娘们儿。

琳　达　现在你已经知道婊子养的娘们儿能干什么事了吧？

[盲人会计朝着门的方向开了一枪，没有击中。

琳　达　你没有抓住我，你要小心，子弹会用完的。再说了，你身边有人正惦记着想取代你呢！

盲人会计　（咬牙切齿）我非亲自掐死你不可。

琳　达　没那么容易，你先为自己倒记时吧。

[暗转。

[逃出盲匪魔掌的琳达迎面撞上博尔，她瘫倒在丈夫怀里。

博　尔　我听见枪响，你没事吧。

琳　达　我杀了人，我杀了那个畜生。

博　尔　你不该冒险。

琳　达　总得有人做这件事，而又没有任何别人能做。

博　尔　现在怎么办？

琳　达　现在我们自由了，他们已经知道，若想再作践我们，等待他们的将是什么。

博　尔　免不了争斗、战争。

琳　达　盲人们一直处在战争中，过去和现在都处在战争中。

博　尔　你还会杀人？不可思议。

琳　达　如果非杀不可，我就无法回避。

博　尔　食物呢？

琳　达　我们去取，我想他们没有胆量到这里来。至少这几天，他们会害怕同样下场落在自己头上，（冷笑）害怕剪刀扎进他们的喉咙。

博　尔　当初他们第一次来强迫我们做什么的时候，我们不懂得抵抗。

琳　达　我们回去也学着他们，把床摞起堵在门口。

276

博　尔　那一些人就得睡在地上。

琳　达　（有些恼怒）那就忍耐忍耐吧，这总比饿死好。

[转场。

[夜。天井昏暗的灯光下，博尔、琳达等一大群人聚集在这里。

琳　达　喂，士兵先生，这是怎么回事呀，食物迟迟不来，我们已经两天没吃东西了。

[陌生面孔的上士走了出来，隔着远远的铁栅门让失明者们安静。

上　士　责任不在军队，军人不会从任何人嘴里扣下一块面包，军人的荣誉不允许那样做。如果没有食物，那是因为没有食物。

尼　莫　为什么没有？那你们应当帮我们向政府要啊！

（他冲出人群，向着上士喊道。）

上　士　你们不要往前迈一步，第一个往前走的应当知道有什么结果在等待他。命令没有变——

[尼莫却步了。

[戴黑眼罩的老人坐下了，大家陆续都坐了下来，你牵我我拉你，大致围成了一个圈。其他宿舍也来了一些人。

药店伙计　现在怎么办？就是我们去向那帮混账要东西他们也不会理我们。

索尔玛　他们现在囤积的食物迟早也有吃完的一天。

尼　莫　所以他们才不肯给我们。

酒店女佣　他们吃完现有的食物之前，我们早已饿死了。

比塔尔　　那我们怎么办呢？

药店伙计　要是不杀死他们的头目，我们不至于落到这般地步。
　　　　　其实，女人们轮流到那里去两次，满足一下他们，有
　　　　　什么了不起呢？

　　　　　[有人想说话又饿得没力气说，张着嘴发不出声。

　警　察　到底谁杀了他们的头儿？

药店伙计　女人们都说不是他们干的。

　尼　莫　我们应当自己动手处理，找出这个人，把她送去接受
　　　　　惩罚。

药店伙计　先要知道是谁才行。

　尼　莫　我们告诉他们，你们要找的是这个家伙，我们送来
　　　　　了，请给我们食物吧。

　警　察　先要弄清楚，到底是谁干的。要是这里有人饿死，他
　　　　　罪不可赦。

　琳　达　（冲动地站了起来）但愿那些人先死，我……

　　　　　[她下句话还未出口，戴黑眼罩的老人紧紧抓住了她的
　　　　　胳膊，拉她坐下。

　老　人　（一语双关）要是谁敢去自首，我就用这双手掐死她。

　众盲人　（参差不齐的声音）为什么？

　老　人　在我们被迫生活的这个地狱里，在我们自己把这个地
　　　　　狱变成地狱的地狱里，如果说廉耻二字还有一点意义
　　　　　的话，应当感谢那个有胆量进入狼穴杀死饿狼的人。

　警　察　但廉耻不能当饭吃。

　老　人　你说得对，总有人用恬不知耻填饱肚子，但我们呢，
　　　　　我们已经一无所有，只剩下这最后一点当之有愧的尊
　　　　　严，至少我们还能为得到属于我们的权利而斗争。

警　察　你这话什么意思？

老　人　既然开始的时候我们像市井的下流坯一样打发女人们去那里，靠女人们吃饭，那么现在该打发男子汉们去了，如果这里还有男子汉的话。

警　察　（受到刺激）说吧，该怎么干？

老　人　非常简单，我们用自己的手去拿食物。

药店伙计　他们有武器。

琳　达　他们就只有一把手枪，子弹不会永远用不完。

尼　莫　那些子弹会让我们中一些人丧命。

琳　达　另一些人已经死了，而他们是为了不比现在更重要的目标死的。

药店伙计　我不愿意为了留在这里的人享受而丢掉性命。

老　人　（讥讽地）如果有人为了让你吃上饭而丧命，你也不吃吗？

药店伙计　……

[暗中缓缓走出一个女人，她就是琳达杀盲匪头子时正被其欺负的那个满脸是血的女人。琳达下意识地站起来，迎了过去。

琳　达　（轻声地）是你吗？你听出我的声音了？

[走来的女人没有吭声。

琳　达　你无疑能听出我的声音，我的手曾捂住你的嘴，我的身体曾紧挨着你的身体。现在到了真正知道我救的是谁的时候了，到了知道你是什么人的时候了。因此我要大声说话，说得清楚明白，让你能检举我，如果你命该如此我也命该如此的话，我现在就说。不仅男人们去，女人们也去。我们要回到遭受凌辱的地方，把

279

凌辱洗个一干二净，彻底从凌辱中解脱出来，把他们灌到我们嘴里的东西吐到他们脸上！

[所有的人侧耳倾听，那个女人终于开口了（下称盲女人）。

盲女人 （静静地）你去哪里我就去哪里。

[戴黑眼罩的老人笑了。

[博尔紧紧攥住盲女人的手。

[探照灯和所有的灯突然熄灭。

琳　达 灯灭了，一片黑暗。

博　尔 （笑笑）就像你失明了。

琳　达 我只好等太阳升起。

[琳达挽着丈夫朝前走着，她望着远方。

琳　达 城市上空一片漆黑，军队的探照灯也熄灭了。

博　尔 失明症的原因？

老　人 食物没有来，也不会来了，我们到那些家伙那儿去拿食物吧。

博　尔 不想去的人退出，留下的人一起商定行动方案。

[人群开始散开，一些人离去。

[琳达数了数剩下的人，其中有博尔、尼莫、药店伙计、戴黑眼罩的老人、警察，都是男人，除了比塔尔，还有一个例外，就是那个说"你去哪里我就去哪里"的盲女人。

药店伙计 人太少，这样我们不会成功。

老　人 突击队嘛，突击队的人必须少。我们进攻的目标只有一扇门的宽度，我认为人数多了反而麻烦。

[队伍终于组成。他们蓬头垢面，手执从铁床上卸下的

280

铁棍站到了一起。

老　人　大家最好保持密集队形，为了避免相互误伤，一定要
面向同一个方向。前进中一定要保持绝对的安静，使
进攻产生突袭效果。我们都把鞋脱下来。

警　察　以后每个人找到自己的鞋可就难了。

药店伙计　剩下的就真成了死者的鞋子了，不同的是至少还有人
可以穿。

警　察　这死者的鞋子是怎么回事？

药店伙计　是个成语，意思是空等一场。

警　察　为什么？

药店伙计　因为死者被埋葬的时候穿的鞋是用硬纸板做的，谁都
知道，灵魂没有脚。

老　人　（打断他们）还要注意，我们中精神头最好的六个人
在前面全力以赴将堵门的床推倒，为我们全面进攻打
开道路，要特别注意，我们不能分开，分开了我们就
会被打死。

比塔尔　女人们呢？你不要忘了女人们。

老　人　你最好不去。

比塔尔　为什么？为什么我最好不去？

老　人　（温和地）你太年轻。

比塔尔　这里不论年龄，不论性别，所以请你不要忘了女人
们。

老　人　不会，我不会忘。恰恰相反，但愿你们当中有一个女
人能看见我们看不见的东西，领着我们，不走错路，
指引着我们的铁棍用棍尖刺向歹徒们的咽喉，像那个
女人刺得同样准确。

琳　达　谁告诉我们她没有死在那里呢？至少后来再没有听到她的消息。

比塔尔　女人们能复活，一些人在另一些人身上复活，妓女们在正经女人身上复活，正经女人们在妓女身上复活。

[男人们无言以对。

老　人　那我们就出发吧。

[暗转。

[黑暗中，铁器的撞击声，人的撕杀声、吆喝声、惨叫声，"砰砰"的枪声，门板倒下的拍地声响成一片。

[博尔等人的宿舍。

[博尔夫妇、戴黑眼罩的老人、比塔尔等疲惫地相互依偎，横七竖八的倒在自己房间的床上。

博　尔　我们失败了，还损失了两个人。

老　人　药店伙计很勇敢，他已经冲进去了，可是我们的后援没跟上。

琳　达　他本来可以成为一个优秀的药技师的……

博　尔　警察为了我们以身殉职，我们不会忘记他。

老　人　（思虑着）是哪儿出了问题？（鼓舞大家）下一步我们再考虑怎样干。不要灰心，与其等死，不如挣扎。

琳　达　（目光搜寻着）哎，那个我到哪儿就跟我到哪儿的女士呢？

博　尔　你真信她会不离开你？

老　人　会不会在里面受伤出不来了……

[转场。

[疯人院过道。

[琳达到哪里她就要到哪里的盲女人打燃了手中举着的打火机，小小的火苗忽闪着，她像一个飘忽的灵魂，轻快地走着，一直走着，像一个奔向天堂的天使。

[在歹徒们的宿舍门口，她停住了。门开着，但被重在一起的床挡着。盲人歹徒们正在庆祝胜利：他们唱着，吃喝着……她钻进了盲匪的房子，哈哈大笑着，在自己受尽屈辱的地方不断点火，最终与众盲匪一起卷入火海中。

[烟雾弥漫，大火熊熊，红了半边天。

[铁栅栏边，已经聚集了许多人，他们后面是火焰，前面是栅栏，跨出去就有生的希望，却不敢越雷池半步。

尼　莫　听，失火了。

酒店女佣　（哭着）琳达，带我们出去，你在哪儿啊！

[在火焰的背景中，琳达左手紧紧攥着斜眼小男孩，右手拉着戴黑眼罩的老人，后面跟着博尔，跟着比塔尔，他们一起冲了出来。

琳　达　我们在这儿。

尼　莫　为什么我们不出去，待在这里干什么？

酒店女佣　失火了，你快带我们逃命吧——

博　尔　门口有士兵。

老　人　宁肯被子弹打死也不让大火烧死。

琳　达　让我过去，去和士兵说说，他们不能让我们这样死，士兵们也是人，应该有人的感情。

[人群让开了一条通道，琳达像一个英雄似的走了过去。

[琳达挤到了平台上，她衣衫褴褛，脸熏得黝黑。

琳　达　士兵兄弟们，大火就要烧过来了，请让这些受尽磨难的老人孩子还有女人们出去吧，我们没有退路了，（她哭了）我乞求你们不要开枪……

[没有回应。

博　尔　怎么回事？

[琳达没有回答，她观察着四周，下了两级台阶，又下了两级，没有任何阻碍。

琳　达　（激动地）我们自由了，（高呼）自由啦——

尼　莫　士兵们走了？

博　尔　毫无疑问，也失明被送走了。

老　人　就是说，所有的人都失明了。

[大火渐渐熄灭。

[废墟的舞台空旷而悠远。

[宗教意味的乐声起。

[暗转。

[博尔夫妇的家里。

[尼莫夫妇、戴黑眼罩的老人、小男孩分别在床上、沙发上熟睡，博尔和比塔尔站在窗前亲吻着……

[为了不吵醒大家，外出觅食的琳达蹑手蹑脚地进门来，面对热吻的丈夫和比塔尔愣了好一阵，她放下手里的东西，轻轻走到丈夫和比塔尔的跟前。她伸出胳膊揽住了两人的腰，两人一下子分开了。

琳　达　我出去找了点儿吃的。

博　尔　（惊慌的）琳达？你……我……

琳　达　（微笑着摇头）不要说，请不要说了，有的时候说话一点儿用处都没有。（看看丈夫又看看比塔尔）我真想大哭一场，用眼泪把一切都倾诉出来，不用说话就能让别人明白。

比塔尔　我们……

琳　达　（对比塔尔）你们什么，以失明的名义？在疯人院，我曾站在你们亲热着的床前，为我们保守着这个秘密。现在自由了，要是愿意，你们……请便吧。

　　　　[比塔尔哭了。

比塔尔　琳达，对不起。是我，都是我，博尔先生没有错。疯人院的我太孤单了，心里总感到恐惧。

博　尔　琳达，是我的错，内心的脆弱使我……

琳　达　（答非所问）满大街都是被遗弃了的狗，到处是垃圾，所有商店的门都开着，里面空空如也。没有交通，没有水，没有电，政府消失了，盲人们充斥着街道，不知是白天还是夜晚，不知该走向哪里。在这座城市里，记忆已经变得毫无用处……

　　　　[窗外下起了大雨。

博　尔　下雨了。

比塔尔　下雨了？

琳　达　（似自言自语）真的是下雨了……

　　　　[睡觉的几个人都被雨声惊醒。

索尔玛　下雨了，真想洗个澡。

琳　达　干嘛不呢？

　　　　[众人响应，大家迫不及待地脱掉褴褛的衣裳，摸到了露台上。

[众人在窗外露台上洗澡的场面。

尼　莫　（突然不动了，将信将疑地盯着妻子）那是什么？索尔玛，是你吗？我看见你了！

比塔尔　（激动地）我好像也能看见了，看见了！是真的！

小男孩　（惊喜地）我看见雨了！

[大家欢呼起来，突然意识到都赤裸着身体，又害羞地叫起来。

[灯暗。

[博尔家。烛光摇曳。

[所有的人已换上了干净衣裙。

博　尔　这场失明症可能到了尽头，我们大家可能开始恢复视力了。

[大家激动地笑了，只有琳达喜极而泣。

索尔玛　（大叫）我看见蜡烛了，还有尼莫……

尼　莫　（激动地）索尔玛！

[尼莫夫妇拥抱在一起。

尼　莫　真不敢相信，就好像一场梦。

戴黑眼罩的老人　有了！

比塔尔　什么有了？

戴黑眼罩的老人　我也看见了。

[外面有人在喊。

小男孩　听，你们听，外面怎么了？

[画外音：很多声音参差地说着："看见了——"

博　尔　（自信地）完全可以肯定，现在人们的视力都在恢复。
　　　　　（看着戴黑眼罩的老人）我们的智者，戴黑眼罩的老
　　　　　人，我给他检查已经过了好长时间了，现在他眼前大概
　　　　　是一片浑浊云彩。

尼　莫　他会失明吗？

老　人　（幽默地）经历了一次失明，什么样的失明我都能对
　　　　　付！

博　尔　不会，一旦生活正常，一切会运转起来。（对老人）我
　　　　　会很快给你手术，按原计划进行。

老　人　不过，我们为什么失明了呢？

博　尔　现在还不清楚，或许有一天会查明原因。

琳　达　（冥想）我想我们没有失明，我想我们本来就是盲人。

尼　莫　我们本来就是盲人？什么意思。

索尔玛　你是说，我们是能看得见的盲人？

老　人　能看但又看不见的盲人。

比塔尔　（似有所悟）能看但又看不见……盲人？

　　　　　[大家都有些丈二和尚。

　　　　　[外面不断传来欢呼声。琳达走到窗前，看着下边。

博　尔　复明的人们都在欢呼，失而复得是一件多么激动人心的
　　　　　事啊！

琳　达　（意味深长地）城市还在那里……

博　尔　我们已经不同。

　　　　　[众人面面相觑。

小男孩　（莫名其妙地望着大家）我要回家。

　　　　　[比塔尔理解地将小男孩揽在怀里。

琳　达　（做出手势）嘘，你们听——

287

[交通台播音员柔美亲切的声音弥漫空中：——女士们
先生们，这里是调频86.5兆赫，凯熙为你播报气象台发
布的本市未来24小时的天气预报，今天晚上阴转晴，能
见度好，最低温度10摄氏度，污染指数0。

琳　达　好像一切都不曾发生……

[音乐起——

剧终

（原载《剧本》月刊2007年第4期）

白围墙

人　物　　郑景宜　女，四十六岁，妇产科大夫。

沈教授　男，六十岁，妇产科大夫，教授。

肖主任　女，六十岁，妇产科主任。

徐放　男，四十五岁，妇产科大夫，郑景宜的同学。

江鸥　女，二十六岁，妇产科住院医生。

孟季平　郑景宜已故的丈夫，生前是外科主任。。

孟欣　男，二十二岁，郑景宜的儿子，大学生

梅子　女，二十一岁，孟欣的大学同学。

田戈兵　男，二十二岁，孟欣的大学同学。

李伯　六十二岁，医院焚井工人。

已故的女病员。

已故女病员的丈夫。

孟欣的同学若干。

医护人员若干。

假面人若干。

生活老人。

注：该剧除孟欣的同学、孟欣不戴面具外，其余均戴。
除假面舞会，引子中假面人的面具很实的处理外，其余
人物的面具全用象征性的，以不影响人物面部表情为原
则。

引 子

[点、线、面似的现代音乐由远而近，由弱到强。一颗流星划过，两颗星球相撞，一场发出尖厉声响的陨石雨，一个庞大的天体呼啸而来，恒星喷火的黑洞……像空灵、浩渺、深邃的宇宙。

[从舞台深处的不同角度走出许多人，他们装束打扮各异，都戴着不同表情的面具：微笑的、忧郁的、凶狠的、欢乐的、尖刻的……他们相互独立，交错地走着直线，有的在寻找，有的在思考，一个个嘴上念念有词，舞台上一片窃窃细语。现代音乐声渐弱。

["喂——"从远处传来一声呼喊，台上的假面人们站住不动了，他们各自的神态、姿式、站立方向都不一样，但都站住了。生活老人上。

生活老人　嗨，你们这是在找什么？

[假面人们面面相觑。生活老人走到假面人中间，用寻问的目光依次注视假面人甲、乙、丙、丁。假面人甲、乙、丙、丁依次做出反应：

丈　夫　（作了个痛苦的姿式）我找理解——

假面人乙　（做了个夸张的形体动作）我找真诚——

假面人丙　我找善良。

假面人丁　我找同情心。

[台上所有的假面人双手都向上伸直摊着，做渴求状，参差不齐地呼唤着。

假面人们　真诚、善良、理解、同情心——

[现代音乐渐强，和寻找的呼唤融汇成宏大的音响。人们又开始变换队形。突然，呼唤声停了，现代音乐声中流出了抒情的《红蜻蜓》的旋律，渐渐地，现代音乐声被后者所代替。假面人们相互靠拢，带着追忆的表情专注地听着。

[一群大学生跑步上，他们笑着，还说着话，都没有面具。

假面人们　真诚、理解、同情心……

丈　夫　哦，真诚，你在哪儿？

大学生甲　（撩起假面人甲的面具）你找真诚？那你为什么不取下这个？

[假面人甲惶恐地护住自己的假面具。

丈　夫　别，别这样。没这么简单，真的，生活中的事不像你说的这么简单。

生活老人　（对观众）人人都希望得到，可谁愿意为别人付出。我在这个地球上，已经活了六十多年，看到的是嫉妒、猜疑、诽谤。人们为了一个职称，一个官位，一张文凭，甚至一个小小的满足，便可以使出十八般武艺，不惜失去人们口口声声呼唤的，时时刻刻寻找的东西，包括友情，包括爱，包括真诚、同情、理解……

[他摇摇头，仰天长叹——

[大学生乙正欲去撩开假面人乙的假面具，假面人乙立即护住面具。

生活老人　（对大学生）你们不要难为他们了，要打破人们几十年形成的习惯是不可能的。他只有在这面具下，心里才能坦然，就像你和你的朋友们不习惯隔着一层东西看待生活。

[假面人们一个劲儿地点头，还相互说着什么。

生活老人 跑步去吧，孩子们，不要在这里耽误了时间。

大学生甲 老伯，我似乎知道一点儿，可又不完全懂。人为什么要这样，您能告诉我们吗？

生活老人 （笑着摇头）这是个很复杂、很微妙的问题，几句话说不清。生活会告诉你们，一定会的。

[假面人们又赞许地不断点头，大学生们也似懂非懂地点头，他们绕着假面人相互变着队形，似乎是在相互认识。

[远处传来一阵清亮的铃声，大学生们都意识到了什么。

生活老人 上课铃响了——

[大学生们相互示意，向生活老人及假面人们挥手告别，跑步远去。《红蜻蜓》乐曲渐弱、渐远。假面人们不断朝学生们消失的方向张望，紧接着是一段象征"希望"的形体组合动作。音乐停了，台上的人们全都不动了，片刻，大家刷地把手臂伸向远方。

生活老人 人也够可怜的，一辈子含辛茹苦，活了几十年后，才发现有那么多的遗憾，才懂得静下来反思自己。为什么不早些意识到呢？为什么非要站到上帝面前时，才可以客观一些呢？也许有人会认为我说的是废话，也会有人认为我扯得太远了。好吧，我不再说了，还是让生活的舞台带我们去认识和思考吧。刚才跑步过去的那群大学生不知来了没有（看台下）？要是来了，正好一起看这场戏，也许，大家会有许多发现——

[“当、当、当……”不紧不慢的钟声响了，生活老人渐渐隐入黑暗之中。灯暗。

第一幕

[舞台气氛呈现出的季节是秋天，一个晴朗周末的黄昏。

[郑景宜家的小院，秋天太阳的余晖在地上投下斑驳的影子，静悄悄的。

[戴面具的郑景宜正精心往花瓶里插花，小石桌上零乱地放着些鲜花。她显得比实际年龄年轻，乌黑的卷发别致地盘在头上，身材修长，略显清瘦，服饰装束无不体现出知识女性特有的韵味。她捧起花瓶看了看，满意地点点头。孟欣从屋里出来，见到郑景宜插的花惊叹。

孟　欣　你真行，妈妈。这花插得够水平，简直可以和日本花道的插花技术媲美。

郑景宜　（笑笑）来，把它拿进去。

[孟欣捧起花瓶进屋了，郑景宜将桌上剩下的花弄到一块，看了看表，孟欣出。

孟　欣　别担心，妈妈，我的同学一定很快就到，咱俩的准备工作不会白做的。

郑景宜　我不是担心这个，肖主任让我晚上七点帮她给做个腹腔镜手术，我怕来不及。

孟　欣　（有些不满意）妈妈，你就这么好说话？你们科里那么多的大夫——

郑景宜　（眉宇间显出几分得意）是有很多大夫，可为什么就偏偏让妈妈去？大学生，你说说看。

孟　欣　（不耐烦地）妈妈——和你说话总难搭调。为啥让你去？你好说话呗。

郑景宜　（失望地）你呀你，太不了解妈妈了。难道仅仅是好说话？从西德引进腹腔镜手术，第一个派去学习的是谁？国际《妇产科》杂志创刊，被推荐发表的第一篇论文是谁的？这次在法国召开的学术会，我是唯一大会发言的中国人。另外……

孟　欣　知道，知道，妈妈，这是因为你是骨干，是技术力量，是妇产科的中流砥柱。你这样体现自己的骨干作用，不一定周围的人都高兴。

郑景宜　（自信地笑笑）是啊，你就不高兴。

孟　欣　今天我的同学来，我希望妈妈在家里，星期六嘛。

郑景宜　我知道是星期六，可是工作怎么可以推辞呢？（停顿，想了想）尤其是最近正在讨论我的职称，我更不能在这个时刻掉以轻心呐。

孟　欣　妈妈，你不觉得你加班一类的事太多了吗？爸爸在世的时候，你经常甩下我们，没完没了地写论文、开会、做手术……那会儿，我和爸爸作伴，可是后来——妈妈，你真像个苦行僧。看起来，你的追求一步步都达到了，其实，你失去了好多好多对于人来讲是最美的东西。

郑景宜　（默默听完孟欣的话，严肃地抬起头）你的话真多。

孟　欣　妈妈，我不是和你闹情绪。我是想，你也稍稍能轻松一下……

[小院外传来孟欣同学们的说话声，郑景宜示意孟欣去看看，自己疾步进了屋。田戈兵、梅子等一大帮同学涌进了小院，顿时，宁静的小院热闹非凡。

梅　子　哎呀，可找到这儿了。

田戈兵　怎么，就你一人在家？

孟　欣　我妈妈也在。

[孟欣正说着，郑景宜从屋里出来了。她换了一套深灰色的西装套裙，显得分外的有风度，脚着半坡跟皮鞋，步态轻盈地走到孟欣同学中间。

郑景宜　欢迎欢迎——

[她跟孟欣的同学一一握手。

郑景宜　早就从孟欣那儿听说过你们了，今天你们要好好玩个痛快，有什么要求就告诉孟欣。

田戈兵　郑阿姨，这次去法国，一定很有意思。

郑景宜　（有些敷衍地）不错，不错。（她又看看表）我还要请你们吃法国的巧克力呢。孟欣，带同学到屋里坐。

[郑景宜带着同学进屋了，田戈兵和孟欣又折回院里。

孟　欣　戈兵，我妈妈一会儿还要去医院做个手术，这儿的事，你可得给我帮忙。

田戈兵　没问题。

[梅子走出来。

梅　子　（带着几分矜持，很在行地）二位，我建议今晚的舞会搞成化妆舞会。

田戈兵　化妆舞会？

孟　欣　（用赞许的目光看她一眼）化妆舞会，这很有意思。（想想）行，咱们做假面具，我来提供材料。

[梅子深情地注视着孟欣，孟欣没注意，却被田戈兵看在眼里。

梅　子　真是个聪明人。

田戈兵　（不是滋味地拍了一下大腿）说干就干。

孟　欣　走，进去动员一下，大家动手快得很。

[三人进屋。沈教授上，他看上去也比实际岁数年轻，笑容可掬，风度翩翩，虽是满头银丝，但却神采奕奕。屋里传出一片欢呼声。沈教授的注意力被顺引了过去。他沉着地戴上了面具。

沈教授　（声如洪钟）郑大夫，郑大夫——

[孟欣跑出，紧接着郑景宜跟出。

孟　欣　沈伯伯，您好。

郑景宜　沈教授——

[郑景宜迎上去，接过沈教授的手杖和提包。沈教授用充满爱意的目光盯着郑景宜，打量着她的装束。他突然意识到什么，看了看孟欣。

郑景宜　孟欣，去给沈伯伯沏茶来。（对沈教授）今天是周末，孟欣的同学在这儿玩。

沈教授　好，好呀，年轻时不玩，等长到我们这么大，可就想玩都玩不成了。

[孟欣笑笑进屋去了。

沈教授　景宜，你本来就年轻，去了一趟法国，更显得年轻、漂亮了。

[郑景宜摆头，孟欣端茶上。

郑景宜　瞧您说到哪儿去了？我这套衣服都买了好长时间了，一直没穿。

沈教授 （故作老练状）是化纤的吧？很挺括。

郑景宜 不，是纯毛薄呢的。

沈教授 嗯，颜色很纯正，显得典雅，它很符合你的性格。

孟　欣 沈伯伯，您坐啊，我到里面去了。

沈教授 （故作幽默）嗯，你去，你要在这儿，你那些同学该骂我了。

[孟欣笑笑到屋里去了。院里只剩下沈教授和郑景宜。

沈教授 （多情地）从你去法国开会到今天，我是二十一天又八小时没见你了，你瘦了，是瘦了……

郑景宜 （把茶杯递到沈教授手上）瘦点好，不是有人说"有钱难买老来瘦"吗？

沈教授 怎么说自己老呢？我都不老，你真是——

[沈教授呷口茶，看着郑景宜。

沈教授 今天下午我才听说你回来了。

郑景宜 前天到的，今儿上午我到科里去了，见到了肖主任。

沈教授 这次出去，收获一定不小。

郑景宜 （点点头）是的。德国的苔尔教授还问你好呢。另外，好多国家的专家都向我了解您在绒癌的研治方面有什么新的突破。

沈教授 （得意得眼发亮）海尔门教授去了没有？英国的。

郑景宜 去了，他还问你为何没去。

沈教授 （急切地）你咋答的？

郑景宜 我说："沈教授为了不中断研究工作，放弃了这次来法国的机会。"

沈教授 （黯自神伤地）聪明，妙，答得好。从爱国主义角度讲，这是最机智的回答。

郑景宜　沈教授——

[沈教授摘下面具对观众道。

沈教授　她就不敢说是因为人事纠纷，我才没去成。哦，生活中的事真让人懊恼。

[沈教授戴上面具，带着自信的微笑看着郑景宜。

郑景宜　我带回好些数据，已送到院里复印去了，复印出来，我给你送去。

沈教授　好，太好了。（稍顿）会议对你那篇论文有何反响？

郑景宜　（自信地把头一偏）反响强烈，已被推荐到国际卫生组织去了，国际卫生组织已准备邀请我们参加明年春天在瑞士举行的学术年会……

沈教授　（敏感地）发正式邀请书了？

郑景宜　还没呢，据说很快要发。

沈教授　到时候，你仍应是当然人选。

郑景宜　不一定，不一定。

沈教授　（对郑景宜笑笑）放心，我这学术委员会的主任委员，到时候一定会为你力争的。

[徐放和大夫甲、大夫乙正往郑景宜家走来，他们的脸上戴着面具。郑景宜家的小院里，郑景宜和沈教授正在谈着。徐放用手势制止大夫甲、乙再往前走，三人在院外踱步、徘徊，眼睛不时往院里瞥。

沈教授　晋升副教授的事，最近就要投票审批了。

[郑景宜抬起了头。

沈教授　（压低了声音）简单地说，咱科里是你与徐放二选一，千万保密。

郑景宜　（有些紧张地）二选一？只有百分之五十的希望。

[沈教授凑到郑景宜耳边说着，郑景宜借为沈教授掺茶，避开沈教授凑得过近的头。这一切都被徐放等人看见。徐放扒下面具，露出悟出了什么似的神秘笑容。

沈教授 （呷了口茶）我已为你想好了，抓紧把你这次参加国际学术会的论文改了一稿。交到学术委员会去，到时候我主荐。你放心，我那关键的一票，是属于你的。

[屋里爆发出吵闹声和笑声。郑景宜、沈教授相视一笑，这又被徐放等人发现。

郑景宜 这些小家伙。

沈教授 走，咋们看看这些小年轻是怎么个玩法。

[郑景宜把手杖递给沈教授，沈教授笑着表示用不着这个，这一瞬间被刚跨进小院的徐放等人看到了，徐放对大夫甲低声说。

徐　放 莫道君行早，更有早行人呐。瞧瞧，一贯是文明棍不离手的老教授，现在也可以不要它了。

大夫甲 平时就是用来做装饰的嘛。

徐　放 （悻悻地）他只有用这种办法和女人在一起，表现他年轻，还不老。哼哼，有意思……

[徐放等三人笑着走进小院，郑景宜回头。

郑景宜 嗬，是你们几位呀。

徐　放 （恭敬地对沈教授）教授——

[另外二位大夫也向教授点头。

沈教授 你们也是来打听消息的吧？

徐　放 （笑看）您是指什么消息？我们来，是为了法国学术会的消息……

[江鸥和一女护士上，二人均带着面具。

江　鸥　（热情地）郑大夫，哟，沈教授、徐大夫，今天郑大夫
　　　　这儿可真热闹，我又步人后尘了。

郑景宜　小江、小王，来来来，你们二位是第一次来我这儿，请
　　　　坐请坐。

徐　放　（开玩笑地）二位来，有何贵干那？

护　士　哟，徐大夫，就兴您来呀？郑大夫是国家的，不是哪一
　　　　个人的（她瞅着进屋去的郑景宜背影，做俏皮状）私有
　　　　财产。

徐　放　（故做苦恼状）何必讥讽我们这些上了年纪的人呢？你
　　　　们护士阿姨就会翻老账。哎，郑大夫来了可别开那种玩
　　　　笑，我怪难为情的。

护　士　（讥讽地）得了，谁不说徐大夫您是咱科里，面部肌肉
　　　　最有弹性的人，您还会难为情？

　　　[大家又是一阵笑。

徐　放　（故作严肃地）小王同志，这可是在郑大夫家里，你不
　　　　知道她讨厌这一类玩笑？

护　士　嘴长在我脸上，我就喜欢说笑。

　　　[江鸥扯了扯护士的衣角，示意她别说了。

沈教授　（清了清嗓子）年轻人都越来越会说话了，后生可畏
　　　　呀。（他面朝观众扒下面具）这种女人，真该给她做个
　　　　绝育手术（又将面具拉上）。

　　　[郑景宜给大家端来了糖、水果。

郑景宜　来，大家尝尝法国糖果。

护　士　郑大夫，您有没有从法国带什么服装回来？我想有吧。
　　　　您历来注重服饰装束，肯定忘不了买两套法国服装带回
　　　　来。给我们看看，做个样式好吗？

郑景宜　（笑笑）可以，只是现在我的东西还未清理，很乱。过
　　　　两天给你看好不好？

护　士　行，行，看您方便，什么时候都可以。

郑景宜　（扒开面具对观众）真讨厌这一类小家子气十足的女人。

　　　　[郑景宜突然想起了什么，她戴上面具。

郑景宜　小江，海尔门教授给我说起了你的一篇论文。

江　鸥　（眼睛一亮）海尔门教授？他怎么说？

徐　放　小江，真有你的，看不出，真看不出。

沈教授　海尔门教授怎么说？小江，你可没给我说过这事呀。早
　　　　知道，我还可以给你写封推荐信呢……

江　鸥　（尴尬地）我是写着玩，想试试笔。

徐　放　哎，别说那么多，听郑大夫说说情况。

郑景宜　（一边给大家散糖，一边热情地说开了）海尔门教授说
　　　　小江是个勇敢的中国人，有闯劲，敢于提出自己的论
　　　　点，只是觉得思维方法上有偏颇之处，逻辑也欠严谨。

　　　　[江鸥扒下面具，脸上的笑容变成了阴云，郑景宜毫不
　　　　在意，热情、认真地继续说着。

郑景宜　海尔门教授说他要给江鸥写信，说虽然这次刊物不准备
　　　　采用，但小江通过这篇论文可以知道自己的弱点，以后
　　　　会有成就的。他认为小江在数据和基础知识方面比较扎
　　　　实；思辨、分析病历这方面要差些，没什么突破性的设
　　　　想和动机。我也觉得小江在这方面可以有意识地锻炼自
　　　　己，否则以后在处理具体情况时，会感到吃力。

　　　　[江鸥脸越拉越长，头越垂越低，以幅度很大的动作戴
　　　　上面具。

沈教授　郑大夫——

[郑景宜抬起头，发现江鸥很不高兴，有点不知所措。

郑景宜　小江——

江　鸥　郑大夫，谢谢您告诉我这些情况。（扒下面具，怒不可遏地对观众）她没完没了地在这儿晾我，我今天怎么会跑到这儿来受这打不响叫不明的窝囊气。上次我工作转正，她不也这么"认真"地来了一番吗？哼，咱们走着瞧。（拉上面具。声音甜润地）郑大夫，以后一定要多多指教哦。自己的问题，往往旁观者清。

徐　放　小江，郑大夫在这方面比你我都有经验，她的话在理。我们大学班上，她可是个引人注目的人才啊。

郑景宜　（自言自语独白）他这是什么意思？这家伙总是言下有意，弦外有音。（对徐放）徐大夫——

江　鸥　（打断郑景宜的话）郑大夫，我那篇稿子在您那儿吗？

郑景宜　（点头）我把行李整理一下就拿给你，我认为你可请沈教授看看。

[江鸥抬起眼望看沈教授。

沈教授　当然可以，当然可以。

徐　放　小江，别灰心，等沈教授看了你的稿，他会为你设法的，扶持新秀嘛。

江　鸥　我没啥好灰心的。

沈教授　郑大夫，你别忙来忙去的，把这次学术会的动态讲讲。

徐　放　对，对，讲点见闻，我们几个是专门来听情况的，咱们成天在医院埋头苦干，闭塞得很。

[郑景宜欣然点点头。

郑景宜　这样吧，请各位在这儿休息，喝点茶，还有水果和糖。等我一会儿……

304

徐　放　　你有事?

郑景宜　　没什么事，上午肖主任约我帮她做个腹腔镜术。

沈教授　　这肖主任，她不知道你刚回来?

郑景宜　　哦不，上午我去科里，她正愁人手不够，我就领了这任
　　　　　　务。

　　　　　　[郑景宜看看表。

郑景宜　　是个健康者做体检，婚后三年不孕。一会儿就解决问
　　　　　　题。

沈教授　　行，行，反正晚上没事。

　　　　　　[其他人想了想。

沈教授　　郑大夫做腹腔镜术是咱科的元老，又快又好，没说的。

郑景宜　　（谦虚地）沈教授，你这样说，我可不好意思了。

徐　放　　不用谦虚，谁不知道当我等还在试着做开放式腹腔镜手
　　　　　　术时，你已在闭合式上运用自如了。好，说定了，我们
　　　　　　等你。

郑景宜　　（朝屋里）孟欣——

　　　　　　[孟欣应声而出。

郑景宜　　我去科里了，你先照应一下，我一会儿就回来。

　　　　　　[大夫乙看表，护士也站了起来。

大夫乙　　我先走了，还要去幼儿园接女儿，改天听郑大夫讲。

护　士　　我也走了，你们玩吧。

郑景宜　　（对大家）好，待会儿再见。

　　　　　　[郑景宜、大夫乙、护士下。

孟　欣　　（望着郑景宜的背影摇摇头）我妈妈太辛苦了……

徐　放　　能者多劳，门诊、手术、带学生、写论文、出国……你
　　　　　　妈妈很幸运，有付出，有收获。有人比她还苦、还累，

可到头来却是一无所获。（取下面具对观众）她总是走运，这次又是晋升副教授的竞争者，哼，凭什么？！什么好处都是她得，太不公平了。（戴上面具）孟欣，你还年轻，不懂。

江　鸥　有的人想干，可总得不到机会。

沈教授　人总是要有作为才会被别人尊重，才会得到大家的公认。孟欣，你应该学习你爸爸妈妈。

孟　欣　（自信地笑笑）不，我不愿做苦行僧。

徐　放　苦行僧？

沈教授　年轻人不能没有事业心啊。

孟　欣　可能我们对"奋斗""事业"的认识不一样，我不认为自己是没有事业心的人。

徐　放　你把这代人看成是苦行僧，这话有道理，但也不尽然。就说你家，你爸过去"苦"，苦出了外科主任的职务，苦出了这人人羡慕的小院，这苦的下面不是孕育出"甜"了吗？

孟　欣　徐叔叔，你这"甜"的标准也太低了，您那么不懈地追求了近半辈子，就是为了这些？仅仅为了这些？

江　鸥　徐大夫，现在时兴出国（说完瞟了孟欣一眼）。

沈教授　孟欣，毕业后准备出去吗？

孟　欣　（点头）有这个打算，出去多学点儿东西。

江　鸥　郑大夫肯定早就打好眼子了。

徐　放　这还不容易？孟欣外婆就在美国。

孟　欣　（笑笑）真这样就好了，我妈妈和你们想的可不同，我弄不懂她。

徐　放　（笑笑）现在的人是相互弄不懂，故意不让人懂，社会风气就是如此。

孟　欣　徐叔叔，听妈妈说您外语很好，您可以出去学习进修嘛。

沈教授　徐大夫，不是说您妻子出去了吗？

江　鸥　对了，可让她帮你弄个学位来攻了。

徐　放　（苦笑）我们早离婚了，你们不是不知道，我给她写过几封信，可是都如石沉大海……

孟　欣　那您去考嘛，试试，说不定就有希望。

徐　放　有机会当然不会放过。在事业上，我是从不放过任何一个机会的。只是，我的机会太少了，不像你妈妈……

孟　欣　我妈妈？

　　　　[大家对着孟欣点头。屋里传来呼唤孟欣的声音。

沈教授　小家伙，快去和同学玩，我们在这儿等你妈妈。

孟　欣　（抱歉地）有事就叫我。

　　　　[孟欣跑进屋去了。

徐　放　小江，怎么百灵鸟变成哑巴了？

江　鸥　（笑笑）没什么，徐大夫。

沈教授　郑大夫是有口无心，并不是故意要让你难堪。

徐　放　（见风使舵）对，沈教授的话是对的。

　　　　[江鸥还想说什么，徐放暗示她别说了，并递给她一杯茶，江鸥接过茶不吭声了。沈教授若有所思地看了看徐放，大家都不知该说什么。

徐　放　（试探地）教授，听说这次我们的晋级名额只有两个，但现在已报了三个人上去。

沈教授　（一怔）你从哪儿听来的？

徐　放　（笑笑）在这类事上，没有不透风的墙，何况这次是末班车，机会一过，又不知要待何时。教授，人人都是有

307

心人呐。

沈教授 末班车？

江　鸥 （扫了大家一眼）听说这批之后，晋升条件就更苛刻了。所以稍有希望的人都在暗自着急呢。

沈教授 （笑笑）着急有什么用？都可以争取在学术上比比高低。

徐　放 （对江鸥笑笑）是啊，我们医院的学术空气在全国来说都是数一数二的。可是多年的经验告诉我，没有前辈的扶持，光靠自己的力量是很难有所作为的。（稍稍停顿）在这一点上，我真羡慕郑大夫，那么多人都关心她，尤其是——您。

[沈教授怔了一下，徐放故作自然地笑了笑。

沈教授 小徐，你这话可不对，你和小郑都是我的学生、同事，我对你们历来是一视同仁的。你可不能给年轻人造成一种亲疏印象。

徐　放 （一语双关地）当然，当然。其实关心谁都是应该的，谁都可以有自己的选择嘛。我就很崇敬您，您的为人，您的学术水平。在有的问题上，我特别期待能助您一臂之力呢。

[静场片刻。

徐　放 沈教授，您是学术委员会主任委员，又是我们的老前辈，您分析分析我和郑大夫谁更有希望？

沈教授 都有希望，你们各有长处，我的分析只能是我个人的意见，学术委员会的裁决才有实际意义。

江　鸥 教授，您就帮徐大夫分析一下嘛。

徐　放　　（期待地）沈教授——

[沈教授站起来踱步，极其不满意。

沈教授　还没有谁这样逼我表态呢。很对不起，我业余时间不打算考虑工作。

徐　放　　（笑着）这么说您今天到郑大夫家不是说工作？

[沈教授被这话怔住了，江鸥也一愣，大夫甲端起茶喝，徐放仍在笑，看看这个又看看那个。最后把目光落在沈教授脸上。空气像凝固了一样，很快，大家的脸上又泛起了笑容，都相继端起了茶杯。

[屋里传出孟欣和他的同学们参差不齐的歌声：“夕阳西下，晚霞一片红，小小红蜻蜓，让人背着看晚景，往事如梦境。山坡田地里，结满红桑葚，摘下来呀，装进竹篮里，童年如幻影。”

[歌声中，院里的几个人交错踱步，不时相互观察，歌声渐渐变成了哼唱。

[暗转。

[紧接前场，郑景宜家客厅及小院的一部分。

[孟欣的同学、郑景宜的客人们一对对和着音乐翩翩起舞，大家的脸上都戴着假面具，一支曲子终了，录音机里又传出了节奏强烈的迪斯科舞曲，年轻人们来劲儿了，踩着节奏狂舞着，戴着面具的沈教授、徐放等退到边上。梅子边跳边寻找着孟欣，但她总也认不出谁是孟欣，戴着面具的田戈兵注视着梅子，他总在她的近旁跳舞。又一支舞曲终了，孟欣取下面具，招呼大家喝饮料。

孟　欣　大家休息一下吧，喝点儿汽水，还有茶。

孟欣的同学们　继续跳，休息什么呀。哦，音乐别停。

[华尔兹舞曲起，大家又跳起来。田戈兵和梅子走
到孟欣跟前，田戈兵兴奋地拍拍孟欣的肩。

田戈兵　今晚真热闹，太有意思了。孟欣，我有一个小小
的行动计划，暂时保密。

孟　欣　行动计划，保密？

梅　子　孟欣，先别管他什么计划，我渴死了，帮我开一
瓶汽水好吗？

孟　欣　这正好开了一瓶，给——

梅　子　不嘛，我不要这个，我要矿泉汽水。

孟　欣　（无可奈何地）好，矿泉汽水，请吧小姐，一会
儿要吃什么请自己动手。

梅　子　（撒娇地）我就要让你给我开。

孟　欣　梅子小姐，把你的矜持稍稍克服几小时吧。

梅　子　你——？！我找了你半天，难道仅仅是为这瓶矿
泉汽水？难道你真的不懂？

[梅子眼里噙满了泪水，她扭头要走，被一个人拉
住了胳膊，她猛一转身，那人取下面具，是田戈
兵，他看着梅子摇了摇头。

田戈兵　走了可不好，梅子。

梅　子　（眼泪夺眶而出）有什么不好？我是个可有可无
的人。

田戈兵　学习上你好强，大家都佩服你，你的成绩征服
了全班，可生活中，就不能事事以自己为中心
了……

梅　子　我没想以自己为中心，我只是——

田戈兵　不，不要解释，不要这样。

　　　　[梅子还想说什么，田戈兵不容分说地拉着她跳起舞来，孟欣看看梅子摇了摇头，梅子泪眼迷离地望着他……

　　　　[郑景宜匆匆上，舞曲至高潮，一对对舞伴旋转着，个个都十分尽兴。

孟　欣　妈妈——

郑景宜　沈伯伯、徐叔叔他们呢？

孟　欣　（笑笑）他们都被卷入我们的舞浪了，你能认出谁是谁吗？

　　　　[郑景宜摇头，假面人甲邀请郑景宜跳舞，郑景宜和他旋开了。孟欣正准备去邀请别人跳舞，梅子匆匆过来，拉着孟欣的手，用期待的目光看着他，孟欣带着她缓缓起步。这是一只节奏很慢而且很抒情的曲子，人们都沉浸在美妙的音乐之中。未戴面具的孟欣和梅子在人群中尤为突出。二人的画外音（缓缓的，深沉的，带点虚幻色彩的）。

孟　欣　干嘛这么看我？

梅　子　我想问你一件事。

孟　欣　是不是那件事？如果是，我已回答过你了。这里，还是别问的好。

梅　子　不，我就要问，哪怕只能是得到痛苦。

孟　欣　那么好，我告诉你，我们俩，不合适。

梅　子　（哽咽地）不，不！别这么说，别说这么肯定。

孟　欣　你有那么多的追求者，难道还不够你选择？

梅 子 （抽泣了一声，坚定地）我不愿别人追求，我要自己去追求。

孟 欣 你以为你那矜持得冷漠，骄傲得专横的"刺玫瑰"脾气人人都会喜欢？

梅 子 （唏嘘声）我会改，我知道现在的男子爱的是娇滴滴、羞答答，动辄就泪汪汪地需要别人帮助的女孩，我不是。可是，为了你，我可以重新塑造自己。

[短暂地停顿。

梅 子 你不能爱我吗？哪怕，哪怕是……

孟 欣 梅子，别这样，人家看见会笑话你。在学习上，能力上，我很钦佩你；从你人品上，气质上，我很喜欢你，可这些和爱情，都是难以画等号的，爱情需要默契，我们之间缺少这个……

[一阵节奏较快的华尔兹音乐起，人们加快了旋转速度，孟欣、梅子"消失"了，郑景宜和假面人乙旋到了舞台中央，二人的画外音。

假面人乙 您知道我是谁？

郑景宜 真对不起，我实在认不出，您的装束难以辨认，脸上又带着面具。

假面人乙 很遗憾，难道您意识不到您这样做人很容易吃亏吗？

郑景宜 （冷冷笑笑）也许，可我不怕。您是谁，为什么这样和我说话？能否摘下您的面具？

假面人乙 有什么必要呢？难道摘下了形式上的面具，就能认清生活中的人，心灵的假面具是摘不掉的，人人都是这样。

郑景宜 这倒是真话，看来您是说假话的老手了，我想请教，

为什么人总是说违心的话？只有在戴上了面具后，才
敢微露心里话？

假面人乙　您去问生活吧，它会告诉您的。

[假面人丙谦恭地邀过郑景宜跳起舞来。他悄悄递给郑
景宜一朵绢制的黄玫瑰，二人的画外音。

郑景宜　这花？

假面人丙　不要多问，收下吧。

郑景宜　您是谁？

假面人丙　以后你会知道的。（稍顿）手术很顺？

郑景宜　常规检查，算不了什么，您是谁？

假面人丙　我？我是感情上的懦夫，我爱着一个人，爱的发狂，
可她，太清高太难以攻克了，使我不敢言表，不知如
何是好，帮帮我吧，好人儿，我的……

郑景宜　我不懂，听不懂，别往下说，对不起，我累了。

[郑景宜想挣脱，被对方死死抓着，硬带她踩着舞步。

假面人丙　别抛下我，请理解一个可怜人的感情吧，怜悯之心，
人皆有之呀。

[郑景宜挣脱这位对手，把花塞还给他。郑景宜立即又
被另一位对手牵了过去，刚跳两步，舞曲就完了，那人
递给郑景宜一张纸条，郑景宜抬起头，他已不知去向。

郑景宜　（打开纸条，画外音）学术上的一点成绩代表不了整
个生活，你不认为自己的生活太单调，太孤独了吗？
你最终只能是一个可怜的女人。你明白两颗孤独的心
相互依傍的意义吗？我等待着你的微笑……

[郑景宜脸红了，轻轻地将纸条揉成一团，抛到墙角
里。

[一护士跑上。

护士甲　郑大夫，郑大夫——

[音乐戛然而止。

郑景宜　什么事？

[过来几个假面人。

护士甲　刚才那个做腹腔镜术的人，血压不大好，一直在往

　　　　下垮。

郑景宜　我处方的那组药用了吗？

护士甲　正在用，王医生今晚夜班，她让我来请你去看看。

郑景宜　（若有所思）血压？伤口浸血多吗？

护士甲　伤口倒还好。

丈　夫　不会有啥大问题的，郑大夫是有名的"妇产科一把

　　　　刀"，这小意思的手术，她还会出错？

丈　夫　王大夫处理了就算了，干嘛来叫郑大夫？

[话音未落，护士乙跑上。

护士乙　郑大夫，郑大夫——

护士甲　怎么回事？

[护士乙看了看大家，伏在郑景宜耳边说了几句。郑景
宜匆匆取了件外衣，和护士甲、护士乙朝外走去。

沈教授　（声音出乎意料得大）郑大夫——

[郑景宜猛然站住，转过身来。沈教授和大家都已取下
假面具，他用关切的目光看着郑景宜，短暂的沉寂。
此时的郑景宜，镇静得像块冰，她用寻问的目光看着
大家。

徐　放　（带着微笑，极为关心的样子）郑大夫，别太急，小
　　　　心……

[郑景宜转身急下，孟欣跑前几步，看着妈妈远去。

[幕落。

第二幕

[紧接前场。

[协华医院妇产科病区：白色的灯，白色的墙，穿白工作服的人。放大了的钟摆的"嘀嗒"声，来来往往的医生、护士脚步匆匆，犹如钟摆的节奏。

[两个各自拿着血浆瓶和推药车的护士相遇。

护士甲　（低声的）怎么回事？

护士乙　十三床是内出血。

护士甲　有希望吗？

护士乙　（摇头）还在抢救，希望不大。

护士甲　听说是个正常腹腔镜检查，病人倒霉。其实，何必来做什么检查嘛，命都赔了。

护士乙　想要孩子，心情是可以理解的，婚后三年不孕呢。男方检查是正常的，他们的全部希望就想有个自己的孩子。

护士甲　谁做的？

护士乙　说出来你都不相信。

护士甲　谁？

[护士乙用手指在唇边一靠"嘘"。郑景宜穿着白大褂匆匆上，她还是那么泰然自若，冷静中透出矜持。

郑景宜　你们看见肖主任了吗？

护士乙　（朝走廊尽头的病房努努嘴）刚过去，可能在十三床那儿。

[郑景宜匆匆过去了，护士乙指指她，眼睛眨巴了两下。

护士乙　是郑大夫。

护士甲　（倒吸一口冷气，大为吃惊地）她？怎么可能是她呢？

[前面传来了肖主任的声音，两个护士赶紧分别走开了。肖主任和护士丙上，肖主任看上去很干练，不高不矮，不胖不瘦，银灰色的短发，架着一副珐琅老花眼镜。

肖主任　十三床手术中情况怎样？

护士丙　病人有点儿紧张，但整个情况是顺利的，手术从开始到结束，只用了四十五分钟。

肖主任　（严肃地）我问的是手术情况，出血情况。

护士丙　（想了想）郑大夫采用的是闭合式，探针进去后病人叫疼，我说好像不对，出血量比较多。

肖主任　郑大夫怎么处理的？

护士丙　（看了看周围）她很冷静，很自信。

肖主任　你为什么不提醒她？

护士丙　我提醒了，她让我分清正常出血和病理出血的界线，我就……

肖主任　（生气地）你想到她是大夫就不坚持自己的意见了？不负责任！

[护士丁匆匆跑来。

护士丁　肖主任，十三床不行了，郑大夫请你去。

[肖主任和护士丙、丁急下。

[暗转。

[紧接前场，妇产科办公室。

[肖主任摘下眼镜来回踱步，表情极其严肃。郑景宜低着头站在一边。徐放和江鸥上。

徐　放　肖主任，出事了？

郑景宜　（抬起头，迎着徐放的目光）十三床死了，出血过多。

江　鸥　（大惊小怪地）怎么会死呢？十三床不就是做正常体检吗？

[徐放察言观色，阻止江鸥继续往下说。

徐　放　是什么情况导致了大出血，凝血机制障碍？（瞥了郑景宜一眼）不会是事故吧？

肖主任　腹腔镜用于临床以来，这是第一次死人，要立即查出大出血原因。

[护士甲上。

护士甲　肖主任，十三床家属在外面闹着要找你。

肖主任　是她丈夫？

护士甲　是的。

肖主任　我正好要和他谈谈，想给十三床做个病理解剖，就怕家属不同意。

[肖主任和护士甲，江鸥和徐放交换了一下眼色。

江　鸥　郑大夫，别把肖主任的话放到心里去，她这个人一贯是想训谁就训谁……

徐　放　我了解你，你做手术总是干净利落的，工作很认真。咱们是老同学，关键时刻我会说话的。

江　鸥　也许是十三床有什么潜在的疾病。

徐　放　若要定成责任事故，坚决别承认，情愿负医疗事故责

317

任，否则对你太不利了。

[沉思状的郑景宜淡淡一笑，仍然不失自信，她截住了徐放的话。

郑景宜　谢谢你们的关心，不过，安慰我是不必要的，出血原因还未查清呢。我想应该是凝血功能障碍。

[徐放、江鸥面面相觑，不知说啥好。片刻的僵持之后，徐放尴尬地笑笑。

徐　放　是的是的，我们是瞎议论，您别介意。

江　鸥　（极为不满地对徐放）有时人就是好心没好报，哦，算我多嘴了。

["刽子手！""魔鬼！"外面传来喊声，紧接着，死者的丈夫冲进了办公室，肖主任和两个男大夫追着他进来。

丈　夫　（歇斯底里地）还来——，还我的人！杀人犯！

肖主任　同志，请冷静冷静，同志——

丈　夫　滚！少来这一套，刽子手！杀人不眨眼，杀人犯！

[死者的丈夫发现了郑景宜，他红着眼，挥动着胳膊，朝她冲去，被徐放架住。

徐　放　先冷静下来，同志，好好说，千万不可动手呀！

[死者丈夫挣扎着。

丈　夫　放开我，滚开。（对郑景宜）女巫！刽子手！

肖主任　小伙子，我理解你的心情，可是要弄清问题，你一定要先冷静下来才是。要理智些，讲道理才能解决问题嘛。

丈　夫　（冷笑）道理？你该先懂感情再讲道理，你家死了人，无缘无故死了人，你还可以（学肖主任腔调）"冷静地""理智地"去讲"道理"？

[徐放轻轻推郑景宜，示意她走，可郑景宜木然地一动不动。死者丈夫挣开拉着他的人，冲上去给了郑景宜一个耳光。

徐　放　（高吼）小伙子，打人可不对了！

肖主任　郑大夫，没啥事吧？

[郑景宜抚着被打的面颊，轻轻摇头。

肖主任　小伙子，你的妻子死了，我们作为医生是有一定责任，可现在原因尚未查清，你就如此……这不好，很不好。为了查明原因，我们想做个病理解剖，希望你支持。

丈　夫　（狂怒地）不！不准动我妻子，谁也不许动她！

[徐放抬过来一把椅子。

徐　放　小伙子，你该休息一会儿了，坐下吧。

[丈夫木然坐下，耷拉着头，孩子般地抽泣起来，不断用手抹去眼泪，肖主任拿出病解表走到他跟前。

肖主任　（抚着死者丈夫的肩，轻缓地）小伙子，来，签个字，我们配合查明你妻子死亡原因好吗？不能让她死得不知何故呀。

[丈夫抬起头，泪眼迷离地看着肖主任，终于接过了肖主任递过的笔，在申请单上写上了自己的名字，接着恸哭起来。

肖主任　（对江鸥）你去病理科联系，请他们今晚做一个病检，（对几个男大夫）来，咱们把他搀到外面去休息。

[肖主任等架走了死者丈夫。办公室只剩下郑景宜一人，她若有所思地坐在了椅子上。

郑景宜　（喃喃地）我做了什么事？真是我的事故？不，不可能。太可怕了——

[郑景宜站起身，摇摇晃晃地走了出去。

[灯光和蛐蛐的叫声效果，使地点发生变化。

[紧接前场，妇产科通向病理室的路上及花园里。

[郑景宜缓缓踱步，不时朝通病理室的那条路上张望。

出现画外音：

护士丙　郑大夫，二氧化碳气体已够了。

死　者　啊，胀，好胀。

郑景宜　哈气，再哈气。

　　　　[金属器械轻轻相撞的声响。

护士丙　郑大夫，探针位置放好了吗？

郑景宜　没有，我还想进去点。

死　者　（惊呼）啊——

郑景宜　是有点难过，要挺住。

护士丙　郑大夫，探针筒里有血——

郑景宜　（冷静地）那是进腹腔时带进去的。

护士丙　好像……会不会——会不会触到了血管？

郑景宜　不会，这是正常出血量。小鬼，手术台上可不能胡想，
　　　　千万不可乱了神。

　　　　[画外音重复："怎么探针筒里有血？""不要紧，那
　　　　是正常出血量""会不会触到了血管？""可不能胡
　　　　想，不可乱了神"。

　　　　[郑景宜意识到了什么，她感到一阵眩晕，瘫坐在路边
　　　　的石凳上。

　　　　[护士甲、乙在路上相遇，她们都没看见郑景宜。

护士甲 哎，十三床的病解结果出来了？

护士乙 还没呢。

护士甲 你说，会不会真是郑大夫的差错？

护士乙 十三床没病没灾的，不是郑大夫的错是谁的错？唉，谁会想到郑大夫会出事？

护士甲 眼看就要提副教授了……

护士乙 人总是一顺顺一路，一霉霉到底，命中注定的。郑大夫平时清高，出国、提干都是她，现在也该是倒霉的时候了。

护士甲 平时总是说我们这不是那儿不是，现在好，轮到我们看她了，老天公平得很呐。唉，咱们这季度的奖金也完了。

　　[肖主任匆匆上。

肖主任 你们去叫郑大夫来，快一些。

　　[护士甲、乙相互做了个鬼脸，点头下。肖主任来回踱步，郑景宜站起来走向肖主任。

郑景宜 肖主任——

肖主任 （沉重地）病理报告出来了。

　　[郑景宜睁大眼睛等待肖主任说出那个想知道又怕知道的结果。

肖主任 你呀你，不该这个时候出问题。

郑景宜 主任，病理报告结果是——

肖主任 子宫底有一三角形穿孔。

郑景宜 （惊愕地睁大了眼睛）啊——

肖主任 是个不该出的事故，不该出呀。

　　[尖厉的耳鸣效果声起，郑景宜双手捂住耳朵眩晕了一

321

阵，音响效果到肖主任扶住郑景宜为止。

肖主任　（低沉地）任何事情都是一过就错，过分的自信，终会导致这一类后果……你呀，叫我说什么好呢？（看看表）今天太晚了，你先回去吧，这事明天再说。

[郑景宜一句话没说，缓缓地走了，肖主任目送她远去，长长吁了口气转身欲走。孟欣、田戈兵跑上。

孟　欣　（气喘吁吁地）肖姨，您见到我妈妈了吗？

肖主任　她刚回家去了，你没遇见她？

孟　欣　（拉着田戈兵转身要跑）走——

肖主任　（拉住了孟欣）你听着，孟欣，你妈妈今天出了医疗事故，心里很痛苦，你要好好陪着妈妈。

孟　欣　（大惊）医疗事故？我妈妈，真的？

肖主任　是的，什么也不要问了，回去陪妈妈吧。

孟　欣　是腹腔镜手术出了问题？我妈妈？不，不会的。

[孟欣怔怔地站着，愣愣地看着肖主任，木然摆头。

肖主任　（一字一顿地）我把妈妈交给你了，你要对妈妈负责，明白吗？不要再问了。

田戈兵　（轻轻揽住孟欣的肩）咱们走吧。

孟　欣　（没听见田戈兵的话似的）医疗事故——

[幕落。

第三幕

[几天后的一个下午，郑景宜家的小院。

[仍然是秋阳明丽，不时吹来一阵秋风。吉他弹奏的

《红蜻蜓》音乐缓缓起。

[田戈兵和梅子上，他们谈论着什么，进了郑家小院，梅子急着往屋里走，被田戈兵一把拉住。

田戈兵　不，梅子，你今天一定得答复我。我给你写了那么多的信，谈了那么多，似乎都没引起你的注意。我是个人，是个有感情的人，你这样对待我，我受不了，你明白吗？

[梅子转过身，和田戈兵面对面站着，她一动不动地看着他的眼睛，台上变得出奇的静。

田戈兵　梅子……

梅　子　那好，戈兵，我答复你。我不是想伤你的心，不是故意不正视你的那些信，那些话。因为，因为我爱上了另一个人，非常地爱。

田戈兵　（不假思索地）孟欣？是孟欣吧？

[梅子点点头。

田戈兵　你爱上他了，是爱上他了。我早就感觉到了，可我总不愿相信……

梅　子　（自言自语地）他和许多人不一样，他激动的时候，像火山喷发；他宁静的时候，像温顺的小羊。他敢爱，也敢恨。我就喜欢他，不，我爱他……

田戈兵　别说了，别说了！

[梅子被他的吼声震住了，二人无言以对，又是一阵沉默。田戈兵看着梅子吓愣了的模样，抑制住了自己的情感，他用尽量平静的声音对梅子道：

田戈兵　风有些凉，咱们进去吧。

梅　子　（回过神来）你，为什么不继续问我？为什么不让我说下去？

田戈兵　（苦苦一笑）问你？有什么用？感情是不能勉强的，孟
　　　　欣是我的好朋友，我不能……

梅　子　（有些哽咽）不，你应该让我把话都说出来。你和他是
　　　　朋友，难道这几年我和你不是很接近的好朋友？为什么
　　　　你可以体谅他，却不肯理解我？

田戈兵　我？梅子，你，你说吧——

梅　子　（轻轻地）孟欣他，他拒绝了我，他不喜欢我……

田戈兵　你说什么？不喜欢你？

　　　　[梅子一边点头一边抹泪。

田戈兵　（苦笑着）你还有心思开玩笑？

梅　子　不是玩笑，是真的。

田戈兵　我喜欢你，你喜欢他；他拒绝了你，你又拒绝了我。生
　　　　活，怎么总像在变魔术？

　　　　[梅子擦干眼泪。

梅　子　戈兵，我不是要伤害你，我心里很乱，原谅我——

　　　　[梅子向田戈兵伸出了手，田戈兵也将手伸出去，二人
　　　　紧紧握了握手。

田戈兵　你，再找孟欣谈谈吧，或许……

梅　子　（苦涩地）不了，我不打算谈了。至于我，过一段时间
　　　　会好的。

田戈兵　（感动地）梅子，我，难道……

梅　子　别说下去了，戈兵。正因为我与你是好朋友，我这里要
　　　　坦诚地对你说：我和你的感情，永远仅限于友谊的范
　　　　畴，永远。

　　　　[沉默。

[孟欣从屋里出来，见到梅子和田戈兵，显得很高兴。

孟　欣　是你们？怎么都站在院里？（见二人神色）出什么事了？

田戈兵　（强作笑颜）没事儿，今下午没课，我们来看看郑阿姨。这几天，你们好吗？你好像长大了似的。

孟　欣　（笑）是长大了。哎，学校有什么新闻？我呆在家里，可闷了。

田戈兵　郑阿姨呢？

[孟欣情绪低落地看看田戈兵和梅子。

孟　欣　今天她们科里开会，处理那天的事故。

田戈兵　（见状故意岔开话题）哎，孟欣，咱们系正在为杨振宁博士推荐研究生呢，一共推选了五个人。

孟　欣　（眼睛一亮）都有哪些同学？

田戈兵　据说系里本来考虑了你，但有的老师认为你学习好，人又聪明，但成绩起伏大，怕你一旦考砸了，浪费了机会。所以……

孟　欣　难道我在他们眼里，就是这样的笨蛋？

田戈兵　嗨，你多虑了。猜猜咱班里谁被推荐上了？

孟　欣　谁？

[田戈兵指了指站在旁边一直未搭腔的梅子。

田戈兵　是她。

[孟欣猛抬头，敬佩地看着她，她淡淡一笑，什么话也没说。

孟　欣　（真诚地）梅子，机会难得，祝你成功。

[孟欣的画外音：真是个好姑娘，也许有一天，我会爱上她。

梅　子　（轻声地）谢谢你的祝福。

[梅子的画外音：他是个多诚恳的人呀，可我却不能得
到他。

孟　欣　（看看田戈兵又看看梅子）相信你会取胜的，梅子（他
　　　　向梅子伸出了手）。

[梅子笑了笑，握住孟欣的手。梅子的画外音：为他这
几句话，我也要争取成功，可我，心绪太乱了。

田戈兵　（看表）六点多了，郑阿姨还没回来？

孟　欣　（看表）早该下班了。

田戈兵　看看去——

梅　子　你们俩去吧，我还有点事情，就不等她了，请代我问她
　　　　好，再见——

[孟欣和田戈兵目送她远去，二人相视无言。

[暗转。

[紧接前场时间。

[协华医院火井房，舞台特别的空旷，主要演区灯暗，
整个天幕是熊熊火焰，映红了整个舞台。同引子相同的
现代音乐起。

[李伯穿着白色的石棉工作服，带着墨镜和大口罩。手
持长铁钩，站在舞台深部的平台上，不断在"火井"里
钩着被焚烧的脏物。他奇特的形体在火红的天幕上形成
了一个魔幻般的剪影，舞台呈现浓郁的神秘气氛。

[表情漠然的郑景宜缓缓上，她像个梦游症患者似的，
摇摇晃晃地走着走着。

[李伯从平台上下来，走向郑景宜。

郑景宜　你是谁？

李　伯　你是谁？

[二人缓缓转圈相互注视。

李　伯　我是这个医院的时间老人，我的工龄和医院的年龄一样
　　　　大。我的工作，是让一切肮脏的、有毒的东西化为灰
　　　　烬。

郑景宜　（喃喃地）我，我是大夫，妇产科的大夫，专门给人治
　　　　病的大夫。

李　伯　（取下眼镜）郑大夫，是郑大夫吧？

郑景宜　（定定神）您是——李伯，对，是您。

李　伯　您来这儿，也不嫌这儿脏？

郑景宜　我心里一阵阵发冷，就进来了。

李　伯　秋天的风总像是浸到骨头里了一样，也许我是上了年
　　　　纪。可你？会不会是病了？

[郑景宜望着火出神。

李　伯　郑大夫，你不舒服？

郑景宜　哦，不，我没病。

李　伯　我明白了，你有苦恼，对不？

郑景宜　我？苦恼？（歇斯底里般的大笑）岂止是苦恼，我有
　　　　罪，你，想听吗？

李　伯　郑大夫，郑大夫，也许我不该说那话，你别太难过。有
　　　　什么话慢慢讲。

郑景宜　我是来看看这火井，暖暖心，我冷，透心的凉。科里刚
　　　　开完会，是关于我的会。

李　伯　郑大夫，你坐下休息一会儿吧。

[郑景宜木然坐下。陷入沉思。李伯观察她，对观众
道。

李 伯 郑大夫心里是有事，我得去找人来。

[李伯悄悄下。

郑景宜 （独白）我也有今天……

[灯光变换，郑景宜掩隐在黑暗中，舞台中央的区域由白色冷光照亮。音乐声强烈了，一帮假面人在冷光下"群魔乱舞"，舞着舞着音乐骤停，与此同时，每个假面人都拉开了自己的面具，变成了两个脸。表情各异的真面目和带着微笑的假面目在冷光下造成一种特殊气氛。真面目在短暂的沉寂后，发出了毛骨悚然的冷笑，冷笑声此起彼伏。

郑景宜画外音 别扒下面具，求求你们，别现出你们的真面目，戴上面具吧。

[冷笑声仍然继续，以不压过画外音为限。

徐放的画外音 老同学，凭你的技术，你不会在这种常规检查中出事的，怎么可能呢？只不过是个常规检查呀，真叫人想不通。

江 鸥 我没想到像郑大夫这样严于待人，也严于待己的人也会在简单的手术上出事故，遗憾啦。

大夫甲 （嘲讽的）生活真公平，连郑大夫也有倒霉的时候。

[冷笑声停，一片静寂，片刻，出现肖主任低沉的像是从遥远的地方传来的声音。

肖主任的画外音 鉴于这一医疗事故的发生，院部决定取消郑景宜大夫晋升副教授的候选人资格，扣发全年奖金。

[话音刚落，"轰"，现代音乐从两颗天体相撞发出巨响声处开始。冷光下的假面人们做大笑的形体组合，不笑出声。

沈教授的画外音 生活欺骗了你，你也可以去欺骗生活嘛，试试看。

郑景宜的画外音 （大声叫着）走开，你们这些人、声音都走开，我不要看你们，不要听你们的话。

["哈哈哈哈"的笑声爆发出来，郑景宜的呼喊在笑声中消失了，白色冷光消失了，假面人们消失了，舞台上又是一片黑暗，一片静寂。黑暗中出现死者的声音。

死　者 大夫，我才三十岁，才三十岁呀，只不过想要一个孩子，儿子、女儿都行。

[一束冷光下，站着死者；一束暖色光下，立着郑景宜。二人所属的光柱交错变动着位置，她们也相互随光柱变换着位置。

郑景宜 对人最大的惩罚，莫过于良心的谴责，我已感受到这一点儿，你能原谅我吗？

死　者 原谅，难道仅仅是一句话的事吗？我只不过是想要一个孩子，你却让我走了。我走啊走，一路上的风是那么冷，刺骨的冷呀。天上看不到一颗星星，回过头黑茫茫一片，再也找不到那条通向故乡的路了。没有月光，没有日出，没有小鸟的吟唱……（稍顿）没了丈夫在身旁。

郑景宜 丈夫？丈夫——

[汽车急刹车的音响效果，伴着孟季平长长的惨叫，郑景宜一声发狂的呼喊"季平——"。

郑景宜 （唏嘘着）看在我们都是女人的分上，你就说一声原谅我吧，哪怕就说一句。我也没有丈夫，几年前，他丧身于车祸……

[死者的抽泣声，她渐渐消失在黑暗中，郑景宜双手捂住了眼睛。

郑景宜 我，我是郑景宜吗？我是谁？我能得到原谅吗？哦，我做了些什么呀？我无法原谅自己，我盲目的自信骗了我，怎么办？应该把我的灵魂放到火上去烤烤，对，没有别的办法了。

[红光收，舞台回复到这场戏开始的场景：象征火井的红色天幕映红了整个舞台，郑景宜一步步朝火井的边沿走去。

[孟季平从火中升上来，迎着郑景宜走去。

郑景宜 （激动地）季平——

孟季平 别再往前走了，景宜。

郑景宜 季平，我找了你好久。

[二人相互朝对方走，怎么也靠不拢对方，在抒情的《红蜻蜓》变奏曲里，二人在没有交点的相互运动中进行下面的戏。

孟季平 我早死了呀，你忘了？找我干什么？

郑景宜 我想和你一块去。

孟季平 你想死？

郑景宜 个人的生命算得了什么？活多久，怎样活上帝早就给安排好了的，生与死是不受自己支配的。生不容易，死还

330

不容易吗？

孟季平　我在这儿成天幻想着能重获新生，你却想着要死，多傻，多傻呀景宜。

郑景宜　我受不了良心的责备，也受不了人们冷峻的目光，还不如把各种忧患连同要解决的问题一块儿来一个了结，了结了到底是件好事。

孟季平　景宜，人的智慧不是对死的默念，而应该是对生的沉思。

郑景宜　不是有人说：思考死亡，就是思考自由吗？

孟季平　亲爱的，不要急于做出决定，想想，再想想。

郑景宜　我要和你在一起。

孟季平　别来，这儿又冷又黑，连萤火虫那一星亮光都看不见。留在人间吧，还是人间好，真的。串起你记忆中的明珠吧，它会使你得到慰籍和快乐，想想，想想你的过去，我们的过去……

[钢琴弹奏的《红蜻蜓》曲起。

郑景宜　（渐渐陷于对往事的回顾中）我不会忘记的，季平。那放学回家，进屋叫一声"妈妈"的少年时光；林间小路上的幽会和散步；穿过茫茫夜色，你走了，从此再也没有回来……

[乐曲渐停。

孟季平　我在你的梦境里，为你的每一个成绩高兴，为你的每一点苦恼不安。

郑景宜　季平，帮助我，让我迈开这一步，让我去你那儿。追悼会上，人们会对我作出公正的评价。

孟季平　傻景宜，追悼会是可以为你推倒一切不实之词，可那是做给活人看的，它没有任何实际意义。你平时只顾做学问，实际上做学问和做人常常是一回事。景宜，听我的话，别来。

[孟季平的声音越来越远，人也消隐在火中。

郑景宜 季平，季平——好冷，怎么这样冷。

[场景还原到幻境前。郑景宜跌跌撞撞直奔火井，她走上了平台，火红的天幕下，郑景宜修长的剪影。

郑景宜 季平，我累了，一点儿劲也没有了，我真想靠着你结实的肩休息一会儿。我想你，需要你，可我牵不到你的手。你不能等我一会儿吗？等等我。

[郑景宜一步步走向火井。李伯带人跑进了火井房，人群中有徐放、肖主任等，大家见状都愣住了。不知如何是好。李伯拿起长长的铁钩，伸向郑景宜。就在郑景宜即将落入火井的刹那，李伯钩住了她。

众　人 （参差不齐地）郑大夫——

李　伯 （擦擦汗）多危险啊。

[李伯的话未落音，郑景宜瘫倒在地上。

李　伯 郑大夫——

肖主任 （果断地）直接抬到内科病房。

[幕后传来孟欣呼唤妈妈的声音。幕落。

第四幕

[数日后的早上。

[协华医院内科病房。消瘦的郑景宜无力地躺在病床

上。她像一头柔顺的绵羊，平时的傲气一扫而光。

[肖主任和沈教授上。

肖主任　（亲切地）郑大夫，这两天忙，也没来得及过来看你，感觉怎么样？

郑景宜　（强作笑颜）浑身无力，乏得不行。

沈教授　你需要彻底休息、调养。

肖主任　思想上千万别背什么包袱，勇敢地开始新生活。

郑景宜　（摇摇头）肖主任，这次，我怕是站不起来了，劲儿都使完了，全使完了。

肖主任　瞧你说的什么呀？太消极，太消极了。一个人心里应该多些希望，多些晨光。小郑，你若这样想，我可要批评你了。

[一护士上。

护　士　肖主任，您科里来电话，请您回去，有急事。

[肖主任点点头。

肖主任　景宜，我有空再来看你，好好休息，记住我的话。想远些，看远些。

郑景宜　谢谢您，肖主任。

[肖主任走了，沈教授却丝毫无走的意思，他缓缓踱步，似乎在决定着什么大问题。

沈教授　（温和地）郑大夫，我，我真为你担心。你不能这样对待自己，瞧你这些日子……（稍顿）人哪能没有差错，没有痛苦呢？当你勇敢地走过这段路，你会感到它那淡淡的甜美。

郑景宜　沈教授，不要安慰我了……

沈教授　好，好，不安慰。咱们聊点别的总可以吧？（看着郑景宜，两眼变得迷蒙了）记得你刚从医科大分来时，高挑的个子，走路像一阵风，嘴里总哼着歌儿，无忧无虑的……你应该焕发精神，像那时候一样乐观才是。

郑景宜 我老了，无法和年轻的时候比了。沈教授，多少年以前的事您还记着。

沈教授 怎么会忘哟，你在我心里打下的烙印太深了。当时，你是同期分来的学生中最聪明，也是最漂亮的一个。

郑景宜 （无力地笑笑）沈教授，您过奖了，过奖了，我现在才认识自己的真相。

沈教授 小郑，别太伤感，别这样。要看到光明，好歹我还是学术委员会的常委，我那关键的一票是要用在点子上的。

[郑景宜疲乏无力地几乎快睡着了，沈教授看看门口，又看看郑景宜，快速从提包里取出一小束用包装纸裹得很精致的黄玫瑰，走到郑景宜床边。郑景宜已闭上了眼睛。

沈教授 （自言自语地）她真是彻底垮掉了，垮掉了……（稍顿）小郑，小郑——

[郑景宜睁开了眼睛。

沈教授 我，我给你带了这扎黄玫瑰，或许能使你愉快，我希望这样。

郑景宜 花？黄玫瑰，这么名贵的品种，您……

沈教授 我知道你爱花，尤其是玫瑰，我长期观察发现的。我转了几处花店，专为你买了一扎。

郑景宜 您太费心了。（想了想）上次的舞会上，也有人送了我一朵黄玫瑰，还说了不少动情的话。可是那人是个懦夫，凭着假面具的遮挡，才唯唯诺诺地亮出了自己的心迹；今天，您送我一束这么美的黄玫瑰，而且是当面交给我。（看着沈教授）和那天那个人比起来，您坦荡多了。

沈教授 （此地无银三百两似的脱口而出）那天的花不是我送的，不是我。

郑景宜 那是一朵黄玫瑰。

沈教授 能得到别人赠送的鲜花不是坏事，说明有人经常关心着你，想着你。

郑景宜 舞会上的那朵花由于不知谁是主人，未能奉还，今天，我想您把花带回去改善环境吧，我这儿用不着插花，谢谢您了。

[郑景宜把花放在沈教授面前，沈教授不知所措。徐放上，见状上前解围。

徐　放 好漂亮的黄玫瑰，怎么，郑大夫不喜欢？景宜，我可是了解你的，上大学时，你经常插几朵鲜花在床头，全班的民主生活会，还有人给你提意见，说你有小资产情调。现在又没人再提意见了，也是沈教授一片心，你何必……

[沈教授用感激的目光看着徐放，不断点头。

徐　放 中国的女士似乎都有"多虑症"，不解风情。

[徐放转身对沈教授，悄悄地。

徐　放 别急，教授，好事多磨。

沈教授 （伤感地）人呀，可以做他想做的事，却不能要他所想要的……我这傻瓜。

徐　放 （诡秘的把沈教授拉到一边）教授，我不是说过，关键时刻助您一臂之力吗？我毕竟是您的学生，得到过您的教诲和帮助，相信在一些重要问题上，仍能受益于您。让我们（一字一顿地）互相帮助，好吗？

沈教授 小徐，真是日久见人心。这个事，恐怕没什么希望，你就不必费心了。

[沈教授将花放进提包正欲走，想起什么又转回徐放跟前。

沈教授 放心，你的事我心里有数。（对郑景宜）郑大夫，好好休息，再见。

[沈教授下。

徐 放 老同学，你是怎么回事，不就几朵花吗？即使老头对你有爱慕之意，也是可以理解的。他也够不幸的，第一个老婆离了，第二个老婆又死了，孩子又不孝。他为何不可有自己的追求呢？我早看出他的心意了，他就是过于谨小慎微，对爱情也是这样。

郑景宜 （冷冷一笑）他今天可算"直抒胸意"了。他以为我趴下了，垮了，就乘虚而来，无耻。

徐 放 （见风使舵）人嘛，总是自私的。老同学，我来是想告诉你一个消息，下半年在瑞士召开的那个学术会，已经发来了正式邀请书，院里通知，让我准备两篇论文，到时候去。

[郑景宜一动不动躺在床上，望着屋顶，眼里噙满了泪水，一声不哼。

徐 放 我知道你心里很痛苦，我也不好受。毕竟我们是同窗几载的同学，毕竟我曾真心爱过你，并且一直爱着你，尽管遭到了你的拒绝。我觉得这次瑞士会议无论从哪方面讲，都是你去合适，你是科研组长，又是那项研究的骨干……

[徐放发现郑景宜眼睛闭上了，串串泪珠从两边眼角滚落到枕头上。

徐　放　郑大夫，郑大夫——

[郑景宜不语，徐放为她摸脉搏，大惊，拉响了床头的报急灯。

[在报急灯音响效果中暗转。

[几天之后，郑景宜家附近的街上。

[自行车铃声，汽车来往如梭的音响效果。孟欣提着大包小包的水果、食品上。

["孟欣——"田戈兵叫着从后面追了上来。

孟　欣　戈兵，是你？

田戈兵　我去医院看郑阿姨，说你们已出院回家了，这几天你没来，学校的事给你通通气。

[孟欣递给田戈兵一个包。

孟　欣　帮我拿一个——

田戈兵　你妈妈怎么样？

孟　欣　（深沉地）她恐怕是站不起来了，我指的是精神上，她的精神整个的垮了，现在调养，我真不知怎样才能使妈妈心情好一些。

[田戈兵认真听着。

孟　欣　还是说点学校的消息吧。（看着田戈兵沉思的面孔）发生了什么事？

田戈兵　梅子——考试失败了。

孟　欣　（惊愕）失败了？

[二人站住了。

田戈兵 五系和二系的两人通过了考试，梅子是被推荐者中唯一
的女生，现在闲话很多，梅子变得十分沉默，除了上课
外，总是见不到人影。我打听，才知她每天去西郊公
园，坐到公园关门，谁也不知她想什么。

孟 欣 你没和她谈谈？

田戈兵 我想和她谈，可她不愿。（吞吞吐吐）孟欣，你为什么
要拒绝她的爱，为什么？她若得到你的关心，心绪一定
要好些。

[孟欣沉思，短暂的静寂。

孟 欣 现在，怕是来不及了。她会认为我是可怜她，同情她。

田戈兵 最近她的情绪一直不好，都是因为你——

孟 欣 我？

田戈兵 （点头）孟欣，帮帮她吧，你对她意义重大。

孟 欣 一个女人要干点事可真不容易……（想了想）戈兵，你
把这些东西拿到我家去，我马上去找梅子，我能找到
她。

[孟欣和田戈兵相互深深地看了一眼，会心的一笑，朝
着不同方向走去。

[二道幕拉开。

[当天傍晚，西郊公园的小山坡上，默默地坐着梅子，
她一动不动，像一尊石头雕成的塑像。夕阳染红了半边
天，一片静寂。

[孟欣跑了过来，他发现了梅子。他一步一步走到了梅
子身边，梅子转过头，有些不相信自己眼睛了，毫无表

情地注视着孟欣。

孟　欣　（轻声而有力的）梅子——

[《红蜻蜓》主旋乐轻轻起，梅子站起身来，孟欣深情
地看着她，梅子愣愣地看了孟欣一阵，转身欲跑，孟欣
一把将她拉住。

孟　欣　（坚定地）梅子，为什么要跑？我是来找你的。

梅　子　放开我，放开。

孟　欣　我一旦抓住了你，就再也不会放开了，梅子，你明白
吗？

梅　子　放开，让我走——

孟　欣　你没有认真听我的话？心里难受，就朝我发吧，别自己
折磨自己了。

梅　子　（冲动地）你，你这大傻瓜，我不想见你，不想见就是
不想见，你走吧，我要安静！

孟　欣　我就愿意在这儿。

梅　子　那，我走——

孟　欣　（大吼一声）梅子！

梅　子　（定住了，稍顿片刻，回过神来）你以为我失败了，你
就可以站在救世主的立场给我一点恩赐，我就会接受你
的施舍吗？你想错了。

[梅子一阵爆发后，声音戛然而止，她看到孟欣的脸由
于激动，变得通红。

孟　欣　（轻轻地，强压住自己的内心情感）梅子，说吧，把想
说的话都说出来，我愿意听。我想对你讲：失败并不可
怕，只要能客观地认识失败的原因，就会有希望。内心
只强调"自尊心"是不足取的，有时自尊心也能毁了一

个人的，因为它的极端是虚荣心，是缺乏理智造成的自暴自弃。

[孟欣轻轻放开梅子的胳膊，继续说。

孟　欣　我不是来教育你，更不是来施舍同情，从我妈妈身上，从你身上，我认识到了许多东西，意识到了作为一个人的责任感。我感到，人需要沟通，需要相互不断的认识。这些天，我对你和妈妈的理解都增加了新内容。我妈妈的情况你也知道，我想帮助妈妈，我希望你能助我一臂之力，做我的同行人，你也会有重新认识自己的机会的。不要把自己陷在往事的泥潭中，那样会有数不清的的苦恼和遗憾的。

[梅子唏嘘起来。

孟　欣　梅子——

[梅子抬起头，一边抽泣一边说。

梅　子　我，行吗？

[孟欣深深地点点头，他把她拥进怀里，用下巴摩挲着她的头发。

孟　欣　不要难过，世界上有数不清的人，每个人都有自己的喜剧或悲剧，每个人都会得到很多机会，失去许多机会，一个人生活的意义不全在于得到或失去，而在于自己的努力之中。为了这，也要爱护自己。

[《红蜻蜓》乐曲声渐大，孟欣牵着梅子的手，二人踏着夕阳归去。

[转场。

[郑景宜家，当天晚上。

[田戈兵坐在椅子上看书，他不时看看表。郑景宜躺在床上，徐放在她床前来回踱步。

徐　放　老同学，我真没想到你成这样了，你怎么不注意身体呢？你的心情我理解，我真后悔自己也成了制造你痛苦的人，职称算什么，老同学的感情，人与人之间的真诚才是最可贵的。无论从哪方面讲，你都应该评上，可现在，景宜，在你面前，我真是自惭形秽，我这水平当副教授？当初我要知道自己也是晋级人选之一的话，我肯定会让自己不去和你争，看到你现在这个样子，我真后悔呀。

郑景宜　（虚弱地）我应该祝贺你，徐放同学，只是请你不要再说下去了，我不想听，我觉得乏味。

[孟欣和梅子上。

田戈兵　（欣喜地）梅子——

[梅子低下头，默默不语。

徐　放　孟欣回来了，我该走了。郑大夫，你多保重。

[徐放下，三个年轻人立即拥到郑景宜床边。

孟　欣　妈妈——

郑景宜　（疲倦地）徐大夫走了？

孟　欣　走了。

[郑景宜轻轻吁了口气，闭上了眼睛，三个年轻人相视无言，片刻，郑景宜睁开眼，撑着坐了起来。

郑景宜　孟欣，愿意跟妈妈去看看外婆吗？我想去美国看看。给她老人家尽尽孝心，过去妈妈总不答应你去美国，现在妈妈答应你。

孟　欣　妈妈——

郑景宜　妈妈已彻底地失败了，需要休息了。

孟　欣　（难过地）妈妈，现在看起来你是失败了，可你还有时间挽回，你的奋斗会有人去实现的。你现在还不能走，我也不走，等我们用自己的奋斗和成功来证明我们自己的时候，我们看到外婆，她会高兴的。

[郑景宜显得有些激动，深情地看着儿子，嘴角浮起了淡淡的笑。

孟　欣　（高兴地）你笑了，妈妈，好久好久没见你的笑容了。

田戈兵　生活里就是应该多些欢笑才是……

[郑景宜一手牵着孟欣，一手拉着田戈兵，点头含泪而笑。

孟　欣　（激动地）妈妈——

[《红蜻蜓》乐曲起。

[幕落，第四幕完。

尾　声

[舞台上一片黑暗，一束光打在台角，生活老人站在光的中间。

生活老人　这段生活也差不多该结束了，时光过去近一年，郑景宜一直未能康复，病休在家；徐放因郑景宜的"意外医疗事故"，经沈教授举荐，评上了副教授……生活中每时每刻都有一些意想不到的事情出现，有的晦涩难言，有的使人啼笑皆非，还有的令人难以置信。我还是不说的好，大家自己去认识吧。

[夏日周末的傍晚，郑景宜家的小院热闹非凡，孟欣及他的同学们吵吵嚷嚷地制作假面具，大家不时为那些滑稽的假面具发出阵阵笑声。

[郑景宜拿着香蕉从屋里出来，她看上去老了许多，瘦了许多。

郑景宜 来，大家吃点香蕉。

田戈兵 郑阿姨，今晚您一定要参加我们的舞会，我还有个绝妙的"保留节目"呢，准把大家震惊了。

孟　欣 妈妈，我有件事，我事先没和您商量。我以你的名义邀请了一些客人。

郑景宜 客人？都有谁？

孟　欣 沈教授、江鸥、肖主任，本来还请了徐放，可是他不在……

郑景宜 请这么多人来干什么？

孟　欣 妈妈，别担心。您会满意的。

　　　　[徐放上。

孟　欣 徐叔叔——

徐　放 嘀，这是什么良辰吉日？如此热闹？

郑景宜 孩子们快毕业了，玩一玩。

孟　欣 下午去请你，你不在。

　　　　[沈教授、江鸥、肖主任、大夫甲、乙上。

徐　放 （神秘地对孟欣说，但又故意要让郑景宜听到）瞧沈教授，满面放光，人逢喜事精神爽。江鸥在给她妈和沈教授当"红娘"呢。

众　人　（参差不齐）郑大夫，您好，您气色好多了。

[郑景宜频频点头。

孟　欣　大家稍作休息，我们的舞会就开始。

徐　放　（独白）谁能相信我将成为这儿的主人？哦，这个世界沉与浮都来得那么突然……

田戈兵　我宣布，舞会开始，假面舞会开始……

[音乐起，孟欣的同学们随着音乐节奏跳了起来，面具一个比一个怪。郑景宜的同事们也翩翩起舞，肖主任和沈教授缓缓跳着过来。

肖主任　老同学，听说江鸥为她妈和你做媒了，有希望吗？还是有个老伴好。

沈教授　可不是嘛，我现在没有过分的欢乐，也没有过多的愁绪，就像织布机上的经纬，织出了一匹匹的岁月，花色却是同样的单调。

[徐放、江鸥旋了过来。

徐　放　该得到的，我似乎都得到了，可好像又什么都没有得到……

江　鸥　每个人都寻找幸福，虽然并不都能找到。我倒觉得有些人，是幸福握在手中都不知道。

徐　放　要是人人都你那么聪明就好了：给妈妈做媒，沈教授一旦和你妈结婚，你出国的计划就不成问题了，沈教授的同学几乎都在外面。

江　鸥　（带几分羞涩地）我为他们做工作，并不全为了出国。

[突然舞曲停了，随之而来的是一段录音。大家都愣了，纷纷侧耳细听。下面都是个人的画外音。

田戈兵　我有一个小小的行动计划，暂保密。

344

孟　欣　我不愿做苦行僧，我热爱生活。

沈教授　大家跳吧，亲切点，把气氛跳出来。"我那关键的一票是属于你的。""爱我吧，好人儿，我是懦夫。"

徐　放　人生就是一场搏斗，"你死我活"……学术上的一点成绩代替不了整个生活。

孟　欣　灵魂自由，最安宁的人，是那种一举挣断自己锁链的人。

梅　子　孟欣，为了你，我可以重新认识自己。

沈教授　（惊慌地）这是什么？关掉！关掉录音机。

　　　　[录音放到此处断了，孟欣的同学们一片掌声。

同学甲　太好玩了，一年前的录音听起来还满有意思。

同学乙　田戈兵偷录的，今天该不会又在悄悄录吧？

女生甲　敢录，把我们的私房话都听去了，我们要给田戈兵颜色看。

　　　　[舞会又继续，不一会儿，从悠远处飘来《红蜻蜓》淡淡的旋律。继而在台上的人们都和着轻轻哼唱起这首歌。

　　　　[音乐结束了，客人们也随着音乐消散了。郑景宜、孟欣、梅子坐在月光下说话。

郑景宜　田戈兵为啥不多玩会儿，急着和大家一块走了。

孟　欣　不是留下了梅子吗？妈妈，我对你说——

郑景宜　别说，妈妈早知道了，早就有所了解。来，梅子，我好好看看。

　　　　[梅子坐到郑景宜面前。

郑景宜　阿姨这一年来心情不好，对你不够周到，孟欣也不大懂事，你不要放在心头。从心里讲，我很喜欢你的，就像爱孟欣一样。

[梅子想说什么，张张嘴又闭上，一声不吭地低下头。

郑景宜 我平时太顺，稍有灾难，就经受不住了。好在现在过来了。孟欣，我从你和梅子身上得到了很多启示，儿子比妈妈更理解生活，更理解人……

孟 欣 （亲切地）妈妈，我们要做的事还很多很多，考研究生的准备、工作的准备，还要不断认识生活，困难很多的……

郑景宜 （摸着孟欣和梅子的头）我，我也想上班了。

孟 欣 （不相信耳朵似的）妈妈？真的？

郑景宜 肖主任今晚的二线班，在医院，我想先去报个到。

孟 欣 明天去吧，天晚了，妈妈。

郑景宜 不，现在就去，五分钟就走到了嘛。

梅 子 郑阿姨，那我们陪你去。

[三人站了起来，郑景宜和孟欣走到台口。

郑景宜 （带着复苏的感情意识）我要上班了，是的。

[三人披着月光走了。生活老人走出来。

生活老人 旧戏结束了，新戏又将开始，生活就是这样周而复始，社会大舞台上的戏，永远不会结束。生活中的人们，如果都不戴任何遮面的东西，那我们的生活将会更美好。人们也不会如饥似渴，历尽于艰辛去寻找真诚、理解、同情心……因为它就在人与人之间。

剧终

〔六场话剧〕

太阳升起的时候

根据苏联小说《爱情的经历》）改编

原著 阿纳托利·托波利亚里

翻译 岳小文 于彬

时　间　20世纪80年代初

地　点　西伯利亚某州

人　物　克洛托夫　十七岁，西伯利亚某州电台记者。

　　　　卡佳　十七岁，克洛托夫之妻，州电台资料员。

　　　　沃罗宁　四十二岁，州电台主编。

　　　　苏沃洛夫　五十多岁，电台老编辑。

　　　　尤利娅　五十岁，电台老员工。

　　　　布哈列夫　五十多岁，州文化部部长。

　　　　菲利波夫　六十岁，猎人。

　　　　菲母　九十岁，菲利波夫的母亲。

　　　　冬尼亚　二十岁左右，大森林的医生。

　　　　莫洛佐夫　四十多岁，地质队队长。

　　　　戈别柯夫　二十多岁，州电台广播员。

　　　　微拉　四十岁，卡佳的母亲。

　　　　沃罗宁夫人、打字员、客人等人物若干。

[舞台场景全采用框架装置，在表现过去、幻觉时，角色不从门进出，而是从框架间的虚"墙"上下场。

第一场

[初冬的西伯利亚。

[阳光明媚的早晨，州广播电台宽敞、明亮、整洁的编辑办公室。窗外，雪松迎风矗立，远方是银色的山冈。

[办公室里静悄悄的，只有尤利亚（以下简称"尤"）戴着老花镜在看报纸。苏沃洛夫（以下简称"苏"）缓缓上。

苏　早上好，尤利亚。

尤　早上好！

苏　打字员来了没有？

尤　没呢。

苏　都几点钟了，还不来。

尤　（摘下眼镜）哎，苏沃洛夫，听说有一篇简讯将会引起轰动，是什么内容？

苏　（得意地）你不知道？

尤　前几天我不是病假吗，您怎么忘了？

苏　对对对，瞧我这记性。我的那篇新闻的确很精彩，不过也没什么……

尤　写的是——

苏　（清了清嗓子）事情是动人的，一位埃文基人在柯图依江与一只熊搏斗，救下了两位年轻的地质队员。

尤　（夸张地倒吸一口气）啊！真是条惊人的新闻！您真行，这种消息这么快就被您搞定了。

苏　（转喜为恼）行什么哟，上了年纪，不中用了。

尤　您什么时候变得如此谦虚了。

苏　我说的是真话，快57岁的人了，还不如一个17岁的小子。

尤　您是说——克洛托夫？（很有同感地点头，并从位置上站了
　　起来）我听说，前几天那小家伙的另一篇报道又得表扬了。
　　什么"有新意，有思考，像一股清新的风……"吹牛皮！

苏　一个没有大学文凭，没有工作经验的17岁的毛孩子，居然也
　　进了编辑部。天下哪有这种事？

尤　应该让他先尝尝我们尝过的味道，体验体验，长点知识，再
　　摔打摔打，然后才让他拿笔！

苏　可是主编却不这样认为，他才不想这些呢！自以为是得很，
　　想要谁就要谁。

尤　可不是吗？上个月，不就是他把那俩毛孩子领进这屋子
　　的……

　　[苏沃洛夫和尤利娅相继戴上老花镜，拿起了报纸。

　　[静场。

　　[舞台气氛呈现出一个多月前的状况。

　　[沃罗宁带着克洛托夫和卡佳从框架间的虚墙外走进办公
　　室。克洛托夫穿着时髦的紧身毛衣，浅色裤子和皮鞋；卡佳
　　穿了一条绿色的薄连衣裙，缎子般的头发披在背后。

沃　（指着卡佳）卡佳，新来的有声资料保管员；（指克洛托
　　夫）谢廖沙，实习新闻记者，他想在电台来试试自己的能
　　力。

　　[克洛托夫朝各位有礼貌地点了一下头，卡佳低垂着眼睛站
　　在那。

尤　请坐，坐下谈。

　　[克洛托夫开始在椅子上动起来，椅子"嘎吱吱"地响。

苏　（声音嘶哑地）这位实习记者是否已在编制之内？

沃　没有。

苏　没有？！

沃　要试用他一个月，给他一个任务，如果他能完成，就可接纳
　　为编内人员。

尤　现在我们记者、编辑都缺。我认为应该直接接受那些不需要
　　试用的人才。

沃　可是没有人愿意到这寒冬达六个月之久的地方来！

尤　（不服地）我们这儿也没少来过大学生。他们干得不比你我
　　差……

沃　但是现在呢？都走了，还有什么可说的。

　　[沃罗宁有点恼。静场片刻。

沃　（平缓地）顺便问一下，苏沃洛夫同志您有没有什么题目交
　　给克洛托夫写？最近您的稿件不充裕，给您帮个忙。

苏　（不自然地笑了几声）免了吧，我自己有办法。没闲工夫带
　　学生。（看了看尤利娅继续说）宁肯自己写，也比重新改写
　　别人的省事。

沃　您不该这样。您会后悔没有同意这事，想想吧，苏沃洛
　　夫……

苏　（固执地）我不需要这种帮忙，我自个儿应付得了。

沃　（恼怒而严肃地）新闻工作不是让谁来应付的！（对克洛托
　　夫和卡佳）现在跟我去录音室看看。

　　[克洛托夫一只手搂着卡佳的肩，另一只手给办公室里的人
　　做了个"再见"的手势，嘴角边带着几分无畏的笑。

卡　（怯怯地）谢廖沙……

　　[克洛托夫微笑着轻轻拍了拍卡佳的肩。沃罗宁带着克洛托

夫和卡佳从原路下场。

[舞台时间从"过去"回到"现在"。

苏　（不满地）鲍里斯·安东诺维奇（即沃罗宁）表现了极端的
　　自由主义。说不定他会让幼儿园毕业生进入编辑部工作哩！

尤　真是笑话。

苏　（气愤地）罪过！！

[衣着漂亮的年轻的女打字员（以下称"打"）满面笑容地
　和尤利娅、苏沃洛夫打招呼。

打　你们好！

[尤利娅、苏沃洛夫和她点头示意。

苏　我的那篇新闻稿打好了吗？

打　昨天就打好交给克洛托夫了。

[苏沃洛夫大惊，甚至不敢相信自己的耳朵。尤利娅也十分
　诧异。

苏　什么，什么？你交给谁了？

打　克洛托夫呀！

尤　克洛托夫？

[静场。打字员看着尤利娅和苏沃洛夫，不知所措；尤利娅
　注视着苏沃洛夫；苏沃洛夫气得脸都胀红了，他愤然摘下老
　花眼镜。

苏　（怒不可遏，大声喝道）谁让你交给他的？我让你交给他
　　吗？他算什么东西？！

打　（怯怯地）您不是说这稿子准备在新闻节目用吗？我……克
　　洛托夫不是负责新闻节目吗？

苏　（怒气冲冲地）我的稿子他管不着！去给我要回来！

尤　苏沃洛夫同志，冷静些，别着急。

苏 （对打字员）去，立即去问他要回来！

[打字员正欲往门外走，克洛托夫出现在门上，他身着红色
滑雪服，穿了条洗得发白的牛仔裤。浅黄的头发很自然地蓬
在头上，湖蓝色的眼镜在黝黑的脸上显得分外光彩。他手里
拿着个立体声收录机，耳朵上挂着耳机。他径直到自己的桌
前坐下，打开工作夹看起稿来。打字员不知如何是好。

[苏沃洛夫驼着背，走到克洛托夫面前。他皱着眉头，那张
布满皱纹的脸由于生气而神经质地抽动着。

苏 稿子在你这儿？

[克洛托夫不声响，继续看稿。

苏 （提高声音）稿子是不是在你这儿？

[克洛托夫抬起蒙眬的眼睛。

克 您在跟我说话？

苏 那还跟谁说话？把稿子拿出来！你快点。

[克洛托夫摘下耳机。

克 什么时候我们之间开始用"你"来称呼了？

苏 拿出来！

[克洛托夫从工作夹里取出那张油印稿交给苏沃洛夫。苏沃
洛夫接过稿子，脸色一下变得极难看，嘴唇颤抖着。

苏 教？……我？……你？……

[他把稿子揉成一团朝克洛托夫脸上扔去。

苏 给你！用这玩意儿擦你的鼻涕去！

[克洛托夫接住纸团，把它摊开。然后大声而清晰地道

克 同志，您该去医院做电疗。

苏 乳臭未干的小子，拖鼻涕的家伙！你还没出世，我就已经发
表文章了！

克　这对我国的新闻事业并没有增添什么光彩。

苏　你这莫斯科来的阿飞！

　　[克洛托夫笑了起来。

苏　你还想来教训我？你还没尝到生活的味道就来教我！我倒要
　　让你瞧瞧怎么教法！

　　[克洛托夫止住了笑。

克　那又会怎么样？

苏　到时候你就会知道怎么样了。衣来伸手，饭来张口，没闻过
　　战争的烟火，不懂得生活，到教训起人来了。

　　[克洛托夫把额前的一缕头发往旁边一甩。

克　大叔，在识字班里，没教你学会文明礼貌？

　　[苏沃洛夫扑向克洛托夫，被闻声而来的人拉住了。其他人
　　也来劝解，倒水给他喝，把他劝走了。

尤　苏沃洛夫的稿件，您应该交给沃罗宁修改。在道理上来说，
　　您是没有权利自作主张的。何况他比您有经验。他毕竟是责
　　任编辑呀！做什么事别忘了自己和对方的资历和级别。难道
　　您不懂吗？

克　搞创作也论资排辈？

尤　得了吧。您在这儿工作还没几天，就想改责任编辑的稿子。
　　极为可笑……

克　（挥了挥皱了的稿子）叫我把这些胡说八道的东西送到空中
　　去？

尤　这和您不相干，用不着您管。教您负责最新新闻工作，是因
　　为暂时没有编辑，您只不过是个记者。

克　可我领工资为的啥？

　　[广播员戈别柯夫进来。

戈　（友善地）别钻牛角尖了。

尤　您可以改那些不是编辑的作者的稿子。这是您的权利，但有 30年工龄的责任编辑的文章……

克　我明白了。

尤　您终于明白了。

克　我不该改，应该把它扔进字纸篓。

尤　您，您……

克　这些无聊的规定太不可思议了！

戈　（拍拍克洛托夫的肩）朋友，习惯了就好了。没有别的办法。

[戈卢别夫将克洛托夫按在位置上坐下，克洛托夫愤怒地把耳机挂到耳朵上，打开了录音机。动作太猛，弄乱了头发。

[门上出现卡佳。她穿着一件较为长大的奶白色羽绒衣。栗色的头发平直地披在脑后。两颊绯红，咬着嘴唇。

卡　（轻轻地）谢廖沙，谢廖沙——

[她轻盈地奔到克洛托夫身边，抚摸着克洛托夫的双肩。两眼深情地注视了他片刻，缓缓地为克洛托夫把乱发理顺。

卡　亲爱的……

第二场

[当天下午。电台主编办公室。

[身着西装的主编沃罗宁在缓缓踱步。他踱到办公桌边，把手上的稿子抛在桌上。

沃　（自言自语）多好的素材，写成什么玩意儿了。苏沃洛夫，

苏沃洛夫，该退休了。

[身材魁梧、满脸络腮胡的莫洛佐夫上。

莫　沃罗宁——

沃　（高兴的）莫洛佐夫——

　　[二人握手拥抱。

沃　好长时间不见了。今天你是……？

莫　（热情自豪地）我到州里开会，顺道来看看你，也看看你那
　　个可爱的小伙子。

沃　克洛托夫？在，在，一会儿带你看他去。

莫　他写我们地质队那篇文章多好啊。大家反映十分强烈。他把
　　地质队的过去、现在、将来写得多微妙呀。就像他亲自背着
　　背包走遍了那些荒无人烟的地方似的。

沃　州宣传部表扬了那篇稿件。

莫　他可真把我磨叨得够呛，小无赖。

　　[沃罗宁笑了笑，给莫洛佐夫冲了杯热咖啡。

莫　我老在想，你从哪儿找来这么个宝贝。

沃　他自己飞来的，还带着位小夫人。

莫　（亲切地）夫人？小无赖。（稍停）他写得快，抓住了本
　　质，你们这儿很少有这样的文章。

沃　就是条理性还差了些。不过，要知道，那是他的第一篇文
　　章。

莫　小伙子真棒！以后再让他来。

沃　（开玩笑地）再多写几篇吹捧你们地质队的文章？

　　[二人都笑起来。尤利娅匆匆上。

尤　沃罗宁同志——（她看看莫洛佐夫）

　　[莫洛佐夫看表。将咖啡一饮而尽。

莫　沃罗宁，你们谈，我去看一下克洛托夫就走了。

沃　我送送你去——

莫　不不，不用了。你们谈工作吧。我自己去找他。

沃　那好，他在编辑室。

莫　再见！

沃　再见！

　　[莫洛佐夫下。

尤　沃罗宁同志——

沃　苏沃洛夫来了吗？

尤　现在还没来，估计他不会来了。我给他家打了电话。他妻子
　　说他中午没回去吃饭。

沃　没回家？这么冷，他会去哪儿？

尤　（摆摆头）他和克洛托夫的事，您可要采取行动才是，否
　　则，这个编辑部的工作没法开展。

沃　（点头）您说得对，是应该好好处理。

尤　（观察沃罗宁的面色）您怎样处理克洛托夫……？

沃　（面带愠色）我会想办法的。没什么事了。您上班去吧！

　　[尤利娅点点头，悻悻地走了。沃罗宁点了支烟，缓缓吐出
　　一口烟雾。

沃　（沉思。自言自语）处理克洛托夫？处理这个一个月前才来
　　的年轻人？……

　　[静场之后。欢快跳跃的乐曲由远而近，由小变大。同一场
　　景。时间退到了秋天。办公室里洒满了阳光，透过窗户望
　　去，远处是金黄色的原野，奔流的河水。

　　[在轻快的乐曲声中，身着紫红衬衫，牛仔裤的克洛托夫从
　　虚墙外跑进了办公室。

克　您是总编？

沃　是的，有什么事？

克　可以和您谈谈吗？

沃　为什么不可以呢？请坐——

克　谢谢。等一等。

　　[克洛托夫从外面牵着卡佳进来。卡佳身着乳白色薄绒线
　　衣，怯怯地看着沃罗宁。

卡　您好。

沃　您好，你们坐吧，坐下谈。

克　（甩了甩浅黄色的头发）我们找工作。您这儿有空缺吗？

　　[沃罗宁怔了一下，他使劲吸已经熄灭的烟蒂。

沃　找工作……到我们编辑部？可你们是什么人？从哪儿来？你
　　们有多大了……是兄妹？父母知道吗？

克　这无关紧要。

沃　假如我一定要知道呢？

克　先说说你们有空缺吗？如果有，我们就谈自己的情况。没有
　　我们就走。

卡　（轻声地）谢廖沙……

克　干脆点，你们有空缺没有？

沃　我还不大明白。你们想干什么工作。我们这里有搞技术的，
　　有搞创作的，你们是想——

克　一个搞技术，一个搞创作。卡佳想当打字员，而我会写。

　　[沃罗宁没吭声。他微笑了一下。

克　您不相信？

沃　现在谁都会写。我的意思是人人都识字。您在电台工作过
　　吗？

克 您先说说，有没有空缺。

沃 就算有吧。

克 那好，就算我工作过。

　　[卡佳用手蒙住了脸。

沃 真会找工作。我这里有空缺，不是什么"就算"，不过甭以
　　为我就点了头。

克 你们需要人，对吗？

沃 对。

克 记者和打字员都要，对吗？

沃 对。

克 这才是正经话，提问题吧！

沃 我该问什么呢？

克 我们是谁，从哪里来……

沃 好吧，你们从哪儿来的，朋友？

克 莫斯科。

沃 哟，好远！为什么到这儿来？如果不是秘密的话……

克 我说过，我们找工作。我们在莫斯科学习毕业了。

沃 啊，毕业了，在什么学校？

克 当然是中学。

沃 中学？！请原谅，既然你们来找工作，我应该了解你们。

克 我懂，我们应该做自我介绍。那么您叫什么名字呢？

卡 （仍轻声地）谢廖沙……

沃 对不起，我疏忽了。我叫鲍里斯·安东诺维奇，姓沃罗宁，
　　我的职务就不用说了，你们知道了。

克 我们是谢尔盖和卡佳，姓克洛托夫。本来，我们明年还可以
　　考大学，但改变了主意，我们结婚了。

360

沃　（吃惊地看着他们）我还以为……

克　您以为我们是兄妹？

沃　是的，有点相像。

克　你们地方报纸的编辑也说过这话。我们告诉她我们是夫妻，她两手一拍，像母鸡似的叫了起来。顺便问问，她是不是个老处女？

沃　什么？你说什么？真是活见鬼。你们想到哪儿去了！

克　不对吗？

沃　当然不对，她的孩子已成年了。

克　她真是个伪君子。

卡　谢廖沙……

克　我们无法在她那里工作，就这样对她直说了。

沃　她叫你们在那里工作吗？

克　没有，她训导了我们一番。我们站起来就走了。

沃　我以为……不过，你们的看法有些太极端。

克　我们听腻烦了说教，腻烦了。

沃　你们太激动。

克　不激动人都要憋死。

沃　别发火，咱们心平气和地谈谈吧。

　　［克洛托夫还想说什么，被卡佳制止了。

沃　你们多大年纪，我可以知道吗？

克　加起来34岁。

沃　这数字听起来真不小，分别说呢？

克　除以二。

沃　噢！也就是说17了。

　　［克洛托夫和卡佳相视而笑。

361

克 您有数字天才。

沃 生平第一次听到这样的恭维。朋友们，你们每人才十七岁多 怎么会……

克 怎么会结了婚是不是？这是正常现象！您落后于现实了。现 在，特殊情况下，16岁也有登记结婚的。我们就是特殊情况 明白吗？

[一阵沉默，克洛托夫和卡佳注视着点烟的沃罗宁。

沃 可是你们为什么要走这么远来呢？你们的父母知道吗？

克 父母不会替我们工作的。他们对我们的事一清二楚，您用不 着担心。

沃 就是说，你们来这里，他们是知道的？

克 知道，完全知道。

沃 这一点清楚了。你们在报刊上发表过文章，或者给电台写过 稿吗？

克 没有。

沃 你们……

克 （打断了沃罗宁）像大家那样写，我会。甚至还要写得好 些。

沃 （笑笑）您不觉得太自信吗？

克 那好，您就试试，给我一个任务吧。

沃 设么样的任务？

克 什么都行，采访，通讯。

沃 （捎带挖苦地）哟，还会分类呢！不过，光凭这一点是不够 的。

[克洛托夫和卡佳互相看了一眼。

克 （对卡佳轻轻地）说吗？

[卡佳点点头。

克 我在写作，已写了很长时间了。我想成为一个专业作家——
 又不相信？

沃 可能也写诗吧？

克 （轻蔑地）不，不写诗，写散文、长篇小说。
 [沃罗宁的手指在打字盘上"啪"地打了一下。

沃 好吧！现在暂时把您文学方面的打算放在一边，我们电台编
 辑部一般不写小说，我们的编辑里也不需要有小说家。写出
 来这里也不付稿费。

克 你们需要的，我都可以干，这还不够吗？
 [沃罗宁站起来，走到窗前，外面是没有落山的太阳和宽带
 子一样的河水。

沃 （转过身）为什么你们恰恰来这儿呢？
 [克洛托夫正欲讲，被沃罗宁制止。

沃 （对卡佳）您说吧，要不您的丈夫一句话也不让您说。
 [卡佳有些慌乱。

卡 我们……买了一张地图。谢廖沙把眼睛给我蒙住，叫我用手
 在地图上指一个地方，我刚好指到了这儿。我们买了票就来
 了。

沃 （惊讶地）这难道是真的？
 [克洛托夫笑了，并不住地点头。

沃 这儿有你们的亲戚？
 [卡佳摇头。

沃 有熟人？
 [卡佳仍摇头。

沃 噢，卡佳，应该给您颁发"英勇奖章"。

克　（顽皮地）我得什么呢？

沃　你应该挨一顿皮鞭。

　　[克洛托夫扮了个鬼脸。

沃　我们有声资料室缺一位保管员。（对卡佳）如果您认为合适……

　　[克洛托夫从椅子上蹦下来。

克　（忘情地）同意吧，卡吉卡，同意吧！

卡　可您知道……我，当然……当然，我，我愿意干的。

克　（对沃罗宁）谢谢，谢谢啦！

　　[他高兴地抱住卡佳的头，亲了她一下。卡佳的眼睛里闪烁着快乐的光芒。

克　我呢？

沃　您——先试用一个月，给您一个任务，如果您完成得令人满意，就接受您为编内人员。

克　（皱着眉头）这是恩赐？

沃　见鬼！卡佳，您的丈夫太放肆了。

卡　（腼腆地）请您别见怪，谢廖沙心肠可好了。

沃　（无可奈何又疼爱地）唉，你们俩，你们俩，真没办法，好了，明天早上来。

克　好的，谢谢您了。

　　[卡佳也微笑着点头。闪回开始时的轻快乐曲又响起来。随着克洛托夫和卡佳的离去而渐渐变小，消失。

　　[时间回到了现在，窗外是白雪覆盖的天地。沃罗宁掐灭燃着的烟蒂，拿起了电话。

沃　让克洛托夫来一下。

　　[话音未落，克洛托夫身上挂满了彩色长胶带，由门而进。

克 您找我？

沃 去！把身上的东西拿掉，把头发梳好，然后再来。这儿是编
　辑部，不是马戏团。

克 （安然一笑）难道不是一码事？

沃 别开玩笑了，照我的话去做。把那篇倒霉的稿子也拿来。

　[克洛托夫下。莫洛佐夫上。

莫 沃罗宁，我走了。

沃 怎么就走，不去家里玩玩啦？

莫 这次不去了，下次再来，队里的事很多。

沃 （握着莫洛佐夫的手）但愿早日相见。

　[克洛托夫上。

莫 你们俩聊，我走了。

克 走，送送你。

莫 （坚决地）不不不，你们谈工作，又不是再见不到了。

　[三人互相道别。莫洛佐夫下。

沃 稿子呢？

　[克洛托夫把揉得皱皱巴巴的苏沃洛夫的文章递给沃罗宁。

　沃罗宁看后拿起了电话。

沃 是克拉莫吉娅吗？您好，我是沃罗宁。马上会有一个新毛头
　记者去您那儿，请您给他去乌莱吉特出差的经费，时间从明
　天算起。

　[沃罗宁放下话筒走到克洛托夫跟前。

沃 去办出差手续，明天一早去飞机场，马上离开这个地方，多
　去些时候。

克 （莫名其妙）我？出差？明天？什么情况啊？！

沃 很简单，我们需要了解养鹿人，你可以看到原始大森林……

[克洛托夫难以置信地摇摇头。

沃　有什么不清楚？

克　这是奖励还是惩罚？

沃　都不是，机灵鬼。我们是业务部门，需要谁去谁就去。
　　至于今天发生的冲突，我倒要提醒你，少说为妙。

克　当哑巴？

沃　我说的是少说为妙！行了，我没工夫与你辩论，快滚蛋。

克　（调皮、朗诵似的）到原始大森林去！乌拉——

　　[克洛托夫高兴地一溜烟跑了。

　　[沃罗宁再次拿起那篇揉皱的稿子。

第三场

[莱吉特村。

[茫茫雪原。落叶松原始大森林。银装素裹的大森林
边，矗立着一栋小屋。

[屋子里，炉火正旺。墙上挂着几张已经风干的黑貂
皮。90岁的菲母斜靠在木床上，菲利波夫（以下称
"菲"）在炉火上烤熊肉。

菲　母　（缓缓地）儿子，菲利波夫——

　菲　妈妈？

菲　母　大雪封路了吧？

　菲　是的，妈妈。积雪很深，风也很大。您听，风的声音，
　　　听见了吗？

菲　母　（侧耳细听）可不是吗，鬼哭狼嚎似的。年年都这样，

咱们这地方，就是一个字，冷！

[菲利波夫舀了一碗汤走到母亲床前。

菲　妈妈，喝碗热汤，喝了更暖和。

[菲母疼爱地注视着儿子。

菲　母　你自己喝吧。

[菲利波夫一勺一勺地喂母亲喝汤。

菲　这么大的雪，喝野味汤暖心。

菲　母　（叹气）女人做的事，你都得做。60岁了也没娶上个媳妇，妈妈我……

菲　妈妈，别老想这事儿，我都不急你急什么呀。我就愿意守着您，侍候您。

菲　母　那些个女人都没眼力，只看咱们穷，看不见我儿是个多棒的好孩子。

菲　妈妈——

菲　母　我要说，我想说。儿子，妈妈是放心不下你呀，我老了，没几天好活了，可你……

[菲母轻轻啜泣，菲利波夫默默地把母亲搂在怀里，为她拭去泪水。

菲　别难过，妈妈。会好的，一切都会好的。要相信你儿子。

菲　母　这些年，因为我你哪里也去不了，如果不是我拖累你，你肯定早早就有媳妇、有自己的孩子了。我，我怎么还不死啊。

菲　妈妈，你说的什么话呀？有您在，我很快乐，好像一直没有长大似的。

菲　母　（喃喃的）好儿子，我的好儿子。

菲　妈妈，讲一个我小时候的故事吧。

菲　母　（眼里闪过一线光亮）你小时候，是个可爱、听话的孩子。夏天里，我常带你去林子里采蘑菇，你总是对我说："妈妈，我们走远一点好吗？"你总有问不完的话："妈妈，走出这林子是哪儿？山那边是什么样的？河水流到什么地方去了？"我对你讲："等你长大了，妈妈带你走出林子，去看看外面的天地。"（神色黯然地）可是，妈妈说的话没算数。

菲　妈妈，等冬天过去，我要用雪橇带着您，不，用马车——对，先坐马车到林子边上，再坐汽车，火车……去外面，（激动地）去莫斯科……高兴吗？妈妈。

菲　母　（越听越激动）高兴，我高兴。好儿子。

　　　[菲母一激动又咳嗽了，菲利波夫轻轻给她拍背。

菲　母　上帝啊，让我少受点折磨吧，这样活着，真是受罪（又咳）。儿子，我还能好起来吗？

　　　[菲母不断在胸前划着十字，菲利波夫试图再喂她喝汤，菲母摇头。

　　　[身穿红色防寒服的克洛托夫和套着皮大衣的冬尼亚以下称"冬"上。

冬　喏，咱们到了。

　　　[冬尼亚敲门。

　　　[屋里，菲利波夫扶母亲躺下，替她掖好被子后开门。

冬　菲利波夫爷爷。

菲　冬尼亚，快进来。

　　　[冬尼亚拉着克洛托夫进到屋里。

冬　这是州电台的克洛托夫同志。（给克洛托夫介绍）这就是你要采访的对象，菲利波夫爷爷。

[两人脱下厚重的外衣。克洛托夫笑着和菲利波夫握手。

克　您好，菲利波夫爷爷。

菲　路都封住了，你们怎么来的？

冬　我们从州府乘飞机来的。

克　菲利波夫爷爷，听说去年的狩猎季节，你一人就打了85只黑貂。

菲　是他们撞到我枪口上了。

克　（兴致盎然的）我想听您的故事。

[菲利波夫摇头。

冬　菲利波夫爷爷，他这次是专为养鹿队和您而来的。

菲　去养鹿队吧，那儿的人都是好样的。我没啥可说。

克　菲利波夫爷爷——

菲　回州里去吧，大冷天，出来受罪。

[菲利波夫起身走进里屋。

冬　（悄悄地）要耐心，他是个好人，脾气躁。前些年的一个狩猎季节里，他一人打了71只黑貂。可当时的村苏维埃主席硬让他缴了一大半给国家。辛苦了几个月，病都落下了却所得无几。一提这事，他就来气。

克　后来呢？

冬　后来村苏维埃主席挨了州里的批评，给他道歉了。

克　（气愤地）道歉有屁用。

[菲利波夫从里屋拿出猎枪，坐在火炉边擦拭起来。静场。

[克洛托夫有些焦虑不安，冬尼亚使眼色让他稍安勿躁。菲母又咳嗽了，几个人都围了过去。

369

冬　菲利波夫爷爷，我带了药来，这药可以平喘，太奶奶喘
　　得厉害时吃一片，会舒服些。

　　[冬尼亚从兜里拿出小药袋，倒出药片给菲利波夫，克
　　洛托夫递上水杯，菲母主动将药片吞下。

菲　母　让我坐起来，我想看看都是谁在说话。

　　[三人一起帮菲母靠着床头坐着。菲母的目光从克洛托
　　夫到冬尼亚，又从冬尼亚到克洛托夫。

冬　（笑着凑过去）太奶奶，您不认识我了？

菲　母　（笑了）冬尼亚。

克　太奶奶，您好啊！

　　[菲母一见克洛托夫就笑了。

菲　母　我知道你，知道——

　　[几个人都有些诧异。

菲　母　你是宇、宇航员，是不是？

克　（笑了）您怎么觉得我是宇航员呢？

冬　宇航员？（乐了）太奶奶，他呀——

菲　母　我知道，我知道，菲利波夫给我看过画报，那上面的宇
　　航员就穿着他这样的衣服，坐在一个圆的船里，想飞到
　　哪儿就飞到哪儿，不是吗？

　　[她从枕头下面拿出几张撕下来的画报封面给两个年轻
　　人看。

克　这是我们的加加林，全世界第一个登上月球的宇航员。

菲　母　瞧他穿的，和你差不多嘛。你要不是宇航员，能来我们
　　这儿吗？路都封了，（对菲利波夫）你说对不对？

菲　（想想）是的妈妈。

　　[两个年轻人也会心地笑了。

菲　母　（对克洛托夫）你妈妈让你当宇航员，到处飞，真是苦了你了……我也苦了我儿子，（拭泪）苦了他呀。

菲　　　妈妈，您干嘛老说这话？

[菲母喋喋不休地对两个年轻人叙说，菲利波夫回到炉子边继续擦枪。

菲　母　我已经90岁了，早该见上帝了，可是上帝他不要我。

冬　　　您别难过，别这样想。

菲　母　我的十字架没有了，我不敢死，没有十字架会下地狱的。我害怕这样死去，怕下地狱，怕一个人。我总让菲利波夫陪着，他不在，我就害怕。

菲　　　妈妈。该休息了。来，两个小家伙，坐到火炉边来吃点烤熊肉。

菲　母　去吧，去吃点吧。可怜的孩子，再喝点热汤。

[冬尼亚为菲母披好被子，和克洛托夫坐到火炉边，啃起了烤熊肉。

冬　　　真香。

克　　　莫斯科可没有这玩意儿，第一次吃它。

菲　母　（眼发亮）你，从莫斯科来？

菲　　　你家在莫斯科？

克　　　是的，我父母在那边，可我自己在西伯利亚工作。

菲　　　有亲人在这儿？

克　　　是的，我妻子。

菲　　　妻子？！

冬　　　是的，他的妻子叫卡佳，也在州电台工作，他们一块儿从莫斯科到西伯利亚的。

菲　母　莫斯科，莫斯科很远吧？

克　很远。

菲　母　很大？

克　很大很大。

菲　母　那儿有十字架吗？您能帮我找一个十字架吗？噢，上
帝，我想有一个十字架。

[克洛托夫迟疑了一下，从上衣口袋里摸出了一个金色
的十字架。在场的人都怔住了。菲母惊讶得说不出话
来。克洛托夫捧着十字架走向菲母，将十字架放到菲母
的手心里。

菲　母　（老泪纵横）上帝——

[菲母不断在胸前划着十字。抓着克罗托夫的手吻了又
吻，喜极而泣。

克　太奶奶，这下好了，可以上天堂就别再难过了。保重身
体。

[冬尼亚看着菲母，也非常激动。

冬　克洛托夫，你真是个好人。你拯救了她的灵魂啊！

菲　母　好孩子，好小伙儿，你可做了件大好事。

克　（笑笑）愿太奶奶的心灵能够安宁。

冬　你真行，像变魔术一样变出了一个十字架。

菲　母　孩子，孩子你过来，让我好好看看你。

冬　（对克洛托夫）叫你呢。

[克洛托夫走到菲母跟前，菲母慈爱地揉摸他的头发。

菲　母　好人，好人呐。上帝会保佑你的。

[菲利波夫倒了三小杯酒。

菲　来，喝口酒暖暖身子。

[三人相继端起酒杯。

克　为太奶奶的健康，干杯——

冬　干杯——

　　　[三人一饮而尽。

菲　（扶母亲躺下）妈妈，有了十字架，您可以睡个安稳觉
　　了。我和两个孩子聊聊。

菲　母　（安详地）去吧儿子，给他们倒上热茶。

菲　放心，茶炊里的红茶正"嘟嘟"开着，我不会亏待她们。

菲　母　还有……那孩子走的时候，别忘了代我送他一张貂皮，
　　那东西暖和。

克　太奶奶，您踏踏实实地睡吧。貂皮你们自己留着卖钱，
　　我有皮大衣足够御寒。您的心意我领了。

　　　[光渐暗。舞台呈现菲利波夫、冬尼亚、克洛托夫围着
　　火炉喝茶、交谈的剪影。

　　　[舞台一隅的木床上，菲母睡着了，宁静、安详。

第四场

　　　[州电台主编办公室。州文化部长布哈列夫（以下称
　　"布"）站在窗前，观赏者远处的景色。结了冰的河水
　　在阳光下闪闪发光，河对面是白雪皑皑的小山冈。

　　　[沃罗宁推门进来，布哈列夫转过身，面色阴沉。

布　多好的天气。

沃　（惊讶地）是您——布哈列夫同志。

　　　[二人握了握手。

布　正是打猎的好时光，雪不大，狗在雪地里跑不会陷下

去。可咱们像关在笼子里的狐狸，得待在办公室。

沃　不仅仅是您有这种想法。

　　[布哈列夫没有吱声，在办公室里踱步。

布　真想去大森林。沃罗宁，我打了20年的黑貂啊。

沃　听人说过。

布　可眼下……算了。（稍做停顿）我来干什么，您知道吗？

沃　（笑笑）您知道就行了。

　　[布哈列夫坐到宽大的圈椅里，显得特别瘦小。

布　是的，我全知道了。你给投机倒把分子安排了工作。

沃　布哈列夫同志，这是不可能的事。

布　不可能？群众都在议论，他从哪儿弄来的十字架呢？

沃　我不知道。

布　他用它私下换了一张貂皮，而貂皮是国家统购物资，不是
　　吗？这是犯法的事。可你原来是怎么评价他的？

沃　我现在也这么评价他，很好的小伙子，聪明，能干。当然，
　　脾气不够好，青春期嘛，情绪不稳定可以理解。

　　[布哈列夫将手指间夹着的铅笔往玻璃板上一丢。

布　还会买貂皮？

沃　我不相信，布哈列夫同志。您很清楚，那个巴掌大的地方，
　　乡下人少见多怪，舌头发痒。

布　指导员也信口开河？

沃　他也有可能弄错。

　　[布哈列夫按电铃。很快，苏沃洛夫走了进来。

布　把您听到的乌莱基特的事谈一谈。

　　[苏沃洛夫坐下来，清了清嗓子。

苏　在乌莱基特收购站，当地红色鹿皮帐篷负责人对指导员说，老

顽固菲利波夫用一张貂皮从克洛托夫那儿换了一个小十字架。

沃　……

苏　这事儿已经满城风雨了，因为那儿一共只有二十三户人家。

布　那位指导员不像话，他为什么没去找克洛托夫？

苏　他是想与克洛托夫谈一谈，但克洛托夫到牧区去了。

[沃罗宁点燃了一支烟，布哈列夫抬起浮肿的眼皮看了沃罗宁一眼。

沃　（对苏沃洛夫）您相信这些话吗？

苏　这是指导员告诉我的。

　　[布哈列夫猛地从椅子里站起来。

布　没必要扯皮，要调查清楚，他犯了错误就要处理。

沃　如果他犯了错误，我就撵他走。

布　好！

　　[布哈列夫像盖章一样，手掌往桌上一拍，转过脸看向窗外。

布　沃罗宁，您说，那小伙子是结了婚的？

沃　是的。结了婚的。

布　可是收购站的人说，他看上了刚分到那儿不久的女学生，一
　　个漂亮的医生。您那位小伙子不傻呀。

沃　完全是胡说，彻头彻尾的胡说！

布　为什么您不相信？

沃　因为不可能，您自己曾经不也是个年轻人吗？

布　各人的情况不同。

　　[苏沃洛夫坐在角落里，嘴角带着让人难以理解的笑。女打
　　字员（下称"打"）进来叫他。

打　苏沃洛夫同志，您的电话，在您办公室。

[苏沃洛夫跟打字员下。

布　您在编辑部搞自由主义，这儿是搞思想意识的机关，不是收破烂的，您招收人，为什么事先不告诉我们？

沃　还没来得及。

布　什么叫来不及？

沃　他很能干，我正好有空缺，就收了他。

布　让他干了记者？

沃　记者。

布　是党员吗？

沃　共青团员，他只有17岁。

布　您可真是办起"托儿所"来了，为什么不请示？不懂规矩？

沃　我认为招收记者我可以做主，又不是编辑。

布　您在辩，狡辩。我问您，为什么把他妻子也招来了？

沃　那女孩中学毕业，与他一块来这里的。我们有声资料保管员的位子空了一年了，谁也不愿意去干这个工作，嫌工资低，她却愿意。

布　克洛托夫把苏沃洛夫气得想辞职，你知道吗？苏沃洛夫是在这里工作了三十多年的老同志，有功之臣……

沃　（笑笑）我并没有使苏沃洛夫生气，对他您应该是了解的：爱多心，很难相处。如果他执意要走，我不会阻拦。作为记者，他没多大价值。工龄确实可观，可我们的工作需要具有创造性和主动精神的人。我不知道苏沃洛夫过去怎么样，但现在业务能力很差。

布　（大动肝火）这些话是您说的？

沃　（平静地）我完全负责。

布　这样做不行，一个毛孩子竟敢欺侮老同志。

沃 他们是为一点小事吵的，我已经警告过克洛托夫，不允许这事再发生。不过，老同志也应该客气些。

[苏沃洛夫进来，布哈列夫冲他喊道：

布 去把克洛托夫叫来！

苏 他不在。

布 上班时间跑到哪里去了？

沃 他出差了。

布 （一怔）出差了？

沃 我派他去大森林有好些日子了。

[骤然静场。

[克洛托夫一下子从门外冲了进来。

克 沃罗宁同志，您好！

[他的蓝眼睛炯炯有神，身上的短皮大衣敞开着，里面是毛绒线衣。牛仔裤，旅行鞋。头上戴着帽子帽檐朝后。他的出现，让在场的人一下都愣住了。

沃 你怎么回来了？

克 （兴奋地）任务完成了，感想数不清。感谢这次旅行，收获太大了。

布 这就是克洛托夫？

苏 （立即附和）是的，他就是新来的克洛托夫。

沃 克洛托夫，现在就讲讲你的故事吧。

克 （丈二和尚的）我……从哪儿说起呢？我去的地方都那么美，采访的人都那么真诚可敬，真想在那儿待一辈子。

沃 我对你的感想没兴趣，留着写回忆录吧。最好从十字架开始谈……

[克洛托夫顿时哑口无语。

克　您从哪儿知道的？

沃　这不关你的事，说吧。

克　别听小人胡说八道，这纯粹是件普通的好事。

布　什么，好事？

克　符合这样的标题"苏联人是这么干的"。

　　　[克洛托夫脸上呈现出愉快的笑容。

沃　现在不想听你那些俏皮话，现在我是作为上司在与你谈话，
　　你要正面回答问题。坐下谈——

　　　[克洛托夫大为吃惊。

沃　十字架到底是怎么回事？不许说假话。

克　我并不打算说谎。

沃　说吧。

克　有一天我在街上走，看到地上有个小十字架，我就捡起来放
　　进口袋了。

布　你是个教徒？

克　我是个坚定的无神论者，我的上帝就是智慧。

沃　接着说——

克　本打算扔掉它，可是忘记了……真的！

　　　[他俏皮地在胸口画了个十字。

克　我去采访菲利波夫老人，去年的狩猎季里，他一人打了85只
　　黑貂。他那90岁的老母，风烛残年，已经快不行了。太奶奶
　　是个教徒，可是她的十字架早年丢失了，内心老觉得恐惧，
　　不安稳，担心自己死了会下地狱。她求我帮她找一个，我伸
　　手在口袋里一摸……就摸到了……她吻了我的手，我没阻拦
　　她。

沃　以后呢？

克 没什么了，我们为她的健康干杯，聊了些狩猎情况后就走了。

布 完了吗？

克 完了。

布 你从菲利波夫那里拿走一张貂皮，作为小十字架的交换品，你给那老太婆祈祷是为了贪图小便宜，不是吗？

克 （气得口吃起来）谁，谁……说的？

沃 谁说的无关紧要，快回答。

克 谁说的？我要扇他一耳光！

布 你说是还是不是？

克 我，不想回答！

布 不想回答？

[克洛托夫走到沃罗宁跟前。

克 我以为您……是一个明智的人，没想到，您也……

沃 （大声地）是，还是不是？

克 （更大声）谁说的？！

布 （阴沉地）我，是我说的。

[克洛托夫抡起拳头朝他扑去。

克 我揍你这个混蛋！

沃 （严厉地）克洛托夫！

布 你，你要动手？！

[沃罗宁拦腰抱住了克洛托夫。

沃 有理就讲理，你还嫌给自己找的麻烦不够吗？傻小子，我还有话要问你呢。

[克洛托夫脸通红，气呼呼地坐进沙发；苏沃洛夫一直在角落里吸烟；布哈列夫满脸怒气，在办公室踱来踱去。

沃　在收购站你认识了谁呀？

克　要汇报？

　　[克洛托夫瞟了瞟布哈列夫和苏沃洛夫。

克　我采访过一个叫冬尼亚的医生。

布　《青年杂志》要的？

克　对不起，我不认识你。不想回答你的问题。

　　[苏沃洛夫掐灭烟，从角落里站起来。

苏　（对克洛托夫）我给您介绍一下，布哈列夫同志是我们州的
　　文化部长。

　　[克洛托夫看也没看布哈列夫。

克　（对沃罗宁）冬尼亚是个好姑娘，中专毕业后从阿尔泰斯克
　　到大森林来的。怎么了？

沃　你交朋友太不慎重了。我没告诉你吗？这儿每一个新来的人
　　都引人注意。

克　我只觉得奇怪。

沃　这有什么好奇怪的？

克　迈一步都得瞻前顾后，托儿所有规矩，幼儿园也是，中
　　学——弄得人喘不过气来，我还是个自由人吗？我愿意怎么
　　干就怎么干，我与谁交往任何人也管不着。

沃　连卡佳也管不着？

克　这和卡佳无关。

沃　她是你妻子。假如他和一个单身的青年男子交往，你会怎样
　　对待？这当然是假设——

克　（气愤地）这永远只会是假设。

沃　不管怎么说，你应该想着卡佳。

克　（反讽地）我当然想着她的，我"用十字架换了一件貂皮

大衣"。

　　[克洛托夫轻轻踢了踢自己的行李。

克　喏，全在这儿了，想要看看吗？

　　[布哈列夫走了过去。

沃　（对克洛托夫）什么也不需检查，坐下，你坐下。

　　[沃罗宁盯了布哈列夫一眼。

沃　我也不相信你会要那貂皮，可是，你手里有十字架，这繁衍
　　出许多荒诞的支节……

克　要是您处在我的位置会怎样呢？

沃　谁叫你去捡那小十字架，还把它送给一个快咽气的老太婆。
　　她需要的是药物和医院，而不是十字架。

克　（狮吼）我不懂，受不了这么多的约束，我有什么不对？！

布　你别太狂妄，还在狡辩！写个检查来。

克　我不写！

布　敢——

克　（一字一顿地）你，你没有权利对我指手画脚。

布　（冷笑）很不幸，你刚好就得由我管。

克　你也别太自信，不管你是个什么官，什么长，都没有资格用
　　这种态度来对待我。

沃　小伙子，不要扯远了。

布　（怒火中烧）我的眼皮下是容不得这种小流氓的。

克　早知道这儿是你这个无赖当权，我根本就不来这儿。

苏　（火上浇油）部长同志，不要理他，为他生气不值！让他写
　　个检查再说。

布　（竭力使自己平静下来）必须写！

克　我只能让您失望了。

381

苏　克洛托夫，摆正位置，别忘了上下级关系。

克　就像对您的文章我不敢恭维一样，对他，我也不会归顺。

布　我正式对你讲，听候处分，不管你在乌莱基特村的事是否属
　　实，你今天的态度也要受处分，这是我的决定。

　　[所有的人都把目光投向克洛托夫。静场。

克　您用这一套吓唬你的儿子去吧，我要是傻瓜，也不会从莫斯
　　科到这里来了。我也正式宣布，由于种种遗憾的原因，我决
　　定辞职。

　　[戈别柯夫（下称"戈"）提着录音机上。

戈　沃罗宁，主编同志，好消息，快听听我录的音。哈，克洛托
　　夫回来了？正好，大家一起听听。

　　[戈别柯夫丝毫没注意到大家的情绪，打开了录音："莫斯
　　科广播电台，下面选播在《祖国各地》栏目中荣获一等奖的
　　优秀节目《寂静的大森林》。这个节目的编者是西伯利亚某
　　州电台的记者克洛托夫同志。我台将给克洛托夫同志颁发奖
　　金。请大家欣赏——"

克　（冷静地）戈别柯夫，请关了它。

　　[戈别柯夫关了录音机。

戈　小伙子，奖金准备干什么用？

　　[戈别柯夫猛然发现这里的气氛不对头，提起录音机准奔
　　走，克洛托夫搭着他的肩，大声、认真地说——

克　这笔钱，给我的卡佳买一件最好的貂皮大衣。

戈　（看看大家）你们谈，你们谈。

　　[戈别柯夫跑下。少顷。

布　成绩和问题是两码事，检查一定得写。

克　该说的我都说了，我照我认为是正确的方法办事，检查（冷

笑）……

布　你老实一点。

克　别有用心的人往往比谁都装得老实，那是假的。

　　[苏沃洛夫条件反射似的站起来。

苏　你——说谁呢？

克　谁像就是谁！

　　[卡佳出现在门口，她激动地直奔克洛托夫。

卡　谢廖沙——

克　卡秋莎——

　　[卡佳旁若无人地扑在丈夫怀里，二人紧紧地拥抱在一起。
　　布哈列夫、苏沃洛夫无可奈何地看着这对小夫妻。沃罗宁微
　　笑着点头。

第五场

　　[天气晴朗的午后。

　　[克洛托夫夫妇的小屋。

　　[沃罗宁提着一包东西上。

沃　（敲门）主人在家吗？克洛托夫，卡佳——

　　[克洛托夫迎了出来。

克　（激动地）您回来啦！会议结束了？

　　[沃罗宁面无表情地走进屋。

沃　我出差期间，你真的辞职了？

克　是的，我早就想这么做。

沃　就为了苏沃洛夫、尤利娅这些人？

克　不，不是为谁。为了我，为了我和卡佳。（稍顿）我讨厌这
　　些人，我不想看他们的脸，不想听他们胡言乱语，不想接受
　　所谓的帮助，也不想写检查。

沃　什么帮助？

克　他们开会讨论我的行为。什么"道德品质上有问题"，"非
　　法关系"，"友谊是骗子的挡箭牌"，噢，说得多了去了，
　　真让人恶心。

沃　还是由于那位医生？

克　是的，您走后，她来看过我和卡佳。

沃　（生气地）你就辞职了？

克　我不愿人格上受侮辱，这您知道。

沃　谁同意你的。

克　尤利娅。

沃　她没有权力决定这件事。

克　她是工会小组长。

沃　你，你太糊涂了。

克　这是您的理解，我不这样认为，卡佳也不这样看。

沃　卡佳呢？

克　（黯然神伤）她住院了。

沃　（吃惊）怎么回事？什么病？

克　都怪我，半月前……

　　[轻柔的小提琴乐声起。沃罗宁靠在门柱上，燃起一支烟。

　　[时空交替，时光回到半月前。克洛托夫坐在窗台上看书，
　　不时忘情地念上几句。

克　（喃喃地）文艺作品中，总是以这样或那样的方式反映出作
　　品本人，否则就不成其为文学。是的……

[因怀孕已大腹便便的卡佳拿着一卷邮件上。

克 （自言自语）再如老海……

卡 （竭力做出高兴的样子）什么老海？

克 （笑了）老海，海明威呀！卡佳。

卡 噢，是他呀！

克 我们都喜欢他的《老人与海》，你想想，他写出的场面是多
　 么的壮观、扣人心弦，让你有如身临其境。老海太伟大了。
　 亲爱的，也许很多年以后，我的小说被很多人读，被很多
　 人喜欢。说不定那时的年轻人也会亲切地称呼我"老克"，
　 （陶醉地）有意思，太有意思了。

[卡佳笑了笑，看着手里的邮件，欲言又止。

克 （深情地）亲爱的，又为我们的生活发愁？别担心，会好
　 的，工作会有的，钱也会有的。我们的事多着呢，找工作，
　 等待我们的小宝贝降临……等我的小说一发表，就什么都解
　 决了。你要相信这一点，卡佳。

卡 （十分难过）我相信。

克 你拿的什么东西？

卡 （紧抱住邮件）这是……你别难过，这没什么关系的，一切
　 都会好起来。你千万别伤心，我喜欢读它……

[克洛托夫莫名其妙地看着卡佳。

克 你说什么？怎么了，卡佳？

卡 （努力镇静下来）这是你的小说稿，退回来了。

[克洛托夫愣住了，一动不动地凝望着窗外的积雪。

卡 亲爱的，别难过。克洛托夫——

[卡佳不断亲吻着克洛托夫的眼睛，鼻子，额头，脸颊……

卡 亲爱的，我亲爱的……

[克洛托夫将稿件的邮封拆开，捧起稿子看了一阵，抬头对卡佳"笑"了一下。

卡　我去给你煮杯咖啡。

[卡佳下。克洛托夫看了看手稿，又翻开一页仔细看了一会儿，缓缓走到壁炉边上，将小说手稿一页一页撕开，投入火炉。全部烧完后，他抱头痛哭起来。

[卡佳闻声跑上。

卡　克洛托夫，别这样。

克　（靠在卡佳怀里啜泣）这是怎么回事呀？真让人受不了！卡佳，我该怎么办？

卡　我们会好起来的。

[突然，卡佳看到炉膛里的纸灰，她走近看。

卡　谢廖沙，小说稿，你把它烧了？

克　烧了，全烧了。留着有什么用，有什么用？！

卡　你不该烧了它，都是你的心血呀！再说，我喜欢它。

克　别说这些来安慰我，让我痛痛快快地哭吧。我已经闷得受不了了。

卡　烧了就算了，以后再写，以后写的会更好。你的故事我最喜欢听，你的小说我最爱看。

[克洛托夫渐渐停止了抽泣，他看着卡佳轻声说道。

克　卡佳，咱们回莫斯科吧，咱们回去。我受够了——

[突然静场。卡佳惊讶地看着克洛托夫，克洛托夫不知所措。

卡　啊！

克　卡佳？

[卡佳用陌生的眼光看着丈夫，克洛托夫想去牵卡佳的手，

卡佳触电似的将手缩了回去，一下子闪开了，一反常态大吼大叫。

卡　滚开，胆小鬼！你走吧，你回去吧。胆小鬼，懦夫！

[卡佳抄起一根皮带，朝着克洛托夫一阵猛抽猛打之后，卡佳精疲力尽地扔掉皮带，扑在桌上哭了。

卡　（痛苦地）克洛托夫——

[卡佳一手捧腹，一手撑着桌子刚站起来，剧烈的疼痛使他瘫倒在地上。克洛托夫一个健步冲到卡佳身边，将她搂在怀里。

克　你怎么了，卡佳？

卡　快送我上医院，赶快——

[克洛托夫抱起卡佳下。小提琴乐声由近至远，渐渐消失。

[始终在一旁看着这一切的沃罗宁沉思着走到台前，克洛托夫端着两杯咖啡进来。

克　事情就是这样的，她流产了，还在住院。医生说是因为受了刺激，太激动所致。（递咖啡给沃罗宁）喝杯咖啡。

沃　卡佳真是个好孩子，好姑娘。听着，谢尔盖。别再傻了，明天到台里来上班。

克　您是说我干了傻事？

沃　有一首歌的歌词是这样的：聪明人配傻瓜，既平均，又公道，必须与愚昧作斗争，而不是逃避它。谢廖沙，你想想，如果问题是在尤利娅方面……

克　问题在原则。

沃　什么是原则？

克　需要解释吗？

沃　也许。

克　有人对我造谣中伤，我就不能工作。

沃　见鬼！这样大概你就会失业一辈子。

克　请别再提这件事，我已经决定了。

沃　这也叫原则？

克　这就是原则，也叫尊严和底线。

沃　不！这是固执加上自私。（环视房间）卡佳是个爱整洁的姑娘，你得收拾一下房子。

克　（把一块劈柴扔进炉膛）卡佳不会很快回来。

沃　别说不吉利的话，你现在在做什么事？

克　锅炉工。

沃　锅炉工？

克　是的。

沃　你还有钱吗？

克　要用钱来烧炉子？

沃　伙计，听我说，你愿意去森林之光报吗？潘科娃那里。

克　我已经找好工作了，不是告诉您了吗？

沃　在锅炉房烧炉子？

克　是的。

沃　那么卡佳知道吗？

克　她会知道，也会赞成的。会的。

沃　会的会的，卡佳会的。她总是支持你这个疯子。锅炉工？怎么不去澡堂子卖票？怎么不去当马夫？

克　我需要钱，哪里给的钱多我就去哪里。暂时在那里工作，以后再看吧。

沃　（稍顿）谢廖沙，我喜欢你。

克　是讽刺？

388

沃　不，是真的，谢廖沙。

　　[沃罗宁朝门外走去，随即又转身问道：

沃　卡佳住几号病房？

克　产科202室。

　　[沃罗宁正要出门。

克　顺便提提，您家里也有蒸汽暖气管，别忘了开。

沃　噢，上帝——

　　[沃罗宁走了。克洛托夫这才注意到桌上的一大包食品：奶粉，罐头，糖果点心等。克洛托夫三两步跑到门边，望着已经远去的沃罗宁。

第六场

　　[除夕夜，天空飘着雪花……

　　[沃罗宁家客厅的一角。灯火通明，一对对客人跳着华尔兹不时旋过。

　　[卡佳上，她焦虑地不断朝窗外张望。沃罗宁握着红酒杯上。

沃　克洛托夫怎么回事，还没有来。

卡　锅炉房有人缺勤，谢廖沙被叫去顶班了，要等下班才能离开。

　　[莫洛佐夫端着酒杯过来。

莫　卡佳，你怎么不喝酒？

卡　我还不想喝。

莫　为什么呀？除夕大家都喝酒，大家都高兴。

卡　我要喝，不会扫大家的兴。不过，得等一会儿。

　　[沃罗宁夫人丽达（下称"丽"）和一女宾（下称"宾"）
　　端着酒过来。

丽　小姑娘，你的酒都快放酸了，大家都等着你呢。

卡　（微微一笑）等我丈夫来了我才喝酒。

宾　怎么，您丈夫还没来？（玩笑地）您在哪儿把丈夫给丢了？
　　真想看看这个人。

卡　他还在上班。

宾　这个时候，上班？不是保密工作吧？

沃　（意欲岔开话题）保密保密，国家安全委员会，我们要不要
　　为这个机构干一杯？

卡　（平静地）我丈夫在锅炉房当司炉工，今天有人没来上班，
　　就让谢廖沙替班去了。

　　[大家都有些尴尬。

沃　行了，现在没有秘密了，大家尽情地跳舞吧，一年就这么几
　　次。

　　[舞曲声渐大，宾主欢快地跳起了华尔兹。只有卡佳还在等
　　待。

　　[克洛托夫上。

卡　（激动地）克洛托夫——

　　[舞曲声渐弱。卡佳扑到克洛托夫怀里，二人像久别重逢似
　　的拥抱在一起。

克　沃罗宁同志，新年就要到了。

沃　脱掉大衣吧，流浪汉。看见你真高兴！

　　[克洛托夫脱掉大衣。里面是毛衣，牛仔裤，长筒皮靴。卡
　　佳伸手抚平他蓬乱的头发。

卡　可怜的克洛托夫，累坏了……

　　[跳舞的人们都聚了过来。

宾　谁是谢廖沙，我想看看。原来是你！真是一表人才，难怪你
　　的妻子离了你连一口酒都不肯喝。

　　[大家友好地笑了。

莫　克洛托夫，小家伙，你今天可是迟到了。

克　（顽皮地）没办法呀，为了生计。

　　[大家又笑了。

卡　注意，注意！离新年只有几秒钟了。

　　[沃罗宁赶紧打开了收音机，几个男宾准备好了几瓶未开的
　　香槟酒。

卡　（神采飞扬）三、二、一，放——

　　[新年钟声响起。"嘭""嘭""嘭"，酒瓶相继弹开，香
　　槟酒喷向屋顶。大家欢呼起来，互相拥抱，祝福。沃罗宁走
　　到卡佳跟前。

沃　卡佳，我想亲亲你。

　　[卡佳亲切大方地迎上去，让沃罗宁在脸上亲了两下。大家
　　又跳起舞来，克洛托夫带着卡佳跳，二人陶醉在节日的气氛
　　中。

沃　（对妻子）看那对年轻人，可爱极了，真像一对小青鸟。

夫　我真羡慕他们。

沃　（笑）你知道他们是怎么离开莫斯科的？

夫　总不至于偷跑吧。

　　[沃罗宁夫妇边跳舞边说着话。

沃　这次我去莫斯科开会，见到了卡佳的父母，谢廖沙的家长没
　　见着。

[沃罗宁夫妇在舞曲中旋转去到里面。克洛托夫和卡佳又旋转了过来。

卡　克洛托夫，我妈妈最喜欢这首《当我们还年轻》。

克　（深情地）我知道，唯一的一次去你家，听到的就是这个曲子。

[一对对舞伴踩着舞步退去，客厅的框架也变换了方位。克洛托夫的画外音：那是在莫斯科郊外，卡佳的家门口——

[舞台上呈温暖色调。微拉（以下称"微"）在踱步。克洛托夫上，两人都不知对方是谁。

[《当我们还年轻》乐曲声渐大。

克　您是——

微　我是微拉，卡佳的妈妈。

克　我是谢尔盖，给您打过电话，我想找卡佳。

微　难道我没对您说她不在家吗？

克　不对。

微　别再纠缠了，我再说一遍，她不在家。

[穿着睡衣的卡佳箭一般奔了出来。

卡　谢廖沙！

微　（严厉地）卡佳，回去！我与他谈谈！

卡　妈妈——

克　去吧。

[卡佳一步一回头地进屋去了。

微　您逼我说谎，我是为了卡佳，我要她继续读书。您好像也是应届生。

克　是的。

微　你们神速相识，花去的时间太多，你有父母吗？

[克洛托夫昂着头。

克　我是个弃儿。

微　卡佳没有鉴别能力，您别再扰乱她。

克　我们在一起读书，还谈论书籍。

微　这没用，我不喜欢她随便交朋友。

克　您丈夫会喜欢的。

微　你简直是个流氓。

克　我不打算和您争辩，我要见卡佳。

微　今天她哪儿也不会去的。

克　明天呢？

微　也一样，再见！

克　我想见卡佳。

微　您可以和她告别。

克　您太独断专行。

微　（苦笑）等您当了家长就理解我了。

克　这倒不会太久了。

微　（大惊）什么？！

克　我爱卡佳，她也爱我。

微　小伙子，您太可笑了。你做梦也想不到卡佳她爱过多少次
　　了。

克　这一次是真的。

微　遗憾的是，这一次和以往那几次毫无区别。

克　（大声呼喊）卡佳，卡佳——

　　[卡佳立刻跑了出来。穿了一件红风衣，短皮靴。

卡　谢廖沙。

克　你爱我吗？你妈妈她不信。

卡　妈妈！难道您什么也不明白？

微　明白什么？让你毁掉自己的生活？让我把你们愚蠢的感情看
　　成爱情？

卡　（鼓足勇气）我爱谢廖沙——

微　胡说！

克　我爱卡佳！

微　狂妄，我不想听你的声音。滚——

卡　妈妈（哽咽），克洛托夫，你，你把它拿出来吧，拿给妈
　　妈。

　　[克洛托夫取出结婚证书递给微拉。

卡　妈妈，我们已经、已经结婚了，请原谅……

　　[微拉接过结婚证，一阵眩晕，卡佳上前搀扶她，她甩推卡
　　佳的手，自己跟跟跄跄进屋去了，卡佳追上扶她。

　　[《当我们还年轻》的乐曲声渐大。沃罗宁夫妇随着音乐旋
　　转过来。

沃　克洛托夫，克洛托夫——

克　（从沉思回到现实）哎——

夫　在想什么？

克　（笑笑）胡思乱想。

沃　能给我们讲讲吗？

克　（想想）好，反正你们迟早都会知道。（调皮地笑笑）我们
　　要上月球去了。

沃　又开玩笑。

　　[外面有人喊："克洛托夫，小伙子，来点礼炮，快出来
　　呀。"

克　好嘞，我来点——

[大家都跑了出去，外面响起了礼炮声。沃罗宁给自己倒了
半杯酒，靠在窗边看外面。卡佳跑上。

卡　快出去看呀，那礼花很美。

沃　在窗边看也很好，有点累，我就不出去了。

卡　（懂事地）那，我陪您在屋子里看吧。

沃　谢廖沙要上"月球"了，你呢？

卡　（天真地）谢廖沙还是忍不住说了，我们本想……

沃　啊，那可不行，不好。

卡　是的，我们本来想走了以后再写信给您，我还以为是克洛托
夫告诉您了。

沃　（大吃一惊）什么？你们要走！你父母来信了？这次去莫斯
科，我看到了你父母，他们让我劝你们回去。

卡　不，我们不是回莫斯科。

沃　找到好工作了？

卡　恰波吉尔，您记得吗？谢廖沙报道过的那位养鹿人，邀他去
当助手，猎人菲利波夫也邀他去。

[沃罗宁默默地听着。

卡　离开编辑部后，克洛托夫给乌莱基特的恰波吉尔写了一封
信，不久就收到了回信，邀他去当助手。可不巧当时我住院
了，谢廖沙只字未提，把信一藏，就到锅炉房干活去了。

沃　看了恰波吉尔的信，你怎么说？

卡　（笑笑）我让他赶紧写回信，他激动得大笑起来，我也笑起
来了。

沃　后来呢？

卡　后来我们都哭了……当然，这是因为高兴，于是我们就决定
去了。

沃　（脱口而出）到乌莱基特村？开玩笑，你们去干什么呢？那
　　儿除了大森林什么都没有。

卡　（沉静地）那儿有许多东西这里没有。

沃　听我说，孩子，安安我的心。告诉我，你们这只不过是迎新
　　年开玩笑。

卡　啊，不。沃罗宁，是真的，什么都准备好了，太阳升起的时
　　候，我们就要启程。

沃　你们去干什么，考虑过吗？那儿的一切都是很具体的，和想
　　象有很大距离。

卡　想过了，也联系好了。去当牧鹿人的帮手。谢廖沙说那里很
　　艰苦，但是那里有真正的工作，不平凡的人……

　　[正欲进屋的克洛托夫听见二人说话，停住了。

卡　那里可以检验人的硬度和韧性。

沃　有意思，他要检验自己，积累经验。你呢？你考虑过自己的
　　事吗？

卡　（纯真地微笑）那十二月党人的妻子呢？谁也没有强迫她们
　　跟着自己的丈夫到西伯利亚，可是她们去了……

　　[克洛托夫激动地跑上来，紧紧抱住卡佳，不断吻她栗色的
　　头发。

克　我的卡秋莎。

沃　卡佳，要是他受不了，逃跑了呢？

卡　不许这样说。

沃　万一呢？假定万一发生了这样的事。

卡　（看着克洛托夫）那，他就不再是我的丈夫了，这一点他是
　　知道的。

　　[沃罗宁目瞪口呆。卡佳的神情是那么的严肃，果断。

克　我已做好充分的准备，你不必为我们担心。

　　[莫洛佐夫在外面大叫："克洛托夫，快来呀，他们进攻了！"

沃　在干什么？

克　打雪仗，很带劲，又暖和，他们就是让我来叫你们。

沃　你去参战吧，我和卡佳在这儿。

卡　快去，大家等您呢。

　　[克洛托夫跑了出去。卡佳从口袋里掏出几张纸，展开。

卡　我朗诵一段他写的东西给您听，好吗？

沃　卡佳，现在还顾不上听他的大作。

卡　不，您一定听一听，就念一段，这很重要，听吧。

沃　好吧。

　　[卡佳深吸一口气，专注地朗诵起来。

卡　鹿群起步了，鹿儿抬起长着枝杈横生的鹿角的头，用细腿和宽蹄试着土地的坚硬性，转动着莹润的眼睛，抖动着全身的皮毛，浩浩荡荡地踏上了征途……

　　[打雪仗的人们都进屋来了，沃罗宁打手势让大家安静，大家各自找位置坐下，一起聆听卡佳的朗读。

卡　他的腿变得结实有力，头顶上的小隆突会慢慢长出来。夏日，他将和小伙伴们一起被牛虻咬得转来转去；秋季，他可以第一个品尝到蘑菇的香甜；冬天，他会踏破厚厚的积雪，以找到属于他的美食鹿苔来检验四蹄的力量。大自然给了他一切，只差没有赐予他一双翅膀，让他能像鸟儿一样在天空翱翔……

　　[朗读过程中，宽大的天幕上呈现出春、夏、秋、冬的鹿，奔跑的鹿群，嬉戏的小鹿。

[客人们拍手叫好。

男　宾　太好了，观察细腻，好文章！

女　宾　质朴的文字表现了鹿儿的成长，真美。

　　夫　简直可以入选中学的教科书，我仿佛走进了到处是鹿群的大森林……

　　莫　一定出自名家之手，是哪位大师写的？

[克洛托夫提行李上。

　　沃　就是这位马上要去大森林的锅炉工写的。

　　莫　大森林？

[全场静默了。

　　沃　太阳升起的时候，他们就要走了，远远地走了。

　　夫　怎么？决定了？！

　　卡　决定了。

　　沃　（双手抱住克洛托夫的肩）克洛托夫，回编辑部来，回来干吧！

　　克　我们已经决定了。

　　沃　你们的父母理解了你们的感情，让我转告你们，希望你们回莫斯科去。本想过了新年告诉你们。现在……

　　克　（大人似的）谢谢您，放心，我们会写信的，给你们，给爸爸妈妈，会的。

[墙上的挂钟响起。沃罗宁夫人拉开窗帘，晨光微露。

　　夫　雪还在下。

　　沃　太阳快出来了。

　　克　我们要走了——

[卡佳眼里涌出了泪水。

　　卡　（对沃罗宁夫妇）我想亲亲你们。

398

[沃罗宁夫妇点头，和卡佳相拥。卡佳这边亲一下沃罗宁，那边亲一下沃罗宁夫人。

克　（对沃罗宁）我想问一个问题可以吗？

沃　今天什么都可以。

克　为什么您对我和卡佳这么好？请您说实话。

沃　小傻瓜，我爱你们，就是爱。也许你们不明白，我为什么爱你们，我知道，大家知道就够了。我只愿你们这对小青鸟能飞起来……

[大家帮他们拿起了行李。

沃　等等。

[沃罗宁夫人拿出一件貂皮大衣，披在卡佳身上。卡佳和在场的女性都被这贵重的礼物惊呆了。

沃　这是我们俩送给卡佳的，要保重身体。

卡　（扑在沃罗宁夫人怀里）谢谢，谢谢你们。

[克洛托夫从皮包里取出一个厚厚的精装笔记本，双手捧给沃罗宁。

克　这是我们的生活日记，留作纪念吧。

[太阳出来了。沃罗宁拿出酒杯喝酒。

沃　让我们再干一杯，为两个孩子饯行。祝他们一路——平安。

[《当我们还年轻》音乐起。众人举杯，个个脸上挂着泪珠，嘴角带着微笑。

剧终

我心中的赵一曼

写《赵一曼》的剧本，是一个偶然。

几年前的一个会上，我有关剧本创作的发言引起了一位先生的注意。会后，他与我有了更多的交流，他说很认同我的创作理念。他与我聊起了著名的抗日英雄赵一曼。原来，他是赵一曼的故乡人，还是那里主管文化艺术的领导。他说话很得体，不带行政腔，读过不少书，很有书卷气，像一位大学教授，给我留下了很好的印象。不久，他给我打来电话，诚恳地邀我为他们创作话剧本《赵一曼》。我委婉地推掉了，说正在写剧本，一时无法进入新的创作。手里写着剧本是真，但也不是不可以为新的创作预热。我不愿意接的真实想法，是家喻户晓的英雄的创作空间太有限。几个月后，我正在西安参加新戏首演（我与杜小铎等陕西剧作家合作的戏）时，又接到了黄部长的电话，还是希望我写《赵一曼》，言辞恳切。我依然一再推辞，说手里的剧本还在修改，估计没有时间。执着的他问什么时候能改完，我便随意说了个时间，谁知他说，行，那就等到那个时间。我一时语塞，被他的诚意打动。后来，一切就顺理成章了。

我知道赵一曼是小学二年级。那时，我妈妈带一个班的学生从成都到广元市实习，将我也带去当地的学校插班借读。他们不时还要下乡给农民"防病治病"，每当有这种情况时，就会把我寄放在班主任薛老师家。老师的女儿比我大几岁，她像姐姐一样带我上下学。有一天，她兴奋的告诉薛老师，电影院要放《赵一曼》了，她想带我去看。当时，我完全不知道"赵一曼"是什么意思，姐姐告诉我，"赵一曼是个女英雄"。影院里、黑暗中，我为赵一曼的牺牲失声大哭。赵联星扮演的赵一曼平凡、真实、质朴，她把英雄的种子埋进了我心里。

几十年后，我真的要写赵一曼了，内心除了对她的崇敬，更多的是忐忑。她的家乡人对她有深厚的感情，她的孙女儿、后人还在，她是国家英雄，方方面面对她都有自己的态度，我能把握住那个久远的年代、久远的她吗？我开始潜心了解赵一曼。女英雄不姓赵，她姓李，学名李淑宁。赵一曼是她在东北参加抗日斗争时的代用名，这一代，直到她牺牲后很多年，她的亲人们差点儿再也找不到她的下落。她的父亲李鸿绪与母亲蓝氏育有八个子女，一头一尾是儿子，中间六个女儿。她在姐妹中最小，昵称端女儿。李鸿绪是当地远近闻名的乡绅，乡里有田地，城里有商行店铺，家境十分殷实。他清朝末年捐过监生，还自学了中医，给邻里乡亲诊病从不收费，是大家公认的大善人。他做的最好的决定是让女儿们进私塾、进学堂读书。这在当时、在闭塞的乡下是不可思议的举动。李鸿绪毫不迟疑地这样做了，他想给女儿们不一样的未来。正因为读书，激发了端女儿的反封建意识。在封建社会的大环境里，再开明的家庭也脱离不了传统习惯的制约。媒妁之言、裹小脚，端女儿的姐姐们无一幸免，唯有端女儿坚决不从，以死相拼。她的视野从伯阳嘴扩展到了中国乃至世界，她注定是要走出去的。

我两次去赵一曼的家乡，从宜宾县到白花镇再到伯阳嘴，寻找、感受大半个世纪前的她。她家的祖居已经无人居住，陈旧破败，当地政府多次对其进行维修，虽然不可能恢复原貌，也能从其规模、框架想象出一个望族家庭曾经的气势。最让我感慨的是老屋后面的一棵参天大树，据说是赵一曼小时候亲手种下。它是这方水土唯一能够见证那个端女儿，那个李淑宁——赵一曼的活着的生命体，经历了几十年的风雨，它依然昂首挺立。我在树下矗立良久，仿佛觉得，它就是赵一曼的化身。就这样，我一步步靠近赵一曼，靠近武汉，上海，莫斯科，东北时的她。她的形象在我心里越来越清晰，我似乎找到了那个时代的脉动……

于是，就有了话剧《赵一曼》。

社会需要榜样，需要看到赵一曼对信仰的忠诚，看她弱小的身躯迸发出的力量，看她无怨无悔的勇敢与坚强。其实，她的抉择，她的疑惑，她的痛苦，她的爱，她的思念与牵挂才是我最想表现的。

接受命运
——我写《惊蛰》

我是迟疑地走近朱清章（剧中叫朱清扬），走进《惊蛰》的。

说实话，我本不愿接这个一句话就可说完的戏：儿子照顾植物人母亲，31年后母亲醒来。真人真事的原型已经有过铺天盖地的宣传报道，甚至已经拍出了一部电影。再写成舞台剧，完全无法产生创作冲动。再则，敬老孝老的内容基本都是千篇一律的琐碎家事。加上原型是全国敬老孝老模范，创作过程会有很多禁忌、麻烦，费力不讨好。

我一再推辞，最后我供职的院方在电话上说，内蒙古的同仁已经到了北京，希望我代表国家话剧院和他们见面聊聊，沟通情况，给他们出出主意，提提建议。有了底线，我心里释然了。只要我不写，出主意提建议还不简单么。经过热聊、探讨，内蒙古同仁认为我是他们最合适的编剧人选，希望能说服我接下这个活。盛情难却，他们的诚意动摇了我的决心，我应下了做这个戏的编剧。

谁都知道，不是所有的素材都适合所有的艺术形式，任何创意都有最适合自己的表达方式。我把他们带来的生活原型的相关材料都仔细地过了一遍，越看越后悔，越看越困惑。这一大堆素材并不适合搞话剧。如果我跨越真实，按照自己的方式创作，会完全打破现实版的故事格局和叙述法。这样的结果内蒙古方面未必会答应，他们会觉得创作者背离了他们的初衷。我很理解，内蒙古、包头下大力搞这个题材，就是要树立身边的道德模范，张扬正能量，提升公民素质和社会风气，强调写的是一位"内蒙好人"或"包头好人（原型在包头）"。只有"内蒙的""包头的"，对那一方水土那一方人来讲，才更具说服力、感染力。应该说，他们的思路是对的，出发点是好的，那份感情也是可以理解的。可我若完全按生活的真实写，倒是很"内蒙"，很"包头"，却难以用艺术的方式揭示人性本质的东西。絮絮叨叨，不知所云，呈现出来的顶多是一本苦情流水账。作为载体的话剧，也必将沦为味同嚼蜡的教化宣传。这样的事，我是不会做的。思来想去，面对两难的情况，我感到无能为力，唯一的办法是说明原委赶紧退出。出乎意料的是，当我把所有的担心和不安作为退出的理由和盘托出后，包头方面的领导和同仁很快反馈，承诺在求真向善唯美的大前提下，编剧尽可按自己的想法投入创作，没有人为的限制和约束，希望我放下包袱，将合作进行到底。

还能说什么呢？带着忐忑的心情我到了包头。在内蒙话剧院李院长、宋主任及朱清章的陪同下，去了大青山余脉朱清章当年所在的煤矿，去了他一家当年的蜗居。站在已经填埋、废弃的矿区，穿过那些空无一人、满是岁月痕迹的破败建筑，看着遗留在墙面上的俱乐部、浴池、邮局、百货站、子弟小学、职工医院字样，我好像触摸到了朱清章们微弱的脉动，觉得自己对这个题材开始有了感觉。

在包头矿工新城（煤矿越挖越深，出煤成本越来越高。包头市将煤矿关闭。在市的近郊修建了条件较好的"新城"，将矿工们迁移至此）朱清章的家里，我见到了86岁的朱妈妈，老人家身体硬朗，温润慈祥，思路清晰，行动敏捷，完全看不见那31年的印迹。我想知道是怎样的信念在支撑着朱清章，使他能挺过这漫长的每一天，其中还包括伤痛缠身的父亲去世，患难与共的妻子病逝。他沉默片刻，憨厚地笑笑说："接受命运。"

他的回答，让我有被电击的感觉。

那是怎样的31年啊！

朱清章的母亲省吃俭用攒下1200块钱，藏在冬天才用的取暖炉烟囱里，准备以后给儿子娶媳妇用。谁知，当冬天来临时，母亲却忘了，1200元钱瞬间被烧为灰烬。在20世纪70年代，1200块钱的概念就是一笔巨款。母亲一气之下深度昏迷，久治不愈，成了什么也不知道的植物人。唯一的儿子一边下井挖煤，一边悉心照顾母亲（父亲也是矿工，因工伤致残，10年后去世），母亲就这么静悄悄地活着，春去秋来，一躺就是31年。到了婚配的年龄，没人愿意嫁给负担如此之重的穷矿工，自尊的朱清章甚至做好了不再娶媳妇的准备。他喂母亲服药、进食（头几年还是鼻饲）、打针（为了省钱，他学会了许多护理技术），给母亲按摩、翻身、洗擦身体，处理失禁状态的大小便，和毫无反应的母亲聊天。即便家徒四壁，身无分文，与爱情无缘，他对母亲的爱始终如一，不离不弃。朱清章的孝心和坚持感动了后来成为他妻子的邻家姑娘，爱的温暖给昏暗狭小的家带来希望的光亮。勤勉的小夫妻养兔、养鸡、种菜，想尽一切办法给母亲增加营养。他们有了一双可爱的儿女，欣喜之余，生活的重压让朱清章和妻子不堪重负。一个偶然的机会，朱清章知道了自己是父母抱养的孩子，有人借此劝他放弃久病卧床的母亲，他已经尽力了，应该到外面的世界寻条活路，甚至可以去山东老家找亲生父母。朱清章为自己的身世震惊之余，选择了留下，直至沉睡 31 年的母亲睁开眼睛。这样的沉睡，即使在条件非常好的情况下，病人也难免出现大面积褥疮，一旦褥疮出现，全身感染、败血症等并发症将蜂拥而至，最终置病人于死地。然而，在最艰苦的环境中，朱清章几十年如一日，没让妈妈生一个褥疮。医生都说，这真的是奇迹。

我被这个接受命运的男人深深打动。他让我更加坚信，每一个生命都是不朽的传奇。

有人说，信念就好比跳下悬崖而心中同时预期着两种结果之一——不是落在怪石嶙峋的山下，就是学会如何飞翔。生活中，许多人在困难压力面前，相继落在坚硬的乱石上摔得粉碎。而朱清章，他学会了飞翔。和这样的人用戏剧的方式神交，我感到荣幸。

后来，就有了话剧《惊蛰》。

走近肖邦

　　我喜欢肖邦，从很早的时候就喜欢这位隔着一个多世纪的钢琴家、作曲家。喜欢他的丰富、多情，喜欢他的缠绵、忧伤。即使面对生存危机和亡国之痛，他的方式也不是简单意义上的战斗和呐喊。他被誉为钢琴诗人，却从不鼓噪血泪横飞的誓言。他想做战士，但他的手注定端不起沉重的来复枪，尽管他始终对战斗充满渴望。他的战斗激情是艺术情思的延伸，和现实的革命是有区别的。事实上，他那些充满想象力的音符和非他莫属的旋律，比誓言更长久，比枪炮更具征服性。肖邦是幸运的，他所处时代的巴黎风云际会，天才辈出。即使在天才中间，他也毫不逊色，很快从波兰的肖邦变成了巴黎的肖邦、世界的肖邦。

　　记不得是哪位作家说过"谁开始喜欢你的文化，你就开始拥有了谁"。尽管波兰曾历经离乱、忍受屈辱，但近两百年来，从不同肤色的人们喜欢肖邦、认同肖邦的时候起，波兰也通过他吸引了世界的目光，让更多的人们了解了一个弱小民族的挣扎、自尊、坚韧和强大。

　　二十多年前，还是学生的我在上海电影译制厂观摩了美国电影《一曲难忘》，看得我激情澎湃。影片十分经典地表现了肖邦的一生，给所有的观众留下了难忘的印象。那段时间里，我着魔似的听了许多肖邦作品，还托朋友从音乐学院图书馆借阅了有关肖邦书看，我甚至决定毕业创作就写肖邦。遗憾的是，因为时间和条件的限制，我终于没能把肖邦写成毕业大戏。

生活中，机遇往往是偶然的，不知什么时候会突然出现。事后思量，其实这种偶然蕴含着必然。这种偶然和必然的暗合，不知能不能称为天作之美。2009年底，我得到一个消息，2010年是肖邦诞辰200年，也将是世界性的"肖邦年"。中国国家话剧院将和波兰方面合作推出一台有关肖邦的舞台剧，剧本由波方提供，我们负责排演，并请一位波兰演员和我们同台演出……这是院长周志强当年10月访问波兰时，双方拟订的合作计划。这个消息有些突然，甚至与我无关，却让我感到莫名的激动，我知道，那是多年的"肖邦情结"在涌动。眼看就要进入2010年，波兰方面的剧本迟迟没有动静。周院长多次催促，波方仍没能提供可以排演的肖邦剧本。院长助理罗大军敏锐地感觉到机会来了，便向院长建议：时间不等人，不如我们自己搞剧本。院长认真地听了他的阐述后，认定了其可行性，激动地表示：就这么定了，咱们自己做！于是，这个机会便"偶然"地降临到我头上。于是，导演王晓鹰暂时放下了另一出准备排演的经典话剧，翻开了《肖邦》的剧本，一个志同道合的创作集体很快进入了工作状态，也就有了今天这台由杰出的钢琴演奏家和出色的表演艺术家共同出演的跨界"音乐话剧"——《肖邦》……

时光在那一段时间里仿佛重合了，我似乎找回了当年的感觉。

我首先为《肖邦》人物、情节勾勒出大的框架与线条，在有关肖邦的音像资料、文字资料、书籍中寻找、确立属于剧中人物的关键词和时代元素。肖邦不是革命者，但他是爱国者，有明确的价值取向，是极具个性多愁善感的艺术家。即使在爱国等重大问题上，也脱离不了仅属于他的个性表达。他的情感经历中有过四五个女人，但值得浓墨重彩书写的唯有乔治·桑。现实中，他的老师并没有与他同去巴黎，我却坚持让他去了，有老师的参照，舞台上能更入微地表现肖邦。肖邦、老师艾士勒、乔治·桑便形成了最具戏剧性的特殊关系。大前提确定后，所有和肖邦有纠葛的人物、人物线索、人物性格便在剧情发展中顺理成章。在较短时间里我拉出了初稿，经院长、导演、策划、演员反复斟酌推敲建议，剧本在修改了十稿以后，终于落地排练。整个创作过程中，我在心里与肖邦对话，与过去的我对话，与天才辈出的时代对话。那是一个快乐、紧张、辛苦又纠结的过程。是一个说服与被说服、希望与绝望、肯定与否定交织纠缠的过程。当那个阶段终于过去，《肖邦》正式面向观众时，舞台上"放大"了的《肖邦》让我在享受艺术魅力、享受美，感叹导演、演员造化的同时，也让我看到了作为编剧的无奈，看到了自己对一些问题"坚持"到底的效果和意义，更看到了自己尚需努力的遗憾和空白。

首场演出结束时，波兰驻中国大使塔德乌什·霍米茨基和文化参赞梅西亚激动地走上舞台祝贺演出成功并谢谢中国的艺术家。大使说自己近二十年没流过眼泪，看《肖邦》虽一忍再忍还是止不住流下了泪水。我愿意把他的话理解为对话剧《肖邦》的认可和肯定。还有更多认识和不认识的朋友、观众以不同的形式向我表达了他们对《肖邦》的理解与喜爱。更令我感动的是一位年迈的退休教师带着老伴到保利剧场连看了三场……

肖邦丰富而短暂的生命浓缩了太多的精华，使他成了后人说不尽写不完弹不够的肖邦。就像旅途中每个行者眼里的风景是不一样的，肖邦在人们心目中的形象一定也不尽相同。

我很幸运，有机会以这样的方式走近肖邦。习惯了在琴键、音符、旋律的圣殿里聆听肖邦。这次，我们用话剧的手段和意蕴表达肖邦。葡萄牙作家萨拉马戈说得好：艺术的目的不是模仿，而是通过一个可以取而代之的"现实"来使人们懂得如何去"看"。或许，这也是话剧《肖邦》想要达到的。

我所希望的表达

——从《失明症漫记》到《失明的城市》《盲流感》

一直想写这样一出话剧：它很极致。不受种族、政见、派别、意识形态的局限，抒发的是人类共同的心声，面对的是所有的人都可能面对的问题、困境，甚至灾难。它还应该好看，艺术而自然的传达人们对幸福的渴求，传达人与人之间的真诚、理解、慰籍、温暖……

记得4岁多时，我被话剧团"借"去，在一出大型话剧里演女儿。不明白演戏是什么意思，只觉得不用上幼儿园，每天有叔叔阿姨带着我在舞台上玩，说着许多和平时不一样的话就像过家家做游戏，很开心。

20世纪60年代的舞台，很少出现小演员。打扮得像个小天使的我，无疑使观众感到新鲜，每每出场都受到热烈欢迎。我的戏在首末两场，经常等不到最后，我已经在后台睡着了。演我妈妈的阿姨不得不又捏鼻子又发巧克力，连哄带蒙把我一次次"骗"上台。

后来，那出戏被调到北京演出。话剧进京对地方来说，是政治生活中的一件大事。省里的官员亲自审看，虽然对我又夸又抱又给糖吃，最后还是将我拿掉了。理由是客观上"太抢戏"。因为小，我不懂得生气，也不知道遗憾，只知道是"不玩了"，很不情愿地回到了幼儿园。

那个剧在北京大获成功，剧组还受到当时的国家主席刘少奇的接见。从北京回来，剧组奖励了我一套医生玩具、一支圆珠笔和一个袖珍塑料算盘，当然还有诱人的糖果。

也许那就是我对话剧最初的认识，也许正是那次偶然经历，注定了我和话剧的缘分。因为这缘分，我放弃了许多，等待了很久……

2003 年，一个夏日的清晨，伴着滴滴答答的雨声，我读完了 1998 年的诺贝尔文学奖得主、葡萄牙作家萨拉马戈的小说《失明症漫记》（范维信译，海南出版社出版）。掩卷之后，只觉得脑子一片空白。继而是憋闷，是难过，是震惊，是难以置信，好像被人撕扯着神经，让我心痛，有种要窒息的感觉。《失明症漫记》使我读出了命运的无常，读出了人性的深邃，读出了善良、罪恶、自私、同情、爱，读出了萨拉马戈立足于生命常态的悲悯情怀和旷达高远的境界。当时正值"非典"肆虐，现实中的很多情况不幸被萨拉马戈的作品言中，面对人类，这绝不只是巧合。不由得让我对他产生了更多的钦佩和好奇。今天，许多人陶醉于财富，更多的人为生计奔忙。在浮华的现实生活里，人的欲望不可避免地被推向极至，人性的弱点往往发展成罪恶。对于生活中的有些人和事，我们可以宽容但不能忘却，因为忘却会酿成更大的灾难。

那一刻，我轻轻对自己说，就是它，这就是我所希望的表达。

在《失明症漫记》中，萨拉马戈所表现出的非凡的想象力以及对人类文化的原创性的贡献深深打动了我，我觉得心底澎湃着莫名的难以抑制的冲动，那是我对自己的一个承诺，是戏剧和小说的真诚呼应，是对萨拉马戈最崇高的敬意。王晓鹰博士鼓励我将其改编为话剧，用舞台展现不同形式的经典。作为善于捕捉形象种子的导演和剧院的副院长，他深知那会是一个与众不同的舞台呈现。很快，这个想法得到了我所在的国家话剧院赵有亮院长的热情肯定与支持。适逢香港话剧团艺术总监毛俊辉先生为剧团挑选剧本，慧眼所及，他把机会赋予了我。

　　记得有位法国作家说过，命运的解释也就在于怎么去解释。这提醒我在针对人、表现人的时候，首先要能够真正的理解人。简单的是与非不足以表现人类丰富的情感，也难以涵盖生活中各层面的价值认同。那些痛苦的，挣扎的，甚至是罪恶的灵魂同样都需要同情和救赎，他们面对着同样的困境，承受着同样的压力，同样对死亡充满恐惧。我觉得将剧中人表现为现实状态的人更具有舞台意义，更具有纠葛人们情感的力量，更利于从人类的角度实现其崇高的尊严……话剧本《失明的城市》紧扣原作品的内核，完成了从小说到戏剧的跨越。它着力表达人性最本质的东西，努力使平实的语言充满张力，尽可能挖掘人类复杂的情感里包含着的深邃的忧伤……

　　随着社会的发展，一些突发问题不间断地侵扰着人类，自然灾害、战争、疾病……《失明的城市》在核心内容上，暗合了现实生活中人类随时可能面临灾难的可能性。当时的香港，尚未完全摆脱禽流感的阴影。香港话剧团的朋友们建议将《失明的城市》易名为《盲流感》，以引起人们对该剧足够的关注和兴趣，我欣然应允。

　　2006 年 8 月 26 日，《盲流感》在香港葵青剧院上演。我坐在观众席，和九百多位买票看戏的观众一起，现场感受《盲流感》。当大幕落下，在被舞台所征服的同时，也被经久不息的掌声所感动。导演开玩笑言，谁说香港观众鼓掌时间短，这半天还没完呢。

戏后，一半多的观众自动留下和我们交流，场面真诚而热烈。到剧场下班熄灯，还有不少观众不愿离去。在"非常娱乐"的香港，这出"很严酷"的戏给大家制造了"非娱乐"的震撼。

2007年，在国家话剧院院长、著名表演艺术家赵有亮的支持下，《失明的城市》由国家话剧院推上首都舞台。在解放军歌剧院、北京大学百年大讲堂，国家大剧院连演不衰，受到广泛关注和好评。

多年以后，青年学者刘妍在其发表的《拷问城与人》（《艺术评论》2017年第5期）的文中谈到："……编剧和导演在忠实于原著的基础上，实现了对原作的改编和重构。其重构是建立在尊重并彻悟原著基础上的再创造，既没有偏离原作，更没有歪曲或颠覆其思想，而是以适宜的手段，经由本土化、现代化的审美，构筑了一个——既不失原作精髓又符合我国国情的艺术殿堂。带着观赏时的震惊与震惊之余的沉静，潜心比较和研究，一边是小说原作，一边是剧本……在几个细雨的夏日，我对话剧及小说原作进行着'反刍'。雨时急时缓，时大时小，伴着清凉的雨滴，这部奇异的戏剧，在我内心膨胀着。和在剧场一样，剧中一个纤细的触角不断撩拨着我的心……小说原作者萨拉马戈说的不错，'看这部小说需要有坚强的神经'；他的话同样适用于观赏取材于这部小说的剧本和话剧演出。"应该说，这出严酷的、充满人性隐喻的话剧，有效地触动了人们心里最隐讳、最脆弱的一隅。这个触动是拷问，是反思，更是重构。

2006年11月6日　北京

2018年5月18日　修改

从《太阳升起的时候》和《白围墙》想到的

　　严格意义上讲，《太阳升起的时候》和《白围墙》还不能算真正的作品，只是我上大学期间的习作，既没有发表过，也没有推上舞台。前者是写作课经过"人物白描""戏剧片段""独幕剧"过程后的重要一环——"改编大戏"的大戏作业。此后，我们的学业便进入最重要的阶段——毕业创作。后者正是大四时，学校把我们放到社会上体验生活后创作的剧本，也是我的毕业大戏。这两个剧本现在看来都很不成熟，也有不少瑕疵和局限：对事态判断简单化。人物性格单一，难脱"标签"之嫌。结构似是而非。语言青涩幼稚……但对于我来说，这些都不那么重要，重要的在于它们承载了我对戏剧、对舞台最初的幻象。是我与戏剧最美好、最纯粹的牵手，是一个年轻编剧摇摇晃晃的起步。

　　我们时代的上海戏剧学院每隔四年招生，每个系只招一个班。根据报名情况在全国各地设考点，往往是从几千报名者（后来更多）中招收 20 名或 30 名新生，舞台美术系招生名额更少，一个班只有十几个学生。那个时候学校的教职员工比学生多，我们在校时老师和学生的比例是三比一。全校就四个系，戏文、导演、表演、舞美。花园洋房为主体的学校呈封闭式管理，"校园感"很强（现在的很多学校更像"行政化"的"单位"），校园生活非常丰富，周末舞会、校际联谊、跨界讲座……可谓多姿多彩。学生全部住校，除了白天的正课，晨课、晚自习一样不少。还有各剧种的观摩（包括中外电影），每学期下生活（各系相继到外地体验生活、写生）。所有的同学相互都很熟悉，还经常合作完成作业。图书馆的藏书列各艺术院校图书馆藏书量的前茅。每当夜幕降临，图书阅览室灯火通明，每一个角落都是看书学习的学生，翻阅资料的老师。同学之间往往得相互帮忙占位置，否则，到时候肯定没有立足之地，学习气氛相当浓厚。

在考戏剧学院之前，应该说我对话剧也不陌生，只是从来都没有想过要做一个编剧。我曾经更愿意成为像我妈妈一样优秀的医生，做医生是我从小的梦想。只是天不遂人愿，在经历了上山下乡当知青、考医学院（1977 年）、上卫校、做公务员后，我还是歪打正着地成了一个编剧。当然，我也不后悔，无论医生、剧作家面对的、针对的都是人。只是一个治疗生物学意义上的病理问题，一个满足精神、情感、心理的需要。我爸爸就是一位剧作家，夜里，他在台灯下伏案写剧本的背影，他和我妈妈为剧本争论（我妈妈是他剧本的第一读者，常常对剧本提出意见）的情景在我很小的时候就已经深深镌刻在我的记忆里。从小我也知道，爸爸写出的剧本，会被导演伯伯变成舞台上好看的"故事"（戏），我会和小伙伴们坐在排练场里，看叔叔阿姨们一遍遍的排练，甚至背得出剧中人的台词。我小时候的家就在话剧团里，话剧团设在民国一位著名将军的府邸，环境很美。深灰色中西合璧的建筑群，亭台楼阁、山石湖泊、林木葱茏，花开四季。爬满金银花、紫藤和葡萄的藤架下面，总有人围着石桌读剧本、对台词、下棋、喝茶。每一个清晨，我都从百转千回的鸟鸣声中醒来。夜里，伴着墙外大河的水声和对岸动物园里的虎啸狮吼入睡。爸爸妈妈讲的睡前故事伴着环境"音效"的烘托，在我脑子里往往已经融合成新的"规定情境"，我还给故事的主人安排出更符合我心愿的结局。从小到大，我都喜欢听故事、喜欢给别人讲故事。也许，童年生活是我成为一个编剧的最早铺垫，生活预知了我的未来。让我在做医生的理想幻灭以后，从必须改考文科的机遇中"侥幸"成功，考进了当时众多人向往的戏剧学院。

我们时代的上海戏剧学院（1982–1986），无论专业课、基础课，师资（包括外请的）都非常强。有从民国走来的专家，有接受过民国教育的教授、老师，有留洋"海归"，有新中国培养的青年才俊。他们热爱戏剧艺术，热爱教育事业，爱学生，全身心都在学校里、教学上。我们班 19 个同学来自 11 个省。节假日，总有老师热情邀请我们去家里吃饭，做客，非常亲切。我们的专业主课（写作）基本上是一位老师带二到四个学生，谈构思、交作业往往也是在老师家里。上课、返课方式非常自由、自然、有效。我的第一位写作课老师是荣广润老师，他是我们的首任班主任。我们大二放假后他公派去了英国留学（回国后做了学校的教务长，继而副院长、院长），班主任便由丁罗男老师接任，直至我们毕业。荣老师无论在课堂上还是生活中，对学生言传身教，严于律己（大一时，清晨他还从校外的家赶到学校陪我们出早操），脸上总带着微笑，从容、幽默，说话不急不缓。记得在一次写作课分组谈构思时，我讲了插队时一个小哑巴的故事，讲到动情处，我哽咽了，我看到荣老师也在拭泪……他是一位富有理性又非常感性的艺术教育家、理论家、剧作家，只是作为老师，他必须把喜怒哀乐埋得更深罢了。在我人生的几个关键节点上，都得到过他无私的指导和帮助，说他是我的恩师，毫不为过。我的第二位写作课老师是周豹娣老师，那时她很年轻，比我们班同学大不了几岁。也许因为年龄相近，做事、做人、做学问，她对我影响都很大。在我眼里，她长得很美，轮廓分明，皮肤呈天然橄榄色，说话语速较快，热情中带着几分矜持，在生活感悟和艺术观点上从不随波逐流。在她的指导下，我的写作课度过了戏剧片段和改编独幕剧阶段。她像一位严厉的大姐姐，对我的作业严格把关，每一个细节都有针对性的讲解分析，引经据典，绝不含糊。尽管多年以后，她于我亦师亦友，我依然没敢暴露，当年我是既佩服她又有点怕她的。周端木老师是带我时间最长的写作课老师，《太阳升起的时候》和《白围墙》就是在他的指导下完成的。他在同学们眼里是位严肃的老师，平时话语不多，不苟言笑，炯炯有神的眼睛盛满质疑。那时，他和妻子邓定维老师（学校表演系的领导）创作的话剧《陶冶》正在学校演出，反响热烈，学生们十分仰慕。刚开始跟他上课时，我有些莫名的紧张，是端木老师的博学、幽默、讲课的魅力和邓老师的热情亲切（每次上课几乎都有零食、茶点）为我和我的同学营造了快乐和谐的学习氛围。端木老师和我父亲同岁，身上有许多父亲的特质。在严格要求的背后，是父亲般的温厚、理解、慈爱。记得毕业大戏在端木老师指导下，经过反复沟通、颠覆、重生，终于进入落笔阶段。我用两夜一天的时间拉出了初稿，困乏得甚至连通看一遍的力气都没有了。尽管如此，总算是一块大石头落了地，立即赶去学校对面端木老师家里交作业。端木老师一边批评我不该这样熬夜，一边又表扬我灵感来了就要这样，他年轻时也是如此。得知我还没有吃早饭，立即对邓老师说："快给大庆煮牛奶，打个荷包蛋。"邓老师应道："熬了通宵，怎么也得吃两个蛋。"那语气，那感觉……我就像在家里一样。这对学生来讲，是多么大的爱护和奖励啊。这个剧本最后得了90分，我知道，这个分数并不代表我的写作水平达到了90分，而是老师对我的肯定、鼓励和希望。如今，敬爱的端木老师已经故去，但他永远活在我的心里。

我和我的同学们就是这样，在老师们的教导、关注、爱护、包容、扶助下从学生成长为编剧、导演、教师、艺术管理者，成长为对社会有用的人。

后 记

在时间的激流外

刘晓村

我从来没有如现在这般踌躇去写冯大庆。我不想延用 1999 年描述她的笔墨。我越是渴望深入了解她，越是容易带着固有的评价去看待她。这样也许容易，却难以揭示她最真实的变化。冯大庆给人表面的印象太过强烈，她从来都是人群中瞩目的那个，漂亮、热情、聪慧、善解人意、顾全大局……我不再满足这样去写一个经历丰富的艺术家。我知道她们那代女性——20 世纪 50 年代生人，少有一路光鲜的轨迹，只是，有些人善于遗忘，有些人热衷掩饰罢了。

1949 年以后出生的中国人，很难有比 50 后更丰富的人生阅历。中国在近 70 年间的变化宛如过山车一般。前 30 年，闭关锁国式的理想主义灌输，高度道德化的禁欲气氛，对传统文化的抛弃，集体主义的绝对势力是其主旋律。后 30 年，从农业文明向工业文明的过渡中，社会主体观念似乎又都调了个……对于这代中国知识分子来说，他们内心的经历，就像一条革命之路，斗争个没完。个人对世界、对家国、对自我的认识用翻天覆地来形容也不为过。

"时代不幸诗家幸"。冯大庆，她以女性艺术家的眼光观测人性的浮动，她看到了什么？她企图表达什么？她是更乐观稳健还是更悲观疑虑？她的作品前期和后期风格差异如此之大，她又经历了怎样的思想变化……

我17岁在成都认识大庆时，28岁的她结束了知识青年插队的农民生活、护士学校的学习、短暂的公务员岁月，已经是上海戏剧学院戏剧文学系最值得骄傲的毕业生之一。她漂亮清纯活泼的姿态看不出一点儿岁月的痕迹。在成都那座温润、潮湿、富庶、慵懒的城市，她得心应手，应付裕如。她写《轻轻一阵风》《白围墙》《太阳升起的时候》一类感时伤怀的剧本。她写散文，写剧评，写电视剧；组织中学生戏剧节，戏曲调演；放风筝，打乒乓球篮球，跳交谊舞，朋友众多也乐于助人为乐……她欢欣跳脱，生气勃勃。只有在作品中，命运的瑕疵被放大，尽管她从不对生活撒娇，那些纯情、清甜、伤感的作品却流露出高悬易碎的精神特质。那是高级知识分子人家女儿的骄傲，生活在生活之外，天真地以为世界属于自己。

33岁那年，大庆从四川省文化厅调到中国青年艺术剧院。我也刚从大学毕业，分到四川省作家协会工作。我们开始了较为密集的通信。在信中，我们畅谈艺术、书籍、城市变迁以及各自的心境。信中的她无论欢乐还是痛苦，字句一律激情四射，情绪就像她的字体一样，遒劲爽朗。

"长安米贵，居大不易"。如果变化仅仅是容颜的突然憔悴、两地奔波的疲惫（幼小的女儿在成都）、婚姻磨合的艰难，她在信中的沮丧和失望不至于如此锐利。"这里（北京）没有艺术，只有借艺术名义的伎俩"，她告诉我。在我们外省的艺术青年看来，北京是艺术圣地，大庆的箴言对我不啻为当头一棒。信中的直率坦白与她在公众场合总是顾及他人感受、克制自己言行的形象很是不符。

那个时期，作为中国青年艺术剧院文学编辑的她写作剧评，写作后来获得国家奖的电视剧，编辑戏剧杂志。我还处于仰望她的阶段，偶尔在成都和北京见面，她总是漂亮与疲乏兼备，行色匆匆。她的片约稿约乃至朋友间的约会多到排不过来。我们毕业于同一所大学，看到她，我经常有点恍惚，为何她在哪里都显得游刃有余，我却老是与周遭环境格格不入，忧郁压抑。

不管境遇如何，她为人的真诚就从未变过。我们的忘年友谊（她说我是她的小朋友）给我带来的鼓励是巨大的。当然，我还不太会识人，不清楚哪个她最接近于真实的她。

大庆生长在四川省成都市，祖籍陕西省米脂县。中国人都知道"米脂的婆姨绥德的汉"。她的五官柔媚，口眼鼻上翘的幅度俏皮，本来是中国人划分的"洋气"那一类长相，不过，她的漂亮大概真跟米脂有关，不妖艳，透着陕西人的憨厚质朴。她严肃的模样不好看，因为她的美悲天悯人、温恬、暖融融的，就像那样的美不光只是用于观望，也可以就手使用。拂尘、暖水袋、手杖或是雨伞……都是一些平俗的东西，正是平俗，倒还没有人离得了。我常觉得，她的命运会不同于通常意义上的美人，她对于自己的美心中有数，却不雕琢、不利用，听之任之，满不在乎。这样的美人定会有劳累的人生，有时甚至比普通人更甚。她不大自恋，即便从她的作品中，也能看出来。初始阶段，她的作品尽管幼稚，但也清朗，从不哼哼叽叽。

有许多知识女性会在丰富细腻的内心生活和令人不快的现实对撞中变得尖刻，大庆不会如此。不是说她没有苦闷，这主要还是得益于成都人依恋日常生活的本性。她把家里布置得舒适、安逸、雅致，花儿旺、狗儿跑、孩子跳，朋友们在此流连忘返。有人说到谁谁大学者，家徒四壁，只有书；谁谁大作家，家里脏乱不堪，她都替别人遗憾，觉得他们没有学以致用。她颇会安排生活，绝少凌乱颓废的气质。我私下想，也许她在北京时常是孤独的，她喜欢精神交流，人际温暖，又希望它是有质量的那种，这近乎田园诗的理想在巨无霸似的北京简直像一个笑话。北京的天空下，没有白吃的筵席。赤裸裸的人际关系，有热闹有花头，填补得了虚空，底色也许还是粗俗的，常常是连刺激都谈不上，不如在家种花养草喝茶读书来得自在。

1996 年，38 岁的大庆应美国新闻总署邀请，参加"国际访问者计划"，出访美国。她在美国观摩了大量世界一流水准的话剧和音乐剧，参观了许多博物馆艺术馆，拜访了各界精英人士。美国社会的文明、发达、人文艺术的丰富辉煌几乎击垮了她小布尔乔亚的内心。20 世纪 80 年代的艺术家，都曾经有过热烈的人文理想。90 年代中期以后，艺术渐渐成为逐利的手段，踉踉跄跄地尾随着轰然巨变的时代，找不到独立存在的意义。传统价值观已被摈弃，却并没有令人信服的新的价值观确立起来。个人在高空秋千上飘荡，内心纷乱。

1996 年，我婚后移居北京，调入中央戏剧学院工作，成为大庆真正意义上的同行。我还没有孩子，成天"赖"在他们剧院和她家，似乎在渐渐接近真实的大庆。在东单的青艺文学部，在北京的各个剧场，在红领巾桥附近的家，做编辑之余，大庆辛劳地写稿、看戏、出席艺术活动、做家务……她身边始终存在着某种无形的"场"，她是"场"的中心。各种"上进"的机会也对她频摇橄榄枝。生活似乎空前充实开敞，她却很有些迷茫，找不到自我。偶尔，我会在她责备女儿、埋怨丈夫的瞬间看出她的焦躁。

不惑之年的大感，至少说明她其实相当晚熟。

在我不甚了解她时，我很担心她沉溺在"唯美"中，主动规避生活中真实、隐秘的部分通常也是丑陋甚至不堪入目的那部分。对于艺术家来说，这部分生活迫使你真正去作些思考。事实上我的担心是多余的，大庆对社会人心特别敏感脆弱。有时恰恰是那份脆弱，让她保持敏感。进入新世纪，人性吊诡堕落的速度惊人，除非你闭上眼睛，生活几乎每天在你身边上演"大戏"。大庆内心的跌宕和挣扎何其剧烈。

出乎周围大多数人的意料，她不是与时俱进的人。相反，那样深的不安全感、疏离感、无力感，似乎旧日时光才能让她安稳踏实，让她怀恋。她放弃了很多唾手可得的好处，想要抵达更为本质纯粹的生活。可是，纯粹必然要包含某种程度的虚无，她的神经又太过结实。矛盾因此而起。我亲见太多她在"幕后"的黯淡时刻：隐忍的委屈，极度的失望，强撑的平衡，艰苦的包容，痛心疾首的妥协……

笑容依旧恬美，皱纹爬进了内心，她的笔下开始有了力道。

话剧《失明症漫记》（香港话剧团版本《盲流感》）、《肖邦》《惊蛰》《赵一曼》以及大型诗歌朗诵《聆听·青春》《聆听·爱》……她的作品越来越大气、厚重、诗意、深沉。她天生的结构能力和偏好的叙事方式似乎最适应剧本创作。这是极大的幸运，虽然它受制于天时地利，来得晚了一些。哪个戏剧学院毕业生，不曾怀抱过舞台剧的梦想，又有几人既有天赋又能坚持到底？我们对于舞台剧的眼光都是挑剔残忍的，结果似乎就是它几乎扼杀了我们的舞台剧创作。大庆其实也一样，她的坚韧在于她咬牙挺住了创作过程中内因外因带来的各种崩溃……

内心真正变得强大时，面对声名，她似乎越发淡然了。她甚至都没告诉我《失明症漫记》和《肖邦》均得到了国家级奖项，我还是偶然看报道才知晓的。我明白这绝不仅仅是因为谦逊，事实上她相当看重荣誉。我想起大作家索尔·贝娄的那句话："这一类事情，你或许会终身难忘，或许会不当一回事。这全看你所处的世界是怎样的一个世界了。"她的心境，变化非常之大。她的视线，已经变焦。我如果再用多年前的印象去解释她，只能是误读。

《失明的城市》和《肖邦》都算是命题作文，是应邀而作。恰恰是这两部看似"没有自我"的剧作，让大庆在话剧写作的成熟阶段迈过了仅仅围绕女性经验来布局的局限性。她必须在重大主题的架构中进行自我探索，超越社会意识形态、回归人物内心的自我。当然，由此而来的精神疲惫也很明显。

2006年8月，《盲流感》在香港首演的那个晚上，已经过了午夜，大庆和我坐在酒店21层的飘窗上聊天。窗外高楼林立，近在咫尺，宛如水泥森林，明亮如白昼，逼仄而压抑。我问大庆是否还沉浸在首演轰动的兴奋中。剧终后，观众掌声雷动，演员们多次返场谢幕。她一袭红衣光彩照人地出现在舞台上。起初观众错把她当作了演员，知道她是编剧后，索要签名的人排起长队……对于一个剧作家来说，这也算是职业生涯的高潮了。大庆平静地说："我没有丝毫兴奋，只是觉得一件事情总算结束了。"

我明白大庆内心深处的沧桑，"却道天凉好个秋"，适用于她此时的心境。《失明的城市》孕育在一波三折的过程中，掏空了她最初单纯的创作激情。但这却是一部对她而言意义非凡的作品，她借此看清自己。

如果说艺术都是双重指涉的创造，艺术家和她的成功作品之间必然有着神秘难解的精神契合。根据诺贝尔文学奖获奖者、葡萄牙作家萨拉马戈小说《失明症漫记》改编的话剧《失明的城市》，让大庆调动起了完全不同的人生经验和情感体验：预言人类的灾难，警示人类的愚顽盲从，高屋建瓴地开辟救赎之路……并不仅仅是这部作品让她沉重，40岁过后，她对生命的领悟更加复杂难言。只有像我这样和她相伴、关注、厮混几十年的朋友，才明白这部起初她并不喜欢的剧作与她内心的吻合。恰逢其时，这样的创作，既不能出现在她生命的前期，也不能来得更晚。此时，她正有力量去承受生命之重。她的剧作最大程度地贴近了萨拉马戈小说的精神要旨。

和在香港一样，《失明的城市》经由中国国家话剧院的艺术家搬上舞台后，好评如潮，反响巨大。很快就有多家剧院和艺术院校移植搬演了大庆的剧本。当初在香港，萨拉马戈先生听闻演出效果后，本想亲临现场观看，无奈机票已经售罄。不多久，传来先生离世的消息。

毕竟是写音乐家，《肖邦》当然是抒情的，大庆也擅长抒情。但其实这是出悲剧。大庆把天才与他命运艰难博弈的故事描写得很有张力。肖邦得到音乐的盛名，失去亲人、失去庇护他的老师、失去爱情、失去健康，最终失去自己。大庆根据部分史料，想象和杜撰了比真事更为悲怆的故事。肖邦的启蒙老师规划了肖邦的成名之路。他亲手把肖邦推离自己，推向辉煌。老师的梦想看似通过天才学生而得以实现，留给他自己的，却是凄清孤独，注定被历史遗忘。这是栖身艺术的代价？真实人生的况味？

世俗的人往往以短浅功利的计算揣测艺术和艺术家。艺术在懂得它的人那里，却自有无可替代的精神慰藉和回报。在对所谓失败人生的展示中，大庆敏锐地抓住了人的尊严和神圣所在。牺牲在所不辞，献祭艺术，只为托举天才。肖邦老师的凄惨命运，恰恰是整出戏最动人的地方……大庆的变化让我吃惊。她的艺术格局更加朗阔大气，情感也从先前内在深沉变得外向而开朗。世事洞明皆学问，人情练达即文章。除去在戏剧形式上的不懈摸索，她所投射和关注的戏剧对象有意味多了。

也有永恒不变的。对大庆这个人，对她的艺术观念来说，缺少了"爱"与"美"的牵绊，创作还有什么动力，生活还有什么企盼？！

没有人能置身时间之外。入世也好，隐蔽也罢，时间自有它铁铮铮的公正性。大庆曾因才情出众，过早被抛入主流意识中心。不知为何，我反倒认为她需要漫长的成长。我特别喜欢的英国女作家多丽丝·莱辛活到94岁，88岁才获得诺贝尔文学奖，直到去世前还在创作。朴素如邻家老婆婆的莱辛，她最有分量的小说大都出自中年以后。莱辛曾借小说人物之口宣示：艺术和生活是有可能面对枯燥的两种冒险……大庆正处于艺术家心智最为活跃的中年，而舞台是适合她的冒险方式。

我清楚地记得，1987年秋天，我还是个18岁的高中生，去上海读大学之前，我找她告别。她就要结婚了，扎着马尾鬈发。我随口说："大庆姐姐，你烫头了？"她的脸突然变得通红，她喃喃地说："怎么样，有点傻吧……"我当时想，这个漂亮得炫目的姐姐，怎么会如此不自信！

当时间之水悄然漫过，许多往事沁入心脾，30年过去了。

冯大庆，她无需面孔朝外也知道自己手握什么，逝去什么……

2012年1月18日　北京
2018年3月30日　北京

山海经

异兽图鉴

文墨隐 著

人民邮电出版社

北京

图书在版编目（CIP）数据

山海经异兽图鉴 / 文墨隐著. -- 北京 ：人民邮电出版社, 2025. -- ISBN 978-7-115-65427-4

Ⅰ. K928.626-64

中国国家版本馆 CIP 数据核字第 2024J7J300 号

内 容 提 要

《山海经》是中国先秦时代的重要古籍，也是我国上古神话的宝库，它为我们了解古人的宇宙观和神话思维提供了重要的视角。

本书以《山海经》为蓝本，精选了100多只异兽，以水彩的方式绘制出了精美的画作，并配合《山海经》的原文、译文，集结成收藏画册。本书异兽类型多样，画面富有想象力。开本小巧便携，可随时翻阅。

本书适合喜欢《山海经》，喜欢收藏画册，喜欢传统文化的读者收藏和阅读。

◆ 著　　　　　文墨隐

　　责任编辑　魏夏莹
　　责任印制　周昇亮

◆ 人民邮电出版社出版发行　　北京市丰台区成寿寺路 11 号
　　邮编　100164　　电子邮件　315@ptpress.com.cn
　　网址　https://www.ptpress.com.cn
　　北京盛通印刷股份有限公司印刷

◆ 开本：787×1092　1/32
　　印张：4　　　　　　　　　　2025 年 1 月第 1 版
　　字数：115 千字　　　　　　2025 年 11 月北京第 14 次印刷

定价：29.80 元

读者服务热线：(010)81055296　印装质量热线：(010)81055316
反盗版热线：(010)81055315

前言

在古老的东方，有一部奇书，它记录了无数令人惊叹的神话故事和奇异生物，它就是《山海经》。这部古籍不仅承载着中华民族丰富的想象力和创造力，更是古代人对自然世界不断探索和认知的结晶。我们以《山海经》为蓝本，精心挑选了100多只异兽，将这些传说中的生物以图鉴的形式呈现出来。

《山海经》分为山经、海经、大荒经三个部分，涵盖了山川、地理、民族、物产以及神话传说等多方面内容。在这部图鉴中，我遵循古籍的编排顺序，将异兽一一呈现。每一幅插画都是根据古籍描述，结合现代审美，精心绘制而成。我希望通过这些插画让读者感受到古代人对未知世界的好奇与敬畏。

在快节奏的现代生活中，我希望通过这本书唤起人们对传统文化的记忆和尊重，也希望激发读者的想象力，在欣赏这些异兽的同时，能够思考人与自然、神话之间的关系。

《山海经》中的异兽不仅仅是神话中的生物，它们更是古人智慧的体现。在科技不发达的古代，人们通过观察自然创造出了这些形象生动的生物。这些异兽或威猛、或神秘、或奇特，它们的形象反映了古代人对自然界的理解和想象。

我致力于让每一位读者都能够轻松地走进《山海经》的世界。希望这本书能够成为连接古代与现代、神话与现实的桥梁，让更多人了解和喜爱中国的传统文化。

最后，我希望本书让读者在欣赏这些异兽的同时，也能够感受到中华文化的博大精深。让我们一起走进这个充满神秘色彩的世界，感受那些异兽的独特魅力，探索那些古老而又新奇的故事。

愿本书成为你了解中国传统文化的一扇窗口，带你走进一个充满想象的奇幻世界。

文墨隐

目录

卷三

北山经

060

卷二

西山经

025

卷一

南山经

007

卷七

大荒经

121

卷六

海经

106

卷五

中山经

090

卷四

东山经

078

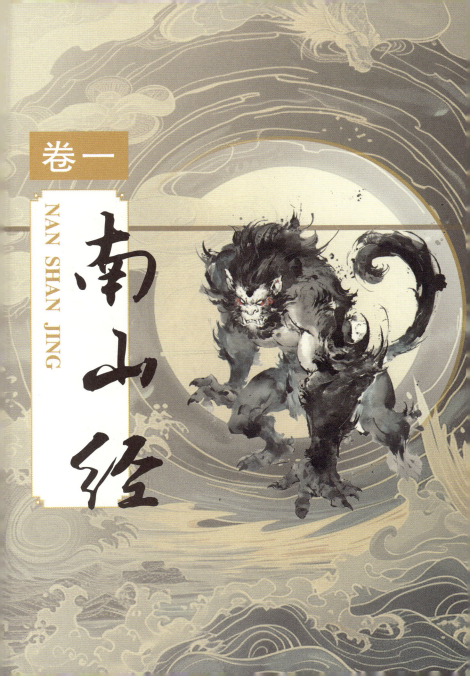

卷一

NAN SHAN JING

南山经

狌狌

XINGXING

（招摇之山）有兽焉，其状如禺而白耳，伏行人走，其名曰狌狌，食之善走。

译文：在招摇山上有一种野兽。它的形状像长尾猿，长着一对白色耳朵。它可以四肢着地爬行，也可以像人一样直立行走。这种野兽叫狌狌，吃了它的肉就可以走得很快。

鹿蜀

LUSHU

（杻阳之山）有兽焉，其状如马而白首，其文如虎而赤尾，其音如谣，其名曰鹿蜀，佩之宜子孙。

译文：在杻阳山上有一种野兽。它的形状像马，头是白色的。它身上的斑纹像老虎，尾巴是红色的。它鸣叫时的声音像唱歌一样悦耳，它的名字叫鹿蜀。佩带它的皮毛可以使子孙繁衍。

旋龟
XUANGUI

（怪水）其中多玄龟其状如龟而鸟首虺尾，其名曰旋龟，其音如判木，佩之不聋，可以为底。

译文：怪水中多产黑色的龟。这种龟的形状像普通的龟，但长着鸟一样的头和蛇一样的尾巴，它的名字叫旋龟。它发出的声音像劈木头的声音。佩带它可以防止耳聋，还可以医治足底的老茧。

鮨

LU

〔柢山〕有鱼焉，其状如牛，陵居，蛇尾有翼，其羽在鮨下，其音如留牛，其名曰鮨，冬死而夏生，食之无肿疾。

译文：柢山有一种鱼。它的形状像牛，生活在山坡上，有着蛇一样的尾巴，长着翅膀，翅膀的羽毛长在它的肋下。它的声音像牛的叫声，这种鱼叫鮨。它在冬天蛰伏，夏天又苏醒。吃了它的肉可以不患痈肿病。

（亶爰之山）有兽焉，其状如狸而有髦，其名曰类，自为牝牡，食者不妒。

译文：（亶爰之山）有一种野兽，它的外形像狸猫，但长有头发。这种野兽叫类，它既是雌性也是雄性，吃了它的肉，人不会嫉妒。

猼訑

BOYI

（基山）有兽焉，其状如羊，九尾四耳，其目在背，其名曰猼訑，佩之不畏。

译文：基山有一种野兽，它的形状像羊，长有九条尾巴和四只耳朵，它的眼睛长在背上。这种野兽叫猼訑。佩带它的皮毛可以让人无所畏惧。

鸓鸺

CHANGFU

（基山）有鸟焉，其状如鸡而三首六目，六足三翼，其名曰鸓鸺，食之无卧。

译文：基山有一种鸟。它的形状像鸡，却有三个头，六只眼睛，六条腿和三只翅膀。这种鸟叫鸓鸺。吃了它的肉，可以让人精神兴奋，少睡眠。

九尾狐
JIUWEIHU

（青丘之山）有兽焉，其状如狐而九尾，其音如婴儿，能食人，食者不蛊。

译文：青丘山有一种野兽，它的样子像狐狸，却长有九条尾巴。它的声音像婴儿的啼哭，这种野兽会吃人。如果吃了这种野兽的肉，可以让人不逢妖邪之气。

015

灌灌
GUANGUAN

（青丘之山）有鸟焉，其状如鸠，其音若呵，名曰灌灌，佩之不惑。

译文：青丘山有一种鸟，它的样子像雏鸠，发出的声音像是人在呵斥，这种鸟叫灌灌。佩带它可以让人不迷惑。

赤鱬
CHIRU

（英水）其中多赤鱬，其状如鱼而人面，其音如鸳鸯，食之不疥。

译文：英水中多产赤鱬。它的形状像鱼，但有像人一样的脸。声音像鸳鸯的叫声。吃了赤鱬的肉可以不生疥疮。

狸力
LILI

（柜山）有兽焉，其状如豚，有距，其音如狗吠，其名曰狸力，见则其县多土功。

译文：柜山有一种野兽，它的样子像猪，有一对鸡足，发出的声音像狗叫，这种野兽叫狸力。它所出现的那个县一定会有繁重的水土工程。

长右

CHANGYOU

（长右之山）有兽焉，其状如禺而四耳，其名长右，其音如吟，见则郡县大水。

译文：长右山有一种野兽，它的样子像长尾猿，有四只耳朵，这种野兽叫长右。它发出的声音像人在呻吟。它所出现的那个郡县一定会发生大洪水。

彘

ZHI

（浮玉之山）有兽焉，其状如虎而牛尾，其音如吠犬，其名曰彘，是食人。

译文：浮玉山有一种野兽。它的样子像老虎，却长着牛的尾巴，它发出的声音像狗叫。这种野兽叫彘，它是会吃人的。

蛊雕
GUDIAO

（泽更之水）水有兽焉，名曰蛊雕，其状如雕而有角，其音如婴儿之音，是食人。

译文：在鹿吴山的泽更水中有一种野兽，名字叫蛊雕。它的样子像雕，而头上有角，它发出的声音像婴儿的哭声，这种野兽是会吃人的。

虎蛟
HUJIAO

（浪水）其中有虎蛟，其状鱼身而蛇尾，其音如鸳鸯，食者不肿，可以已痔。

译文：在浪水之中生活着一种名为虎蛟的生物。它有着鱼的身体和蛇的尾巴，发出的声音像鸳鸯的叫声。吃了虎蛟的肉，可以预防肿胀，并且有助于治疗痔疮。

凤皇
FENGHUANG

（丹穴之山）有鸟焉，其状如鸡，五采而文，名曰凤皇，首文曰德，翼文曰义，背文曰礼，膺文曰仁，腹文曰信。是鸟也，饮食自然，自歌自舞，见则天下安宁。

译文：丹穴山有一种鸟。它的样子像鸡，羽毛五彩斑斓，有着美丽的花纹，这种鸟叫凤皇。它头部的花纹代表德，翅膀上的花纹代表义，背部的花纹代表礼，胸部的花纹代表仁，腹部的花纹代表信。这种鸟饮食自然，自己唱歌跳舞。只要它一出现天下就会安宁。

颙

YONG

（令丘之山）有鸟焉，其状如枭，人面四目而有耳，其名曰颙，其鸟自号也，见则天下大旱。

译文：令丘山有一种鸟，它的样子像枭，有着人的面孔和四只眼睛，还长有一对耳朵，这种鸟叫颙。它的叫声和名字相同。它一出现天下就会发生大旱。

卷二

XI SHAN JING

西山经

羰羊
QIANYANG

（钱来之山）有兽焉，其状如羊而马尾，名曰羰羊，其脂可以已腊。

译文：钱来山有一种野兽，它的样子像羊，却长着马的尾巴。这种野兽叫羰羊。它的脂肪可以用来润泽干裂的皮肤。

026

葱聋
CONGLONG

（符禺之山）其兽多葱聋，其状如羊而赤鬣。

译文：符禺山多产野兽葱聋。葱聋的样子像羊，但长有红色的鬣毛。

027

肥遗
FEIYI

（英山）有鸟焉，其状如鹑，黄身而赤喙，其名曰肥遗，食之已疠，可以杀虫。

译文：英山有一种鸟，它的样子像鹌鹑，身体是黄色的，嘴巴是红色的。这种鸟叫肥遗，吃了它的肉可以消除麻风病，还可以杀死寄生虫。

028

豪彘

HAOZHI

（竹山）有兽焉，其状如豚而白毛，毛大如笄而黑端，名曰豪彘。

译文：竹山有一种野兽。它的样子像猪，但身上长着白色的毛。
这些毛像簪子一样粗，末端是黑色的，这种野兽叫豪彘。

𪙋
XIAO

（羭次之山）有兽焉，其状如禺而长臂，善投，其名曰𪙋。

译文：羭次山有一种野兽，它的样子像长尾猿，有着长长的臂膊，善于投掷，名字叫𪙋。

橐蜚
TUOFEI

（獤次之山）有鸟焉，其状如枭，人面而一足，曰橐蜚，冬见夏蛰，服之不畏雷。

译文：形状像枭，长着人脸，只有一只脚，名字叫橐蜚。在冬天出现，在夏天则蛰伏。把它的毛羽佩带在身上，可以让人不畏惧天雷。

031

玃如
JUERU

（皋涂之山）有兽焉，其状如鹿而白尾，马足人手而四角，名曰玃如。

译文：皋涂山上有一种野兽，形状像鹿，却长着白色的尾巴。它有马的脚、人的手，头上长有四只角，名字叫玃如。

数斯
SHUSI

（皋涂之山）有鸟焉，其状如鸱而人足，名曰数斯，食之已瘿。

译文：皋涂山有一种鸟，它的形状像鸱鹰，却有着人的脚，这种
鸟名叫数斯，吃了它的肉可以消除颈上的肉瘤。

033

敏牛
MIN

（黄山）有兽焉，其状如牛，而苍黑大目，其名曰䍧。

译文：黄山上有一种野兽，形状像牛，颜色是青黑色的，大大的眼睛，名字叫䍧。

034

鹦鹉
YINGWU

（黄山）有鸟焉，其状如鸮，青羽赤喙，人舌能言，名曰鹦鹉。

译文：黄山上有一种鸟，形状像鸮鸟，有青色的羽毛和红色的嘴，还有人样的舌头，能够说话，名叫鹦鹉。

鸓鸟
LEINIAO

（翠山）其鸟多鸓，其状如鹊，赤黑而两首四足，可以御火。

译文：翠山上鸟类以鸓鸟居多，形状像喜鹊，身体是赤黑色的，有两个头和四只脚，有了它能够抵御火灾。

036

鸾鸟

LUANNIAO

（女床之山）有鸟焉，其状如翟而五采文，名曰鸾鸟，见则天下安宁。

译文：女床山有一种鸟，它的样子像山鸡，羽毛上有五彩斑斓的花纹，名叫鸾鸟，它一出现天下就会安宁。

凫徯

FUXI

（鹿台之山）有鸟焉，其状如雄鸡而人面，名曰凫徯，其鸣自叫也，见则有兵。

译文：鹿台山有一种鸟。它的样子像雄鸡，却长着人的面孔，名叫凫徯。它发出的叫声像是在呼唤自己的名字。只要它一出现就会有战争发生。

朱厌
ZHUYAN

（小次之山）有兽焉，其状如猿，而白首赤足，名曰朱厌，见则大兵。

译文：小次山有一种野兽，它的样子像猿猴，但有着白色的头和红色的脚，这种野兽叫朱厌。只要它一出现就会有大规模的战争发生。

蛮蛮

MANMAN

（崇吾之山）有鸟焉，其状如凫，而一翼一目，相得乃飞，名曰蛮蛮，见则天下大水。

译文：崇吾山有一种鸟。它的样子像野鸭，但只有一只翅膀和一只眼睛，需要两只鸟相互配合才能飞翔。这种鸟叫蛮蛮。只要它一出现，天下将会发生大洪水。

文鳐
WENYAO

（观水）是多文鳐鱼，状如鲤鱼，鱼身而鸟翼，苍文而白首赤喙，常行西海，游于东海，以夜飞。其音如鸾鸡，其味酸甘，食之已狂，见则天下大穰。

译文：泰器山多产文鳐鱼，它们看起来像鲤鱼，有着鱼的身体和鸟的翅膀，身上有青色的花纹，头是白色的，嘴巴是红色的。常常从西海游到东海去，晚上则在天空中飞翔。它的声音像鸾鸣，它的味道酸中带甜，吃了它可以制止癫狂病，它一出现天下就会五谷丰登。

英招

YINGZHAO

（槐江之山）实惟帝之平圃，神英招司之，其状马身而人面，虎文而鸟翼，徇于四海，其音如榴。

译文：槐江山实则是天帝悬在半空中的园圃，由神英招掌管。英招长着马的身体和人的脸，身上有老虎的斑纹，还有鸟的翅膀，他在四海之间巡逻，发出的声音像辘轳抽水。

陆吾

LUWU

（昆仑之丘）是实惟帝之下都，神陆吾司之。其神状虎身而九尾，人面而虎爪。是神也，司天之九部及帝之囿时。

译文：昆仑山实则是天帝在下方的都城，由神陆吾掌管。这位神的形态是老虎，长着九条尾巴，有人的脸和老虎的爪子。这个神监管着天空九域以及天帝园囿的时节。

043

钦原
QINYUAN

（昆仑之丘）有鸟焉，其状如蠭，大如鸳鸯，名曰钦原，蠚鸟兽则死，蠚木则枯。

译文：昆仑山有一种鸟，形状像蜂，体型却像鸳鸯一样大，名字叫钦原。它蜇了鸟兽，鸟兽就会死；蜇了树木，树木就会枯。

西王母
XIWANGMU

（玉山）是西王母所居也。西王母其状如人，豹尾虎齿而善啸，蓬发戴胜，是司天之厉及五残。

译文：玉山是西王母的居所。西王母的样子像人，长着豹的尾巴和老虎的牙齿，善于啸叫，头发蓬松，戴着玉胜，主管着上天的灾厉和五刑残杀之气。

狡

JIAO

（玉山）有兽焉，其状如犬而豹文，其角如牛，其名曰狡，其音如吠犬，见则其国大穰。

译文：玉山有一种野兽，它的样子像狗，但身上有豹子的斑纹，它的角像牛角，这种野兽叫狡，它发出的声音像狗叫。它一出现国家就会大丰收。

胜遇
SHENGYU

（玉山）有鸟焉，其状如翟而赤，名曰胜遇，是食鱼，其音如录，见则其国大水。

译文：玉山有一种鸟，形状像野鸡，羽毛是红色的，名字叫胜遇，以鱼为食，发出的声音像鹿鸣，只要它一出现，国家就会遭受洪水。

047

狰
ZHENG

（章莪之山）有兽焉，其状如赤豹，五尾一角，其音如击石，其名如狰。

译文：章莪山上有一种野兽，形状像赤豹，有五条尾巴和一只角，声音如同击石，名字叫狰。

048

毕方

BIFANG

（章莪之山）有鸟焉，其状如鹤，一足，赤文青质而白喙，名曰毕方，其鸣自叫也，见则其邑有讹火。

译文：章莪山有一种鸟，它的样子像鹤，只有一只脚，身上有红色的斑纹，身体是青色的，嘴壳是白色的，这种鸟叫毕方。它的叫声就是它自己的名字，它出现的地方就会有怪火。

049

天狗
TIANGOU

（阴山）有兽焉，其状如狸而白首，名曰天狗，其音如榴榴，可以御凶。

译文：阴山有一种野兽，形状像狸猫却有白色的头部，名叫天狗，它鸣叫的声音像"猫猫"一样，畜养它能够抵御凶邪。

徯徆

AOYE

（三危之山）其上有兽焉，其状如牛，白身四角，其豪如披蓑，其名曰徯徆，是食人。

译文：三危山有一种野兽，它的形状像牛，身体是白色的，有四只角。它的毛很粗，像披着蓑衣。名字叫徯徆，会吃人。

051

帝江
DIJIANG

（天山）有神焉，其状如黄囊，赤如丹火，六足四翼，浑敦无面目，是识歌舞，实为帝江也。

译文：天山有一位神，他的形状像黄色的口袋，颜色红得像丹砂火，有六只脚和四只翅膀，整体看起来浑圆，没有明显的面目，却懂得唱歌跳舞，这个神原来就是帝江啊。

讙
HUAN

（翼望之山）有兽焉，其状如狸，一目而三尾，名曰讙，其音如夺百声，是可以御凶，服之已瘅。

译文：翼望之山有一种野兽，形状像狸猫，一只眼睛，三条尾巴，名字叫讙。发出的声音如同百种动物的鸣叫，可以用它防御凶邪，吃了它可以消除黄疸病。

鹋鸰 QITU

（翼望之山）有鸟焉，其状如乌，三首六尾而善笑，名曰鹋鸰，服之使人不厌，又可以御凶。

译文：翼望山有一种鸟，它的样子像乌鸦，有三个头和六条尾巴，喜欢嬉笑，名叫鹋鸰。吃了它可以使人不发梦魇，又可以防御凶邪。

当扈
DANG HU

（上申之山）其鸟多当扈，其状如雉，以其髯飞，食之不眴目。

译文：上申山所产的鸟多是当扈，当扈的外形像野鸡，用它脖颈下的毛当翅膀来飞行，吃了它的肉，可以不瞬眼睛。

055

冉遗鱼
RANYIYU

（浣水）是多冉遗之鱼，鱼身蛇首六足，其目如马耳，食之使人不眯，可以御凶。

译文：英鞮山的浣水中多产冉遗鱼，有鱼的身体，蛇的头，六只脚，眼睛的形状像马的耳朵。吃了这种鱼的肉可以让人不做噩梦，还可以抵御凶邪。

穷奇

QIONGQI

（邽山）其上有兽焉，其状如牛，蝟毛，名曰穷奇，音如嗥狗，是食人。

译文：邽山上有一种野兽，外形类似牛，全身长有刺猬般的毛发，名字叫穷奇，它发出的声音像狗的吠叫，会吃人。

嬴鱼
LUOYU

（濛水）其中多黄贝、嬴鱼，鱼身而鸟翼，音如鸳鸯，见则其邑大水。

译文：在濛水里多产黄贝和嬴鱼。这种鱼有鱼的身体，但长着像鸟一样的翅膀，它们发出的声音像鸳鸯的叫声。它一出现就预示着那个地方会发生大洪水。

鳘魮
RUPI

（滥水）多鳘魮之鱼，其状如覆铫，鸟首而鱼翼鱼尾，音如磬石之声，是生珠玉。

译文：滥水中多产鳘魮鱼，它的形状像覆转的铫，有鸟的头、鱼的鳍和鱼的尾巴。它发出的声音像敲击磬石一样清脆悦耳。让它发出声音的时候，就会有珍珠和玉石从它的身体中流泻出来。

卷三

BEI SHAN JING

北山经

水马
SHUIMA

（滑水）其中多水马，其状如马，文臂牛尾，其音如呼。

译文：滑水中多产水马，水马的形状像马，有布满花纹的胳膊和牛的尾巴，它的声音好像人在呼喊。

何罗鱼
HELUOYU

（谯水）其中多何罗之鱼，一首而十身，其音如吠犬，食之已痈。

译文：谯水里多产何罗鱼，它有一个头、十个身子，发出的声音像狗叫，吃了这种鱼可以消除痈肿。

孟槐
MENGHUAI

（谯明之山）有兽焉，其状如貆而赤毫，其音如榴榴，名曰孟槐，可以御凶。

译文：谯明山有一种野兽，它的形状像豪猪，但有着红色的毫毛，它的叫声像辘轳抽水，这种野兽叫孟槐，可以拿它来抵御凶邪。

鳛鳛
XIXI

（澭水）其中多鳛鳛之鱼，其状如鹊而十翼，鳞皆在羽端，其音如鹊，可以御火，食之不瘅。

译文：澭水中多产鳛鳛鱼。鳛鳛鱼形状像喜鹊，但生有十只翅膀，羽毛末端有鳞片，它的叫声像喜鹊，可以用它抵御火焰，吃了它可以不生黄疸病。

寓鸟
YUNIAO

（虢山）其鸟多寓，状如鼠而鸟翼，其音如羊，可以御兵。

译文：虢山多产蝙蝠之类的寓鸟，形状像老鼠但有鸟的翅膀，叫声像羊，可以拿它来抵御兵祸。

耳鼠
ERSHU

（丹熏之山）有兽焉，其状如鼠，而菟首麋身，其音如獥犬，以其尾飞，名曰耳鼠，食之不睬，又可以御百毒。

译文：丹熏山有一种野兽，形状像老鼠，但头像兔子，身体像麋鹿，它发出的声音像狗叫。这种野兽用尾巴飞行，名字叫耳鼠。吃了它的肉可以让人不害胀鼓病，还可以用它来抵御各种毒素。

孟极
MENGJI

（石者之山）有兽焉，其状如豹，而文题白身，名曰孟极，是善伏，其鸣自呼。

译文：石者山有一种野兽，形状像豹，却是花额头、白身子，名字叫孟极，善于隐藏，它的叫声是自呼其名。

足訾

ZUZI

（蔓联之山）有兽焉，其状如禺而有鬣，牛尾、文臂、马蹄，见人则呼，名曰足訾，其鸣自呼。

译文：蔓联山有一种野兽，形状像长尾猿，但有鬣毛，有牛的尾巴、有花纹的臂膀、马的蹄子，见到人就会叫，名字叫足訾，它的叫声就是呼唤自己的名字。

诸犍
ZHUJIAN

（单张之山）有兽焉，其状如豹而长尾，人首而牛耳，一目，名曰诸犍，善吒，行则衔其尾，居则蟠其尾。

译文：单张山上有一种野兽，它的样子像豹子但尾巴很长，有着人的头和牛的耳朵，只有一只眼睛，这种野兽叫诸犍，它善于大声吼叫，行走时会用嘴巴衔着自己的尾巴，睡觉时则会盘卷起自己的尾巴。

那父
NAFU

（灌题之山）有兽焉，其状如牛而白尾，其音如訑，名曰那父。

译文：灌题山有一种野兽，它的形状像牛，但尾巴是白色的，它的声音像人的呼唤，名字叫那父。

长蛇
CHANGSHE

（大咸之山）有蛇名曰长蛇，其毛如彘豪，其音如鼓柝。

译文：大咸山有一种蛇叫长蛇，它的毛像猪的鬃毛，它的叫声像鼓声和敲木柝声。

窫窳
YAYU

（少咸之山）有兽焉，其状如牛，而赤身、人面、马足。名曰窫窳，
其音如婴儿，是食人。

译文：少咸山有一种野兽，它的样子像牛，但身体是红色的，有
一张人的脸和马的蹄子。这种野兽叫窫窳，它发出的声音像婴儿
的哭声，会吃人。

诸怀

ZHUHUAI

（北岳之山）有兽焉，其状如牛，而四角、人目、彘耳，其名曰诸怀，其音如鸣雁，是食人。

译文：北岳山有一种野兽，它的形状像牛，但有四只角、人的眼睛和猪的耳朵，这种野兽叫诸怀，它的叫声像雁鸣，会吃人。

狑
YAO

（隄山）有兽焉，其状如豹而文首，名曰狑。

译文：隄山有一种野兽，形状像豹，但头上有花纹，名字叫狑。

狍鸮

PAOXIAO

（钩吾之山）有兽焉，其状如羊身人面，其目在腋下，虎齿人爪，其音如婴儿，名曰狍鸮，是食人。

译文：钩吾山上有一种野兽，它的形状像羊但有一张人的脸，它的眼睛长在腋下，有老虎一样的牙齿和人的手爪，它发出的声音像婴儿的哭声，这种野兽叫狍鸮，会吃人。

天马

TIANMA

（马成之山）有兽焉，其状如白犬而黑头，见人则飞，其名曰天马，其鸣自订。

译文：马成山上有一种野兽，它的样子像一只白色的狗但头部是黑色的，见人就会飞起来，这种野兽叫天马，它发出的叫声是呼唤自己的名字。

精卫
JINGWEI

（发鸠之山）有鸟焉，其状如乌，文首、白喙、赤足，名曰精卫，其鸣自詨。是炎帝之少女名曰女娃，女娃游于东海，溺而不返，故为精卫。常衔西山之木石，以堙于东海。

译文：发鸠山上有一种鸟，形状像乌鸦，头部有花纹、白色的嘴壳、红色的脚，名字叫精卫，它发出的叫声是呼唤自己的名字。精卫原本是炎帝的小女儿，名叫女娃。女娃在东海游玩时溺水而死，没有回来，因此变成了精卫鸟。精卫常常用嘴衔着西山的木头和石头，用来填塞东海。

卷四

DONG SHAN JING

东山经

从从
CONGCONG

〔枸状之山〕有兽焉，其状如犬，六足，其名曰从从，其鸣自诙。

译文：枸状山有一种野兽，形状像狗，有六只脚，这种野兽叫从从，它的叫声是呼唤自己的名字。

鯈鱅
TIAOYONG

（末涂之水）其中多鯈鱅，其状如黄蛇，鱼翼，出入有光，见则其邑大旱。

译文：末涂水中多产鯈鱅，形状像黄蛇，有鱼的鳍，出入水中闪闪发光，一旦出现，它所在的城邑就会遭受大旱。

狪狪
TONGTONG

（泰山）有兽焉，其状如豚而有珠，名曰狪狪，其鸣自讠川。

译文：泰山上有一种野兽，形状像小猪，身上有珠子，这种野兽叫狪狪，它的叫声是呼唤自己的名字。

犰狳

QIUYU

〔余峨之山〕有兽焉，其状如菟而鸟喙，鸱目蛇尾，见人则眠，名曰犰狳，其鸣自讥，见则螽蝗为败。

译文：余峨山上有一种野兽，它的形状像兔子但有鸟的嘴，猫头鹰的眼睛和蛇的尾巴，见到人就装死。名字叫犰狳，它的声音是自呼其名，它一出现害虫和飞蝗就会出来伤害庄稼。

朱獳
ZHURU

（耿山）有兽焉，其状如狐而鱼翼，其名曰朱獳，其鸣自讪，见则其国有恐。

译文：耿山有一种野兽，它的形状像狐狸但有鱼的鳍，这种野兽叫朱獳，它鸣叫的声音就是自呼其名，它一出现国内就会出现恐慌。

獙獙

BIBI

（姑逢之山）有兽焉，其状如狐而有翼，其音如鸿雁，其名曰獙獙，见则天下大旱。

译文：姑逢山有一种野兽，它的形状像狐狸但长着翅膀，声音像鸿雁的鸣叫，一旦出现，天下就会发生大旱灾。

媭胡
YUANHU

（尸胡之山）有兽焉，其状如麋而鱼目，名曰媭胡，其鸣自讠川。

译文：尸胡山有一种野兽，形状像麋鹿但长着鱼的眼睛，这种野兽叫媭胡，它鸣叫的声音就是自呼其名。

鲐鲐鱼
GEGEYU

（深泽）有鱼焉，其状如鲤而六足，鸟尾，名曰鲐鲐之鱼，其名自叫。

译文：深泽有一种鱼，它的形状像鲤鱼，但有六只脚和鸟的尾巴，这种鱼叫鲐鲐鱼，它鸣叫的声音就是自呼其名。

精精
JINGJING

（踇隅之山）有兽焉，其状如牛而马尾，名曰精精，其鸣自叫。

译文：踇隅山有一种野兽，形状像牛却长着马的尾巴，这种野兽叫精精，它鸣叫的声音就是自呼其名。

猘狚
GEDAN

（北号之山）有兽焉，其状如狼，赤首鼠目，其音如豚，名曰猘狚，是食人。

译文：北号山有一种野兽，形状像狼，有红色的头和老鼠的眼睛，声音像小猪的叫声，这种野兽叫猘狚，会吃人。

当康
DANGKANG

〔钦山〕有兽焉，其状如豚而有牙，其名曰当康，其鸣自叫，见则天下大穰。

译文：钦山上有一种野兽，它的样子像小猪但长着獠牙，这种野兽叫当康。它发出的叫声就是呼唤自己的名字。它一出现天下就会大丰收。

卷五

ZHONG SHAN JING

中山经

胐胐

FEIFEI

（霍山）有兽焉，其状如狸，而白尾有鬛，名曰胐胐，养之可以已忧。

译文：霍山有一种野兽，形状像野猫，长着白色的尾巴，有鬛毛，这种野兽叫胐胐。饲养它可以消除忧虑。

鸣蛇

MINGSHE

（鲜水）其中多鸣蛇，其状如蛇而四翼，其音如磬，见则其邑大旱。

译文：鲜水中多产鸣蛇，它的形状像蛇但生有四只翅膀，叫声像击磬，它一出现城邑就会有旱灾。

化蛇

HUASHE

（阳水）其中多化蛇，其状如人面而豺身，鸟翼而蛇行，其音如叱呼，见其邑大水。

译文：阳水多产化蛇，形状像人脸，有豺狼的身体，鸟的翅膀，像蛇一样蜿蜒爬行，它的声音像人的叱呼，它一出现那个地方就会有洪灾。

马腹

MAFU

（蔓渠之山）有兽焉，其名曰马腹，其状如人面虎身，其音如婴儿，是食人。

译文：蔓渠山有一种野兽，名字叫马腹。它长着人的脸和老虎的身子，发出的声音像婴儿的哭声，会吃人。

夫诸
FUZHU

（敖岸之山）有兽焉，其状如白鹿而四角，名曰夫诸，见则其邑大水。

译文：敖岸山有一种野兽，它的样子像一只白色的鹿却长有四只角，这种野兽叫夫诸。它一出现那个地方就会发生大洪水。

095

飞鱼
FEIYU

（正回之水）其中多飞鱼，其状如豚而赤文，服之不畏雷，可以御兵。

译文：正回之水中有很多飞鱼，它的样子像猪但身上有红色的斑纹。吃了它不再害怕雷声，还可以抵御兵灾。

096

麐
YIN

（扶猪之山）有兽焉，其状如貉而人目，其名曰麐。

译文：扶猪山上有一种野兽，形状像貉，但有像人的眼睛，这种野兽叫麐。

097

犀渠
XIQU

（厘山）有兽焉，其状如牛，苍身，其音如婴儿，是食人，其名曰犀渠。

译文：厘山上有一种野兽，形状像牛，身体是青色的，叫声像婴儿的啼哭，会吃人，这种野兽叫犀渠。

獙
JIE

（潇潇之水）有兽焉，名曰獙，其状如獳犬而有鳞，其毛如彘鬣。

译文：潇潇水里有一种野兽，名字叫獙，形状像獳犬，身上却长有鳞片，毛发像猪的鬣毛。

骄虫

JIAOCHONG

（平逢之山）有神焉，其状如人而二首，名曰骄虫，是为螫虫，实惟蜂蜜之庐。

译文：平逢山有一位神，形状像人，却长着两个头，名字叫骄虫，他是一切螫虫的首领，实际上也是蜜蜂所栖止的庐舍。

山膏
SHANGAO

（苦山）有兽焉，名曰山膏，其状如逐，赤若丹火，善詈。

译文：苦山上有一种野兽，它的名字叫山膏。它的样子像小猪，身体的颜色红得像燃烧的火焰，喜欢骂人。

101

文文
WENWEN

（放皋之山）有兽焉，其状如蜂，枝尾而反舌，善呼，其名曰文文。

译文：放皋山有一种野兽，形状像蜜蜂，有分叉的尾巴和能反转的舌头，善于鸣叫，这种野兽叫文文。

鼍

TUO

（江水）其中多良龟，多鼍。其上多金玉，其下多白珉。

译文：水中有很多优良的龟类，还有许多鼍。江水的上游地区富含金矿和玉石，下游地区则有许多白色的珉石。

三足龟
SANZUGUI

（狂水）其中多三足龟，食者无大疾，可以已肿。

译文：狂水之中多产三足龟，吃了这种龟的肉，人们不会
患上严重的疾病，还可以消除痈肿。

104

鸩鸟

ZHENNIAO

〔瑶碧之山〕有鸟焉，其状如雉，恒食蜚，名曰鸩。

译文：瑶碧山上有一种鸟，它的样子像野鸡，总是吃臭虫，这种鸟叫鸩。

卷六

HAI JING

海经

比翼鸟
BIYINIAO

比翼鸟在其（结匈国）东，其为鸟青、赤，两鸟比翼。一曰在南山东。

译文：比翼鸟在结匈国的东面，羽毛的颜色是青色和红色相间，要两只鸟合并起来，才能在天空飞翔。也有说，比翼鸟在南山的东面。

海外南经

107

灭蒙鸟
MIEMENGNIAO

灭蒙鸟在结匈国北，为鸟青，赤尾。

译文：灭蒙鸟位于结匈国的北部，这种鸟的身体是青色的，尾巴是红色的。

海外西经

形天

XINGTIAN

形天与帝至此争神，帝断其首，葬之常羊之山。乃以乳为目，以脐为口，操干戚以舞。

译文：形天与天帝在这里争夺神位，天帝斩断了他的头，并将他的头葬在了常羊山。断头的形天就用乳头当作眼睛，用肚脐当作嘴巴，手持盾牌和斧头，继续挥舞战斗。

海外西经

109

乘黄
CHENGHUANG

（白民之国）有乘黄，其状如狐，其背上有角，乘之寿二千岁。

译文：在白民国，有一种叫乘黄的神奇生物，它的样子像狐狸，但背上长有两只角。如果有人骑了它，据说可以活到两千岁。

海外西经

110

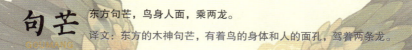

句芒
GOUMANG

东方句芒，鸟身人面，乘两龙。

译文：东方的木神句芒，有着鸟的身体和人的面孔，驾着两条龙。

海外东经

111

兕

SI

兕在舜葬东，湘水南。其状如牛，苍黑，一角。

译文：兕位于舜帝的葬地以东，湘水的南边。它的形状像牛，青黑的身体，一只角。

氐人
DIREN

氐人国在建木西，其为人人面而鱼身，无足。

译文：氐人国位于建木的西边，氐人长着人的脸和鱼的身体，没有脚。

海内南经

开明兽
KAIMINGSHOU

开明兽身大类虎而九首，皆人面，东向立昆仑上。

译文：开明兽的身子有老虎那么大，却长着九个头，每个头都有人样的脸，面向东站立在昆仑山上。

海内西经

114

蜪犬

TAOQUAN

蜪犬如犬，青，食人从首始。

译文：蜪犬的外形像狗，身体是青色的，它吃人时会从头开始。

蛟
JIAO

蛟，其为人虎文，胫有腎。

译文：蛟，这种人身上有着老虎的斑纹，足胫上长着健劲的筋。

海内北经

116

环狗

HUANGOU

环狗其为人兽首人身。一曰蝟状如狗，黄色。

译文：环狗这种人有着野兽的头和人的身子。另外一种说法是，它的形状像刺猬和狗，全身是黄色的。

海内北经

117

驺吾
ZOUWU

林氏国有珍兽，大若虎，五采毕具，尾长于身，名曰驺吾，乘之日行千里。

译文：林氏国有一种珍奇的兽，体型大得像老虎，身上具有五种颜色，尾巴比身体还要长，这种兽叫驺吾。骑上它一天可以行走千里。

海内北经

陵鱼
LINGYU

陵鱼人面，手足，鱼身，在海中。

译文：陵鱼这种生物有着人的面孔，有手有脚，身体是鱼的形状，它们生活在海里。

119

韩流
HANLIU

韩流擢首、谨耳、人面、豕喙、麟身、渠股、豚止，取淖子曰阿女，生帝颛顼。

译文：韩流有着高耸的头、小小的耳朵、人的脸、猪的嘴、麒麟的身子、跰生在一起的腿、猪的蹄子。他娶了淖子族的一个女子，名叫阿女，生下了帝颛顼。

海内经

卷七

大荒经

DA HUANG JING

夔
KUI

（流波山）其上有兽，状如牛，苍身而无角，一足，出入水则必风雨，其光如日月，其声如雷，其名曰夔。黄帝得之，以其皮为鼓，橛以雷兽之骨，声闻五百里，以威天下。

译文：流波山有一种野兽，样子像牛，身体是青色的，没有角，只有一只脚。当它进出海水一定会伴随着大风大雨。它发出的光像日月一样，声音像雷鸣一样，这种野兽叫夔。黄帝得到了夔，用它的皮制作了一面鼓，用雷兽的骨头作为鼓槌。这面鼓发出的声音可以传到五百里之外，黄帝便用它来威慑天下。

大荒东经

122

双双
SHUANGSHUANG

有三青兽相并，名曰双双。

译文：有三只青色的兽合在一起的动物，名叫双双。

123

鸓鸟
ZHUNIAO

有青鸟，身黄，赤足，六首，名曰鸓鸟。

译文：有一种青色的鸟，身体是黄色的，脚是赤色的，有六个头，
名字叫鸓鸟。

大荒西经

124

琴虫
QINCHONG

有虫，兽首蛇身，名曰琴虫。

译文：有一种虫，它的头部像兽，身体像蛇，名字叫琴虫。

大荒北经

125

猎猎
LIELIE

有黑虫如熊状，名曰猎猎。

译文：有一种黑色的虫子，形状像熊，名字叫猎猎。

大荒北经

126

应龙
YINGLONG

应龙已杀蚩尤，又杀夸父，乃去南方处之，故南方多雨。

译文：应龙已经击败了蚩尤，又击败了夸父，神力用尽，上不了天，只能去南方定居，因此南方地区多雨。

大荒北经

127

烛龙
ZHULONG

有神，人面蛇身而赤，直目正乘，其瞑乃晦，其视乃明，不食不寝不息，风雨是谒。是烛九阴，是谓烛龙。

译文：有一位神，人面蛇身，身体呈红色。他的眼睛是竖着长的，当他闭上眼睛时就是黑夜，当他睁开眼睛时黑夜又变成白天。他不吃东西，不睡觉，不呼吸，只是以风雨为食。他能照亮九重息壤的阴暗，被称为烛龙。

大荒北经